KB058940

타나카 유 지음
Llo 일러스트
신동민 옮김

전생했더니 검이었습니다

"I became the sword by transmigrating." Story by Yuu Tanaka, Illustration by Llo

5

전생했더니 검이었습니다

"I became the sword by transmigrating." Story by Yuu Tanaka. Illustration by Llo

5

타나카 유 지음
Llo 일러스트
신동민 옮김

CONTENTS

"I became the sword by transmigrating"
Volume 5
Story by Yuu Tanaka, Illustration by Llo

제1장 드디어 울무토

"우물우물."

"우걱우걱."

『너희들, 벌써 사흘이나 매끼를 카레만 먹는데 안 질려?』

"응? 안 질려."

"웡웡!"

『그러십니까.』

항만 도시 바르보라를 출발한 지 사흘.

던전 마을 울무토를 목표로 나아가던 우리는 나무숲에 둘러싸인 작은 광장에서 야영을 하고 있었다. 이곳은 가도 변에 만들어진, 나그네를 위한 휴게소다. 땅이 평평하게 골라져 있고 작은 우물도 파져 있었다.

편리하기는 하지만 장소에 따라서는 도적이나 마수의 주거지가 되는 경우도 있다고 한다. 물도 있는 데다 정기적으로 사냥감인 나그네가 찾아오니 말이다.

물론 병사가 정기적으로 순찰을 돌고 있고 모험가들이 토벌하는 경우도 많다.

다만 모든 면을 완벽하게 유지하고 관리하기도 어려울 것이다. 우리가 이 휴게소에 도착했을 때도 고블린 몇 마리가 광장에서 소란을 피우고 있었다. 마술을 몇 방 날려 순식간에 해치웠지만.

그 뒤로는 텐트를 펴서 야영 준비를 마치고 오늘의 저녁을 한껏 즐기고 있는 참이다.

뭐, 메뉴는 카레뿐이지만. 오늘은 프란이 중간 매운맛 비프 카레. 울시가 아주 매운맛 피시 카레를 골랐다.

내가 대충 정한 게 아니다. 프란과 울시의 요청이다.

사실은 균형 있게 먹이고 싶지만 바르보라를 출발하기 전에 일주일 동안 카레를 무제한으로 주겠다고 약속했으니. 이번 주에는 카레 온리가 되겠지.

아무리 좋아해도 보통은 며칠 동안 계속 먹으면 질릴 텐데…….

"냠냠."

"우걱우걱."

프란과 울시의 사전에 카레에 질린다는 말은 없는 모양이다.

지금도 만면에 미소를 띠며 입안 가득 카레를 밀어 넣고 있었다.

매일 삼시 세끼마다 큰 냄비에 든 카레를 모조리 먹어치우는데도 매번 처음 먹는 듯한 반응을 보여주니 만드는 보람은 있다.

다만 어딘가에서 카레를 만들지 않으면 비축분이 다 떨어질지도 모른다. 그건 위험하다. 주로 프란의 정신적인 부분에서.

다행히 향신료는 바르보라에서 충분히 사 왔다. 조리장만 있으면 어떻게든 되겠지.

잠시 여기서 조리를 할까도 생각했지만, 사람이 올 가능성이 있어서 참기로 했다.

훌륭한 판단이라고 할 수 있을 것이다. 잘 참았어!

실제로 광장 입구에서 인기척이 느껴졌다.

"우물우물…… 스승."

『응, 알고 있어. 누가 왔군.』

"윙."

프란과 올시가 카레를 먹던 손을 멈췄다. 그리고 언제든지 움직일 수 있게 자세를 갖췄다.

입 주위가 카레로 노랗게 물들어 있어서 박력은 전혀 없지만.

『왔다.』

"응."

이 휴게소는 가도 가장자리에 있기 때문에 우리 이외의 나그네가 찾아와도 이상하지는 않다.

다만, 그 기척의 소유주는 보통내기가 아닌 것 같았다.

그 인물이 이 광장에 발을 들여놓을 때까지 우리마저 알아차리지 못했기 때문이다. 적어도 은밀 계열 스킬을 가지고 있겠지. 이만큼 능숙하게 기척을 지울 수 있는 상대가 이쪽을 알아차리지 못할 리가 없다.

일단 기척을 누르고 있지만 우리는 모닥불을 피우고 있다. 멀리서도 프란이 보일 터였다.

지금 악의나 해의는 느껴지지 않지만······.

"여, 안녕."

"안녕."

"먼저 온 사람이 있을 줄은 몰랐어."

"······응."

어둠 속에서 나타난 것은 한 노인이었다.

예순이 넘어 보였지만 몸이 아주 균형 잡혀서 전사로서의 역량이 느껴졌다.

아래로 내리면 어깨 정도로는 내려올 듯한 백발을 올백하고 흰 수염을 깔끔하게 정돈해서, 젊었을 적에는 틀림없이 인기가 많았을 갸름한 얼굴의 세련된 남자였다.

입고 있는 검은 옷은 자수가 자연스럽게 새겨져 있어서 멀리서 보면 호화로운 턱시도처럼도 보였다. 하지만 자세히 보면 천과 가죽으로 만든 경갑옷이라는 사실을 알 수 있었다.

프란의 옆에 있는 울시가 보일 텐데도 겁먹은 기색 없이 싱글 싱글 웃으며 말을 걸었다. 부드럽고 생기 있는 목소리는 아주 활기차서 노인의 것이라고 전혀 생각할 수 없었다.

프란에게 조금 떨어진 곳에서 발걸음을 멈춘 것은 이쪽에 불필요한 경계심을 품게 하지 않기 위해서겠지. 그 판단을 보고 노인의 역량이 상상 이상이라는 것을 이해할 수 있었다.

이 노인이 앉아 있는 프란의 간격을 완벽하게 간파하고 그 간격의 아슬아슬한 바깥쪽에 선 것이다.

프란이 그것을 감지하고 가만히 일어섰다.

하지만 그것도 당연할지도 모른다.

『프란! 절대로 적대하지 마!』

'……그 정도야?'

『그래……. 아만다와 맞먹는다면 알아듣겠어?』

'……!'

나는 즉시 노인을 감정한 후 그 표시를 보고 경악을 금치 못했다. 순간 감정 결과를 믿지 못했을 정도였다.

이름 : 디아스 나이 : 71세

종족 : 인간

직업 : 환기술사(幻奇術士)

Lv : 76/99

생명 : 241　마력 : 668　완력 : 122　민첩 : 291

스킬 : 발바닥 감각 4, 위압 4, 은폐 7, 은밀 8, 해체 8, 격투기 3, 격투술 4, 감지 방해 7, 감정 감지 8, 희박화 7, 기술(奇術) 8, 급소 간파 4, 궁정 작법 6, 기척 감지 8, 기척 차단 7, 환영 마술 10, 환상 마술 6, 혼란 내성 4, 약점 간파 10, 순발 8, 소음 행동 3, 상태 이상 내성 5, 단검기 7, 단검술 7, 흙 마술 3, 속임수 10, 투척 7, 독 마술 4, 불 마술 3, 마력 흡수 2, 마술 내성 3, 마력 감지 6, 매료 내성 4, 목공 4, 유희 7, 함정 해제 4, 함정 감지 8, 함정 제작 7, 기력 조작, 통각 둔화, 불굴, 분할사고, 마력 조작

유니크 스킬 : 기능 망각 7

고유 스킬 : 사고 유도 8, 시선 유도 8

칭호 : 환영술사, 트릭스터, 범인의 벽을 뛰어넘은 자

장비 : 용 이빨 단검, 용 비늘 슈트, 속보의 신발, 대신의 팔찌, 기술사의 팔찌

　레벨이 70대에 이르렀다. 아만다나 바르보라에서 같이 싸운 포룬드와 동격의 강자다.

　스테이터스는 아만다나 포룬드에게 미치지 못하지만, 스킬은 숫자도 레벨도 훨씬 위였다. 마술사로서는 초일류. 전사로서도 일류라 해도 좋다. 게다가 허를 찌르는 스킬이 잔뜩 있었다. 속임수 스킬이나 기술 스킬이 없으면 암살자라고 착각할 수도 있는 스킬 구성이었다. 심지어 유니크 스킬의 소유자다.

　기능 망각 : 대상은 일정한 거리 안에서 지정된 스킬의 존재를 망각한다. 효과 시간은 지정 스킬의 레벨과 희귀도에 따라 결정된다. 최대 1분. 재사

용 시간은 지정 스킬의 레벨과 희귀도에 따라 결정된다.

이거 엄청 강한 거 아냐? 전투 중에 무기 기능을 잊어버리게 하면 시간이 짧더라도 효과는 절대적이다.

사고 유도 : 대상의 사고를 한순간 유도해 흥미의 대상을 특정한 것으로 옮긴다
시선 유도 : 대상의 시선을 한순간 유도해 시선이 향하는 방향을 잠시 조종한다

이 두 가지 스킬에 희박화나 기척 차단 등의 은밀 계열 스킬. 더 나아가 환영 마술을 같이 쓰면 전투 중에도 모습을 놓칠 수 있다. 직업 이름부터가 환기술사이니 기술과 환영의 스페셜리스트 겠지. 단순히 스테이터스가 강하기만 한 녀석보다 훨씬 싸우기 힘들 것 같다.

선인인지 악인인지 판단할 때까지는 적대하는 잘못을 범할 수 없었다.

『환영 사용자야. 알았지——.』

일단 거리를 벌리라고 말하기 직전. 노인——디아스가 먼저 입을 열었다.

그리고 그 입에서 나온 것은 최악의 말이었다.

"지금 날 감정했지?"

디아스의 말은 부드러웠지만, 그 눈은 웃고 있지 않았다.

역시 눈치챘구나!

스킬 일람에 감정 감지라는 이름이 보였을 때 불길한 예감이 들었다.

혹시 기분을 상하게 했나? 아냐, 인생 경험이 풍부해 보이는 노인이니 어린애의 사소한 장난으로 넘어가 주지 않을까?

하지만 디아스는 그 눈을 가늘게 뜨고 위압감이 담긴 시선을 프란에게 향했다.

생각해보니 감정은 상대의 정보를 멋대로 훔쳐보는 행위다. 비밀을 가진 자나 죄를 숨기고 있는 자, 비밀주의를 엄수해야 하는 자에게는 감정하는 행위 자체가 적대 행동을 취했다고 인식돼도 어쩔 수 없었다.

설마 감정하는 것을 감지하는 스킬이 있을 줄은 몰랐다. 하지만 우리는 온갖 감지 스킬을 봐왔다. 감정 감지 스킬에 대해서도 예상했어야 했다.

프란에게 적대하지 말라고 했으면서 내가 실수를 하다니!

『미안.』

'어쩔 수 없지.'

『여차하면 전이로 도망치자.』

'응.'

"……흐음."

디아스에게서 뿜어져 나오는 위압감이 늘어났다. 이거 위험한가?

나와 프란이 디아스에 대한 경계심을 높이는 가운데 그는 그 자리에서 다시 입을 열었다.

"후후후. 그렇게 경계 안 해도 돼."

그 얼굴에는 정반대로 미소가 떠올라 있었다.

"딱히 화난 것도 아니니까."

디아스가 장난스럽게 말했다. 직전까지 보이던 위압감이 거짓말인 듯이 부드러운 미소였다.

"이런 곳에서 수상한 사람과 만났으니 당연한 경계겠지? 다만, 진짜 화내는 사람도 있으니까 감정할 경우에는 상대를 봐가면서 쓰는 걸 추천하지."

아무래도 충고를 목적으로 잠시 위협했을 뿐인 모양이다. 심장에 안 좋잖아.

다만 스스로도 의외지만, 디아스의 말은 놀랄 만큼 귀에 쉽게 들어왔다. 보통은 이런 식으로 위협받은 다음 거만한 말을 들으면 반발하는 법인데 말이다.

프란도 마찬가지인지 반발하는 일 없이 순순히 고개를 끄덕였다. 이것이 인생 경험의 차이인 걸까.

"모험가 선배로서 하는 충고야."

모험가 선배? 그 말에 위화감을 느꼈다.

프란도 같은 느낌을 받은 모양이다.

"내가 모험가라는 걸 아는 거야?"

"그래. 바르보라 모험가 길드에서 네 소문이 자자했으니 말이야."

혹시 사건 때 바르보라에 있었던 건가? 그렇다면 소문 정도는 들었을 법하다. 이렇게나 강한 노인이다. 적어도 전력이 필요할 때 전혀 거론되지 않을 리는 없다고 생각하는데…….

"바르보라에 있었어?"

"이틀 전에. 며칠만 더 일찍 바르보라에 도착했으면 힘이 됐을 텐데 말이야."

그렇구나. 린포드 패거리가 날뛰던 때에는 바르보라에 없었던 건가.

응? 이틀 전?

우리는 사흘 전에 바르보라를 출발해 계속 울시를 타고 여기까지 왔는데? 그야 한계까지 혹사시킨 것도 아니고 휴식을 취하지 않은 것도 아니다. 하지만 하늘을 내달리는 울시의 다리는 말을 탄 경우와 비교하면 몇 배 이상의 거리를 벌었을 터였다.

디아스는 그걸 따라잡았다는 건가?

프란이 울시를 힐끗 보고 다시 디아스를 쳐다봤다. 그 동작만으로 디아스도 프란이 느끼고 있는 의문을 이해했나 보다.

"이래 봬도 내 다리는 튼튼해. 체력도 있어서 쉬지 않고 곧장 달려왔지."

거짓말은 아닐 것이다. 정말 쉬지 않고 마라톤을 계속한 모양이다.

확실히 스테이터스만 보면 충분히 초인이니 디아스를 외모만으로 노인 취급하면 안 된다는 뜻이겠지.

"볼일이 있어서 바르보라에 갔는데, 거기서 네 얘기를 잔뜩 들었지. 검은 늑대를 데리고 다니는 흑묘족 소녀. 신기한 향기가 나는 노란 음식을 만든 요리사의 제자에 강력한 마검을 등에 멘 모험가. 이만큼 특징이 있으면 틀릴 리가 없겠지? 마검 소녀 프란 씨?"

프란의 신원이 완전히 드러난 듯했다.

"감정해서 이미 알았다고 생각하는데, 다시 자기소개를 하지.

나는 디아스. 이래 봬도 모험가야."

"나는 랭크 D 모험가 프란. 여기는 울시."

"웡!"

"그래, 잘 부탁해. 울시 군, 프란 군."

다시 인사는 나눴지만 서로 다가가지 않았다. 프란은 디아스를 경계해서, 디아스는 프란이 경계하지 않도록.

프란의 태도는 실례라고도 할 수 있었지만, 디아스의 얼굴에 띤 웃음은 더 짙어졌다.

"그래그래. 주의가 깊은 건 좋은 모험가의 조건이지."

손자를 보는 할아버지 같은 표정이다. 뭐, 나이만 해도 그런 느낌이다.

"그런 프란 군에게 다시 충고하지. 너처럼 감정을 가진 아이가 많은데, 꽤나 가볍게 감정을 사용하지?"

"응."

사용하는 건 나지만.

"쓰는 상대를 신경 써야 해. 특히 왕족은 나처럼 감정 감지 스킬을 가진 사람을 데리고 다니는 경우가 많아."

왕족의 비밀을 엿보기라도 하면……. 확실히 여러모로 위험하겠지.

"프란 군처럼 장래가 유망한 모험가는 왕족과 알현할 기회가 반드시 올 거야. 그때 섣부른 짓을 하면 즉시 이거일 테니 조심해."

디아스가 수도로 자신의 목을 툭툭 치는 행동을 했다. 그렇겠지. 왕족에게 불경을 저지르면 무사히 넘어가지 않을 것이다. 그렇게 생각하면 누구 할 것 없이 감정해온 게 실로 오싹하다. 충고

대로 조심하자.

"알았어."

"후후. 그럼 나는 이만 가지. 내가 계속 있으면 프란 군은 안심할 수 없을 테니 말이야."

"응."

"이것 참. 거기서는 그런 말을 안 해도 되지 않겠나?"

"사실이잖아."

"하하하. 너무하는군. 하지만 그 겁 없는 면도 좋은 모험가의 조건이야. 그럼 또 보지~."

디아스는 웃으며 프란에게서 등을 돌렸다. 그리고 손을 팔랑팔랑 흔들며 어둠 속으로 사라져갔다.

『갔군…….』

"응."

"웡."

적의 없는 온화한 분위기의 상대였다고는 하지만, 처음 보는 압도적인 강자와 지근거리에서 마주하는 일은 역시 피곤하다. 프란도 울시도 긴장하고 있었을 것이다. 몸의 힘을 빼고 디아스가 사라진 어둠 저편을 바라보고 있었다.

『그 녀석, 울무토 쪽으로 사라졌는데 혹시 목적지가 같은 건가?』

"우물우물, 그럴지도 모르겠네."

"워후워후."

다시 먹기 시작하는 게 뭐 이리 빨라!

"응? 우물우물."

『아니, 아무것도 아냐. 맛있어?』

"응! 최고야."

그럼 다행이다. 강적과 연달아 싸우거나 강한 모험가들과 만남으로써 상위 상대에 대한 내성이 생겼을지도 모른다.

다만 나는 조금 반성해야 한다.

특히 감정을 감지하는 스킬을 가진 상대가 있다는 정보는 잊어버리면 안 된다.

앞으로 화나게 만들면 위험한 존재나 귀족에게는 주의하자.

디아스와 갑작스러운 만남을 마친 다음 날.

울무토 마을에 있다는 던전을 목표로 알레사를 떠난 지 약 3주.

"스승, 저거야?"

"윙!"

『응, 틀림없어. 저게 던전 마을이야.』

우리는 당초의 목적지였던 울무토를 시선 끝에 두고 있었다.

광대한 삼림 지대 안에 외벽에 둘러싸인 마을의 모습이 보이고 있었다.

알레사에서 여기까지 오는 데 오래 걸렸구나……. 시간으로 따지면 짧을지도 모른다. 하지만 그 농밀함은 두려울 정도였다.

부유도에서 리치와 싸우고, 시드런 해국에서는 왕족끼리 벌이는 전쟁에 휘말렸으며, 바르보라에서는 요리 콘테스트에 출장했다가 어째선지 강대한 사인과 싸우다 죽을 뻔했다.

그사이에 프란은 능력도, 정신적으로도 크게 성장했다.

울무토에서는 대장장이 가르스와 재회하자고 약속했는데, 프란의 성장을 보면 깜짝 놀랄 게 틀림없다. 어쩌면 프란을 못 알아

볼지도 몰라!

"응?"

내 시선에 예민한 감각이 반응한 걸까?

프란이 등에 매달린 나를 어깨 너머로 쳐다봤다.

여느 때처럼 귀여운 얼굴이다. 그리고 여느 때처럼 납작하고 평평한 몸.

『……너무 과장스럽게 말했네.』

"왜 그래?"

『아니, 아무것도 아냐. 겨우 울무토에 도착했다고 생각하고 있었어.』

"응. 하지만 작아. 그리고 뭔가 이상한데?"

"윙?"

울무토 그 자체는 작은 마을이다. 바르보라에는 미치지도 못하고, 알레사와 비교해도 절반 이하의 규모일 것이다.

하지만 상상 이상으로 임팩트 있는 모습을 하고 있었다.

하늘을 달리는 울시의 등에서 바라보니 그 이상한 구조를 잘 알 수 있었다.

우선 눈길을 끄는 것은 마을 전체를 가리는 높고 두터운 외벽이다.

멀리서도 알 수 있을 만큼 외벽에 두께가 있었다. 게다가 높다. 마수의 침입을 막기 위해서는 나름대로 튼튼한 외벽이 필요할 것이다. 하지만 너무 튼튼한 거 아닌가? 크란젤 왕국에서도 손꼽히는 대도시였던 바르보라의 외벽과 비교해도 훨씬 두꺼울 것이다.

말하기 그렇지만 저 정도 크기의 마을에는 어울리지 않아 보였다. 이런 규모의 마을에 이런 수준의 외벽이 필요한가?

다음으로 우리의 흥미를 끈 것이 마을 동서쪽 끝에 우뚝 솟은 거대한 원통형 건물이었다.

마술을 사용해 지은 걸까? 건물에는 이음매가 전혀 보이지 않았다. 마치 지구에 있던 콘크리트 건물 같았다.

주변에 나란히 늘어선, 이 세계에서는 지극히 평균적인 크기의 건물과 비교하니 그 거대함을 잘 알 수 있었다. 높이는 30미터를 넘을 것이다. 마을 밖에 있으면 그것만으로도 탑으로서 기능할 법한 수준이었다.

나도 처음 봤을 때는 방공호나 그 비슷한 건물이라고 생각했다. 무슨 시설일까?

『가보면 알려나?』

"응."

"윙."

뭐, 애초에 마을에 들어가기가 힘들겠지만.

울시의 등에서 내려다보는 울무토의 입구에는 마을로 들어가기를 기다리는 것으로 짐작되는 천 명 규모의 행렬이 있었기 때문이다.

이런 일은 생각했어야 했다.

무투 대회는 크란젤 왕국에서도 유명한 축제라고 하니 모험가나 상인, 관광객이 단숨에 몰려들었을 것이다.

바르보라에서 성대한 월연제가 막 끝났으니 그 참가자도 상당수 울무토로 흘러왔으리라고 생각한다. 운 좋게 사건에 휘말리기 전에 바르보라를 출발한 사람들이 이 시기에 딱 울무토에 도착한 것이다.

저기에 줄을 선다고 생각하니 지금부터 지치는군.

하지만 귀족도 아닌 우리에게는 우선적으로 마을에 들어갈 권한이 없고, 울시의 등에 탄 채로 벽을 넘을 수도 없다. 그런 짓을 하면 단숨에 아웃돼 감옥 코스를 밟는다.

『할 수 없지. 줄 마지막으로 가자.』

"응."

『울시, 저 줄에서 조금 떨어진 곳에 내려줘.』

"윙!"

갑자기 근처에 내리면 소동이 일어날지도 모른다.

울시는 내 지시대로 행렬 최후미에서 200미터 정도 떨어진 숲속에 조용히 낙하했다.

그대로 삼림 지대를 나아가는 가도까지 나와 걸어서 울무토로 향했다.

몇 분쯤 걷자 바로 가도에 줄을 서고 있는 수많은 사람이 보였다.

『일단 확인해봐.』

"응. 있잖아."

"응? 왜 그러니 아가씨?"

프란은 최후미에 있던 상인풍 남성에게 말을 걸었다.

그리고 질문을 몇 개 던져서 이곳이 울무토라는 확증을 얻었다.

그대로 줄을 서는 프란과 울시.

상인은 바로 프란과 울시에게 흥미를 잃었는지 동료들과의 다시 잡담을 하기 시작했다.

다른 마을이었다면 더 눈에 띄었겠지. 늑대를 동반한 어린아이가 등에 검을 차고 있다. 하지만 울무토는 던전 마을이라고 불리는 곳답게 모험가의 수가 많았다. 게다가 던전의 난이도가 낮아서 초보 모험가도 많다고 한다.

그래서 프란 같은 어린아이도 드물지는 않았다. 실제로 줄 앞쪽에는 10대 중반으로 보이는 젊은 모험가의 모습도 드문드문 보였다. 마수사도 드물지만 있는지 마수 같은 기척도 느껴졌다.

뭐, 프란 만큼 어린 모험가는 없지만 말이다.

『일단 줄을 설 수밖에 없나.』

"응."

그리하여 울무토 마을에 들어가기 위해 줄 끄트머리에 섰는데…….

『전혀 줄지 않네.』

'느려.'

줄이 줄어드는 속도가 죽을 만큼 느렸다.

앞에 줄 선 상인의 잡담을 들어보니 울무토는 던전이 두 개나 있기 때문에 모험가 이외의 사람은 첫 입장 때 조금 엄격하게 심사한다고 한다. 던전에서 나온 물건 중에는 위험한 약의 원료가 되는 것이나 위험한 마법 의식의 촉매가 되는 것도 존재하기 때문이다.

한 번 등록하면 반년 동안은 아무렇지 않게 출입할 수 있다고 한다. 하지만 1년에 한 번, 무투 대회가 열리는 날 찾아오는 관광객이나 상인은 이 줄에 서야 한다나.

매년 오는 사람에게는 풍물시 같은 것인 모양이다.

개중에는 이 줄에 선 사람들을 상대로 음식을 파는 것이 목적인 상인이 있다니까 정말 대단하다.

확실히 줄을 서지 않고 이 주위에서 소리를 지르고 있는 사람들이 있었다. 땅바닥에 돗자리 같은 물건을 펼치고 간이 노점을 연 사람도 있었다.

파는 물건도 다양해서 음식이나 민속 공예품, 술 등이 진열돼 있었다.

지구로 치면 코믹 마켓 개장 전의 행렬 같은 거려나? 줄을 선 시점에서 이벤트가 시작된 것 같은?

익숙해진 사람들 중에는 간이 의자를 놓고 술판을 벌이기 시작하는 자들까지 있었다.

『우리도 느긋하게 기다리자.』

'응.'

줄에 서기 시작한 지 30분.

『고블린.』

'오우거.'

『아, 드래곤.』

'코볼트.'

『잠깐만. 저기, 악마.』

'키메라.'

『으음.』

우리는 이름대기 게임을 하며 시간을 때우고 있었다.

아무래도 내가 가르쳐준 이 놀이가 마음에 들었는지 아까부터 계속하고 있었다. 지금은 마수 이름대기 중이다.

이 상태라면 우리 차례가 올 때까지 질리지 않고 기다릴 수 있을 것 같군.

하지만 개중에는 참지 못하는 자들도 있었다. 처음 여기에 온 모험가나 평민들이다.

특히 거친 인간이 많은 모험가들은 지지부진하게 줄어들지 않는 이 행렬을 기다리며 초조해하다 곳곳에서 작은 분쟁을 일으키고 있었다.

싸움으로 발전하는 경우는 눈에 띄지 않지만 조만간 난투극이라도 일어날 것 같군.

하여간에 저런 놈들 때문에 줄이 더 줄지 않는다는 걸 알고 있는 건가? 우리는 그런 녀석들을 냉정하게 관찰하며 얌전히 줄에 서 있었다.

하지만 우리의 한가한 시간은 갑자기 끝을 고했다.

줄이 사라져 우리 신청 차례가 된 게 아니다.

"야, 꼬맹이. 이리 좀 와봐!"

털보 모험가가 거만한 태도로 말을 걸었기 때문이다.

"…………."

"야! 꼬맹이!"

"…………."

"이게! 날 무시하다니, 보통 배짱이 아니구나!"

"……으음."

뭐, 프란은 다음 대답을 생각하느라 완전히 무시한 것이지만 모험가는 얼굴이 시뻘게지며 화를 내고 있었다. 아니, 술을 마신 것 같으니 얼굴은 처음부터 빨갰나. 취기가 상당히 올라왔는지 얼굴은 잘 익은 사과처럼 새빨갰다.

감정할 것도 없는 잔챙이였다. 발놀림도 나쁘고 장비하고 있는 무구도 조악하다. 애초에 이만큼 취하면 어떤 강자라도 제대로 싸울 수 없겠지만 말이다.

'으음.'

『이봐, 프란.』

'스승, 항복할래?'

『아니, 그게 아니라 손님이야.』

"응?"

겨우 프란이 고개를 들었다. 다만 모험가 남자는 이미 폭발한 상태였다. 얼굴에 핏대를 세우고 고함을 지르고 있었다.

조금 무시당했을 뿐인데, 성질 급한 녀석이다.

"저쪽에서 술이라도 따르게 하려고 했는데, 이제 용서 못 한다! 이 꼬맹이!"

모험가의 공갈하는 듯한 고함에 프란은 귀찮다는 듯이 얼굴을 찌푸렸다.

"으, 시끄러워."

프란이 고양이 귀를 납작 누르며 중얼거리자, 남자의 분노는 한계를 넘은 듯했다.

"이 자식이! 날 무시하다니!"

일방적으로 말을 건 주제에, 귀찮기 짝이 없다. 게다가 프란에 게 시비를 걸어온 것은 이 주정뱅이 남자뿐만이 아니었다.

"......흐음."

우리의 옆을 지나가려던 모험가들이 갑자기 발걸음을 멈추고 리더 같은 남자가 프란을 빤히 바라봤기 때문이다.

금발의 귀공자. 그렇게 말해도 이상하지 않을 초절정 꽃미남이
었다.

"이봐."

우왓. 목소리를 들은 것만으로 호감도가 마이너스로 기울었어!
연극 같은 행동과 표정이 너무 뻔해!

그건 그렇고 이 상태에서 말을 걸었다면…….

이 뻔한 꽃미남의 사전에 분위기를 파악한다는 말은 없는 것
같군.

주정뱅이 남자가 고함을 지르는 옆에서 그것을 무시하고 프란
에게 말을 걸었다.

"너 이리 와봐."

"…………."

방금 주정뱅이를 무시했을 때처럼 이번에는 이 꽃미남을 무시
했다. 딱히 악의가 있어서 그런 게 아니라 어수선한 와중에 말을
건 이 녀석이 나쁜 거다.

그러나 이 녀석들은 프란의 그 태도가 마음에 들지 않는 듯했다.

"내가 말을 걸었는데 무시하다니."

왠지 거만한 녀석이네. 아니, 말투를 보아하니 실제로 귀족일
지도 모른다.

"세르디오 님께서 말을 거셨는데 무시하다니! 이렇게 무례할
수가!"

"세르디오 님, 이 계집애를 어떻게 할까요?"

파티 멤버가 님을 붙여 불렀다. 정말로 귀족이겠지.

동료는 마술사풍 여자와 척후 계열 직업 같은 남자. 중갑옷을

걸친 덩치 큰 남자 세 사람이었다.

마술사와 척후 계열은 그럭저럭 실력이 있었지만, 내 눈길을 끈 것은 덩치 큰 남자였다.

펄펄 뛰는 동료 두 사람과 달리 마치 감정이 느껴지지 않는 몸짓으로 우두커니 서 있었다. 투구를 써서 얼굴은 보이지 않지만, 그 얼굴에 어떤 표정을 짓고 있는지 상상할 수 없었다. 게다가 이 안에서 가장 실력이 뛰어날 것 같았다. 상당히 섬뜩했다.

"이봐."

이런, 이번에는 꽃미남 녀석이 나섰군. 왠지 이 꽃미남의 목소리를 듣기만 해도 등줄기가 으스스하다. 그거다, 생리적인 혐오감 같은 느낌. 이 뻔한 꽃미남을 보고 있기만 해도 속이 메슥거리기 시작했다.

내가 프란에게 새로운 손님의 등장을 가르쳐주려 하는데, 그 전에 세르디오가 프란에게 손을 뻗었다.

무시당해서 약간의 적의는 있었지만 악의도 전의도 느껴지지 않았다. 속도도 느려서 공격이라고 할 수 없겠지만, 일단 언제든지 염동과 전이를 발동할 수 있도록 준비를 하며 나는 세르디오의 행동을 관찰했다.

무슨 짓을 하려는 거지?

프란의 어깨라도 잡고 자신 쪽을 돌아보게 만들 셈이라고 생각했지만 그 손은 미묘하게 어깨에서 벗어났다.

어라? 이 궤도, 내 자루로 뻗어오고 있는 거 아닌가? 아니, 확실히 그렇다.

그리고 그 손이 내 자루에 닿으려고 한 그 순간이었다.

"음?"

프란이 직전에 알아차리고 그 손을 손등치기의 요령으로 뿌리쳤다. 그리고 세르디오의 얼굴을 노려봤다.

그건 그렇고 무슨 짓을 하려는 거지, 이 남자는? 모험가의 검을 빼앗으려 하면 그것만으로도 사생결단이 벌어져도 이상하지 않을 터다.

확연한 적의를 품고 세르디오를 노려보는 프란과, 프란이 화내는 이유를 모르겠다는 듯이 고개를 갸웃거리는 세르디오. 게다가 세르디오의 추종자들이 뭔가 소란스럽다.

"세르디오 님의 손을 뿌리치다니!"

"불손하다!"

제멋대로 비난의 목소리를 높이는 세르디오 일행. 프란은 적의를 숨기려고도 하지 않고 세르디오에게 따졌다.

"무슨 일이야?"

"그 마검을 나한테 넘겨라."

뭐? 아니, 성급하기 짝이 없잖아. 이렇게 사람들이 지켜보는 앞에서 운도 떼지 않고 느닷없이 공갈이라고?

"? 싫은데?"

"나는 고 랭크 모험가에 귀족이다."

"그래서?"

"그런 훌륭한 검은 내가 쓰는 편이 세상을 위한 일이다. 그건 알겠지?"

"몰라."

"그런 억지 부리지 말고 내게 검을 넘겨라."

"?"

갑자기 잡담처럼 가볍게 의미 불명의 말을 듣고 프란이 굳어버렸다. 세르디오에 대한 격렬한 증오가 떠 있던 얼굴이 이해가 가지 않는다는 듯 멍한 표정을 짓고 있었다.

이것이 사념 가득히 강탈하려고 하는 상대였다면 벌써 베어버렸을 것이다. 하지만 이 남자는 대단히 진지한 얼굴을 하고 있었다. 거기에서는 악의나 사심(邪心)이 전혀 느껴지지 않았다.

"다음에는 저 애가 피해자인가. 가여워라."

"그럼 말리고 와."

"헛소리 마. 돌○이 자식이지만 실력은 진짜라고. 하지만 어째서 울무토에 있는 거지?"

아무래도 세르디오의 이런 공갈 행위는 자주 있는 일인 모양이다. 모험가들이 프란에게 동정의 시선을 보내고 있는 것을 알 수 있었다.

"돈을 원하는 대로 주지. 그거라면 넌 모험가를 그만둘 수 있어. 어린 소녀가 해도 좋을 직업은 아니잖아? 마검은 책임지고 내가 유용하게 쓰도록 하지."

그렇게 말하고 세르디오는 자신의 팔을 툭 쳤다. 마치 뒤는 자신에게 맡기라는 듯이.

"검도 나한테 쓰이기를 바라고 있을 거다."

"그건 아냐."

『그래. 그건 아냐.』

"난 알 수 있어. 검의 마음을. 그 검은 너 같은 소녀에게는 어울리지 않아. 너도 모험가에서 평범한 소녀로 돌아갈 수 있다. 뭘 망설이고 있는 거지?"

"오지랖이야."

『그 말이 맞아!』

프란이 거절해도 세르디오의 말은 멈추지 않았다.

"하여간에, 이해 못 할 소녀로군. 그렇게 마검을 보내고 싶지 않은 건가? 확실히 그 검은 가치 있는 물건이지만…… . 자신의 이익밖에 생각 못 하다니 슬픈 일이로군. 이건 재생시키기 위한 약간의 벌이 필요하겠어. 안심해라. 이건 사랑의 채찍이니까."

무엇보다 성가신 것은 이 녀석이 거짓말을 전혀 하고 있지 않다는 점이었다. 처음부터 마지막까지 모든 말에 허언의 이치를 써봤지만, 모두 진심으로 하는 말이었다.

내가 이 녀석에게 쓰이고 싶어 한다는 넋두리도, 그 편이 세상을 위한 일이 된다는 엄청난 독선도, 소녀에게 휘두르는 폭력을 사랑의 채찍이라고 바꿔 말하는 자아도취도 전부 진심이었다.

기분 나쁘다.

위가 없는데 구역질이 난다. 이 녀석은 뭐지? 진짜 돌아이는 이렇게나 기분 나쁜 건가? 광기가 느껴지는 것도, 편집성이 있는 것도 아니다. 얼핏 멀쩡하게 보인다. 그런데 이상하다. 이 녀석에게 쓰인다고 생각하면 차라리 고블린에게 쓰이는 편이 낫다. 그만큼 나는 이 녀석을 받아들일 수 없었다. 그거다, 생리적으로 무리다.

『지금이라면 진짜 소름이 돋을지도 몰라.』

세르디오가 떠들 때마다 프란의 안에서 살의가 부풀어가는 것을 알 수 있었다. 이 남자가 자신에게서 나를 빼앗으려 한다는 것을 점점 이해하기 시작했겠지.

'어떡할까? 죽여?'

『뭐, 잠깐 기다려봐.』

솔직히 이 녀석들을 베어버리는 건 어렵지 않다. 고 랭크라고 떠들었지만 그렇게 강하지 않았다. 하지만 감정하니 자작의 칭호를 가지고 있었다. 벤다 해도 나중에 귀찮아질 것 같다.

그럼 도망칠까? 도망치는 것도 어렵지는 않을 것이다. 하지만 여기서 도망친다 해도 포기할 것 같지는 않은데……. 어쩌지.

"그럼 검을 넘길 결심은 섰나? 혹시 돈이 부족해서 그러면 좀 더 주지. 서민이 몇 년은 생활할 수 있는 돈이야."

제시된 금액은 50만 골드. 싼 거 아냐? 일단 마검인데 50만? 이 녀석, 우습게 보고 있네.

"…………."

프란은 너무 화나고 어처구니가 없어서 입을 다물어버렸는데, 그 침묵을 가격을 올리려는 수단으로라도 생각한 듯했다. 세르디오는 내뱉듯이 말했다.

"이래도 부족하다면……. 금전에 대한 집착은 인생을 시시한 것으로 만든다고 생각한다."

좋은 말을 하는 거 같지만 결국 자기에게 유리한 핑계를 대고 있는 데에 지나지 않았다.

"그러면 내 첩으로 삼아줄까?"

『뭐어? 지, 지금 무슨 소릴 하는 거야, 이 빌어먹을 속 보이는 자식.』

"그래, 그게 좋으려나? 얼굴은 그럭저럭 괜찮으니까 자라면 그럭저럭 볼 만하겠지. 영광으로 생각해라. 내 본가는 후작가다. 첩이라고는 하나 나름대로의 생활은 약속하지. 너 같은 수인에게 주는 보수로서는 파격적이야."

『……………….』

"돈은 부족하지 않으니 내 첩이 될 수 있을 거다. 불만은 없겠지?"

설마 자신의 의견이 받아들여지지 않는다고는 상상도 하지 않겠지. 오히려 프란이 크게 기뻐하며 감사할 것이라고 의심도 하지 않는 듯했다.

하하하, 프란을 첩으로 삼는다니. 나를 억지로 뺏으려 하는 것만으로 만족하지 못하고 프란을 첩으로 삼아? 그렇게 말한 거냐, 이 빌어먹을 속 보이는 로리콘 자식아?

프란은 그 말의 의미를 이해하지 못한 기색으로 고개를 갸웃거리고 있었다. 다행이다. 무슨 뜻인지 알았으면 너무 기분 나빠서 상처받았을지도 모르니 말이다.

『좋다, 이 자식. 지금 당장 네 가랑이 사이에 달린 변변찮은 물건을──.』

내가 이 로리콘 귀족에게 이 세상의 지옥을 보여주려 한 그때였다.

"이봐아! 이 몸을 무시하지 말라고!"

주정뱅이가 고함을 질렀다.

아, 완전히 잊어버렸다. 잔챙이보다 세르디오 쪽이 성가실 것 같았고.

하지만 남자는 완전히 폭발한 상태였다.

"이 자식들! 험한 꼴 좀 봐야겠구나!"

모험가가 간단히 주먹을 치켜들었다.

이렇게나 남의 눈이 있는 가운데 어린아이를 상대로 폭력을 휘두를 셈인가? 진짜 바보로군.

아니면 프란이나 목격자를 협박하면 입을 막을 수 있다는 계산인가? 아니면 마을 권력자의 자식인가?

"으랴압!"

아니, 단순히 취해서 제대로 된 판단을 할 수 없는 것뿐이겠지.

"응."

어느 쪽이든 프란이 할 일은 변하지 않는다.

날아온 남자의 팔을 가뿐히 피한 프란은 그 작은 주먹을 남자의 명치에 꽂아 넣었다. 옆에서 보기에 힘이 그렇게 실린 것처럼은 보이지 않을 것이다. 남자에게 대미지가 들어갔는지조차 의문스럽게 생각할 게 틀림없다.

하지만 구경하는 사람들은 자신들의 눈을 의심하게 됐다.

"쿠어억!"

프란의 훅에 남자가 수평으로 5미터 정도 날아가 땅바닥을 데굴데굴 굴렀기 때문이다.

『오. 손에 사정 좀 봐준 거야?』

'스승을 뺄 정도 상대가 아니야.'

『다만…… 좀 실패했네.』

'응. 스킬 제어는 어려워.'

리치전이 한창일 때 알림이 스킬을 통합했는데, 여전히 완벽하게 구사한다고 말하기 어려웠다.

강적을 상대로 전력으로 날리는 건 의외로 쉽다. 마력의 효율은 엄청나게 나쁘지만, 나를 마력 탱크로 쓸 수 있는 프란이라면 그 점은 무시할 수 있기 때문이다.

하지만 힘을 빼야 하면 섬세한 제어가 필요해진다. 프란은 그 부분이 아직 약했다.

차를 운전하는 것과 조금 비슷할지도 모른다. 기화기의 스로틀을 활짝 여는 건 단순히 액셀을 꽉 밟으면 되지만, 생각한 속도를 저속으로 완벽하게 유지하기는 어렵다.

지금도 신체 능력을 조금 강화할 생각이었겠지만 세르디오 일행을 경계하는 바람에 힘을 제대로 조절하지 못했다. 그 자리에서 기절시키는 정도로 끝내려 했지만 남자를 날려버리고 만 것이다.

"크어어억……."

모험가는 몸을 부들부들 경련하며 피와 온갖 것을 게워내고 있었다.

하지만 자업자득이잖아? 이렇게 어린 소녀를 때리려고 하다니, 칼에 베이지 않은 것만 해도 감지덕지잖아?

하지만 그렇게 생각하지 않는 녀석들도 있었다.

"이봐, 블러스! 괜찮아?!"

"무슨 짓을 한 거야, 이 꼬맹이!"

"야, 너무 지나치잖아!"

아직도 땅바닥에서 웅크린 채 신음소리를 내고 있는 남자의 동료들이다.

저 녀석이 하려고 한 짓도 무시하고 제각기 프란에게 고함을 질러댔다.

그리고 전원이 허리에 찬 검을 뽑았다.

아무래도 전원이 블러스와 마찬가지로 취한 모양이다. 얼굴이 새빨갛고 숨에서도 술 냄새가 났다. 술 때문에 성미가 급해진 거 겠지. 뭐, 술에 취했다고 해도 용서하지는 않겠지만.

비틀거리며 걸어와서 프란에게 달려든 남자들은 다음 순간에 날아가 블러스와 마찬가지로 땅바닥에 쓰러졌다.

"우에에엑."

"우어어억."

우리가 하고 말하기는 뭣하지만, 남자 네 명이 구역질하는 그림은 아주 더러웠다. 줄을 선 사람들도 네 명에게서 거리를 두고 불쾌한 눈빛을 보내고 있었다.

그 시선은 확실히 프란에게도 향해 있었다. 명백하게 어떻게든 하라는 분위기였다.

처음에 싸움을 일으킨 건 우리니 말이다.

어디로 치우는 게 나으려나?

고민하고 있는데 문 쪽에서 병사가 달려오는 모습이 보였다.

"이봐, 거기 있는 소녀!"

서슬이 상당히 퍼랬다. 아무래도 정당방위라는 변명만으로는 넘어가지 않을 것 같다. 주위 사람들이 증언해준다면 좋겠는데…….

프란이 앞뒤에 있는 상인들에게 시선을 보내자 눈길을 피했다.

당연하지만 골치 아픈 일에는 관여하고 싶지 않은 듯했다.

세르디오의 탓으로 돌릴 수는 없을까 했지만, 녀석도 자리를 냉큼 떠난 뒤였다.

『쳇! 놓쳤어!』

세르디오는 분위기 파악을 못 해도 동료는 파악할 수 있는 모양이다.

결과적으로 피와 술이 뒤섞인 위액을 뿌리는 남자들과 한 소녀가 남았다는 소리다.

"하여간에. 말썽이나 피우고. 안 그래도 바쁜데."

"일단 대기소에서 얘기를 들어볼까."

"이봐, 따라와."

병사들은 사정을 들으려 하지도 않고 프란을 연행할 셈인 듯했다.

그건 그렇고 이 병사들, 태도가 나쁘군. 프란을 보는 눈도 차갑고. 이대로라면 이야기도 듣지 않고 감옥에 처넣어도 이상하지 않을 것 같은 느낌이 든다.

그보다 아직도 쓰러져 있는 남자들은? 이 병사들, 네 명을 내버려둔 채 프란만 끌고 가려고 하잖아? 어째서지?

"저 녀석들은?"

"시끄러워! 입 다물어!"

"우리한테 성가신 일을 떠맡길 셈이냐?"

"그 이상 쓸데없이 입을 놀리면 이대로 감옥에 처넣을 줄 알아."

프란이 아직도 괴로워하며 몸부림치는 남자들을 가리켰지만 반대로 고함만 날아왔다. 마치 양아치 같다.

하지만 잡는 건 둘째 치고 치료도 하지 않아도 괜찮을까?

아무래도 이 병사들은 믿을 수 없다. 의욕도 없고 횡포가 심하다.

하지만 도망칠 수도 없다.

『프란, 지금은 말하는 대로 따르자. 나쁜 건 저 멍청이들이지만 지나치게 대응한 건 확실하니까.』

'응. 어쩔 수 없지.'

프란은 얌전히 뒤를 따르려고 했지만 그때 말을 거는 존재가 있었다.

"잠깐만."

『어?』

낯이 익다. 무려 어젯밤에 만난 상대니 말이다. 내가 놀란 건 또다시 기척을 전혀 감지하지 못했기 때문이다. 여전히 심장에 안 좋은 영감이다.

"이 애는 잘못이 없네."

그렇게 말하고 프란을 감싸준 건 모험가 노인 디아스였다.

짓고 있는 온유한 웃음은 어젯밤과 다름이 없었다.

"응? 넌 뭐야?"

처음에 프란에게 말을 건 병사가 진심으로 귀찮다는 듯이 디아스를 노려봤다. 이거 또 한 번 말썽이 생기는 건가?

"머, 멍청이! 이분이 누군 줄 알고!"

"죄, 죄송합니다. 이 녀석은 최근 이 마을에 와서요!"

"용서해주십시오! 디아스 님!"

동료 병사들이 디아스를 노려본 병사를 후려쳐 억지로 고개를 숙이게 했다.

그리고 겸손하게 자신들도 사죄의 말을 입에 담았다. 그 얼굴에는 아첨의 웃음을 띠고 있었다.

프란을 대하는 태도와는 전혀 다르군.

이 노인, 상당한 권력자인 모양이다. 감정했을 때 가문 이름은 딱히 표시되지 않아서 귀족이 아니라고 생각했는데.

아니, 랭크 A 모험가에게는 미치지 않는다고 하나 그만큼의 실력을 자랑하는 모험가다. 웬만한 귀족보다 권력을 가져도 이상하지는 않겠지.

"이, 이런 곳에서 뭐하고 계십니까?"

"우연히 여기를 지나가던 참일세."

그렇게 말하고 사나운 웃음을 띠는 디아스. 하지만 그 눈은 웃고 있지 않았다. 위압감이 담긴 눈동자에 움츠러든 병사들이 얼굴이 창백해지며 뒷걸음질 쳤다.

"그, 그러셨군요."

"다시 한 번 말하네만, 이 애는 잘못이 없어. 전면적으로 저기 쓰러져 있는 남자들이 나쁘네. 끌고 갈 거면 저 녀석들을 데려가면 되겠지. 더러워지는 건 미안하네만 그들을 연행하게. 알았나?"

"아, 네!"

"알겠습니다!"

우와, 그런 거였나. 이 병사들은 오물로 더러워진 성인 남성 네 명을 데려가는 게 귀찮아서 프란만 연행하려 했던 모양이다. 이 대로 상황이 흘러갔으면 정말로 프란이 잘못을 저지른 게 됐을지도 모른다. 디아스에게는 감사해야겠다.

병사들은 황급히 남자들을 일으켜 세워 끌고 갔다.

"고마워."

프란이 고개를 숙이자 디아스는 병사들에게 보여줬던 것과는 전혀 다른 부드러운 미소를 띠었다.

"천만에. 자네처럼 유망한 모험가가 하찮은 일에 휘말리는 걸 막았을 뿐이야."

"어째서?"

"후후후. 나는 슬슬 가야겠군. 그럼 또 보지."

디아스는 의미심장한 말을 남기고 당당하게 사라져갔다. 대체 뭐지? 하지만 어제도 또 보자고 말해놓고 실제로 재회했다.

어쩌면 스토킹당하고 있나? 아니, 단순히 헤어질 때 하는 인사 겠지.

그리고 나중에는 주위 사람들에게 두려운 눈빛을 받는 프란만 이 남았다.

원래 있던 곳으로 다시 들여보내 줘서 다행이다. 아니, 단순히 엮이고 싶지 않은 것뿐인가? 가까이 다가가니 경직된 얼굴로 뒷 걸음질 쳤다.

아무래도 마음에 조금 안 들면 상대를 빈사 상태에 빠뜨리는 위 험한 폭력 소녀라고 생각하는 듯했다.

"심심해."

『그러게.』

앞으로 얼마나 있어야 마을에 들어갈 수 있을까?

일단 다음 이름대기의 주제를 생각해볼까.

디아스에게 도움을 받고 한 시간 후.

우리는 겨우 울무토에 들어올 수 있었다. 줄은 오래 섰지만 문 에서 받는 심사는 무척 간단했다. 범죄 이력이 없는 모험가이기 때문이겠지. 상인이나 관광객은 우리의 몇 배나 시간이 걸렸다.

"오. 성채가 보여!"

『마을 밖에서 봤을 때도 크다고 생각했는데 마을 안에서 보니 더 커 보이네.』

"윙!"

알레사나 바르보라의 번화가와 마찬가지로 돌로 지은 낮은 건물이 늘어선 주택가로 향했다. 원근감이 이상한 거대 건축물이 우뚝 서 있었다. 비교 대상이 있는 덕분에 그 크기를 보다 확실히 이해할 수 있었다.

『우선 모험가 길드에 얼굴을 비추자.』

"응."

길드에서 바르보라에서 오는 길에 입수한 자잘한 소재를 팔며 던전에 대한 정보를 얻을 생각이다.

던전에 간다고 누구나 들여보내 주는 건 아니라고 하니 말이다.

뭐, 우리의 경우에는 알레사 모험가 길드의 마스터 클림트에게 허가증을 받았으니까 허가는 바로 나올 것이다.

『프란, 소개장을 준비해놔.』

"응."

프란이 차원 수납에서 소개장을 꺼냈다.

"여기."

『아니, 그게 아니라 클림트한테 받은 쪽이야.』

프란이 꺼낸 소개장은 바르보라의 모험가 길드 마스터 검드에게 받은 것이었다.

6월에 왕도에서 열린다는 경매에 참가하기 위한 소개장이다.

실은 우리가 바르보라에서 마석을 그다지 입수하지 못한 사실을 안 검드가 경매에 참가할 수 있는 소개장을 써줬다. 마석 전문 경매도 있어서 그곳에 가면 다양한 마석을 살 수 있다고 한다.

"이쪽이야?"

『그래, 맞아.』

그런 식으로 준비를 하면서 마을 사람들에게 길을 물으며 걸어가기를 10분.

마을 중심에 있는 대광장 안에서도 중앙의 입지 좋은 곳에 떡하니 자리 잡은 모험가 길드 건물이 보이기 시작했다.

던전이 두 개나 있는 마을의 길드답게 그 규모는 상당히 컸다.

3층 건물인 데다 부지의 면적도 5, 600평 정도는 되어 보였다.

연구 기관이나 사무원의 일터 등도 갖춰진 바르보라의 길드에는 미치지 못하지만, 알레사의 모험가 길드의 몇 배 규모나 되는 크기였다.

『입구도 넓네.』

"응. 바르보라와 비슷할 정도야."

"윙."

건물의 높이는 바르보라 길드 쪽이 두 배 이상 높다. 하지만 부지 면적은 울무토 길드 쪽이 넓을 것이다. 접수 카운터는 울무토 쪽이 넓었다.

안에 들어가니 역시 넓었다. 카운터가 스무 개 이상 있고, 제각기 모험가들이 줄서 있었다.

『활기가 엄청나네.』

"응. 사람이 엄청 많아."

"워후."

역시 던전 마을. 모험가의 수가 무시무시하다. 무투 대회 시기이기도 해서 그렇겠지만, 모험가의 수와 밀도는 확실히 바르보라를 웃돌았다.

우리는 일단 사람이 가장 적은 줄에 섰다.

그러자 앞에 있던 남자가 이쪽을 돌아봤다. 대머리에 산적인지 모험가인지 구분이 안 가는 외모의 전사였다.

뭐지? 벌써 시비를 거는 건가?

갑자기 얻어맞을 일은 없겠지만, 나는 언제든지 염동을 발동할 수 있도록 자세를 잡았다.

"이봐. 여기는 랭크 E용 줄이야."

주의를 주는 것뿐이었다.

"정해져 있어?"

"그래. 들어봐라──."

다소 무뚝뚝하지만 남자가 줄에 대해서 간단히 가르쳐줬다.

그렇구나. 저쪽부터 G, F, E, D, C 이상 용 등 랭크마다 줄이 나뉘어 있는 건가. 각자 카운터가 네 개씩 할당되어 있는 듯했다.

프란은 남자의 설명에 따라 옆에 있는 랭크 D 줄로 이동했다.

"이봐, 꼬마야. 얘기를 들어. 그쪽은 랭크 D 줄이야."

"응?"

"아니 그러니까, 거긴 랭크 D밖에 못 선다고. 하급은 저쪽이야."

이 남자, 얼굴은 무서워도 꽤 상냥할지도 모르겠다. 프란을 무시하는 기색은 있지만 악의 같은 건 느껴지지 않았다. 무지한 어린아이를 끈기 있게 타이르는 느낌이다.

이건 울무토의 풍습일 것이다. 프란 외에도 소년이나 소녀의 모습이 있기 때문이다.

프란이 이 자리에서 가장 어린 건 변함없겠지만, 마을 밖에서도 생각했듯이 열다섯 살 정도의 애들은 그럭저럭 있었다.

그런 만큼 돌봐주는 모험가도 많을 것이다.

"그러니까 여기 줄 서는 거야."

"뭐?"

"나 랭크 D 모험가야."

"뭐어?"

놀란 건 남자뿐만이 아니었다. 주변에 있는 모험가 전원이 고개를 돌리고 있었다.

역시 프란이 랭크 D라고 말해도 쉽게는 안 믿어주나.

"어? 진짜야?"

프란의 눈앞에 줄 선 모험가 파티의 멤버 중 한 사람이 놀란 얼굴로 말을 걸었다. 스무 살쯤 될 것이다.

어라? 그보다 이 여성, 혹시 흑묘족인가?

『프란, 동족이야?』

'응.'

흑묘족 모험가는 프란 외에는 처음 봤다.

흑묘족은 진화할 수 없는 약소 종족이라고 불리고 있고 다른 종족에게 무시당하는 경우도 많다. 모험가를 계속하는 건 힘들 터다. 그래도 모험가를 계속하고 있고 게다가 랭크 D 줄에 서 있다니, 솔직히 대단하다고 생각한다.

"어라? 동족이잖아!"

"응."

프란이 흑묘족이라는 것을 알아차린 여성도 놀란 표정이었다. 역시 자신 외에 중급 이상의 랭크에 도달한 흑묘족을 본 적이 없었겠지.

대단히 기쁜 표정을 띠었다.

프란도 얼굴에는 나타나 있지 않지만 여성을 보고 기뻐하고 있는 것을 알 수 있었다.

"저기, 진짜 랭크 D야?"

"이거."

프란이 길드 카드를 보여주자 여성은 경악으로 눈을 크게 떴다.

"정말 랭크 D야……. 대단하네!"

그 목소리에는 조금 분한 느낌도 있지만 그 이상으로 기쁜 감정이 더 강한 것 같았다.

"너도 진화를 목표하고 있어?"

"물론이야."

"나 외에도 노력하는 동족이 있어서 기뻐!"

그녀의 목적도 진화일 것이다. 프란의 대답에 만족스럽게 고개를 끄덕였다.

"나는 이니냐야."

"랭크 D 모험가 프란이야."

"와~. 나보다 어린데 랭크가 높다니……. 나는 랭크 E 모험가야."

"? 여기는 랭크 D 줄 아냐?"

"아, 나 개인의 랭크는 E지만 소속된 파티가 랭크 D야. 소개할게. 내 동료들이야."

이니냐가 자신의 앞에 줄선 남성들을 순서대로 소개해줬다.

"리더인 레스트와 방패사인 차남. 마술사인 갈리언과 척후인 소러스, 검사인 칼이야."

"여. 잘 부탁해. 랭크 D 파티 '병아리 횃대'의 리더 레스트야."

레스트, 차남, 갈리언이 랭크 D. 소러스, 이니냐가 랭크 E. 칼이 랭크 F라고 한다.

레스트를 비롯한 랭크 D 사람들이 30대. 다른 멤버가 20대 전반이려나. 소러스와 칼의 청년 콤비는 10대일 가능성도 있다.

병아리 횃대는 후배 모험가 육성을 주요 목적으로 하는 파티여서 랭크 D 세 명 외에는 변동이 많다고 한다. 많은 하급 모험가들과 파티를 짜서 의뢰 달성 등을 지원하고 있다고 한다.

현재 랭크 D가 된 모험가 중에도 이 파티의 도움을 받은 사람이 많아서 랭크 D인데도 경의를 받고 있다나.

병아리 횃대 외에도 모험가 육성을 목적으로 하는 파티는 꽤 있다고 한다. 이것도 던전 마을이 아니면 불가능한 일이겠지.

"대단해."

"아니, 길드 마스터한테 부탁받아서 하고 있을 뿐이야. 그렇게 거창한 게 아냐."

"그렇지 않아요! 저는 무척 감사하고 있어요! 흑묘족이라는 것만으로 어느 파티에도 끼워주지 않았던 저를 레스트 씨와 파티 멤버들은 차별하지 않았잖아요."

"의욕이 있었기 때문이야. 중요한 건 종족이 아냐."

호오. 이 레스트라는 남자. 얼굴은 무섭지만 의협심은 있는 인물인가 보다.

"프란은 혼자야?"

"응."

"와~! 정말 대단하다! 나이는 어리지만 존경하고 싶어!"

"응."

존경한다고 말하면서 이니냐는 프란의 머리를 슥슥 쓰다듬고 있었다.

완전히 아이 취급하고 있는 거 아닌가? 뭐, 프란은 동족 언니에게 칭찬받아서 상당히 기뻐하고 있으니까 딱히 상관은 없지만 말이다.

"곤란한 일이 있으면 말해. 흑묘족끼리 서로 도와야지!"

"고마워."

"내가 더 언니니까! 그리고 종족의 비원을 달성하기 위해서도 협력은 절대적으로 필요해."

"종족의 비원?"

칼 소년의 의문에 이니냐가 기다렸다는 듯이 대답했다.

"진화야. 흑묘족은 진화할 수 없다고 무시당하고 있어. 하지만 반드시 진화하기 위한 방법이 있을 거야."

"응. 반드시 찾을 거야."

"나 역시! 그리고 언젠가 흑묘족이 무시받지 않도록 하는 거야!"

"응!"

프란도 몇 번이고 입에 담은 말이지만, 이니냐도 자신만 진화하고 싶은 것은 아닌 모양이다. 물론 자신의 진화가 우선이겠지만, 최종적인 목적은 흑묘족 전원이 진화할 수 있도록 그 조건을 해명하는 거겠지.

"열심히 하자, 프란! 아자 아자!"

"아자."

이냐냐와 프란이 같이 주먹을 치켜들었다. 만나고 바로 사이좋아졌군.

그렇게 병아리 횃대 사람들과 이야기를 나누고 있는데 뒤에서 느닷없이 고함소리가 들렸다.

"야, 너! 거짓말하지 마!"

레스트 일행은 프란이 랭크 D라고 믿어줬지만, 인정할 수 없는 자도 있을 것이다.

"거짓말 아냐."

이니냐와의 스킨십을 방해받아서 프란이 미묘하게 기분 나쁜 듯이 대꾸했다.

"너 같은 애가 랭크 D일 리가 없잖아!"

"너도 애잖아."

평소와 다른 건 시비를 건 사람이 어린애인 점일 것이다.

"나, 나는 이미 열다섯 살이야!"

얼굴을 새빨갛게 붉힌 소년이 프란을 노려보고 있었다.

머리가 붉고 얼굴이 귀여운 계열의 소년이었다.

"어차피 그 카드도 가짜겠지!"

"진짜야."

"거, 거짓말이야!"

"진짜야."

프란이 소년의 눈앞에 길드 카드를 치켜들었지만 역시 믿을 수 없는 모양이다.

"가짜일 게 뻔해! 나 역시 아직 G라고!"

소년은 완전히 거짓말이라고 단정하고 있군. 믿고 싶지 않은 마음은 이해하지만.

하지만 어떻게 할까. 아무리 그래도 이 애한테 난폭한 짓을 하는 건 가엽다.

'스승, 날려버릴까?'

『잠깐 기다려봐.』

'? 왜?'

프란에게는 아저씨든 소년이든 자신에게 시비를 거는 짜증나는 상대였다.

아니, 프란의 입장에서 보면 자신보다 연상의 남자라는 취급일까? 그리고 이니냐와의 대화를 방해받은 탓에 적으로 인정했을지도 모른다.

『상대는 앞길 창창한 소년이니까 너무 심한 짓은 하지 말자.』

'그럼 어떡해?'

『으음.』

그렇지, 바람 마술로 목소리를 지울까? 여전히 시끄러우니 말이다. 그래서 실력 행사를 한다면 다시 뜨거운 맛을 보여주면 된다.

하지만 우리가 마술을 쓰는 일은 없었다.

"잠깐만, 무슨 소란이지?"

길드 안쪽에서 나타난 새로운 인물이 그 자리의 공기를 순식간에 바꿨기 때문이다.

그 입에서 나온 남자다운 바리톤 보이스를 들은 모험가들이 자세를 바로 하고 입을 다물었다.

"아, 엘자 씨."

이니냐의 중얼거림이 귀에 들렸다. 엘자? 저게?

"또 싸움이야? 하여간에, 말썽꾸러기가 많아서 곤란하네."

엘자의 분위기에 휩쓸린 건 우리도 마찬가지였다. 나도 프란도 길드의 안쪽에서 나타난 인물을 보고 굳어버렸다.

"──?"

『──!』

프란이 눈을 크게 뜨고 놀라는 모습은 처음 봤을지도 모른다.

뭐, 기분은 이해한다. 나타난 건 그 정도로 충격적인 존재였다.

"에, 엘자 씨."

"어머, 유리. 네가 소란의 원인이니?"

"아니요, 그게……. 어린애가 길드 안에서 놀고 있어서 주의를 주고 있었을 뿐이에요."

시비를 건 소년 유리가 갑자기 얌전해졌다. 직립부동의 자세로 엘자라고 불린 상대에게 대답했다.

"어린애? 어머낭? 귀여워!"

"…………."

『프란.』

"…………."

위험하다, 완전히 굳어진 상태다. 말을 걸어도 반응이 없다.

『프란!』

"헉. 너무 놀랐어."

『괜찮아?』

"저거, 뭐야?"

프란에게는 태어나서 처음 만나는 인종이었나. 아니, 나 역시 이렇게까지 본격적인 느낌의 사람은 처음 봤지만 말이다.

"안녕. 나는 엘자야."

"……프란."

"프란이구나? 잘 부탁해."

"응. 질문이 하나 있어."

"뭐니?"

"남자? 아니면 여자야?"

엘자라고 이름을 밝힌 남성은 울퉁불퉁한 근육을 보이듯이 포즈를 취하고 손가락을 입술에 가볍게 댔다. 그리고 윙크를 찡긋하고 프란을 향해 키스를 던졌다.

히익! 소름 돋을 뻔했어! 검인데!

"우흥. 그건 비·밀이야."

비밀도 뭣도 아니라 남자잖아! 완벽하게!

하지만 그 말을 하면 안 되는 분위기가 이 자리에 흘렀다.

다가올 때 보이는 요염한 움직임이 너무 그럴듯하잖아!

태클을 걸 부분이 너무 많지만 역시 외모의 충격이 무시무시했다.

풍성한 빨간 아프로 머리. 진한 아이섀도와 치크에 적자색 립스틱. 새빨간 가죽 갑옷 속에는 울퉁불퉁한 몸을 두드러지게 보이듯이 팽팽한 타이츠 같은 핑크 내의.

위험해. 진짜 우락부락한 게이야!

저 외모로 등에 거대한 메이스를 메고 있어서 그 박력은 무시무시했다.

이름 : 바르디슈　나이 : 47세

종족 : 인간

직업 : 금강투사

Lv : 50/99

생명 : 560 마력 : 129 완력 : 355 민첩 : 148

스킬 : 운반 3, 환경 내성 5, 공황 4, 경계 5, 화장 6, 권투기 5, 권투술 5, 경기공 5, 재생 5, 재봉 3, 장성기(杖聖技) 1, 장성술 4, 상태 이상 내성 6, 정신 이상 내성 3, 전장기(戰杖技) 10, 전장술 10, 도발 5, 직감 6, 미용 5, 마술 내성 4, 요리 3, 연금 3, 기력 조작, 근육 강체(鋼體), 통각 둔화, 통각 변환, 폭주

고유 스킬 : 내성 숙련도 상승

칭호 : 통증을 극복하는 자, 울무토의 수호자

장비 : 수호자의 메이스, 진홍표의 전신 가죽 갑옷, 분홍색 비단옷, 미신 (美神)의 샌들, 매력의 귀걸이

마구 태클 걸고 싶다. 엘자가 아니라 바르디슈잖아! 라든가. 30대로 보이는데! 라든가. 하지만 가장 태클 걸고 싶은 부분은 이거일 것이다.

통각 변환 : 통증이 생겼을 때 일부를 쾌감으로 바꾼다

마조히스트에게 최고의 스킬이다. 혹시 새디즘 계열의 스킬도 존재하는 건가? 상대가 괴롭히는 보람이 있는 만큼 스테이터스가 오른다든가 말이다. 그건 그렇고 게이에 마조히스트? 이쪽 세계에서 만난 사람들 중에서도 톱클래스로 눈에 띄는 인물이었다.

감정으로 이만큼 지친 건 처음이다. 아, 나도 모르게 감정하고 말았다. 하지만 어쩔 수 없었어. 이건 감정하지 않고는 못 배기겠거든.

"흑묘족 소녀 검사······. 너, 마을 밖에서 소동을 일으킨 애닝?"

"응."

엘자의 눈이 프란을 포착했다.

뭔가 용무가 있나? 하지만 그런 것치고는 묘하게 시선이 뜨거운 느낌이 든다.

"아앙. 귀여워."

"응?"

관둬! 묘하게 촉촉한 눈으로 프란을 보지 마! 프란이 더러워지잖아!

"이런, 나도 모르게 목적을 잊을 뻔했네. 실은 길드 마스터의 지시로 널 찾으러 나온 참이야."

길드 마스터의 지시? 즉 이곳의 길드 마스터가 우리를 바로 알고 있다는 건가?

밖에서 일으킨 소동도 들통난 것 같으니 혹시 뭔가 문책이 있는 건가?

"같이 가주지 않을래?"

"길드 마스터?"

"응. 너한테 볼일이 있는 것 같아. 괜찮징?"

그 소동은 길드 마스터가 직접 관여할 만한 수준의 사건이 아니라고 생각하는데······. 하지만 길드 안에서 길드 마스터가 통지한 출석 요청을 거절할 이유가 없으니 따라갈 수밖에 없다.

"알았어."

"고마웡. 그럼 이 애는 빌려갈게."

"아, 네."

프란에게 시비를 건 소년이 엘자의 말에 차렷 자세를 취했다.

다만 무서워하는 느낌도 아니었다. 물론 두려움의 빛도 있지만, 그 이상으로 존경하는 감정이 강한 것 같았다. 어? 저런 사람인데도?

하지만 주위의 모험가들도 마찬가지였다.

믿기 힘든 일이지만 엘자는 정말로 존경받고 있는 모양이다.

괜찮은 건가, 울무토 모험가 길드?

"그건 그렇고 유리. 너는 좀 더 정진해. 상대의 역량도 파악 못하면 던전에서 죽을 거야."

"어? 네?"

"이쪽으로 가면 돼, 프란."

"응."

"프란. 또 보자. 다음에는 느긋하게 얘기해."

"안녕."

이니냐가 손을 흔들어서 프란도 가볍게 마주 손을 흔들었다.

상황이 진정되면 이런저런 얘기를 듣고 싶다. 진화의 힌트를 가지고 있을지도 모르고, 흑묘족 모험가 선배로서 해줄 얘기도 듣고 싶기 때문이다.

프란은 바르디시의 뒤를——.

"어엉?"

엘자가 무시무시한 노기를 내뿜으며 고개를 돌렸다.

"왠지 지금 불쾌한 이름으로 불린 것 같은데?"

그 시선이 확실히 이쪽으로 향해 있었다. 아무리 그래도 나라고는 알아차리지 못했겠지만……

"기분 탓인가? 내 소녀의 감이 엘자가 아닌 이름으로 나를 부른 녀석이 있다고 속삭였는데."

소녀의 감이 아니라 직감 스킬이 지나치게 발동했겠지!

위험하다, 다음에는 반드시 엘자라고 부르자.

"뭐, 됐어. 갈까?"

"응."

주위의 모험가들이 직전에 나온 살기에 얼굴을 성대하게 굳히고 경직돼 있는데도 프란은 전혀 신경 쓰지 않았다. 엘자의 뒤를 따라 다시 걷기 시작했다. 우리 애는 거물이라니까.

"흥후흥후웅."

에잇, 엉덩이 흔들면서 걷지 마!

태클 걸고 싶은 충동을 억누르고 프란의 등에서 꾹 참았다.

"자. 여기야."

그대로 엘자(남)를 따라 우리가 계단을 오르자 안쪽 방으로 안내했다.

길드 마스터의 집무실인지 문부터 호화로웠다.

엘자는 노크도 하지 않고 그 문을 열었다.

"길드 마스터. 프란을 데려왔어."

"엘자 군, 고맙네. 그리고 또 만났구나, 프란 군."

그곳에 있던 건 놀라운 상대였다.

프란이 놀라는 표정을 지으며 상대의 이름을 중얼거렸다.

"디아스."

"놀라게 한 거 같아 기쁘군."

"잊을 리가 없잖아."

그렇다, 싱긋 웃으며 프란을 맞이한 것은 디아스였다.

"디아스가 길드 마스터야?"

"그래. 다시 소개하지. 내가 울무토 모험가 길드의 마스터 디아스야."

귀족이 아니라 길드 마스터였던 건가. 모험가가 많은 이 마을의 길드 마스터라면 병사가 님을 붙여 부르는 것도 이해가 간다.

하지만 이상하지 않나? 지금까지 만난 길드 마스터들은 칭호에 길드 마스터의 이름이 있었다. 클림트도, 검드도 그렇다.

하지만 디아스에게는 그 칭호가 없었을 터다. 사람에 따라서 칭호를 얻는 경우와 얻지 못하는 경우가 있는 건가?

그런 생각을 하다가 갑자기 방구석이 신경 쓰였다.

뭔가 그림자가 보인다든가 기척이 있는 건 아닌데……. 어째선지 입구 바로 오른쪽에 있는 관엽식물이 신경 쓰여서 쳐다봤다.

『아무것도 없네…….』

'응.'

프란도 나와 마찬가지였는지 역시 관엽식물을 응시하고 있었다.

다음 순간이었다.

"잘 부탁하지."

"!"

아주 잠깐. 디아스에게서 시선을 아주 잠시 뗀 순간이었다.

정신을 차리고 보니 디아스가 프란의 눈앞에 서서 멋대로 프란의 오른손을 잡고 악수를 하고 있었다.

프란도 알아차리지 못했는지 놀라고 있었다.

"흥!"

"이런."

프란이 빈 왼손으로 디아스를 떼어놓으려고 했지만, 그 전에 디아스가 손을 놓고 물러났다.

"놀라게 했나?"

"……무슨 짓 했어?"

"그렇게 노려보지 마. 평범하게 다가가 악수를 했을 뿐이지 않은가."

이 녀석, 마을 밖에서는 신사적이더니 본성을 숨긴 거였냐. 손을 잡고 고개를 숙이는 모습은 완전히 장난꾸러기 소년 그 자체였다.

프란도 화가 난 모양이지만, 직접 피해가 있었던 것도 아니고 도움을 받은 은혜도 있다. 여기서는 참기로 한 듯했다.

"……다음에도 이러면 화낼 거야."

"그러지 말고. 이 마을에 있는 동안에는 여러모로 편의를 봐주지."

아마 고유 스킬인 시선 유도와 사고 유도를 쓴 것 같은데…….
상상 이상으로 위험한 스킬이었다. 상대가 디아스가 아니라면 확실히 공격받았을 테니 말이다.

굳은 표정으로 디아스를 노려보는 프란과 장난스럽게 웃는 디아스를 보고 뭔가 깨달았나 보다. 엘자도 깊은 한숨을 토했다.

"휴우~. 길드 마스터, 또 장난이나 치고! 이 사람은 유능한 신입한테 장난치는 게 취미 같은 거야."

상습범이었던 모양이다. 이게 길드 마스터라도 괜찮나?

"프란도 화나면 확 박아버려도 돼."

"알았어."

"응원하고 있어. 길드 마스터는 언젠가 따끔한 맛 좀 봐야 돼."

"엘자 군, 너무하는군."

"자업자득이잖아. 애초에 안 잘린다고 너무 마음대로야!"

안 잘려? 꽤나 확실히 단정하네?

"어째서 안 잘려?"

길드 마스터니까 권력자인 건 틀림없지만, 그래도 잘리지 않는다고 단언하기에는 조금 부족한 느낌이 든다.

"이런저런 이유가 있어. 우선 강한 점. 크란젤 왕국에서 다섯 손가락 안에 들어. 나도 랭크 B 모험가지만 상대도 안 되거든."

그렇게까지 강해? 스테이터스로는 그렇게 말할 만큼 차이는 안 나는 것 같은데.

역시 스킬을 능숙하게 사용하기 때문인가? 엘자는 파워 계열이니 허점을 찌르는 스킬에 약할 것 같다.

"던전이 있는 마을의 마스터로서 그것만으로도 어울린다고 할 수 있어."

뭐, 모험가는 얼마나 강한지 따지는 면이 있으니 말이다.

"그리고 던전 마스터랑 교섭할 수 있는 사람도 길드 마스터밖에 없어."

던전 마스터와 교섭? 대체 무슨 소리지?

"교섭?"

"맞다. 프란은 이제 막 온 상태지?"

프란의 중얼거림을 들은 엘자가 빈틈없이 설명해줬다.

"울무토가 유명한 건 여전히 공략되지 않은 던전이 마을 안에 존재하기 때문이야."

"위험해."

"그렇지. 보통은 위험해. 하지만 울무토의 경우에는 괜찮아."

"어째서?"

"한마디로 말하자면 던전 마스터와 계약을 맺었기 때문이야. 던전 마스터는 필요 이상으로 던전을 강화하지 않고, 마수를 던전 밖으로 내보내는 짓을 하지 않아. 그리고 모험가가 던전에서 활동하는 걸 묵인해. 그 대신 이쪽은 던전 마스터와 코어에는 손을 대지 않아. 바깥세상의 물자 중 필요한 물건이 있으면 조달해줘. 그런 식이야."

그렇구나. 던전 마스터가 지능이 있는 종족인 경우에는 그런 교섭도 하는 건가. 뭐, 던전 마스터 역시 고위 모험가에게 죽는 것보다는 공존하는 쪽이 훨씬 낫겠지.

"그 교섭을 매듭지은 게 젊은 날의 길드 마스터였다는 말씀."

"음, 곤란의 연속이었지."

"무슨 이유로 이 영감을 신뢰하는지는 모르지만, 던전 마스터는 교섭 창구로 우리 길드 마스터를 지명했어. 여기서 길드 마스터가 그만두면 던전과의 계약이 어떻게 될지 알 수 없어. 울무토는 던전 때문에 성립하는 마을이니까, 무슨 일이 있어도 길드 마스터를 자를 수 없지."

"흐흠. 그 덕분에 나는 권력을 등에 업고 하고 싶은 대로 행동하는 거지."

"잘난 듯이 말하지 마!"

영감과 불끈빵빵한 여장 남자인데, 장난꾸러기와 그것을 혼내는 엄마로 보이기 시작했군. 어라? 내 눈 괜찮은 건가?

"휴우. 난 슬슬 가야겠어."

"고생 많았어."

"누구 때문에 고생한 줄 알아?!"

이건 이거대로 사이가 좋은 걸지도 모르겠다.

"프란, 또 봐. 난 네가 마음에 들었어. 무슨 일 있으면 말해. 힘이 될 테니까. 우훗."

몸을 오그라들게 만드는 엘자에게 나는 전율을 금치 못했지만, 프란은 특별히 아무것도 느끼지 못한 듯했다.

"응."

아무렇지 않게 마주 손을 흔들었다. 처음에 놀란 것도 순수하게 성별이 확실하지 않기 때문인가 보다.

"안녀엉. 쪽."

마지막에 키스를 날리고 난리야! 나도 모르게 피할 뻔했잖아.

'스승, 왜 그래? 움찔했어.'

『괘, 괜찮아. 아무것도 아냐.』

프란에게는 전해진 모양이다.

엘자가 떠난 실내. 길드 마스터가 가볍게 한숨을 토했다.

"휴, 그도 나쁜 사람은 아니네만. 괜찮나?"

"뭐가?"

"프란 군은 아무렇지 않나? 엘자 군과는 상성이 있으니까."

디아스가 말한 대로 맞지 않는 녀석도 있겠지.

"그는 뭐랄까, 조금 진하지?"

"남자인데 여자라서?"

"그것도 있지."

그것도? 그것도라고 했지?

"다른 것도 있어?"

"뭐, 자네는 엘자 군과 엮일 일도 많을 것 같으니 가르쳐주는 편이 낫겠지. 프란 군이 엘자 군의 독니에 걸리면 내 몸이 위험해. 아니, 누가 상대든지 그녀는 난리를 칠 거야."

디아스가 진지한 얼굴로 뭔가를 중얼대며 생각에 잠겨 있군.

"엘자 군은 말이지, 남자지만 여성의 마음을 갖고 있어. 하지만 남성과 여성, 양쪽 다 사랑할 수 있지. 게다가 사랑할 수 있는 나이의 폭이 넓어. 그야말로 프란 군에서부터 나까지 해당한다고 할 수 있을 정도야. 그리고 괴롭힘당하는 것을 좋아하는 별난 취미의 소유자야."

『………….』

'???'

"프란 군, 괜찮나?"

『헉! 이런, 순간 의식이 날아갔어.』

여장캐릭터에 양성애자에다가 심지어 스트라이크존이 엄청 넓을 뿐만 아니라, 마조히스트라고? 생물로서 가진 본능을 너무 전력으로 거스르고 있잖아! 왠지 이것저것 너무 먹어서 이제 배가 부르네요. 내 정신의 균형을 위해서도 엘자에게는 최대한 다가가지 않도록 하자.

"???"

프란의 머리 위에 ? 마크가 잔뜩 보이는 느낌이 든다.

'스승? 무슨 소린지 알겠어?'

『으, 으응. 하지만 프란은 몰라도 돼.』

'어째서?'

『어, 어른의 사정이야. 어린애일 때는 몰라도 돼. 아니, 모르는 게 좋아.』

'응?'

오히려 계속 모르는 채로 있어주기를 바란다.

『아, 아무튼 엘자는 좀 별난 녀석이야. 그것만 알면 돼.』

'응. 알았어.'

휴우, 다행이다. 프란에게 엘자의 성벽을 자세히 설명하는 처지가 됐다면 내 정신이 버티지 못할 뻔했어.

"엘자 군은 어린아이는 바라보며 귀여워하기만 하고 손을 대는 짓은 하지 않고, 자기가 다가가는 행동도 하지 않기는 한데……. 저래 봬도 울무토의 에이스이니 말이야. 그를 동경해서 조금 별난 취미에 빠지는 아이가 있단 말이지."

아아, 그게 독니에 걸린다는 뜻이야? 오히려 피해를 입는다고 말하는 편이 낫겠군.

"실은 자네에 대해서 어떤 인물에게 부탁을 받아서 말이야. 이러다 프란 군이 엘자 군의 영향을 받게 된다면……. 내가 그녀에게 죽을지도 모르겠군."

"어떤 인물?"

"그래. 귀자모신 아만다. 아는 사이지?"

61

"응."

"바르보라에서 헤어질 때 부탁받았지."

디아스가 쓴웃음을 지으며 그때 일을 얘기했다.

아만다는 프란의 이름이나 특징을 전하며 얼마나 귀엽고 착한 애인지 구구절절 들려줬다고 한다.

"프란은 귀여워서 눈에 띄니까 분명 다른 모험가가 못되게 굴 거야! 당신이 어떻게 좀 해줘! 알았지? 그리고 엘자는 분명 프란을 마음에 들어 할 테니까 감시해! 알아들었지? 라더군. 그녀와 엘자 군은 사이가 좋지만, 아만다 군은 어린아이에 관해서는 전혀 타협하지 않으니 말이야."

디아스가 몸을 이리저리 꿈틀대며 아만다의 흉내를 내면서 그때 한 말을 재현했다. 정말이지 아만다가 할 법한 말이었다. 그건 그렇고 노인의 여성 흉내는 눈이 썩겠군.

"엘자 군은 정말 나쁜 사람은 아니지만⋯⋯. 어린아이의 교육에 좋다고는 할 수 없거든."

고마워, 아만다. 길드 마스터와 친분을 쌓을 수 있다는 이전에 엘자에 관해 길드 마스터의 협력을 얻을 수 있을 것 같은 점이 가장 기쁘다. 아니, 나 역시 나쁜 녀석이 아니란 건 알고 있기는 한데⋯⋯.

만약 엘자의 마음에 들어서 엘자가 늘 붙어 다니게 된다면 내가 못 버틸 것이다.

"그리고 또 한 명 조심하는 편이 좋은 상대가 있어."

"누구야?"

"세르디오 레셉스 자작. 마을 밖에서 자네에게 시비를 건 남자야."

진짜 귀족이었구나. 게다가 디아스가 알고 있다는 건 유명인이라는 뜻인가?

"후작가의 피를 이은 귀족이면서 랭크 A 모험가이기도 해."

진짜냐. 하지만 그렇게 강하지 않았는데? 감정은 하지 않았지만 그 행동에서 힘을 감지할 수 없었다.

아니, 강하기는 강할 것이다. 하지만 아만다나 포룬드처럼 과거에 만난 적 있는 랭크 A 모험가 같은, 눈앞에 있는 것만으로도 압도되는 듯한 존재감은 전혀 없었다.

"그게?"

"후후. 그래. 안타깝게도 그게 랭크 A야."

"어떻게 된 거야?"

"뭐, 솔직히 말하자면 돈과 연줄로 랭크를 산 거지. 실력으로는 아슬아슬하게 B. 타당하게 생각하면 랭크 C 상위이겠군."

디아스가 불쾌한 듯이 내뱉었다. 아마 세르디오가 싫은 듯했다.

"그뿐만이 아니라 이래저래 구린 소문이 따라다니는 인물이야. 되도록 접근하지 않는 것을 추천하지."

"알았어."

프란으로서도 나를 빼앗으려 한 세르디오에게는 한 조각의 호의도 품고 있지 않았다. 부탁하지 않아도 스스로 다가가지는 않겠지.

"최악의 경우, 무시하고 도망쳐도 돼. 문제가 될 것 같으면 내가 중재해주지. 아만다 군은 세르디오를 무척 싫어하니 말이야. 자네와 그들이 옥신각신한 걸 알면 나까지 혼날지도 몰라."

아만다는 확실히 세르디오처럼 권력을 업은 타입을 혐오할 것 같다.

우리만이라면 불안하지만, 디아스가 협력해주는 건 감사하다. 내가 그런 생각을 하고 있는데 디아스가 갑자기 진지한 얼굴을 했다.

"그럼……. 좀 진지한 얘기가 있는데, 해도 괜찮겠나?"

양 팔꿈치를 집무 책상에 대고 얼굴 앞에서 가볍게 깍지를 꼈다.

세르디오의 성가심보다 더 중요한 얘기가 있다는 건가?

"그 검――보통 검이 아니지?"

그리고 느닷없이 폭탄선언을 했다.

『아니!』

"!"

디아스의 시선은 확실히 나를 파악하고 있었다. 그 검이라는 말이 나를 가리키고 있는 건 틀림없을 것이다.

하지만 무슨 의미지? 보통이 아냐?

"응. 이 검은 마검이야."

『좋아, 대답 잘했어.』

마검은 나름대로 희소한 존재다. 보통이 아닌 축에 들어갈 터다.

하지만 디아스가 고개를 저었다.

"마검인 건 확실할지도 모르지만, 훨씬 더 평범하지 않은 부분이 있지 않나?"

"웃……."

이거 정말 내 정체가 들통난 건가? 경계하듯이 입을 다문 프란에게 디아스가 추가로 말했다.

"후후. 어째서 들통났는지 궁금하지? 다시 한 번 나를 감정해

보지 않겠나?"

"?"

"자, 얼른. 속는 셈 치고."

으음. 이건 디아스의 말에 따라볼까. 스스로 감정하라고 했으니까 화낼 일도 없겠지. 그리고 어째서 내 정체가 들통났는지 그 비밀을 알고 싶다.

나는 디아스를 다시 감정해봤다.

'스승?'

『으음? 아, 스킬이 늘어났나?』

스테이터스의 수치에 변화는 없었다. 스킬의 레벨도. 다만 스킬이 두 개 늘어났다. 감정 위장과 독심. 둘 다 레벨 8이다. 그리고 칭호에 길드 마스터, 랭크 A 모험가가 추가돼 있었다.

나는 감정 내용을 프란에게 알렸다.

"봤나?"

"응. 감정 위장과 독심. 그리고 칭호."

"정답이야! 감정 위장 스킬의 존재는 알고 있나?"

"응."

"이 감정 위장 스킬은 스테이터스를 전체적으로 속이는 데도 쓸 수 있지만, 나처럼 숨기고 싶은 스킬이나 칭호에만 효과를 집중시켜서 완전히 은폐하는 데도 쓸 수 있네. 칭호를 숨긴 건 신원이 들통나는 걸 막기 위해서야. 이래 봬도 상당히 유명하거든."

확실히 길드 마스터에 랭크 A 모험가쯤 되면 주목을 받을 것이다. 몰래 행동한다면 이 두 칭호를 숨기고 싶어 하는 건 이해가 간다.

"그리고 독심 스킬은 내 비장의 카드야."

호랑이에 날개, 디아스에게 독심. 속임수를 쓰는 싸움이 특기일 것 같은 녀석에게는 상성이 좋아 보이는 스킬이다.

그리고 감정 위장의 무시무시함도 잘 알았다. 감정해서 상대를 파악한 줄 알았는데 없는 스킬을 쓴다. 전투에서는 비장의 카드가 될 가능성이 있었다.

"독심은 상대의 허를 찌르는 데도 쓸 수 있고, 기능 망각과도 조합할 수 있네. 감정이 있으면 간단하지만 내게는 적성이 없어서 말이야. 아무리 수련을 거듭해도 배울 수가 없었어. 뭐, 무기 스킬이나 마술은 보면 알 수 있고, 스킬 역시 쓸 때 그 생각을 전혀 안 하는 인간은 거의 없으니 독심으로도 대응은 가능하지."

그건 이해가 간다. 그리고 나는 더 위험한 사실을 알아차렸다.

독심 : 대상의 생각을 살짝 읽어낸다

독심 스킬은 그 이름대로 상대의 마음을 읽는 스킬이다.

이걸 응용하면 내 생각을 읽을 수 있는 거 아닐까? 즉 검인데 정신이 있고 생각을 하는 사실이 들통난 게 아닐까?

"후후후. 초조해하는군. 눈치챘나? 그래. 독심으로 자네들의 생각을 읽은 결과, 프란 군이 등에 멘 검에 의사가 있다는 걸 알았네."

"!"

『위험해, 생각을 또 읽혔어!』

"뭐, 계기는 우연이었어."

어젯밤, 프란이 자신에게 공격을 하면 얼른 물러날 생각으로 독심을 써서 프란의 전의를 확인한 모양이다. 거기서 프란이 누군가와 사념으로 대화를 나누고 있는 것을 알아차렸다고 한다.

"울시 군이라고도 생각했지만, 가까이서 싸움을 보고 확신했네. 등에 멘 검에서도 사념이 나오고 있다는 것을."

쳇. 이건 이미 얼버무릴 방법이 없군. 확실히 들켰어.

프란을 부른 것도 이 얘기를 하기 위해선가?

"그럼 그 검의 정체를 가르쳐주지 않겠나?"

'어떡해?'

『으음. 이렇게까지 들통났으니 숨기려 해봐야 디아스의 비위를 거스를 뿐일 테고…….』

그렇다고는 하나 증거가 있는 건 아니다. 모른다고 잡아떼도 괜찮은 느낌이 든다.

디아스의 목적도 모르니 말이다. 최악의 경우, 나를 빼앗아 자신의 소유물로 삼으려 할 가능성 역시 있다.

"하하하. 굉장히 수상해하고 있군. 괜찮아, 나쁜 짓은 하지 않네. 아만다에게 맹세했어. 나는 그녀에게 큰 빚이 있어서 그녀를 거스를 수 없어. 자, 얼른. 내 비장의 카드도 가르쳐줬으니 그 답례로 하나 부탁하네. 응?"

디아스는 그렇게 말하고 악의 없이 웃으며 부탁했다. 그 말에도 거짓은 없는데…….

휴우, 어쩔 수 없나. 이 마을에 머무르는데 길드 마스터를 적으로 돌리고 싶지는 않다. 그리고 어떻게 둘러대도 이 노련하고 교활한 남자가 상대면 바로 허점이 드러날 것 같다.

『괜찮지?』

'응. 할 수 없지.'

들킨 상대가 너무 나빴다.

『어쩔 수 없군.』

"오오? 호, 혹시 지금 목소리는…….'

『그래. 프란의 검이야.』

내가 그렇게 말하자, 디아스가 의자를 박차고 일어났다. 그 얼굴에는 경악의 표정이 떠 있었다.

"하하하하! 대단하군. 설마 의사가 있을 뿐만 아니라 대화까지 할 수 있다니! 게다가 인간과 다를 게 없지 않나!"

"응. 스승은 대단해."

"스승?"

여기서 매번 거치는 대화를 나눴다. 내 이름이 붙은 경위를 설명하고 억지로 내 이름을 칭찬하게 했다. 디아스는 분위기를 파악할 수 있는지 좋은 이름이라며 프란을 마구 칭찬했다. 뭐, 칭찬이 좀 과하기는 했지만.

『그래서 나한테 무슨 볼일이 있는 거지? 아니면 단순한 호기심인가?』

"아아, 미안하군 미안해. 인텔리전스 웨폰을 처음 봤어. 너무 흥분해 목적을 잊어버렸군. 아니, 호기심이 있는 건 인정하네만, 자네들한테 충고를 해둘까 해서 말이야."

"충고?"

어젯밤 감정에 대한 충고는 받았는데?

하지만 디아스의 충고는 감정 스킬에 대한 게 아니었다.

"너희들 감지 계열 스킬의 레벨이 낮지? 아니면 별로 안 익숙한 건가?"

『왜 그렇게 생각하지?』

"그야 내가 스킬을 썼을 때 전혀 못 알아채지 않았나. 독심에 사고 유도, 시선 유도도. 그야 난 그런 기척을 잘 숨기긴 해. 하지만 아무리 그래도 너무 무방비하더군. 뒤죽박죽이라고 해도 좋아. 감지 스킬을 전투력과 마찬가지로 단련했다면 나에게서 희미한 위화감 정도는 느꼈을 걸세."

확실히 감지 계열 스킬은 전투 계열 스킬 정도로는 연습하지 않았다. 물론 큰 전투를 겪고 스킬을 다루는 방식이 향상된 건 틀림없다. 하지만 전투 스킬과 비교하면 역시 숙련도에 커다란 차이가 있을 것이다.

"엘자 군처럼 숨길 건 아무것도 없어! 라는 주의라면 신경 쓰지 않아도 상관없네만, 프란 군과 스승 군은 그렇지도 않겠지?"

『뭐, 그렇지. 다름 아닌 내 존재가 가장 비밀이니까.』

"그러니 지금부터는 제안을 하지. 좋은 수련장을 소개할 테니까 거기에 들어가 보지 않겠나?"

『수련장? 들어가라는 걸 보니 던전인가?』

"명답이야. 울무토에 던전이 두 개 있는 건 알고 있겠지?"

"응."

"초보자용의 서쪽 던전과 전문가용의 동쪽 던전으로 불리고 있지. 서쪽은 함정이 적고 정면에서 싸우려는 마수가 많아. 초보자의 레벨링에 적합하다고 할 수 있지. 반대로 동쪽은 함정이 많고 기습하는 마수가 많아. 특히 아래층은 그 경향이 강해서 랭크 D

모험가라도 목숨을 잃는 경우가 있어."

『얘기의 흐름으로 보자면 동쪽 던전에서 수행하라는 소리야?』

"그 말대로일세. 거기라면 감지 계열 스킬을 단련하는 데도 알맞지. 어떤가? 갑자기 레벨이 높아지지는 않겠지만 그 시간이 헛되지는 않는다고 생각하네. 동쪽에 들어가려면 보통은 서쪽 던전의 돌파 실적이 필요하지만, 그건 특별히 면제해주지."

『던전에는 들어갈 생각이었으니 상관은 없는데…….』

스킬 레벨이 오르느냐는 둘째 치고 스킬을 좀 더 능숙하게 사용하기 위한 수련은 되겠지. 효율 좋게 단련하기가 어려운 감지 계열을 연습할 수 있다면 이쪽으로서도 감사하다.

하지만 아무래도 신경 쓰이는 게 있었다.

『어째서 그렇게까지 신경 써주는 거지?』

단순한 선의만으로 이렇게까지 해준다고도 생각할 수 없기 때문이다.

"하하하. 딱히 속이려는 건 아니야. 게다가 이건 모험가 길드에도 이익이 되는 얘기란 말이지."

"? 내가 동쪽 던전에 들어가는 게?"

"그 말대로야. 그도 그럴 게, 자네가 서쪽 던전에 들어가면 마을 밖에서 있었던 일이 반복되겠지? 서쪽 던전에는 하급 모험가들뿐이거든. 자네를 보고 실력을 측정하는 행동은 그들에게 무리야. 반드시 자네한테 시비를 걸겠지. 분명해."

앞으로 무투 대회를 목표로 모험가의 숫자는 점점 늘어날 것이다. 그런 류의 멍청이는 얼마든지 나올 터다. 프란이 소동을 일으키지 않는 것만 해도 모험가 길드로서는 감지덕지겠지.

"동쪽 던전은 나름대로 실력 있는 녀석들이 많고 모험가의 수 자체가 적어. 길드에서 고지해두면 그리 쉽게 자네한테 시비 거는 짓은 하지 않을 걸세."

『그래서 서쪽에 가지 말고 동쪽으로 가라는 거로군.』

"서로에게 이익이 되는 얘기야. 어떤가?"

『프란, 어떡할래?』

"나는 상관없어."

"그래그래. 의욕이 있어서 훌륭하구먼."

우리가 승낙할 것을 예상하고 있었을까. 디아스는 책상 서랍에서 동쪽 던전으로 가는 통행 허가증을 꺼내 집무 책상 위로 미끄러뜨려 프란에게 전달해주었다.

손으로 들어서 확인해보니 반듯하게 프란의 이름이 들어가 있었다. 준비가 너무 좋잖아.

디아스는 왠지 미워할 수 없지만 신용은 할 수 없을 것 같다.

『뭔가 농간이 없는지 체크해봐.』

"응."

프란이 디아스에게 받은 통행 허가증을 뒤집어보고 빛에 비춰보며 조사했다.

"왜 그러나?"

"응. 뭔가 장치가 돼 있을지도 몰라서."

"하하. 본인 앞에서 너무하는군. 괜찮다니까."

"…………."

디아스가 웃으며 부정했지만 프란이 품은 의혹의 눈빛은 사라지지 않았다.

아무래도 디아스도 자신의 신용도가 상상 이상으로 낮다는 사실을 겨우 알아차렸나 보다. 살짝 초조한 얼굴을 하고 있었다.

"미, 믿어주게. 프란 군에게는 이제 장난 안 칠 테니."

"…………."

"저, 정말일세! 애초에 내가 모험가들에게 장난을 치는 건 말이야, 그들을 위해서란 말이야."

"무슨 소리야?"

"평상시에도 긴장감을 늦추지 않도록 내가 부모처럼 따뜻한 마음으로 보살피는 거란 말일세. 결코 내가 즐거워서 그러는 게 아니야."

"빤히."

그럴듯한 얼굴로 억지를 부리는 디아스를 프란이 올곧은 눈빛으로 응시했다.

"……뭐, 절반은 취미가 들어가 있던 건 인정하지."

"응."

"아, 아아, 그렇지! 동쪽 던전에 들어가는 것과는 별개로 다른 방법도 쓰겠네!"

노골적으로 화제를 바꿨다. 뭐, 마음에 걸리니까 굳이 넘어가 주겠지만.

『다른 방법?』

"그래. 세 개를 생각했네."

세 개나? 많네.

"하나는 모험가에게 젊은 모험가를 보호하라는 포고를 내는 것이야. 프란 군은 이 마을에 어린이 모험가가 많은 걸 눈치챘나?"

"응."

"이 마을에는 던전이 두 개 있는데, 한쪽 랭크는 E급으로 정해져 있어. 위층 계층에 대해서는 모험가 랭크가 G, F인 모험가라도 E 이상의 사람과 파티를 짜면 탐색을 허락하고 있네. 그래서 경험을 쌓고 싶은 하급 모험가가 많이 모이지. 그리고 다른 던전에서는 탐색을 허락하지 않는 랭크 G 모험가가 국내에서 유일하게 탐색할 수 있는 던전이야."

"그래서 G급 애가 많은 거야?"

"그런 거지. 하지만 그런 아이들이 못된 꾀를 부리는 인간의 희생물이 되거나 던전에서 미끼가 되는 경우도 많아."

"너무해."

"그래. 아무리 모험가가 자기가 책임지는 직업이라고는 하나 어린 모험가가 불행한 꼴을 당하는 사태는 최대한 줄이고 싶네. 원래 뭔가 벌칙이라도 만들까 생각하고 있었어."

『프란의 사건이 좋은 계기가 됐다는 뜻이야?』

"스승 군 말대로일세."

"나머지 두 개는?"

"하나는 자네가 엘자 군의 마음에 들었다는 소문을 흘리는 걸세. 울무토의 모험가 중 그에게 거역할 인간은 없으니까."

그건 잘 안다. 엘자가 등장한 것만으로 모험가들이 급격히 얌전해졌기 때문이다.

뭐, 그거한테는 거스를 수 없겠지.

"마지막은?"

"프란 군의 랭크를 즉시 올리는 거야."

"?"

『무슨 소리지?』

"프란 군. 자네는 길드에 공헌이 상당하다고 평가받고 있어. 앞으로 의뢰 숫자만 규정 이상으로 해결하면 랭크 C로 올라갈 수 있는 상태일세."

"그건 놀랐어."

나도다. 바르보라에서 한 행동이 평가받은 건가?

"우호국 왕족의 호위를 최고 평가로 마쳤어. 자네를 아주 칭찬했다더군."

플루토 왕자와 사티아 왕녀의 호위 의뢰가 결정적인 근거가 된 듯했다. 프란에 대한 평가를 가장 높게 보고해준 모양이다.

뭐, 친구가 된 사이라 조금 치사한 것 같기도 하지만, 그 평가는 고맙게 받아들이자.

조금만 더 하면 랭크를 올릴 수 있다는 말을 듣고 프란이 그 변함없는 표정 뒤에서 조용히 투지를 불태우고 있는 것을 알 수 있었다.

"아주 열심히 할게."

가슴 앞에서 양손을 불끈 쥐고 나와 울시만 알 수 있는 결연한 표정으로 선언했다.

"열심히 하게. 울무토 길드에서는 랭크 C 이상으로 승격한 경우 그 인물의 이름을 대대적으로 발표해. 자네가 랭크 C에 오른다면 울무토 안에 있는 모험가에게 자네의 이름이 널리 알려질 테니 시비를 거는 자도 줄겠지."

뭐, 아예 없어지지는 않을 것이다. 어린애가 랭크가 높다는 것만으로도 마음에 들지 않는 자도 많을 테고, 트집을 잡는 자도 있을 터다. 그래도 상당히 줄어드는 것만 해도 고마울 뿐이다.

"동쪽 던전에서 해결할 수 있는 의뢰를 여럿 소개하지. 그걸 해결하면 돼. 수행하며 랭크도 올릴 수 있는 걸세."

그렇게 말하고 디아스가 서른 장 정도 되는 의뢰서를 보여줬다.

동쪽 던전에 대한 통행증도 그렇지만, 이것도 미리 준비한 모양이다. 정말 용의주도했다.

본래라면 일 잘하는 믿음직한 길드 마스터라는 인상으로 연결되겠지만⋯⋯. 아무래도 믿을 수 없고 뒤에서 뭔가를 꾸미는 노인으로 보이기만 했다.

이런저런 장난을 쳐서 그런가.

"프란 군이 랭크를 올리려면 랭크 D 이상의 의뢰를 앞으로 스물세 개나 처리해야 하네. 이걸 전부 건네줄 테니 달성할 수 있을 법한 것부터 처리해가게나."

"알았어."

『고맙게 받을게.』

그러고 보니 당연히 던전에 들어갈 수 있게 됐는데, 전에 심사가 필요하다고 하지 않았나?

클림트한테 받은 소개장은 소용없어졌군.

아니, 길드 마스터에게 받은 소개장이니 일단 건넬까?

"이거."

"이건⋯⋯ 알레사 길드 문장이군."

"클림트한테 받은 소개장이야."

"뭐라? 클림트 님의?"

"응."

프란이 고개를 끄덕인 순간이었다. 디아스의 안색이 싹 바뀌었다. 걱정이 될 만큼 새파랬다.

어라? 할아범 괜찮아?

"그, 그런데 프란 군?"

"응?"

"그, 내가 놀라게 한 일은 클림트 님에게 보고하지 않겠지?"

갑자기 뭐지? 목소리가 엄청 간드러지네.

"어째서?"

"그래. 자네들한테는 솔직하게 부탁하는 편이 좋을 것 같으니 자백하는데, 클림트 님은 내게 모험가로서 선배에 해당하는 사람이야. 신참일 때 신세도 졌고. 솔직히 고개를 들 수가 없어. 아니, 솔직히 말해서 무서워."

여기서는 들킬 각오를 하고 허언의 이치로 확인했지만 거짓말이 아니었다. 클림트가 정말 무서운 모양이다. 소개장이 쓰레기가 되지 않아서 다행이다. 오히려 최강의 패였던 거 아닐까?

"다음에 이상한 짓을 하면 아만다랑 클림트한테 말할 거야."

"죄송합니다. 두 번 다시 안 하겠습니다."

길드 마스터의 큰절은 희귀하지 않을까? 카메라가 없는 게 분하군.

뭐, 이로써 디아스가 이상한 장난을 시도할 일도 없겠지.

"응."

"헤헤."

우뚝 서서 클림트의 소개장을 치켜드는 프란과 그 앞에 넙죽 엎드린 디아스. 한 건 해결! 이라고 말하고 싶어지는 광경이었다.

길드 마스터의 집무실을 나가기 전에 찰지 계열과 감지 계열 스킬을 상승시키면 상대가 스킬을 사용했을 때 간파할 수 있는지 물어봤다.

"으음, 글쎄. 예를 들어 감정은 은밀성이 높은 스킬이야. 내게는 감정 감지가 있으니까 알아차렸지만, 없으면 어려워. 감식이나 간파 계열 스킬도 그렇지."

그렇기 때문에 떳떳하지 못한 녀석들이 신경질적으로 나오는 거겠지. 모르는 사이에 자신의 비밀이 드러날지도 모르니까.

"하지만 사고 유도나 기능 망각은 기척을 숨기기 어려워. 내 레벨이면 이쪽에 뭔가 간섭하는 스킬을 사용했다는 것 정도는 바로 감지할 수 있어."

감정이나 감식은 말하자면 단순히 보는 스킬이다. 어떻게 보든지 상대의 정보를 간파할 뿐이다.

하지만 사고 유도 등은 상대에게 간섭하는 스킬. 상대가 알아차릴 가능성이 현격히 다를 것이다.

내가 가진 스킬로 말하자면 감정이나 허언의 이치의 거짓말 감정은 간파하기 어렵다. 하지만 스킬 테이커 따위는 들키기 쉽다는 뜻인가.

"감정 감지 스킬을 쓰지 않고 감정을 알아차릴 수 있게 되려면 상당한 수련이 필요해. 하지만 간섭 계열 스킬을 감지하는 건 어느 정도 단련하면 가능해진다고 생각하네."

『알았어. 조언 고마워.』

"그래. 꼭 동쪽 던전에서 단련하게."

"응. 그럼 갈게."

"또 보자고. 클림트 님에 대해서는 모쪼록 잘 부탁해."

간절히 비는 듯한 디아스의 말을 등으로 들으며 우리는 집무실을 뒤로했다.

『자료실에서 던전 정보를 모아 가자.』

"응."

『시간도 별로 없으니 예비 조사를 착착 끝내자고.』

밤까지 숙소를 찾아야 하고, 무엇보다 어떤 인물을 찾고 싶다.

『가르스 영감은 이 마을에 아직 있으려나?』

두 시간 후, 우리는 가르스 영감을 찾으며 울무토 마을을 어슬렁어슬렁 걷고 있었다.

알레사에서 헤어진 가르스는 우리보다 꽤나 일찍 울무토에 도착했을 터다. 아니, 우리가 너무 늦은 거지만.

가르스 영감이 이 마을에 도착한 건 틀림없다고 생각한다. 알레사와 마찬가지로 가르스 영감이 만든 것으로 짐작되는 질 좋은 철검을 지닌 모험가가 드문드문 있었기 때문이다.

말을 걸어 확인해보니 역시 가르스 영감이 만든 무기였다. 어디서 샀는지 물어봤지만 다들 다른 가게의 이름을 댔다. 아무래도 가게를 몇 개 빌려서 때에 따라 판매 장소를 바꾸고 있는 듯했다.

무기점 몇 군데를 돌아 정보를 수집하고 길 가는 모험가들의 얘기에 귀를 기울였다.

거의 던전이나 무투 대회 얘기뿐이어서 가르스 얘기는 들을 수 없었다. 다만 어느 삼인조 모험가들의 잡담에서 한 가지 마음에 걸리는 얘기를 들을 수 있었다.

"하룻밤에 사신 신봉자들의 성채가 함락됐다고? 밀레니어 성채라면 녀석들의 세계 최대 거점 아냐?"

"그보다 신봉자들이 그렇게나 잔뜩 모여 있는 건 그곳밖에 없잖아. 소문으로는 사신의 힘을 부여받은 녀석까지 있다던데?"

"뭐? 사신은 그런 것까지 할 수 있는 거야? 단순히 범죄자나 뒤처진 녀석들이 사신을 숭배할 뿐이라고 생각했어."

"나도 만난 적은 없어. 하지만 이블 고블린이나 이블 코볼트처럼 사신의 힘으로 파워업한다던데?"

"그런 녀석들이 있으면 상당히 성가시겠네. 어딘가의 국가가 마음먹고 토벌에 나섰나?"

"밀레니어 성채는 레이도스 왕국에 있어. 그 나라에서 그런 짓을 할 리가 없잖아. 이용한다면 몰라도."

"그럼 누가 한 거지?"

"글쎄? 하지만 아무래도 분열인 듯허이. 우연히 그 자리에 있던 내 지인이 도망쳐 온 말단에게 들었다더군. 듣자하니 외부에 나갔던 최고 간부가 돌아왔고, 그날 안에 소동이 일어났다더구먼. 그 간부가 마수 같은 모습으로 변해 남은 간부를 모조리 해치웠다나. 완전히 변한 모습으로 너털웃음을 터뜨리며 '네 힘을 내놔라!' 하고 외치는 그 모습은 그야말로 괴물 같았다더군."

"으엑, 그 얘기는 뭐야."

"완전 괴담이네!"

"아니, 사실일세. 소문이니 과장은 됐을지도 모르네만."

사신 신봉자의 성채 같은 게 있는 것도 놀라운데, 그 성채가 함락된 모양이다. 게다가 분열로.

'지금 얘기 제로스리드인가?'

『프란도 그렇게 생각했어?』

아무리 생각해도 제로스리드가 동족상잔을 위해 동료를 모조리 베었다는 얘기일 것이다. 혹시 제로스리드를 내버려두면 그녀석 이외의 사신 신봉자를 전멸시켜주지 않을까? 그래서 마지막에 제로스리드를 쓰러뜨리면 완벽하다. 뭐, 그때까지 제로스리드가 얼마나 강해질지 알 수 없기는 하지만 말이다.

'크르르.'

울시는 의욕이 가득하군. 뭐, 제로스리드와는 직접 치고받았으니 생각하는 바가 있겠지.

'언젠가 쓰러뜨릴 거야.'

프란도 그런가. 바르보라에서는 놓쳤으니 제라이세와 함께 척살 리스트에 들어가 있는 듯했다.

『그래. 그러기 위해서는 더 강해져야 돼.』

'응.'

'윙!'

그 뒤에도 우리는 소문을 모으며 울무토 마을을 걸었다. 그리고 세 번째 대장간에서 드디어 가르스 영감을 안다는 인물을 발견했다. 가르스 영감과 마찬가지로 드워프 대장장이었다.

"그럼 벌써 이 마을에 없어?"

"그래, 바르보라의 소동을 듣고 자신도 뭔가 할 수 있을지도 모른다며 며칠 전에 여행을 떠났다."

이렇게 엇갈리다니.

"무투 대회까지는 돌아온다고 했으니까 기다리면 만날 수 있을 거야."

"알았어."

"네 얘기는 가르스한테 들었다. 그게 네임드 장비인가……. 훌륭하군."

대장장이 남자가 흑묘 시리즈를 반짝거리는 눈으로 보고 있군. 장비를 바라보는 건 알지만, 옆에서 보면 어린 소녀를 황홀한 표정으로 바라보는 변태로 보인다고.

실제로 앞을 지나가는 사람이 미묘한 눈으로 남자를 쳐다봤고, 개중에는 엄격한 표정으로 노려보는 사람도 있었다. 신고하지는 않겠지?

남자는 타인의 시선을 전혀 신경 쓰지 않는지 때때로 외투의 옷감을 만졌다. 프란도 자신의 장비가 칭찬받는 건 기분 나쁘지 않는지 가만히 기다리고 있었다.

5분쯤 프란의 장비를 관찰하고 겨우 만족한 모양이다. 남자는 만족스러운 얼굴로 감사 인사를 했다.

"이거 눈호강을 했구먼. 오랜만에 좋은 걸 보여준 답례로 이 마을에 있는 동안 내 가게에 오면 장비를 싸게 수복해주지. 그리고 던전에 필요한 도구 조달도 말이야."

『맞다. 이참에 숙소도 소개해줄 수 없으려나?』

"응. 좋은 숙소 알아?"

"아직 못 정한 건가? 그럼 대로에 있는 움막의 검정(劍亭)이 좋아. 일단 술이 맛있거든."

역시 드워프. 그렇구나. 하지만 술꾼이 모이는 숙소는 시끄럽지 않을까?

"술집은 지하에 있으니까 안 시끄러워."

"알았어. 가볼게."

"그래. 또 와라."

"응."

그 후 소개받은 숙소로 갔는데, 외관이 중후하고 분위기가 침착한 곳이었다.

지하 술집도 살펴봤지만 바 같은 구조여서 술 마시고 소란 피울 만한 분위기가 아니었다. 요리를 먹기 위한 식당은 따로 있었고, 그쪽은 평범한 대중식당 양식이었다. 술이 제공되지 않는 만큼 소란을 부리는 무리도 적은 듯하니 여기라면 소음도 신경 쓰이지 않을 것이다.

방도 청결하고 침대도 푹신푹신하다. 게다가 소형화한 상태의 울시 역시 별도 요금을 내면 방에 들어갈 수 있었다.

좋은 숙소를 소개해줬군.

"응. 나쁘지 않아."

"웡."

프란과 울시도 마음이 들어 해서 다행이다. 얼른 침대로 뛰어들어 만족스러운 표정을 보이고 있었다.

『그럼 이제부터 어떡할래?』

"물론 던전에 갈 거야."

"웡웡!"

의욕이 있는 건 좋은 일이다. 뭐, 의뢰를 처리해야 하고, 던전 정보는 이미 길드에서 조사를 마쳤다.

『그럼 가기 전에 의뢰서 확인만은 해둘까.』

"그랬지."

일단 침대 위에 의뢰서를 늘어놓았다.

그런데 이렇게 잔뜩 받아도 괜찮을까? 다른 모험가가 알면 편애라고 할 것 같다.

『프란, 이 의뢰서에 대해서는 다른 모험가한테 말 안 하는 편이 나을 것 같아.』

"응."

하지만 절반은 토벌 의뢰다. 게다가 고블린 토벌과 마찬가지로 상한과 기간이 없는 상시 의뢰였다.

나머지 절반은 소재 납품이군.

"하이 오우거의 뿔에 식인 두더지의 발톱."

『들어본 적 없는 마수뿐이네.』

"웡."

『음, 자료실에서 베껴온 마수 정보에 의하면 동쪽 던전 10층 이하에 나타난대.』

"기대돼."

랭크 D 모험가용 의뢰답게 하급 모험가는 도달하기 힘든 장소로군. 동쪽 던전에서 랭크 F 이하의 모험가는 9층까지밖에 들어갈 수 없게 규정돼 있다고 한다.

『팬텀 도그에 더그 스토커. 역시 모습을 숨기고 기습하는 게 주전법인 적이 많나.』

디아스가 말한 그대로다. 이건 확실히 감지 스킬의 수련에 알맞을 것이다.

그 후, 의뢰서를 확인하니 상당한 시간이 지나 있었다.

프란과 울시는 완전히 싫증나 있었다. 아무리 내가 기억한다고는 하나 정보 수집은 모험가로서 기본이다. 프란도 그 방면의 집중력을 좀 더 지속해주면 좋겠는데 말이야.

뭐, 공부를 싫어하는 프란이 한 시간이나 의뢰서와 눈싸움을 벌였으니 오히려 성장했다고 해야 하나? 평소 같으면 5분 만에 졸기 시작했을 텐데 말이다.

『그럼 가볼까.』

"기다려. 아직 안 갈래."

오? 혹시 정보를 머릿속에 더 넣고 싶어서 그런가?

"밥 먹고 갈래."

"웡."

『아아, 그러네.』

제2장 던전 공략

식당에서 식사를 마친 우리는 즉시 던전으로 가기로 했다.

참고로 식사는 그럭저럭 괜찮게 나온 모양이다. 적어도 프란과 울시는 5인분을 싹 비우고 만족한 표정이다.

숙소 여주인에게 던전이 있는 장소를 물어봤는데, 그 설명은 간결했다.

"서쪽 던전으로 갈 거면 서쪽 성채로. 동쪽 던전으로 갈 거면 동쪽 성채를 향해 곧장 걸으면 도착해."

마을 밖에서도 보인 그 거대한 원통형 건조물 안에 던전이 있다고 한다. 정확히는 던전을 둘러싸듯이 그 성채가 지어졌다나.

"이유가 뭐야?"

"지금은 모두 던전에 익숙해졌지만, 옛날에는 누구도 던전 마스터와 맺은 계약을 믿지 못했거든."

뭐, 당연한가.

모험가도 아닌 일반인들에게 던전 마스터라는 존재는 불구대천의 적밖에 되지 않기 때문이다.

디아스가 던전 마스터와 계약을 교환한 당초에는 던전을 회의적이고 불안하게 보는 목소리가 압도적으로 많았다고 한다.

그래서 크란젤 왕국은 백성의 불안을 무마하기 위해 대책을 세웠다는 것을 보여줄 필요가 있었다. 설령 던전 마스터가 배신해도 저렇게 두꺼운 벽으로 둘러싸두면 마수의 범람을 막을 수도 있다.

마을을 둘러싸는 벽도 똑같은 의미다. 던전을 둘러싸는 성채가 뚫린다 해도 마을을 둘러싸는 벽이 제2의 우리가 되는 것이다.

이렇게나 대책을 세우면 대부분의 국민도 안심하겠지.

하지만 중요한 울무토 마을의 주민은 어떨까? 최악의 경우 마을이 전장이 되는데 말이다.

여주인에게 물어보니 울무토 주민은 오히려 던전을 환영하고 있는 듯했다. 대다수 주민은 여기에 던전이 있는 것을 알고 이주해왔다. 모험가나 상인 관계자다.

"원래 이 부근은 던전 공략자로 북적이는 전선 기지였어. 그러다 완전히 공략할 수 있게 되자 마을로 바뀐 거야. 이제 와서 난리 치지는 않아."

아무래도 던전에 대해서는 각오하고 있는 모양이다. 오히려 던전이 밥줄이기 때문에 보호해야 한다고 생각하고 있는 듯했다. 마을을 둘러싸는 성벽에 대해서도 국가 돈으로 지어줬기 때문에 운이 좋다는 정도로 인식하고 있다고 한다.

역시 거친 모험가와 빈틈없는 상인이 모이는 마을의 주민들이다. 호락호락하지가 않다.

"기대돼."

『나도야.』

어떤 성채일까.

우리는 여주인에게 들은 대로 늘 동쪽 성채를 시야에 두며 계속 걸었다.

하지만 꽤나 만만치 않았다.

울무토의 거리는 도시 계획을 어딘가에 두고 온 듯이 미로 같은 구조를 띠고 있었기 때문이다.

게다가 성채에 가까워질수록 점점 복잡해졌다.

성채 주변은 거리도 오래돼서 마을에서도 특히 역사가 있는 지구인 듯했다. 초기에 지어졌기 때문에 건축법이나 외관도 전혀 신경 쓰지 않고 난잡하게 발전해왔을 것이다.

때로는 기다란 언덕을 올라가고, 때로는 막다른 길에서 돌아나오며, 때로는 하늘에 놓인 구름다리를 건너서 줄곧 걸은 지 한 시간.

우리는 겨우 동쪽 던전 앞에 도착했다.

"여기가 던전?"

"웡?"

『그래. 저기 있는 작은 문으로 안에 들어가면 던전 입구가 보일 거야.』

성채를 가까이서 보니 꽤 크다. 게다가 얼핏 보기만 해도 평범한 성채가 아니라는 사실을 알 수 있었다.

해자도 없고 문도 작다. 창문 역시 없다. 뭐, 성채라 불리고 있어도 그 목적은 던전의 봉인이니 당연하다.

상층부에서는 실제로 병사가 상주하며 유사시에 대비하고 있다고 한다.

문 앞에 지어진 접수소 앞에는 모험가 열 명이 줄을 서 있었다. 두 파티가 입장 수속 순서를 기다리고 있는 듯했다.

『일단 줄 서자.』

"응."

우리도 줄을 섰다.

하지만 상당히 주목받았다. 우리의 앞에 줄 선 모험가들이 점수를 매기는 시선으로 프란을 쳐다봤다.

그러나 쓸데없이 참견하는 녀석들은 없었다.

동쪽 던전은 랭크 D 이상의 모험가가 많다고 했으니 프란이 보통내기가 아니라고 느꼈겠지.

그리고 울시의 존재도 크다. 지금은 날파리를 방지할 겸 원래 크기로 돌아가 있기 때문에 그 위압감이 무시무시했다.

장난기가 조금 있는 모험가라도 거대한 늑대를 상대로 트집 잡는 짓은 망설일 것이다.

마을 안이나 통로가 좁은 던전 안에서는 쓸 수 없는 방법이지만 말이다.

"다음 사람——크다! 늑대가 커!"

"이, 이봐! 갑자기 왜 그래!"

입장 심사를 하던 병사가 울시를 보고 고함을 질렀다.

접수소에는 비바람을 막기 위해 지붕과 벽이 세워져 있었다. 역에 있는 복권 매장과 조금 비슷하려나?

그들에게는 벽에 가려져 울시가 보이지 않았던 모양이다.

그리고 갑자기 눈앞에 나타난 울시에게 놀란 듯했다.

"아. 죄, 죄송합니다. 좀 놀라서요."

"이 멍청이가 큰 소리를 내서 죄송합니다. 아가씨."

황급히 고개를 숙이고 사죄의 말을 했다. 마을 밖에서 만난 병사들과 비교하면 느낌이 상당히 좋군. 매너도 나쁘지 않고. 고개를 숙이는 모습에서는 성의도 느껴졌다.

무엇보다 프란에 대한 모욕이나 사심도 느껴지지 않았다. 프란도 놀라고 있었다.

그리고 병사들에게 미심쩍은 눈빛을 보냈다. 뭔가 꿍꿍이가 있는 게 아니냐는 의혹을 느낀 모양이다.

"빤히……."

"왜, 왜 그러십니까?"

프란이 눈을 게슴츠레 뜨고 응시하자 병사가 쩔쩔매는 기색으로 시선을 방황했다.

"뭘 꾸미고 있어?"

아아, 대놓고 묻다니. 갑자기 그런 말을 들은 병사는 돌변해 의아한 표정을 보였다.

"꾸, 꾸미다뇨?"

"저희가요?"

"응. 마을 밖에 있던 병사와 전혀 달라."

프란이 그렇게 말한 직후, 그들은 어느 정도 이해한 모양이다.

"아아. 혹시 무슨 일이 있으셨습니까?"

"성실한 녀석들은 바르보라로 파견 나갔으니 말이야."

"혹시 불쾌한 일을 겪으셨다면 사과드리겠습니다."

병사들이 제각기 사과하고 프란이 제출한 길드 카드를 확인하며 사정을 설명해줬다.

울무토에서는 모험가를 단속하고 던전을 대비하기 위해서 병사들에게 실력을 요구한다고 한다. 그렇기 때문에 다소 행실이 나빠도 강하면 발탁한다나. 물론 행실이 불량한 자는 소수고 병사 대다수는 성실한 자들이라고 한다.

하지만 바르보라를 지원하기 위해 울무토에서 병사를 파견할 때, 반대로 소동을 일으키는 녀석들을 보낼 수도 없기 때문에 보통은 업무의 중핵을 담당하는 성실한 병사들을 많이 보낸다고 한다.

그 탓에 보통은 마을 밖에서 마수를 사냥하거나 범죄자를 힘으로 누르는 업무를 맡는 난폭한 녀석들을 마을 경비로 돌려서 치안이 나빠진다고 한다. 병사 자신이 소동을 일으키는 경우도 많다나.

특히 마을 밖 순찰은 실력을 우선하고 성격을 고려하지 않기 때문에 아무래도 성질 나쁜 병사가 많아지는 모양이었다.

"뭐, 파견된 녀석들도 조만간 돌아올 테고 길드 마스터나 고위 모험가들이 순찰을 해줄 테니 혼란도 바로 잦아들 거야."

"너도 조심하는 게 좋아. 어떻게 봐도 모험가로는 안 보이니까. 길드 카드를 안 보였으면 우리도 안 믿었어."

"아마 동쪽 던전에 도전하는 모험가 중에 최연소 기록일걸?"

"좋아, 등록 완료야. 이제 길드 카드에 던전 공략 정보 등이 기록될 거야."

길드 카드를 둥근 수정 구슬에 비췄는데, 그게 특수한 마도구였던 모양이다.

"기록?"

"응, 쓰러뜨린 마수의 수나 돌파한 층의 정보야. 의뢰를 달성했는지도 바로 알 수 있어."

토벌 의뢰 보고가 간단히 끝나서 편리하군.

반대로 말하자면 부정을 저지를 수 없다는 말도 되지만, 그런 짓을 할 생각이 없는 우리에게는 상관없었다.

"주의해야 하는 건 던전 마다 등록이 필요한 점이야. 다른 마을에 있는 던전에 간 경우에는 그 마을에서 새로 등록해야 돼."

"알았어."

"자, 이건 돌려줄게."

길드 카드를 받았다. 좋아, 이로써 던전에 들어갈 수 있겠군.

'가자.'

'웡!'

『처음에는 천천히 가자. 함정이 많다고 했으니까.』

'응. 알았어.'

생각해보니 우리끼리만 난이도 높은 던전에 들어가는 건 처음이다. 익숙해질 때까지는 신중한 게 좋다. 갑자기 함정에 걸려 죽을 뻔하기라도 하는 일은 절대로 피하고 싶다.

『우리 수련이 안 되니까 울시는 위험한 때 외에는 함정을 안 가르쳐줘도 돼.』

'웡.'

접수소에서 나아가 문 앞에 섰다.

마수를 막기 위한 문이어서 튼튼한 철로 만들어져 있었다. 크기는 2미터 정도로군.

지나치게 크면 대형 마수가 쉽게 빠져나오기 때문이겠지.

문 옆에 있던 병사가 벽의 레버를 조작하자 성채의 문이 자동으로 열리기 시작했다. 미묘하게 마력의 흐름이 보이는 걸 보아 마도구로 여닫는 모양이다.

"무리하지 마라."

"응. 고마워."

병사와 가볍게 말을 주고받고 성채 안으로 들어가니 안은 석벽

돔으로 이루어져 있었다.

그 벽에는 작은 구멍이 무수하게 뚫려 있었다. 던전에서 밀어닥쳐 나오는 마수를 공격하기 위한 화살 구멍일 것이다.

그 밖에도 말 방책 같은 물건이나 해자가 돔의 안쪽을 향해 만들어져 있었다. 이것도 대 마수용 설비겠지.

그 돔의 중심에 작은 사당 같은 것이 있었다.

『저게 던전 입구인가?』

"작아."

"웡?"

방책이나 해자를 우회하며 다가가 보니 사당 안에 아래로 내려가는 계단이 있었다.

유명한 던전의 입구치고는 작군.

하지만 방심은 할 수 없다. 아무튼 상대는 던전이기 때문이다.

『좋아, 가자.』

"응!"

"웡!"

우리는 기합을 다시 넣고 계단을 내려갔다.

나선형 계단을 신중하게 내려가고 있는데 프란이 생각났다는 듯이 입을 열었다.

"그러고 보니 스승은 말릴 거라고 생각했어."

『뭘?』

"랭크 C로 올라가는 거. 눈에 띄니까."

『뭐, 그건 그렇지만 새삼스럽지 않잖아? 어차피 프란은 무투 대회에 나가고 싶지?』

"응."

『그러면 어차피 바로 눈에 띄게 될 거야.』

"확실히. 우승하면 눈에 띌 거야."

『하하. 그런 거지.』

"응."

확실히 지금까지는 지나치게 주목받는 것을 피해왔다.

아니, 프란 같은 미소녀가 눈에 띄지 않을 리가 없지만, 그래도 우리가 우리의 존재를 선전하는 짓은 하지 않았다. 내 존재를 비밀로 하는 의미도 있고, 귀족이나 권력자의 이목을 끄는 것을 막는 의미도 있었다.

하지만 프란은 무투 대회에 출장하는 데 긍정적이기도 하고, 울무토에서는 오히려 눈에 띄는 편이 귀찮은 일이 적다고 판단했다.

그런 얘기를 나누면서 내려가자 바로 던전 1층 입구에 도착했다.

좁은 돌 통로가 이어져 있군.

높이도 폭도 모자라서 울시는 원래 크기로 돌아갈 수 없었다.

"울시는 그 크기로 싸우는 훈련을 해."

"웡."

불은 필요 없었다. 반짝 이끼 같은 것이 천장에 자라서 희미한 빛이 통로를 비추고 있었기 때문이다. 구석구석까지 보이지는 않지만 횃불이 필요한 정도는 아니었다.

우리는 감지 계열과 찰지 계열 스킬을 사용하며 통로를 천천히 나아갔다.

『갑자기 세 방향으로 갈라지네.』

"어디로 가?"

『으음. 이론대로라면 왼쪽인가?』

이른바 왼손의 법칙이다. 벽에 왼손을 대고 나아가면 언젠가는 목표에 도달한다고 한다. 뭐, 오른손도 상관없는 것 같지만.

하지만 이 법칙에는 몇 가지 결함이 있다. 목표가 비밀의 방 저 편에 있거나 같은 층에서도 계단이나 사다리를 이용한 입체 구조 인 경우. 그리고 목표가 방 중앙 등 벽에 인접해 있지 않은 곳인 경우에는 도움이 되지 않는다.

참고로 의뢰를 달성하기 위해서 마수 정보는 확보했지만 함정 이나 지도에 관한 정보는 조사하지 않았다.

돌아다니며 우리 스스로 함정이나 마수를 이겨내지 않으면 의 미가 없기 때문이다.

"그럼 왼쪽으로 할래."

프란이 즉시 나아갈 길을 결정했다.

뭐, 처음에는 어느 쪽이든 상관없겠지.

『그럼 가자.』

"응."

지금 마수나 함정의 기척은 느껴지지 않는다. 그대로 몇 분쯤 걸었을까.

"읏."

『오.』

우리는 동시에 어떤 기척을 감지했다.

프란이 통로의 한 모퉁이를 가리켰다.

"저기. 뭔가 있어."

『프란도 눈치챘구나. 섀도 스네이크야.』

반짝 이끼의 빛이 비치지 않는 통로 구석. 어스름한 어둠에 섞이듯이 검은 뱀 한 마리가 있었다.

새도 스네이크라는 이름이 붙어 있지만 어둠 마술은 쓰지 못한다. 하지만 그림자나 어둠에 섞여 몰래 다가와 소리도 없이 달려들어 물기 때문에 붙은 이름이었다.

"잔챙이야."

"워후."

『에이, 이 던전에서 처음 만난 사냥감이잖아.』

크기는 산무애뱀 정도고 공격력은 전무했다. 야간 행동과 기척 감지 스킬을 가진 것 외에는 독조차 가지고 있지 않은 평범한 뱀이었다. 솔직히 부츠를 신고 있기만 해도 이 녀석의 공격을 막을 수 있을 것이다. 난이도가 높다고 해도 초반에는 그렇게까지 강력한 마수는 나오지 않는 모양이다.

보통 모험가라면 무시할 상대다.

먹어도 맛도 없고 마석은 쓰레기. 경험치도 지극히 적다. 마석을 꺼내는 수고가 아깝다. 하지만 마석을 원하는 내게는 그냥 지나칠 수 없는 상대다.

그리하여 프란이 순식간에 뱀을 쓰러뜨렸다. 얻은 마석치는 1이고 전혀 만족감도 없었다. 하지만 강해지기 위해서는 견실하게 마석치를 얻을 수밖에 없다.

『좋아, 이 상태로 나가자.』

"아, 또 있어."

『좋았어.』

프란에게 발견된 것을 알아차렸는지 검은 뱀 두 마리가 혀를 내

밀며 이쪽을 위협하고 있었다. 이 층에는 새도 스네이크만 있는 건가? 뭐, 일단 얼른 쓰러뜨리자.

그렇게 불쌍한 뱀들을 학살하며 나아가는데 프란이 느닷없이 발걸음을 멈췄다.

『왜 그래?』

"……함정."

『호오. 어디야?』

"저기 바닥."

프란이 가리킨 바닥을 전존재 감지 스킬로 관찰해봤다.

확실히 위화감이 있군. 함정 감지는 지금까지 거의 시험한 적이 없어서 익숙해질 때까지는 조금 시간이 걸릴 듯했다. 그래도 시간을 들여 스킬로 정보를 골라내자 무게를 감지해 화살을 쏘는 함정이 있는 것을 알 수 있었다.

『그렇군.』

나보다 프란 쪽이 먼저 알아차린 건 발바닥 감각 스킬 덕분일 것이다. 미미한 위화감이나 진동을 발바닥으로 감지하는 스킬이다. 걸을 때 발생하는 진동의 반향을 느낀 것이다.

뭐, 내게는 의미가 없는 능력이다. 아니, 지면이나 벽에 붙어 있으면 약간의 효과는 있을지도 모르지만 지면을 끌며 이동하는 건 절대로 싫고, 드르륵 드르륵거려서 시끄러울 것이다.

『그럼 해제하자. 프란 해볼래?』

"응."

해제는 염동을 쓸 수 있는 내가 더 잘한다. 공격 계열 함정 대부분을 자연스레 무효화할 수 있으니 최후 수단으로 발동시키면 된다.

하지만 프란도 해제를 경험해서 손해볼 일은 없을 것이다.

『그럼 해봐.』

"응."

일단 모험가 길드에서 입수할 수 있는 함정 해제 기구도 사 왔다. 핀셋과 가느다란 날붙이와 접착제 등이 든, 척후 계열 직업이 주로 사용하는 공구인 모양이다.

함정 해제 방법은 몇 개나 있지만, 지금 프란이 시도하고 있는 건 함정의 무효화다. 그 기구를 풀어 장치 자체를 해제, 혹은 파괴해 작동하지 못하게 만드는 방법이다.

내가 보기에 무게로 바닥이 내려가면 와이어가 당겨져 왼쪽 벽의 빈 구멍에서 화살이 쏘아지는 구조다. 해제하려면 스토퍼 같은 물건을 끼워서 바닥 자체가 움직이지 않도록 하거나 와이어를 신중하게 자르는 두 가지 방법 중 하나를 골라야 할 것이다.

프란은 와이어 절단을 골랐나 보군.

바닥에 깔린 블록 틈 사이로 날붙이를 찔러 넣어 움직이고 있었다.

아직 1층이라 함정의 난이도 자체도 낮아서 해제는 어렵지 않았다. 화살도 몸을 웅크리면 문제없이 지나가고, 최악의 경우 웅크린 상태로 손을 뻗어 바닥을 누르면 그것만으로 해제할 수 있을 것이다.

아니, 저 바닥을 피해 지나가면 해제할 필요도 없지만.

뭐, 훈련을 위해서다.

"워후."

『오, 뱀을 해치웠구나.』

"윙!"

프란이 함정 해제에 열중하는 동안 다가온 섀도 스네이크를 울시가 순식간에 죽였다. 함정 해제에 전념하고 있는 모험가에게는 잔챙이라도 성가시다. 작업 중에 공격받으면 최악의 경우 손놀림이 어지러워져 함정이 작동할 가능성도 있다.

그렇게 생각하면 섀도 스네이크는 충분히 위험한 마수일지도 몰랐다.

"……다 됐다."

『음, 문제없는 것 같군.』

"윙!"

던전은 자기 수복 능력이 있으니 이 함정도 몇 시간 지나면 부활한다. 그 말은 다른 녀석들이 해제한 함정도 우리가 지나갈 때는 부활해 있다는 뜻도 된다.

"다음 함정 찾을래."

아무래도 함정 해제가 즐거웠나 보다. 즐거운 표정으로 함정을 찾기 시작했다.

『마지못해 하는 것보다는 빨리 늘 테니 상관은 없어.』

"함정…… 있다."

발견한 함정으로 기쁜 듯이 달려가는 프란.

이대로 검사가 아니라 척후직이 된다고 말을 꺼내면 어쩌지.

"내가 해제할게. 괜찮지?"

눈을 빛내며 함정 해제 기구를 꺼냈다. 아무래도 퍼즐을 맞추는 등의 게임 감각인 모양이다.

『함정 해제가 그렇게 재미있어?』

"응!"

프란은 팔짱을 낀 채로 우뚝 서서 벽에 설치된 함정을 응시했다. 마치 장인 같이 진지했다.

그리고 어느 정도 해제 계획을 세웠는지 콧노래를 부르며 작업을 시작했다.

"흐흐흥."

『우린 주변을 경계하자.』

"웡."

그런 식으로 함정을 발견하는 즉시 해제하여 우리는 순조롭게 던전을 나아갔다.

아직 1층이라 마수는 약하고 함정도 간단했다. 길도 그렇게까지 복잡하지 않았다.

지하 2층으로 내려가는 계단을 발견할 때까지 우리는 대미지를 전혀 입지 않은 상태였다.

『어떡할래?』

"얼른 2층으로 가자."

"웡!"

프란과 울시는 의욕이 가득하군. 그리고 1층에서는 훈련도 잘 안 될 것 같으니 계단을 얼른 내려가는 게 낫나.

『1층은 입문 구역이라는 느낌이었어.』

"응."

『좀 더 어려운 층까지 가자.』

"함정도 더 많이 있는 층이 좋아."

『함정 해제에 완전히 빠졌네.』

　일단 2층에서 상황을 지켜볼까.

　만약 1층과 크게 다르지 않은 난이도라면 얼른 앞으로 나가는 편이 낫다.

　길드에서 받은 의뢰서도 대부분이 10층 아래까지 가지 않으면 해결할 수 없는 것뿐이고 말이다.

『하지만 방심은 하면 안 돼.』

"알고 있어."

　저층이라고는 하나 던전이다. 우리는 주위를 경계하며 계단을 내려갔다.

　그러자 그곳에는 1층 입구와 거의 다르지 않은 광경이 펼쳐져 있었다. 바닥이나 천장의 재질도, 밝기도 거의 같을 것이다.

　작은 방에서 통로 세 개가 이어져 있었다. 이것도 1층과 똑같군.

　방 중앙에 반듯하게 '2'라는 표기가 없었다면 1층으로 전이됐다고 생각했을지도 모른다.

"또 왼쪽으로 가?"

『그래도 되지 않을까?』

　달리 정보가 있지도 않으니 말이다.

『자, 2층에는 어떤 적이 나올까.』

"해제하는 보람이 있는 함정이 있으면 좋겠어."

『그러네.』

　그렇게 얘기를 나눴지만──.

　지하 4층까지는 쭉쭉 나아갔다. 왜냐하면 마수도 함정도 전혀 대단치 않았기 때문이다.

다른 모험가의 모습도 보이지 않았다. 다들 돈이 벌리지 않는 이 부근 층은 최단 루트로 돌파할 것이다.

실제로 우리 뒤에 던전에 들어온 것으로 보이는 파티가 잰걸음으로 지나가는 기척을 도중에 느꼈다. 그때 프란은 막다른 길에 있는 함정을 불필요하게 해제하고 있어서 저쪽은 우리를 알아차리지 못했지만, 봤다면 무슨 짓을 하고 있는 거냐고 생각했을 것이다. 지도도 보지 않고 일일이 함정을 해제하며 나아가는 별종은 우리 정도다. 게다가 해제해도 전혀 의미가 없는 막다른 곳에 있는 함정이고 말이다.

"…………."

그렇게 함정 해제에 눈을 뜬 프란이었지만, 조금 전부터 기분이 조금 나빠져 있었다.

간단한 함정만 나와서 질리기 시작했겠지. 검은 꼬리가 흔들거리고 있었다.

이대로는 함정 해제 자체에 질려버릴지도 모른다.

모험가로서 빌어서는 안 되는 소원이지만, 부탁이니 어려운 함정 좀 나와 줘!

그런 바람이 통한 걸까.

지하 5층 입구 옆에서 프란의 발걸음이 우뚝 멈췄다.

그리고 말없이 지면을 노려봤다.

"…………."

함정의 난이도가 명백하게 올라가 있었다.

지금까지 나온 함정이 모험가에게 함정 해제 수련을 쌓게 하기 위한 튜토리얼이었다고 생각할 만큼 5층의 함정은 복잡한 구조를 가지고 있었다.

"웃⋯⋯."

다행이다. 프란은 그 복잡함에 신음소리를 내면서도 아주 즐거워 보였다. 다양한 방향에서 함정을 확인하며 머릿속으로 해제 계획을 짜고 있을 것이다.

그렇게 프란이 함정을 해제하고 있는데 이쪽으로 다가오는 기척이 있었다.

4층 계단을 내려오는 것을 생각하면 던전 공략을 진행하고 있는 파티겠지.

기척은 여섯 명인가? 어느 정도 기척은 지웠지만 완전히 숨기지는 못했다. 프란도 함정을 해제하며 그쪽을 경계하고 있는 것을 알 수 있었다.

지금의 우리는 입구에서 세 갈래로 갈라진 통로 중 왼쪽 통로의 입구에서 함정을 해제하고 있는 참이었다.

울시에게 앞을 보고 오게 한 결과, 막다른 길이니 뒤에서 온 파티의 방해는 받지 않을 터다.

불필요한 함정 해제를 하고 있는 모습을 보이겠지만 그건 어쩔 수 없다.

조롱하는 정도라면 못 본 척 넘어가도 상관없지만 시비를 건다면——그때 가서 생각하자.

"어라? 프란이잖아!"

"이니냐?"

내 걱정은 필요 없었던 모양이다.

계단을 내려온 건 안면 있는 육인조였기 때문이다. 바로 어제 모험가 길드에서 만난 랭크 D 파티 '병아리 횃대'였다.

프란이 경계를 푼 것을 알 수 있었다. 그들에게서는 악의나 해의가 느껴지지 않고, 이니냐는 프란에게는 동족이다. 그건 어쩔수 없다.

하지만 나도 프란도 경계를 완전히 풀지는 않았다.

던전이라는 비일상적인 공간에서 어제 만난 모험가를 상대로 마음을 완전히 여는 건 아마추어나 하는 짓이다. 프란도 이니냐외에는 아직 경계하고 있었다.

하지만 이니냐는 분위기를 잘 파악 못 하는 타입인지 웃으며 프란에게 달려왔다.

"이런 데서 뭐 해?"

이니냐에게도 프란은 동족 동료라는 의식이 있는 모양이다. 완전히 무방비하게 프란의 뒤에 섰다.

이런 어설픈 위기관리가 모험가로서는 아직 멀었다는 부분일것이다.

그것을 본 레스트, 차남, 갈리언 등 랭크 D 모험가들은 기가 막힌다는 얼굴을 하고 있었다. 그들은 역시 프란에게 최저한의 경계를 풀지 않은 데다 프란이 경계하고 있는 것도 알고 있었기 때문이다.

"미안하군."

"응."

리더인 레스트의 말에는 여러 가지 의미가 담겨 있는 듯했다.

작업을 방해해서 미안하다. 경계하고 있는데 서슴없이 다가와서 미안하다. 교육이 부족해서 미안하다. 그런 정도다.

그런 대화의 의미를 못 알아들었는지 이니냐는 고개를 갸웃거리고 있었다. 하지만 모르는 건 생각하지 않기로 한 모양이다.

뒤에서 프란의 손가를 들여다보며 질문을 던졌다.

"저기, 프란은 뭐 하고 있어?"

"함정을 해제하고 있어."

"뭐어? 하지만 여기 앞은 막다른 길이니까 함정을 해제하는 의미가 없는 거 아냐?"

"함정 해제 연습 중이야."

"그렇군. 솔로 모험가는 그런 부분도 혼자서 해결할 필요가 있으니 말이야. 필요한 훈련이야."

"와! 대단해!"

레스트의 말을 들은 이니냐가 감탄한 얼굴로 프란의 머리를 쓰다듬으려다가 황급히 손을 뺐다. 아무리 그래도 함정 해제 중에 손대는 건 위험하다고 깨달은 모양이다.

"자, 그 이상 방해하지 마. 우린 가자, 이니냐."

"네에."

레스트가 올바른 방향인 듯한 오른쪽 통로로 들어가면서 이니냐에게 말을 걸었다.

그녀도 자신이 방해하고 있다는 자각이 조금은 있는 듯했다.

아쉬운 얼굴로 일어섰다.

"그럼 조심해, 프란."

"이니냐도."

"다음에 만날 때는 얘기 많이 하자!"

"응."

손을 흔들며 멀어져가는 이니냐에게 프란은 부끄러워하며 손을 작게 흔들었다. 놀랍군. 아니, 옆에서 보면 가볍게 미소 짓고 있는 것처럼 보일지도 모르지만, 나나 울시의 입장에서 보면 최상급 웃음이었다.

이니냐와 약속을 한 게 기쁜가 보다. 즉, 반드시 또 만날 수 있다는 뜻이니 말이다.

『잘됐네.』

"응!"

이니냐와의 재회로 기분이 좋아진 프란은 집중력을 한층 더 발휘했다.

발견한 함정을 모조리 해제하며 의기양양하게 던전을 나아갔다. 물론 난이도가 높은 탓에 그 진격 속도는 빠르지 않았지만.

6층으로 내려가는 계단에 도착했을 때는 1층에서 5층에 도착할 때까지 걸린 시간을 전부 합친 것보다도 긴 시간이 지나 있었다. 그만큼 함정 해제에 걸리는 시간이 늘어났다는 뜻이 되겠지. 의욕만으로 해제 스킬이 좋아질 리도 없기 때문이다.

그리고 6층부터는 함정의 난이도가 더 올라갔다.

"스승."

『응. 그런데 내려가는 계단 마지막 한 층계에 함정이라니, 배치도 치사해졌군.』

"응."

처음에 나온 함정의 복잡함을 따지자면 5층에서 가장 복잡했던 함정을 능가했다. 반향정위로 내부를 조사해보니 그 구조가 상당히 복잡한 것을 알 수 있었다. 이미 바닥 속에 피타고라 스위치(일본에서 방송된 유아용 사고력 증진 프로그램)가 파묻혀 있는 수준이었다.

이걸 해제하면 시간이 얼마나 걸릴까. 나 역시 멀리서 뭔가를 던져서 발동시키고 싶다. 실제로 먼저 간 이니냐 일행은 그렇게 해제했을 것이다.

"열심히 할게."

하지만 프란은 오히려 의욕을 냈다.

여기서 해제하지 않고 적당히 발동시키자고 했다가는 분명 삐친다.

이것도 수련이라고 생각하며 느긋하게 기다릴까.

그리하여 프란이 진지한 표정으로 함정을 손대기 시작했다. 해제 중에도 말이 없어서, 이마에 땀을 흘리는 프란이 함정을 해제하는 철컥철컥하는 금속음과 작은 숨소리만이 주위에 울리고 있었다.

나는 말없이 지켜볼 뿐이다.

"워후."

울시는 하품을 참으며 일단 주위를 경계하고 있지만……. 집중력이 완전히 바닥나 있었다. 뭐, 마수도 잔챙이뿐이니 어쩔 수 없다.

그로부터 5분 정도 지났을 때 프란과 내가 소리를 냈다.

"아."

『아.』

그리고 천장에서 울시를 향해 쏘아지는 세 개의 화살.

"깨앵!"

『울시, 괜찮냐?』

"워웅……."

어떻게든 피했지만 화살이 스친 꼬리를 자꾸만 신경 쓰고 있었다.

"끄응……."

"미안, 실패했어."

자르면 안 되는 와이어를 절단한 듯했다.

『역시 난이도도 올라가서 전문직이 아니면 완벽한 해제는 어려워졌어.』

"다음에는 해제해보일게."

『더 해볼 생각이야?』

"응!"

프란의 의욕은 사라지지 않은 듯했다.

함정 해제 스킬의 훈련을 한다면 어려운 함정에 도전하는 편이 나을 테니 이 앞으로도 훈련을 좀 더 쌓아도 괜찮겠지.

『울시도 기합을 다시 넣어.』

"웡!"

울시에게도 좋은 약이 된 듯했다. 정신이 번쩍 든 표정을 짓고 있었다.

『6층도 다른 층과 입구의 구조는 다르지 않나.』

"길이 세 개 있어. 또 왼쪽으로 가?"

여전히 처음에 길이 세 갈래로 나뉘어 있었다.

하지만 똑같은 건 처음뿐이었다.

우선 함정의 난이도가 껑충 뛰었다. 프란이 다섯 번에 한 번은 해제에 실패했다. 게다가 단순히 해제가 어려운 것만이 아니었다.

날아오는 화살에는 독이 묻어 있었고, 뿜겨져 나오는 연기의 범위가 보다 넓어졌다. 구멍 바닥에는 검이 빽빽하게 꽂혀 있었고, 창이 날아오는 속도는 두 배가 됐다. 즉사까지는 하지 않아도 크게 다칠 것이다.

또한 마수의 힘도 한층 올라갔다. 아직 우리의 적수는 아니지만 확실히 위협도는 상승했을 터다.

『파이어 재블린!』

"크르르!"

"하압!"

나와 울시의 마술에 발이 묶인 오우거의 목을 프란이 일격에 날려버렸다.

"응!"

『훌륭해!』

프란은 전투 때 적극적으로 발도술을 사용했다.

바르보라에서 경험한 린포드전에서 고안한 프란의 오리지널 기술이다. 허리에 찬 칼집을 이용하는 통상적인 발도술과 달리 공기를 압축해 만든 칼집을 공중에서 자유자재로 생성할 수 있어서 모든 각도에서 실행할 수 있다.

게다가 공기의 기세를 이용해 참격을 가속시키는 게 가능하다.

프란은 이것을 순간적으로 내지를 수 있도록 연습을 반복하고 있는 듯했다.

확실히 현재 상태로는 공격까지 아직 약간의 틈이 있다. 조풍 스킬로 칼집을 생성할 때까지 생기는 틈이다. 지나치게 서두르면 바람이 뭉치지 않아 형태가 이루어지지 않거나, 반대로 공기 칼집이 너무 단단해서 내가 뽑히지 않게 되는 경우도 있었다. 칼집을 제대로 완성하려면 아직 1, 2초 정도 시간이 필요했다.

1, 2초라고 하면 짧은 것 같지만, 지금 상대하고 있는 잔챙이가 아니라 팽팽한 전투에서 사용하려면 훨씬 빨라져야 한다.

결국 스킬 연습을 반복할 수밖에 없을 것이다.

또한 수련을 쌓을 수 있는 건 공격 스킬뿐만이 아니다. 이 던전에 온 최대 목적인 감지 계열과 찰지 계열 스킬의 훈련을 하기에도 충분했다.

『위에서 온다!』

"응!"

벽의 틈으로 기어 나오는 어새신 슬라임에 벽으로 의태해 공격해 오는 카멜레온 리자드. 어느 놈이든 기척을 내지 않고 다가오는 짜증나는 마수뿐이었기 때문이다.

그렇군, 여기서 싸우면 감지 계열과 찰지 계열 스킬의 숙련도가 쑥쑥 오르겠어.

그렇다고는 하나 전투력으로 말하자면 아직 우리의 상대는 아니었다.

위협도로 치면 기껏해야 E라서 기습만 알아차리면 대미지를 받을 일도 없었다. 오히려 함정 쪽이 훨씬 성가실 정도였다.

『좀 더 아래층으로 가면 마수도 강해지겠지만…….』

아직 던전 첫날이다. 며칠은 이 부근에서 스킬 연습을 해도 상관없을지도 모른다. 아래층 마수와 싸우면 그렇게 간단히 감지할 수 없는 마수도 나올 테다. 그 전에 이 주변 층에서 스킬 연습을 해두면 그 녀석들에게도 대응할 수 있겠지.

『일단 나타나는 마수의 격이 오르기 전까지는 앞으로 가볼까.』

"그게 좋겠어."

그 이상 나아갈지 돌아갈지는 그때 정하기로 하고.

그리고 6층을 공략하고 7층으로 내려왔을 때, 프란은 레스트 일행과 재회했다.

"스승! 저기!"

『그래, 레스트야!』

뭐, 시체와의 대면을 재회라고 해도 좋을지는 모르겠지만 말이다.

두 모험가가 자신들이 흘린 피의 바다에 엎드려 있었고, 마찬가지로 피투성이가 된 청년이 벽에 기대듯이 웅크리고 있었다.

쓰러져 있는 두 사람은──레스트와 이니냐는 이미 숨이 끊어져 있었다.

청년의 상처는 그렇게까지 깊지 않았지만 의식을 잃은 듯했다. 짧게 깎은 갈색 머리에 키와 몸집이 중간인 수수한 청년이었다. 아마 소러스라는 이름이었을 것이다.

『프란, 회복이야!』

"…………."

『프란!』

"……아……."

이 광경은 역시 프란에게 충격이 너무 강했나. 목숨을 잃은 이니냐의 시체를 보고 프란은 망연자실한 상태였다.

『──그레이터 힐!』

프란 대신 내가 회복 마술을 사용했다.

"……어…… 아…… 나는……?"

"……! 무슨 일이 있었어?"

청년이 낸 목소리에 프란도 정신을 차린 모양이다. 소러스에게 다가가 질문을 던졌다.

"무슨 일이 있었냐고!"

분노를 숨기지 않고 무의식적으로 위압감을 내뿜고 있었다. 그 서슬에 소러스가 비명을 질렀다.

"히익?"

『프란, 이 남자도 아직 혼란스러워하고 있어. 잠깐 있어봐.』

이니냐가 죽었다는 사실이 프란의 판단력을 완전히 빼앗았군. 소러스에 대한 걱정도 하지 못할 만큼 여유를 잃고 있었다.

"……큭."

"아, 네, 네가 살려, 준 거니?"

"……응."

"그렇구나, 고마워. 그, 그렇지! 동료는! 나 외에 누구 없었어?"

"레스트랑 이니냐는 늦었어……."

"아아, 리, 리더! 이니냐! 어떻게 이런 일이……."

소러스는 레스트의 시체에 매달려 비명을 질렀다.

"으으으으……."

"……무슨 일이 있었어?"

가엾지만 사정을 들어야 한다. 동료의 시체에 매달리며 남의 눈을 의식하지 않고 눈물을 흘리는 소러스에게 프란이 다시 질문을 던졌다.

프란의 의문에 청년은 더듬거리며 사정을 얘기하기 시작했다.

"파티가 갑자기 누군가에게 기습당했어."

"마수?"

"아니. 이 층의 마수에게 기습을 받는다고 여섯 명이 전멸하는 건 말도 안 돼."

"그럼 뭐야?"

"인간이야……. 던전 안에서 도적 행위를 하던 악질적인 모험가에게 공격받았어."

그렇군. 그런 짓을 하는 녀석들은 역시 있는 건가.

원래 도적 행위를 하는 모험가가 있다는 소문은 있었던 모양이다. 하지만 그런 녀석들을 길드에 넘기면 상금을 받을 수 있기 때문에 오히려 붙잡겠다고 벼르고 있었다나.

하지만 습격자들 쪽이 훨씬 강했을 것이다.

"모험가……!"

프란이 이를 악무는 소리가 들렸다. 아직 얼굴도 모르는 살인범에게 증오를 키우고 있는 듯했다. 그 몸에서는 살기마저 나오고 있었다.

"처음에는 함정에 걸려 칼과 차남 씨가 쓰러졌어."

적은 창이 솟아 나오는 함정을 일부러 발동시켜 전위 두 사람을 먼저 처리한 모양이다.

"남은 우리만으로는 어떻게 할 수도 없었어."

"랭크 D 파티인데도?"

"두 사람이 죽어서 동요하는 사이에 뒤에서 기습당했어……. 마술사인 갈리언 씨가 쓰러지는 바람에 우리는 회복 담당을 잃었지."

방패 담당과 마술사, 파티의 핵심인 두 사람이 처음에 쓰러진 건가. 그러면 상황이 어렵겠지.

"격렬한 전투가 벌어져서 나와 이니냐도 부상을 입었지만 리더가 마지막 힘을 쥐어짜서 전이의 날개를 사용했어. 살아 있으면 전원이 전이됐을 텐데……."

"세 사람만 있었어……."

"그렇구나……."

전이한 시점에서는 레스트와 이니냐도 살아 있었을 것이다. 그러나 회복을 하기 전에 의식을 잃고 그대로 목숨을 잃은 듯했다.

"습격자는 어떤 녀석이었어?"

"복면으로 얼굴을 가리고 있었고 장비도 특징 없는 거여서……. 남자가 다섯 명이라는 것밖에 몰라."

그럼 어떻게 할까. 이대로 소러스만 던전 밖으로 나가라고 하려 해도 혼자서는 무리일 것 같다. 기껏 살렸는데 도중에 죽으면 뒷맛이 개운치 않을 것이다.

결국 우리는 소러스와 같이 지상으로 돌아가기로 했다.

첫날치고는 그럭저럭 내려왔으니 돌아가기에는 좋은 타이밍이었다.

"미안해. 수고를 끼쳐서."

"괜찮아."

"고마워. 저기, 리더와 이니냐를 데리고 가고 싶은데……."

얼핏 듣기에 당연한 말 같지만 이건 모험가로서는 드문 일이다.

우리가 들은 이야기로는 던전 안에서 죽은 동료는 그대로 두고 떠나는 게 보통이라고 했다. 데리고 돌아간다는 건 시체를 옮긴다는 뜻이다. 확실히 움직임은 둔해지고, 말하기는 그렇지만 짐이 된다. 살아남은 멤버를 위험에 빠뜨리는 일도 되는 것이다.

그렇지 않아도 파티 멤버가 줄어든 상태로 시체를 옮길 정도의 여유는 보통 없으니, 그대로 버리는 것을 비난하는 모험가는 없었다. 오히려 누구나 자신이 그렇게 되는 것을 각오하고 있을 터였다.

"이대로 던전에 흡수되는 건 참을 수 없어."

인간이나 마족의 시체는 시간이 지나면 던전에 흡수된다. 사람의 시체는 흡수되는 데 하루 정도 걸리니 이니냐와 레스트의 시체를 던전 밖으로 가지고 나갈 시간은 있을 것이다. 참고로 마수는 해체해 소재로 삼으면 흡수되지 않는다고 한다.

"……알았어."

프란도 이니냐의 시체를 내버려 둘 수 없다는 소러스의 말에 동의하듯이 고개를 끄덕였다.

"다만 나 혼자서는……."

소러스의 가는 팔로는 레스트를 짊어지는 게 고작이겠지. 모험가로서 단련했으니 보기보다 완력이 있겠지만, 그래도 두 사람 분의 시체를 옮기기에는 무리일 것 같았다. 아니, 옮긴다 해도 그 발걸음은 상당히 둔해질 게 틀림없다.

소러스도 그건 알고 있는지 미안하다는 듯이 프란을 바라봤다.

"저기…… 부끄러움을 무릅쓰고 부탁할게. 이니냐를 옮겨주지 않겠어?"

상당히 뻔뻔스러운 부탁이지만 동료를 위해서라면 체면을 차리지 않는다는 거겠지. 소러스는 필사적인 얼굴로 고개를 숙였다.

'스승, 괜찮아?'

『소러스의 다른 동료를 찾을 시간은 역시 없겠지만 이 두 사람은 데리고 돌아갈까.』

"응. 데리고 갈게."

"지, 진짜야? 고마워! 그럼 이니냐를 부탁해."

"등에 메지 않아도 돼."

프란은 소러스에게 그렇게 말하고 이니냐와 레스트의 시체를 수납했다.

"어어? 대체 어떻게 된 거야?"

"차원 수납이야."

"아, 아아, 그렇구나! 대단하네, 처음 봤어."

"응. 가자."

"아, 잠깐만!"

갑자기 사라진 두 사람의 시체에 놀라는 소러스를 곁눈질하며 프란은 계단을 올라가기 시작했다.

그대로 소러스를 데리고 왔던 길을 돌아가기 시작했다.

부상이 나았다고는 하나 소러스는 피를 상당히 흘렸을 터다. 하지만 그 걸음은 생각보다 힘찼다. 원래 척후직이니 걷는 데 숙달돼 있을 것이다.

"프란 씨는 감지 계열 스킬을 뭔가 가지고 있어? 나는 기척 감지 정도야."

"응."

소러스는 가만히 못 있는 성격인지 주절주절 떠들었다. 아니, 동료의 죽음을 떨쳐내기 위해서 군이 수다를 떠는 걸지도 모른다.

뭐, 프란은 고개만 끄덕이고 있을 뿐이지만.

우리가 해제한 함정은 아직 수복되지 않아서 막힘없이 돌아갈 수 있었다. 이대로 함정의 난이도가 높아지는 5, 6층을 빠져나갈 수 있으면 고맙겠는데…….

그러자 프란의 걸음이 갑자기 멈췄다.

"왜, 왜 그래?"

"인기척이야."

"뭐……?"

소러스는 감지하지 못한 듯하지만, 나도 프란도 앞쪽에서 솟아 나오는 복수의 기척을 감지했다.

발걸음을 늦추고 경계하며 나아가는 우리의 앞쪽에서 남자 세 명이 걸어왔다.

"여, 안녕."

"응. 안녕."

"어라? 혹시 너희 두 명뿐이야?"

"설마! 이런 곳에 이런 애들이 둘만 있을 리가 없어!"

"그, 그렇지? 동료는 어디 있지?"

소러스도 고 랭크로는 보이지 않는 나이이고 프란은 어린아이다. 그들의 입장에서 보면 충분히 어린아이들이라고 할 수 있을 것이다.

세 남자들은 경악스러운 표정으로 프란을 보고 있었다. 하지만 바로 평정을 되찾고 여러 가지 질문을 던졌다.

"정말 두 사람뿐이냐?"

"모험가지?"

"그쪽에 있는 늑대는 좋마니?"

"혹시 동료와 떨어졌다면 한동안 우리랑 같이 갈래?"

"오오, 그거 좋은데!"

"그러자!"

유쾌한 녀석들이군. 프란과 소러스를 걱정해주다니——라고 할 줄 알았냐!

타이밍이 너무 좋아서 감정해보니, 이 녀석들은 시커멨다.

절도, 고문, 공갈, 기만, 사기 스킬을 가지고 있는 데다 남자들의 칭호에 살인자가 있었다.

다른 모험가들에게 호의적으로 접근해 방심시킨 후 싹둑 베어버리는 거겠지.

던전에서 등록한 길드 카드에는 쓰러뜨린 마수의 정보밖에 적혀 있지 않으니 죄를 저질러도 던전 안에서는 드러나기 어렵다.

소러스의 파티를 습격한 건 이 녀석들인가? 아니면 다른 패거리인가? 그렇게 생각하고 기척을 찾아보니 우리 뒤로 천천히 접근해오는 기척이 있었다. 살기를 죽이고 있지 않군. 이로써 네 명인가……. 뭐, 어느 쪽이든 적인 건 변함없다.

『프란, 이 녀석들 노상강도야.』

'응.'

'웡?'

『왜 그래, 울시?』

'웡웡?'

울시가 고개를 갸웃거리고 있었다. 아무래도 내가 감정을 사용한 게 의문인 모양이다. 디아스에게 감정을 쓸 상대를 가리라는 말을 들었으니 말이다.

하지만 그건 공식 자리에서 왕족 등에게 감정을 사용하면 매너 위반이라고 화내는 녀석도 있다. 경우에 따라서는 이상한 음모에 휘말릴지도 모르니 주의하라. 그런 의미다.

던전에서는 이런 멍청이들도 있으니 감정을 쓰지 않을 수 없다. 그건 오히려 당연한 조치일 것이다. 방금 만난 무기를 든 상대를 무조건 믿는다니, 얼마나 평화에 찌든 소리냐는 것이다.

그래도 감정하는 건 매너 위반이라고 화를 낸다면 오히려 수상하다. 감정받으면 켕기는 부분이 있다는 뜻이니 말이다. 뭐, 아주 희귀한 스킬이라도 가지고 있을 가능성도 있지만……. 그렇다 해도 감정은 할 것이다.

반대로 상대가 이쪽을 의심해 감정했다 해도 그건 어쩔 수 없는 일이라고 생각한다.

『그런 거야.』

내가 울시에게 설명하는 사이에 프란과 대화가 전혀 진행되지 않아서 남자들이 초조해지기 시작한 듯했다.

"그러니까 우리가 지상까지 데려다준다는 얘기라고."

본성이 나오기 시작했는지 말투가 조금 거칠어졌다.

『프란, 한 명은 살려둬. 리더 같은 전사가 좋겠어.』

'나머지는?'

『어차피 산 채로 우리끼리 지상으로 끌고 가는 것도 힘드니 베어도 돼.』

'응. 알았어.'

『스테이터스는 그럭저럭이야. 방심하지 마. 울시는 소러스를 호위해.』

'크르르!'

하지만 실은 소러스 파티를 습격한 상대와는 별개로, 옛날에는 악행을 저질렀지만 지금은 개과천선해 참사람이 됐을 가능성도 희박하지만 버릴 수 없다.

되도록이면 녀석들이 먼저 손을 써주면 좋겠는데.

그런 내 바람이 통했는지, 초조해진 남자가 마침내 움직였다.

"휴우. 이제 됐어."

리더 격인 남자의 말이 신호였을 것이다.

프란의 뒤에서 접근하던 남자가 단검을 꺼내 엄청난 속도로 돌진했다.

죽이기 위해서가 아니라 부상을 입혀 움직임을 막기 위한 공격이다. 쓰레기지만 실력과 판단 능력은 나쁘지 않군. 누가 봐도 소녀인 프란에게도 전혀 방심하지 않고 함정에 빠뜨리려 했다.

『하지만 어설퍼.』

"아니——?"

기척을 죽이고 숨어 있을 셈이었겠지만 우리에게는 훤히 드러났다.

내 염동에 단검이 간단히 막혔다. 공중에서 갑자기 움직이지 않게 된 자신의 팔에 놀라던 남자는 다음 순간 내 바람 마술에 의해 목이 절단됐다.

프란은 고개도 돌리지 않았다.

"어? 어라?"

놀라서 눈을 깜빡이는 소러스를 내버려둔 채 사태는 순식간에 진행됐다.

"더즈! 너 무슨 짓을——."

"이 꼬——."

"크억!"

한 사람이 프란에게 목이 베여 날아갔고, 한 사람은 머리가 둥글게 잘렸으며, 한 사람은 검배에 얻어맞고 날아갔다. 기습은 잘해도 전투력은 대단치 않군.

"커헉!"

프란에게 맞고 튕겨나간 남자가 금이 갈 정도의 기세로 석벽에 충돌했다.

아마 공격이 직격한 팔과 갈비뼈는 산산조각 났겠지. 벽에 부딪친 등도 위험할지도 모르겠다.

남자는 격통에 신음하며 떨리는 목소리로 중얼거렸다.

"컥…… 어째서…….

"뻔히 보여."

"젠장…… 젠…………."

프란의 말에 남자는 분한 기색으로 신음한 후 대량의 피를 토하고 의식을 잃었다.

'스승, 이 녀석 어떡해?'

『길드에 넘길 거야. 달리 동료가 있으면 그 정보도 불게 하는 편이 좋겠지.』

우리가 염화로 의논하고 있는 동안에 소러스가 불쑥 앞으로 나섰다.

그리고 아무런 망설임도 없이 손에 들고 있던 검을 내리쳤다.

채앵.

프란이 즉시 나로 막지 않았다면 기껏 살려 체포한 남자의 목숨은 없었을 것이다.

"무슨 짓이야?"

"미, 미안. 이 녀석들을 눈앞에서 보니 그만……."

역시 소러스 파티를 습격한 녀석들이었던 모양이다. 소러스는 창백한 얼굴로 검을 거뒀다.

하지만 빛을 잃은 눈동자와 어두운 표정으로 쓰러진 남자를 노려보고 있었다.

"마음은 이해해. 하지만……."

프란이 살의가 담긴 시선으로 도적을 응시했다. 이니냐의 적이다. 내가 죽이지 말라고 하지 않았으면 즉시 죽였을 것이다.

"이 녀석은 길드에 데려갈 거야."

"그, 그렇지."

그 후, 소러스는 자신이 선두에서 걷겠다고 제안해서 지금은 그에게 이끌려 지상을 향해 가고 있었다.

뭐, 원수인 남자의 옆에 있으면 또 살의가 솟구칠지도 모르니 그게 낫겠지.

붙잡힌 남자는 어느 정도 부상을 치료해 울시의 등에 묶어 놨다. 온몸을 묶었으니 의식이 돌아와도 아무것도 하지 못할 것이다.

5층 도중부터는 함정이 부활해 있었지만, 소러스는 무난하게 함정을 발견해 해제하거나 피했다. 척후로서 실력은 그럭저럭 있는 듯했다.

하지만 20분 정도 나아간 곳에서 갑자기 울시의 비명이 울려 퍼졌다.

"워웅!"

『어?』

"울시"

"워후."

울시의 입에는 두꺼운 창이 물려 있었다. 아무래도 함정이 발동해 위에서 창이 떨어진 모양이다. 그것을 즉시 입으로 받아냈겠지. 역시 대단한 반사 신경이다.

"괜찮아?"

"워후후!"

"미, 미안해."

소러스가 함정을 놓친 모양이다.

서두르고 있으니 주의력이 떨어지는 건 어쩔 수 없을 것이다. 우리 역시 함정을 완벽하게 찾을 수 없으니 말이다.

찌릿…….

응? 지금 뭔가 위화감이 있었는데? 뭐지? 이렇게 뇌에 정전기가──오른 것 같은 느낌인데? 아니, 뇌는 없지만.

『으음?』

'스승, 왜 그래?'

『아니, 지금 뭔가 이상한 위화감 안 들었어? 잘 설명할 수는 없지만…….』

'응?'

프란은 고개를 갸웃거리고 있었다.

『프란은 몰라?』

'으응?'

『울시는 느꼈어?』

'워웅?'

울시도 모르는 듯했다.

감각적으로 우수한 둘이 느끼지 못했다면 내 기분 탓인 건가?

"미안. 함정을 밟았어……."

찌릿…….

아, 또야! 또 이상한 느낌이!

『지금 건 어때?』

'응?'

'웡?'

역시 프란과 울시는 모르나 보다.

둘 다 다시 고개를 갸웃거리고 있었다.

뭐지? 마수나 함정의 기척을 스킬로 무의식중에 감지한 건가? 으음, 모르겠네.

『할 수 없지. 지금은 앞으로 가자.』

"응."

"저기, 괜찮아?"

소러스가 걱정스러운 얼굴로 프란과 울시를 보고 있었다. 소러스 입장에서는 프란과 울시가 갑자기 고개를 갸웃거리며 신음하듯이 보였을 것이다. 걱정하는 것도 당연한가.

"문제없어."

"웡."

"그럼 상관없는데……."

"그보다 서둘러."

"아, 그래."

프란이 불안해 보이는 소러스를 재촉해 길을 서둘렀다.

그리고 길을 가다 소러스가 갑자기 발걸음을 멈췄다.

"저기에 뭔가 있어."

"? 어디?"

"저기."

소러스가 가리키는 쪽을 봤지만 전혀 모르겠다.

뭐가 있는 거지? 조금 앞에 세워진 벽에 함정이 있는 건 알지만, 소러스가 말한 건 그게 아닐 것이다.

그리고 또 뭔가 찌릿했던가?

"봐봐, 저기야. 잠깐 가보자!"

찌릿!

역시 또 찌릿했다. 불쾌한 감각이 있었다. 이번에는 틀림없다.

하지만 그 위화감의 정체를 확인할 새도 없이 소러스가 프란의 대답을 기다리지 않고 달려 나갔다.

혹시 함정을 알아차리지 못한 건가?

『아, 프란! 소러스를──.』

프란에게 경고하라고 지시할 새도 없이 소러스는 함정을 작동시켰다.

느닷없이 사방의 벽에 작은 구멍이 뚫리고 안개 형태의 기체가 분사됐다.

독가스다!

우리에게는 상태 이상 내성에 독 흡수도 있으니까 의미는 전혀 없지만······.

아니, 기껏 잡아온 도적이 맹독에 중독됐어! 생명력이 점점 줄어가는 것을 알 수 있었다. 해독 마술로 독을 해제하지 않으면 목숨이 위험할 것이다.

"아아! 미안!"

이봐, 아무리 그래도 실수가 너무 많지 않아?

"괘, 괜찮아?"

소러스의 모습은 통로 안에서 뿜어져 나오는 독가스에 막혀 목소리밖에 들리지 않았다.

그리고 또 찌릿하는 감각.

아무래도 소러스가 떠들 때마다 느껴지는 모양이다.

어쩌면 상대방이 스킬을 쓸 때 느껴지는 위화감이 이걸 말하는 건가? 그럼 소러스가 뭔가 스킬을 썼다는 뜻인가?

그렇게 생각한 순간, 단숨에 소러스에 대한 의심이 터져 나왔다. 마치 댐이 무너진 듯이 순식간에 온갖 의혹이 내 마음을 가득 채웠다.

아까 습격했던 남자들의 리더를 소러스는 적이라고 말하며 죽이려고 했는데, 어떻게 알았을까. 파티가 전멸했을 때 상대는 복면을 뒤집어쓰고 있었다고 했지?

아니, 애초에 복면을 뒤집어쓴 상대를 어떻게 남자라고 단정했지?

모험가의 철칙을 무시하고 레스트와 이니냐의 시체를 메고 옮기려고 한 점도 이상하다. 일부러 프란에게 짐을 지워서 움직임을 둔하게 하려고 했던 게 아닐까?

그 뒤로 길을 오는 동안에 프란에게 이런저런 질문을 했는데, 그건 명백하게 스킬을 탐색한 거였지? 어째서 그 행동을 더 수상하게 느끼지 않았을까? 동료의 죽음을 떨쳐내기 위해 수다를 떤다고 느긋하게 생각하고 말았다.

붙잡은 남자를 간헐적으로 죽이려 한 것도 그렇고, 함정을 몇 번이나 발동시킨 것도 그렇다.

평소라면 더 수상하게 생각하지 않을까?

아니, 수상하게는 생각했다. 그때는. 그래서 몇 번이나 거짓말 감지를 사용했다. 하지만 소러스는 거짓말을 하지 않았다. 그래서 이렇게까지 믿고 말았다. 만난 지 얼마 되지 않아서 잘 모르는 상대를 심지어 동료처럼 느꼈다.

그 사실에 나는 형언할 수 없는 불안감을 느꼈다. 그와 동시에 무시무시한 불쾌감이 엄습했다.

모르겠어⋯⋯. 우리는 소러스에게 뭔가를 당한 걸까? 하지만 무슨 짓을 당했지? 아니면 착각인가?

소러스가 엄청나게 수상한 건 확실하다. 하지만 확실한 증거가 없다.

『프란, 울시, 말하지 마.』

'?'

'웡?'

『내가 말하는 대로 해. 알았지──.』

그리고 울시는 땅에 쓰러지고 프란은 한쪽 무릎을 꿇고 숨을 거칠게 몰아쉬었다.

뭐, 연기지만 말이다.

내 의심대로 소러스가 수상하다면 뭔가 행동을 취할 것이다.

일단 염동은 즉시 발동 가능하고, 프란과 울시에게는 차원 마술을 얻어서 습득한 크로노스 클록이라는 술법을 걸었다. 둘에게는 소러스의 움직임이 슬로모션으로 보일 터다. 혹시 공격받는다 해도 피할 수 있겠지.

결점으로는 소러스가 하는 말도 느리게 들리기 때문에 프란과 울시는 무슨 말을 하는지 모른다는 것을 꼽을 수 있으려나. 그렇기 때문에 나한테만 차원 마술을 걸지 않았다.

"……뭔가 마술을 썼어?"

"…………"

"프란? 괜찮아?"

마술의 발동을 감지한 모양이다. 크로노스 클록은 쓰지 않는 편이 나았으려나? 하지만 기습을 받을 가능성이 있는 이상 위험은 최대한 줄여두고 싶었다.

아니, 애초에 이상하지 않나? 소러스가 가지고 있는 감지 계열 스킬은 기척 감지와 함정 감지뿐이다. 마력 감지도 마술 감지도 가지고 있지 않다. 그런데 어떻게 마술 발동을 간파했지? 물론 기척 감지라도 레벨이 올라가면 감지할 수 있게 될지도 모르지만, 소러스의 스킬 레벨은 5. 그렇게까지 높지 않다.

그리고 나는 어느 가능성에 생각이 미쳤다.

『감정 위장인가?』

디아스도 감정 위장 스킬을 능숙하게 사용해 바로 어제 우리를 감쪽같이 속이지 않았나!

유니크 스킬이 아주 희귀하다고는 하나 같은 마을에 소지하고 있는 사람이 여럿 있지 말라는 법은 없다.

오히려 울무토처럼 특수한 마을에는 모일 가능성이 높았다.

내가 소러스를 보다 강하게 의심하고 있는데 소러스가 이쪽으로 돌아왔다.

"프란?"

"아……."

"흐음. 뭔가 마술을 썼는데 막지 못한 건가?"

"으으."

일단 괴로운 기색으로 신음하는 프란. 연기 좋아, 프란!

"진짜 독에 중독된 모양이군……. 괜찮아, 지금 편하게 해줄게."

허언의 이치로 판별했지만 소러스는 거짓말을 하고 있지 않았다.

하지만 소러스의 행동은 그 말과는 정반대였다. 허리에 찬 검을 뽑아 단숨에 프란에게 내리친 것이다.

아니, 거짓말이 아닌 건가. 죽으면 편해진다. 어떤 의미에서 정형화된 대사다.

그러나 소러스의 참격은 프란이 간단히 피했다.

"응."

"아니! 말도 안 돼!"

프란은 순식간에 몸을 일으켜 놀라는 소러스에게 나를 뽑아 내려쳤다.

"홋!"

"크아악!"

검을 들고 있던 소러스의 오른쪽 손목이 잘려 날아갔다. 그리고 방향을 바꿔 치켜 올라간 나에 의해 오른 다리도 작별을 고했다.

"무, 무슨 일이……."

땅에 털썩 쓰러진 소러스는 넋이 나간 얼굴로 신음하고 있었다.

나는 프란의 크로노스 클록을 해제했다. 이대로는 신문도 할 수 없으니 말이다.

"——힐."

일단 소러스에게 힐을 걸었다.

팔과 다리를 잃은 큰 부상이다. 힐 한 방에 나을 리도 없지만, 지혈하지 않으면 순식간에 죽을 것이다. 그래서는 얘기도 듣지 못한다.

일단 가벼운 의문부터 해소하기 시작했다.

"아까 어떻게 마술 발동을 감지했어?"

"그야 스킬이지."

거짓말이 아니다. 정말 스킬로 감지한 모양이다.

"……기척 감지?"

"……글쎄, 어떠려나? 그 밖에도 뭔가 있을지도 모르겠지?"

이것도 거짓말이 아니다. 다만 생각해보면 어느 쪽이든 고를 수 있다고나 할까, 거짓말도 진실도 아닌 대답이었다. 신문받는 데 익숙한 건가?

교섭을 할 셈인 걸까, 단순한 고집일까. 소러스는 고통을 참으며 강단 있는 표정으로 프란을 올려다보고 있었다.

하지만 프란에게는 소러스와 교섭할 생각이 조금도 없었다.

"흐음."

"크아아악!"

아무런 망설임도 없이 엎드려 쓰러진 소러스의 등에 나를 꽂았다.

당연하다. 프란에게 소러스는 이니냐의 원수일 가능성이 높기 때문이다. 소러스를 내려다보는 눈동자는 한결같이 차가웠다.

"크어어억!"

소러스는 갑작스러운 격통에 등을 구부리며 비명을 질렀다.

"——힐. 다시 한 번 물을게. 어떻게 마술의 발동을 감지했어?"

"……모른다고 하면?"

"대답하고 싶어질 때까지 조금씩 괴롭혀줄게. 죽이진 않아. 회복 마술이 있으니까 자살도 못 해."

"……큭."

이런 때는 프란의 무표정이 도움이 되는군. 어떻게 생각해도 진심으로 들린다. 뭐, 진심이기는 하지만 말이다.

소러스도 프란의 진심을 느꼈는지 그 눈동자에 명백하게 두려움의 빛이 섞였다.

"……목숨은 살려주는 거겠지?"

소러스가 탐색하는 음색으로 그렇게 말한 순간이었다. 아까까지는 찌릿하는 이상한 위화감으로밖에 생각할 수 없었지만, 이번에는 확실히 소러스에게 뭔가 당했다는 것을 감지할 수 있었다.

도신을 쓰다듬는 듯한 무시할 수 없는 감각.

확실하게 소러스가 뭔가 스킬이나 마술을 사용했다.

『프란, 지금 거 느꼈어?』

"?"

『울시는?』

131

'워후?'

역시 프란과 울시는 감지하지 못했나. 하지만 어째서 나만 느끼지? 아니, 내게는 마력의 흐름을 감지하는 마법사 스킬이 있다. 물리적인 감각으로는 오감을 전부 쓸 수 있는 프란에게 미치지 못하지만, 마술이나 스킬을 감지하는 면에서는 내 쪽이 위일지도 모른다.

'뭔가 당했어?'

『아마도.』

"응."

프란은 고개를 꾸벅이고 소러스의 등에 다시 나를 힘껏 꽂았다. 방금 전보다 힘을 더 들어갔다.

"크이이이이이익……!"

완벽하게 폐를 관통했다. 일반인이라면 즉사했을지도 모르지만 어느 수준에 오른 모험가였던 게 불행이로군. 생명력이 높은 탓에 기절도 하지 못하고 소러스는 입에서 거품과 피를 토하며 격통에 몸을 비틀고 있었다.

"으그그그그그극!"

"──미들 힐."

"휴우우우……."

프란이 상처를 치료해줬지만 소러스의 표정은 오히려 절망으로 물들어 있었다. 프란의 말이 진심이라는 것을 알았기 때문이다.

"쓸데없는 짓은 무엇 하나 용서 안 해."

"크르르."

"……헉…… 헉."

공포 탓인지, 아니면 폐를 관통당한 후유증인지 갑자기 숨이 거칠어지기 시작했다. 이미 공포를 숨기려고도 하지 않고 눈물마저 글썽이며 프란과 울시를 올려다봤다.

"아, 알았어! 뭐든 말할게!"

"아까 질문에 대한 답은?"

"마, 마력 감지야!"

역시 그랬던 건가.

"어떻게 스킬을 숨겼어?"

"가, 감정을 가진 건가……."

소러스의 불필요한 중얼거림에 반응한 프란이 다시 움직였다.

"흠."

"크악!"

등에 세 번째 검이 꽂히자 소러스가 비명을 질렀다.

학습 효과가 없군. 아니, 이렇게 쓸데없는 대화를 해서 상대를 자신의 페이스로 끌고 가는 게 이 녀석의 수법이겠지. 지금의 프란에게는 통하지 않지만.

"──힐. 쓸데없는 짓은 용서 안 한다고 말했어. 질문에 대답만 해."

"아, 알았…… 알았어! 감정 위장이라는 스킬이야!"

이것도 내 생각대로였다.

"해제해."

"알았어! 해제할게! 자!"

찌릿!

또 이 감각이다.

마력 감지는 확실히 보이게 됐다. 스테이터스에도 변화가 보이지만……. 의문의 위화감의 정체를 알 수 없군.

'어때?'

『따로 숨기고 있는 부분이 있을지도 몰라. 완전히 해제시키자.』

"응. 따로 위장하고 있는 부분은 없어?"

"어, 어째서 그런 걸──아, 알았어! 없어! 없다고!"

질리지도 않고 이쪽의 질문에 반문한 소러스는 검을 치켜든 프란을 보고 황급히 외쳤다.

『거짓말이야. 따로 위장하고 있어.』

스테이터스를 보이면 어지간히 곤란한 모양이군.

"응."

"끄악! 어, 어째서……."

"감정 위장을 완전히 해제해."

"어째서 들통나…… 아, 알았어! 해제할게! 하지만 이쪽은 장비품의 효과야! 지, 지금 벗을 테니까 조금만 기다려줘!"

소러스는 그렇게 소리치고 남은 왼손을 얼굴 앞으로 가져갔다. 그리고 중지에 낀 반지를 입으로 물었다. 아아, 그렇구나. 오른손이 잘려나가 입을 써서 반지를 뺄 셈인가.

반지는 그렇다. 손가락이 조금 두껍거나 붓기만 해도 전혀 벗겨지지 않게 된다.

소러스는 필사적으로 반지를 빼려고 시도했지만 반지는 전혀 움직이지 않았다.

"헉…… 크윽…….."

전혀 빠지지 않는 반지를 보며 프란은 기다리다 지쳤나 보다.

"이제 됐어."

"어——크악!"

소러스가 얼빠진 얼굴로 손가락에서 입을 뗀 순간, 그 손가락을 절단했다. 그게 지름길이다. 소러스는 격통에 비명을 지르고 있지만, 나는 중지 외에 전혀 손상시키지 않은 그 기술에 감탄했다.

"——힐."

"히익히익."

조금 아쉬운 것은 반지가 부서진 일이다. 프란 탓이 아니라 사용자가 빼면 부서지는 일회용 타입 도구였던 모양이다. 부서짐으로써 장비의 효과가 풀렸는지 반지에도 감정이 제대로 통하게 됐다. 독 내성 반지라는 이름이었던 반지가 감정 위장의 반지라는 이름으로 바뀌어 있었다

그리고 소러스의 스테이터스도 완전히 볼 수 있게 됐다.

이름 : 소러스 나이 : 30세

종족 : 반마족

직업 : 미궁 척후

Lv : 34

생명 : 208 마력 : 187 완력 : 141 민첩 : 237

스킬 : 암살 3, 거짓말 간파 4, 연기 6, 은밀 6, 해체 6, 기만 5, 기척 감지 5, 기척 차단 3, 소음 행동 4, 검기 5, 검술 7, 투척 4, 독 내성 6, 독 지식 5, 마력 감지 6, 함정 감지 6, 함정 해제 6, 기력 조작

유니크 스킬 : 감정 위장 2, 강제 친화

칭호 : 배신자, 살인자

보인 스테이터스도 스킬도 모두 수치가 상승했다. 상당히 강하다. 랭크 C에 상당했다. 아니, 전에 알레사에서 만난 랭크 C 모험가보다 강할지도 몰랐다.

게다가 지나칠 수 없는 스킬이 몇 개 보였다.

『유니크 스킬을 두 개나 가지고 있군. 하나는 감정 위장인가.』

자신의 감정 위장과 반지의 감정 위장을 같이 쓰고 있었던 건가. 재미있는 생각이 났다.

우리 같은 감정 소유자가 우리에게 스킬을 쓰면 내 감정 위장을 자유자재로 다루며 정말 보이고 싶지 않은 정보는 반지의 힘으로 숨기는 것이다.

그렇게까지 보이고 싶지 않았던 능력이 이 유니크 스킬이겠지.

『강제 친화네.』

"강제 친화? 어떤 스킬이야?"

"그건……. 아아, 알았어. 알았다고! 대답할게! 그러니까 검을 내리고 늑대도 더 멀리 물려줘!"

"크릉."

그래그래, 쓸데없이 떠들지 말고 얼른 불어.

"이 스킬은 쓰면 주위의 친근감을 얻을 수 있는 수수한 스킬이야. 상대는 나를 마치 동료나 친구처럼 느끼고 약간의 의문이나 위화감은 무시하게 돼. 연인이나 절친이 아닌 게 특색이야."

그래서인가. 우리가 이 녀석의 말이나 행동에 위화감을 느끼지 않고——아니, 느낀 위화감을 기분 탓이라며 무시한 건.

"사소한 계기로 강한 의문을 가지면 간단히 해제되는 스킬이야."

"이 스킬로 모험가 파티에 끼어들어 동료를 습격했어?"

"그래."

역시 그런 건가. 함정을 일부러 발동시킨 수법만 봐도 이 미궁 안에서 상당히 오랫동안 활동했을 것이다.

그리고 강제 친화 스킬을 프란에게 숨긴 이유도 알았다. 이 스킬만 들키지 않으면 동정을 사거나 감언이설로 잘 속여서 프란의 경계를 느슨하게 만들 수 있을지도 모른다. 즉 소러스는 아직 도망을 포기하지 않았다는 뜻이다.

"이니냐 일행을 습격한 건 아까 벤 녀석들이야?"

"맞아."

"네 동료야?"

"그래."

소러스가 고개를 끄덕이자 프란이 내뿜는 살기가 늘어났다. 무의식중에 왕위(王威) 스킬도 발동한 모양이다. 눈에 보이지 않는 무시무시한 압력이 소러스를 덮쳤다.

상대하고 있는 사람이 착실한 모험가가 아니라는 사실을 이해했는지 소러스의 얼굴에서 단숨에 핏기가 사라졌다.

"다른 동료는? 또 한 명 있을 텐데."

병아리 횃대를 습격한 건 다섯 명이라고 했지만, 우리가 처치한 건 네 명. 나머지 한 명이 어딘가에 숨어 있다고 생각했지만…….

"그건 날 포함해서 한 말이야."

허언의 이치는 반응하지 않았다. 진실을 말한 모양이다.

하지만 이 녀석은 굉장히 신중했다.

습격자의 숫자를 대충 말해도 되는데 진짜 숫자를 프란에게 정확히 말했다. 아마 거짓말을 간파하는 스킬을 경계했겠지. 감정 위장과 강제 친화가 있다. 남은 거짓말 간파만 조심하면 정체가 드러날 확률은 현저히 낮아진다.

생각해보니 소러스의 말은 애매하고 어느 쪽에든 해당하는 발언이 많았다. 이쪽의 착각을 유도하지만 거짓말은 아니다. 그런 느낌의 응답이다. 강제 친화가 있으면 상대는 멋대로 납득할 것이다.

아까까지의 우리처럼.

허언의 이치는 유용하지만 거기에만 의존할 수는 없다는 건가. 질문 던지는 방식을 주의하지 않으면 앞으로도 같은 일이 있을지도 모른다. 그 사실을 안 건 큰 수확이다.

"던전 밖에도 동료가 있어?"

"없어. 너한테 죽은 녀석들이 전부야."

『거짓말이야.』

"거짓말. 동료는 몇 명 있어?"

프란이 나를 소러스의 눈앞에 들이댔다.

"역시 거짓말 간파 스킬을……."

이쪽이 거짓말을 간파하고 있는 걸 알아차렸나. 역시 빈틈이 없다.

"솔직히 말할래, 고문 뒤에 말할래──."

"부하가 네 명 있어!"

"응."

솔직해서 좋군. 그런데 이 녀석이 리더였던 건가.

"어디 있어?"

"……오늘은 모험가 길드에 있을 거야."

소러스가 잠입해 정보를 모은 후 일에 착수하는 게 매번의 흐름이라고 한다. 그럭저럭 돈을 버는 파티를 노리는 때가 많은데, 그런 파티는 혈기가 왕성해 미궁에서 사라진다 해도 주위에서는 역시 그렇다며 납득하는 경우가 많은 모양이다.

게다가 일에 착수하는 건 한 달에 한 번 정도인 데다 아무 짓도 안 하고 놓아주는 경우도 많다나. 소러스가 들어간 파티가 매번 전멸한다는 소문이 나는 것을 막기 위해서다. 용의주도하군.

병아리 횃대를 노린 건 특수한 포션을 가지고 있기 때문이라고 한다. 이 던전에 나타나는 마수 중에서도 특히 희소한 팬더믹 리치라는 마수를 해치우는 데 필요한 포션이다. 이 포션 자체도 아주 희귀해서 구하려 해도 구해지는 물건이 아닌가 보다.

레스트가 연줄을 동원해 그 특수한 포션을 입수했다는 정보를 얻고 소러스는 이니냐 일행의 파티에 잠입했다. 그 결과, 그 포션을 뺏기 위해 그들을 죽이고 말았다.

소러스에게 동료가 있는 곳으로 안내하게 했다. 쓰레기는 청소해야지.

『일단 이 녀석을 묶자.』

"응."

『방심하면 안 되니까 꽁꽁 묶어.』

"응. 흡."

"아, 아파! 실이 파고들어──커어어어억!"

"──미들 힐. 시끄러워. 내가 됐다고 할 때까지 소리 내지 마."

비명을 지르는 소러스의 배에 프란이 주먹을 힘껏 내질렀다. 내장이라도 파열됐는지 입으로 피를 울컥 토했다.

이니냐를 죽인 소러스에게 한 조각의 자비도 없었다. 프란의 깊은 분노를 이해했는지 소러스는 눈물을 흘리며 말없이 고개를 연신 꾸벅였다.

"울시."

"윙!"

등에 이미 도적이 한 명 묶여 있지만 울시의 힘이라면 또 한 명 정도는 아무렇지도 않다. 프란은 납작 엎드린 울시의 등에 소러스를 동여맸다.

『그럼 돌아가자.』

"응."

가는 도중에 당연히 마수도 나타났다. 하지만 프란의 분노와 조바심과 맞부딪쳐 비참한 말로를 맞이했다.

딱히 잔학하게 죽인 건 아니지만……. 오버킬 공격이나 마술에 순식간에 죽는 모습은 연민마저 품을 정도였다.

또한 던전의 장애는 마수와 함정만이 아니었다.

『전방에서 또 모험가가 와.』

"응."

도중에 엇갈리는 모험가들이 울시의 등에 묶인 소러스와 도적의 모습을 보고 말을 걸었기 때문이다.

단순히 쳐다보기만 하거나 소러스와 도적의 행적을 설명해서 납득하면 문제는 없다.

하지만 개중에는 소러스를 아는 모험가도 있었다. 게다가 선량하고 우수한 모험가로.

"이봐! 무슨 짓이야!"

"소러스! 괜찮아?!"

4층에서 엇갈린 파티는 그야말로 그런 모험가들이었다.

아무것도 모르는 모험가의 입장에서 보면 지인이 무참한 모습으로 묶여 있는 것처럼 보이겠지.

전사풍 남성 세 명이 무기를 들고 프란을 에워쌌다.

"이봐, 소러스를 풀어줘!"

소러스가 밖에서 본성을 얼마나 숨겼는지 모르지만, 완전히 프란을 악당 취급하고 있었다. 위압 스킬을 쓰며 검을 들이대고 명령했다. 또 다른 도적도 모험가를 하고 있을 텐데, 말을 거는 사람이 전혀 없어서 평상시 태도를 알 만했다.

"싫어."

"뭐?"

"웃기지 마! 애초에 왜 이런 짓을 하는 거냐!"

"이 녀석들에게 공격받아서 붙잡았을 뿐이야."

"말도 안 돼! 소러스가 그런 짓을 할 리가 없잖아! 웃기지 마!"

"웃기는 건 그쪽이야. 아니면 이 녀석의 도적 동료야? 지인인 척하며 구하려 하는 거야?"

"우리가 도적? 모욕하는 거냐!"

"아무튼 소러스를 얼른 풀어줘. 우리가 힘으로 소러스를 구해도 상관은 없다."

"…………."

곤란하군.

얼른 지상으로 돌아가고 싶은데 방해를 받는 바람에 프란의 기분이 급속히 나빠졌다.

이쪽에 위압 스킬을 쓰고 있어서 이 모험가들을 완전히 적으로 인식한 듯했다.

하지만 이 녀석들은 속았을 뿐이어서 죽이기는 곤란하다. 약간의 분쟁이라면 싸움의 범주로 끝날 것 같기는 한데…….

그럼 소러스는 어쩔 셈일까.

여기서 소란을 부리면 귀찮아진다. 경우에 따라서는 프란이 완전히 악당 취급을 받을지도 모른다.

"…………."

하지만 소러스는 사태를 조용히 지켜볼 셈인 듯했다. 명백하게 깨어 있는데 정신을 잃은 척하며 움직이지 않았다.

뭐, 눈앞의 모험가들로는 프란에게 도저히 대적하지 못하는 데다 섣불리 프란을 함정에 빠뜨리려다가 분노를 사면 이번에야말로 잔학한 고문 코스를 밟을 테니 말이다. 현명한 선택이다.

할 수 없다. 여기서는 강행 돌파를 하자.

기절시키고 내버려둘까도 했지만, 던전에서는 너무 위험하다. 나로서는 이 녀석들을 죽이고 싶지 않았다.

프란 역시 평소라면 살기를 보낼 만한 상대가 아닐 터였다.

지금은 이니냐의 죽음으로 인해 분노와 증오에 마음이 지배당한 상태다. 그 탓에 무시무시하게 호전적으로 변했을 것이다.

『울시, 프란, 단숨에 뿌리치자. 상대할 시간 없어.』

'……알았어.'

'웡!'

우선 내가 염동을 사용해 울시에게 천천히 다가가던 뒤쪽 두 명을 들이받았다.

거의 동시에 프란이 앞에 있는 남자를 발로 찼다. 턱에 하이킥이 깨끗하게 들어가서 뇌진탕을 일으켰겠지. 남자는 그 자리에 쓰러졌다.

미안하군. 동료 두 명은 가볍게 기절했을 뿐이라 바로 일어날 거야. 그 녀석들한테 도움받아.

『자, 가자!』

"응."

"웡웡!"

모험가들이 뭐라고 소리쳤지만 아직 일어나지 못하고 있었다. 이제 우리를 쫓아오는 일은 없을 것이다.

『이대로 지상까지 단숨에 달리자.』

"알았어."

이 앞에는 큰 함정도 없고 마수도 무시할 수 있다. 또한 모험가들이 말을 걸어도 귀찮으니 지나치는 게 안전하다.

그 작전이 주효해서 그 뒤로는 큰 문제도 생기지 않은 채 프란과 울시는 지상에 도착했다.

다만 던전 성채의 문을 나오자마자 주위의 이목을 확 끌었다.

지금의 울시는 임팩트 있는 모습을 하고 있으니까 어쩔 수 없는 면도 있지만, 무엇보다 얼굴에 천을 뒤집어쓰고 갑옷을 벗은 반라 상태의 남자 두 명이 실에 친친 감겨 등에 묶여 있다. 나 역시 아무것도 모르는 상태라면 다시 한 번 쳐다봐도 이상하지 않았다.

참고로 얼굴의 천은 모험가들을 따돌린 뒤에 덮었다. 얼굴만 보이지 않으면 소러스라는 사실을 알 리가 없다는 것을 깨달았기 때문이다. 더 빨리 알았으면 좋았을 텐데.

아무튼 프란과 울시가 이목을 엄청나게 끌고 있는 건 확실했다.

아무래도 너무 수상하다. 예상대로 병사들이 바로 달려왔다.

"이, 이봐. 무슨 일이야?"

"무슨 일이 있었지?"

"뭐, 뭐야?"

"부상이 커."

문을 개폐하는 병사가 동료를 부른 모양이다.

역시 섣부른 변명은 통하지 않겠군. 사실을 말할 수밖에 없을 것 같다. 여기서 소동이 커져서 소러스의 동료를 놓치는 건 피하고 싶지만, 그럴 수도 없을 듯했다.

병사들이 사정을 물어서 프란은 단적으로 사실을 얘기했다.

"던전에서 공격받아서 반격했어."

프란이 병사에게 그렇게 말한 순간, 멀리서 지켜보던 군중이 웅성댔다.

"반항한 상대를——."

"가차 없이——."

필요 이상으로 무서워하는데? 아니, 이 상태면 어쩔 수 없나?

팔과 다리가 절단된 사람이 실에 묶이고 얼굴에 천이 덮여 우락부락한 늑대 등에 짐짝처럼 실려 있는 꼴이다. 지금 눈치챘는데, 엽기적이기까지 했다. 그야 일반인은 무서워하겠지.

"뭐? 이 녀석들은 도적인가?"

"응."

"잘했어, 아가씨! 견공!"

다만, 모험가나 문지기 병사들은 호의적인 반응이었다. 그들의 입장에서도 던전 안에서 일어나는 도적 행위는 용서하기 어려운 것인 듯했다. 최악의 배신이니까.

의심받을 줄 알았는데, 여기서는 프란의 외모가 좋은 쪽으로 작용한 모양이다. 이런 작은 어린아이가 거짓말을 하면서까지 어른 모험가를 구속할 리 없다고 생각한 듯했다.

또한 길드로 데려가면 진위가 확실해진다고도 생각한 모양이다.

병사들이 동행을 요청했다.

"길드까지 갈 거지?"

"응."

"그럼 우리가 같이 가지."

감시 겸 선도를 하겠다는 뜻이겠지. 우리 입장에서도 고마운 일이었다. 병사를 만날 때마다 설명하면 시간이 지나치게 걸리니 말이다.

"알았어."

프란이 순순히 고개를 끄덕이자 완전히 신용한 모양이다.

병사 세 명이 선도하게 됐다.

하지만 길드로 향하는 도중에 이변이 찾아왔다.

엄청난 노기를 몸에 두르고 커다란 존재감을 내뿜는 존재가 이상한 속도로 접근하는 것을 감지했기 때문이다. 처음에는 소르스의 동료라고 생각했지만 바로 그렇지 않다는 것을 알았다.

"프란! 괜찮아?!"

엘자였다. 가볍게 자세를 취하고 있던 프란이 상대가 엘자라는 것을 알고 안도의 숨을 내쉬었다.

아니, 멀리서 핑크 마초가 고속으로 달려오는 모습은 전혀 안심 못 하겠는데 말이야!

오히려 나는 조금 강하게 염동을 모으고 말았다.

엘자는 프란이 연행되고 있다고 생각했는지 처음에는 엄청난 투기를 병사에게 날려 병사들을 겁먹게 했다.

하지만 그 후 사정을 듣고 프란에게 걱정스러운 표정을 보였다.

"프란, 다친 덴 없니?"

"응."

"다행이야. 무섭지 않았어?"

"괜찮아."

"후후후. 강하네. 그래서 이 녀석이 도적놈이니?"

"맞아."

엘자가 소러스와 도적에게 노기를 보냈다. 그 표정은 그야말로 인왕이었다. 얼굴에 덮인 천 때문에 보이지 않아도 엘자의 무시무시함을 감지한 모양이다. 소러스와 도적의 온몸이 공포로 부들부들 떨리고 있었다.

엘자가 소러스의 귓가에 속삭이듯이 중얼거렸다.

"다행이야."

"히익……."

귀에 한숨이 닿을 정도의 거리에서 나온 여장 남자 보이스에 소러스가 다른 의미로 비명을 질렀다.

"프란에게 찰과상이라도 입혔다간 으스러뜨린 후 갈아 으깨버리려고 했어."

상처는 입지 않았지만 독가스는 마셨다. 말은 안 하겠지만. 말하면 엘자가 폭주할 것 같다. 여기서 소러스를 죽여서는 안 된다.

아니, 괜찮다고는 생각한다. 하지만 반드시 괜찮다고는 단언할 수 없는 박력이 있었다.

『이봐, 프란. 소러스의 동료를 포박하는 건 엘자한테 부탁하지 않을래?』

'왜?'

『엘자라면 그 녀석들의 얼굴을 알고 있을 가능성이 높고 전투력도 문제없어. 우리가 소러스를 데리고 그 녀석들을 잡으러 가는 것보다 붙잡을 가능성은 높아.』

우리가 생각한 것보다 주목을 받았다. 이대로 길드로 가도 괜찮을지 조금 걱정됐다.

여기서 엘자를 만난 건 행운이었을지도 모른다.

"엘자."

"네~에. 왜 그러닝?"

"부탁이 있어."

"맡겨줘!"

"아직 아무 말도 안 했어."

"그래도 맡겨줘! 뭐든 할게! 뭘 하면 되니? 열 받는 길드 마스터의 그걸 떼고 올까? 아니면 프란에게 시비를 건 멍청한 병사들에게 벌? 찾아내 뭉개버릴까?"

떼어? 뭉개? 뭘? 농담이지? 농담이었으면 좋겠다. 하지만 눈빛이 진지한데? 아냐, 세련된 누님 조크겠지?

왠지 한기가 든다. 검의 몸인데!

하지만 프란은 전혀 개의치 않는지 평소와 같은 모습으로 담담하게 엘자에게 부탁을 말했다.

"이 남자의 동료를 붙잡아줘."

"어머나? 동료가 있어?"

"응. 모험가 길드에 있어."

"호오?"

그 후, 프란에게 남자들의 이름과 특징을 들은 엘자의 눈이 번 쩍 빛난 기분이 들었다. 사냥감을 발견한 드래곤의 눈이다.

"그래. 그런 멍청이들이 그 밖에도 있구나."

"알아서 붙잡아줘."

"우후후. 난 적당히 못 하는데. 살아만 있으면 되지?"

"응. 정보를 들으면 돼."

"알았어. 만약 죽여서 상금을 못 받으면 그만큼 내가 채워줄게!"

그런 얘기가 아니야. 상금은 아무래도 좋아! 산 채로 붙잡아서 얘기를 듣고 싶단 말이다. 다른 동료가 있는 장소라든가 과거의 범행에 대해서.

"그럼 갔다 올게!"

"응. 열심히 해."

안 돼, 프란. 이 녀석을 격려하면 안 돼!

"우후후후후! 흥분돼! 프란에게 응원받았더니 용기도 기운도 백 배양! 물론 사랑도! 기다리고 있어! 바로 잡아올 테니까!"

하지만 프란에게 자중하라고 말하도록 지시하기 전에 엘자는 바람 같은 속도로 사라져갔다.

『아아…….』

'스승?'

『아니, 아무것도 아냐. 그렇지, 울시?』

"워후."

적어도 원형이 남아 있기를 기도하자.

엘자가 바람처럼 떠나고 30분.

우리는 최대한 서둘러 길드로 향하고 있었다.

길도 알고 있으니깐 우리만 있었다면 5분 만에 도착했겠지만, 지금은 병사도 같이 있다. 그들에게 맞췄더니 이만큼 걸렸다.

"겨, 겨우 도착했군."

"윙."

"응."

병사가 어깨로 숨을 헉헉 내쉬었다. 조금 지나치게 빨리 걸었을지도 모르겠다. 하지만 나도 프란도 엘자가 소러스의 동료를 잘 붙잡을지 신경이 쓰여서 견딜 수 없었다.

"크아아악!"

"사, 살려줘!"

모험가 길드에 들어가지 않아도 엘자가 요란하게 날뛰고 있다는 건 이해할 수 있었다.

프란이 길드 입구를 지나자 엘자의 앞에 남자 네 명이 늘어서 있는 참이었다.

"어머, 프란 어서 와."

"그 녀석들이야?"

"그랬. 이미 사실을 확인해서 한창 벌을 주던 중이었어."

"뭐든 말할게!"

"죄도 인정할 테니까 살려줘!"

"이, 이 이상은 무리야!"

눈물을 흘리는 세 남자가 안짱다리를 하고 있었고, 한 사람은 어째선지 고양이 자세이지만 손은 엉덩이를 누르며 쓰러져 있었다.

"그럼 너희가 던전에서 다른 모험가를 습격한 거지?"

"그, 그렇습니다!"

"주모자는 누구야? 처음에 하자고 말을 꺼낸 녀석. 리더로서 지시를 내린 녀석이 있을 거잖아?"

"이, 있습니다."

"누구?"

"그, 그건……."

"그걸 불면 우린……."

입을 다무는 남자들을 엘자가 위협했다.

"어머낫? 나보다 그 녀석이 무섭니? 벌이 부족했나 보네?"

벌이라는 게 훨씬 무서웠는지 남자들의 얼굴에서 순식간에 핏기가 사라져 창백해졌다. 그 시선은 아직도 엉덩이를 누른 채 흐느끼고 있는 남자에게 향해 있었다.

"히이이이익! 소, 소러스입니다! 랭크 E 모험가인 소러스가 리더예요!"

"그 사람은 실력을 숨기고 있었어! 사실은 랭크 D를 상대로도 정면에서 싸워 이길 만큼 강해!"

"우리는 순식간에 죽고 말 거야!"

진심으로 소러스를 두려워하는 듯했다.

어차피 실력도 좋은 데다 더러운 짓도 태연하게 하는 상대다.

게다가 우리를 만나기 전에는 나름대로 주도적으로 나쁜 짓을 저지른 듯하니, 크기를 추측할 수 없는 거악처럼 생각해도 이상하지는 않을 것이다.

실제로 그 전투력은 상당히 높았다.

"괜찮아. 소러스라면 벌써 잡혔으니까. 그치? 프란?"

얘기가 이쪽으로 방향을 돌린 순간, 길드 안의 시선이 프란에게 향했다.

"이봐, 저건 마검 소녀──."

"소문의 랭크 D──."

"흑묘족이 어떻게──."

"귀, 귀엽다──."

호의적인 시선은 많지 않은 듯했다. 악의까지는 아니지만. 호기심과 의혹, 그리고 호색이 아주 조금 있을 것이다.

"응. 이거."

프란이 울시의 등에서 소러스를 풀어 엘자의 앞에 내던졌다.

"크억."

"고마워."

엘자가 아직도 실에 구속된 상태의 소러스에게서 그 얼굴에 덮인 천을 벗기자 동료 남자들이 비명을 질렀다. 공포로 자신들을 얽어맸던 남자가 한심한 모습으로 옮겨져 온 것이다. 그 충격은 헤아릴 수 없는 듯했다.

"그, 그게 소러스 씨?"

"진짜가……."

프란은 소러스의 옆에 또 다른 도적도 내려놨다.

"이 녀석은 어디에 넘기면 돼?"

"잠깐만. 일이 일이니 길드 마스터가 올 거야."

"응. 알았어."

"기다리는 동안 어떡할래? 차라도 마실래?"

"응."

"이 녀석들은──너희가 감시해."

"네!"

그 근방에 있던 모험가들에게 소러스와 그 동료를 맡기고 엘자는 프란을 이끌고 길드의 술집으로 향했다.

내버려 둬도 괜찮을까 싶었지만, 엘자에게 명령받은 모험가들은 의외로 진지하게 감시하고 있었다. 이러다 놓치면 엘자의 벌이 엄청날 테니 그야 진지하게 감시하려나.

그리고 여기는 모험가 길드다. 몇 십 명이라는 모험가에게 둘러싸여 있으니 도망치기는 불가능할 것이다.

엘자와 프란이 차를 마시기 시작한 지 30분.

두 사람 앞에는 케이크 접시가 스무 개는 쌓여 있었다. 엘자가 일방적으로 얘기하고 프란은 맞장구를 칠 뿐이지만 양쪽 다 즐거워 보였다. 엘자는 화제도 풍부하고 말도 잘했다. 여기다 외모만 단정하게 하면 인기를 끌 텐데. 남자에게 끌지, 여자에게 끌지는 알 수 없지만 말이다.

참고로 울시는 큼직한 소뼈를 받고 그것을 와그작 와그작 씹으며 좋아하고 있었다.

"여, 뭔가 소란이 있었나?"

겨우 디아스가 길드에 돌아왔다.

"늦었잖아. 뭐 한 거야?"

"순찰이야. 자네야말로 즐거워 보이는군."

"응, 아아주 즐거웠어."

"흐음, 그런가. 그래서 그 배신자는——자네들인가?"

"히익!"

"힉……!"

오오, 엄청난 살기다. 태평해 보여도 역시 랭크 A 모험가 겸 길드 마스터. 모험가 길드에 적대하는 상대에게는 가차 없다는 뜻이겠지. 주위의 모험가들도 자신들에게 향한 것도 아닌 디아스의 살기에 반응해 안색이 나빠져 있었다.

"흐음. 그렇군. 그렇구면. 온갖 나쁜 짓을 한 것 같군."

독심을 쓰고 있는 건가? 아마 사용하고 있는 것 같지만 역시 감지할 수 없었다. 내게 향한 게 아닌 데다 은밀성이 높은 독해 계열 스킬이다. 이걸 감지하려면 찰지와 감지 계열 스킬을 더 능숙하게 사용해야 할 것이다.

"그리고 이쪽이 주모자?"

"응, 맞아. 이름은 소러스. 실력을 용케 숨기고 있었나 봐."

"그렇지. 나조차 얼굴을 기억 못 하는 건 상당히 대단한 일이야."

그렇게까지 철저하게 주목받지 않도록 꾸몄다는 뜻이겠지. 실력자에게는 절대 접근하지 않고 수수하고 무해한 남자를 가장해서 약자를 먹이로 삼아왔던 것이다.

『디아스.』

'스승 군인가? 그렇군, 이렇게 개별적으로 염화를 날릴 수도 있는 거로군.'

『그래. 그 녀석은 감정 위장과 강제 친화라는 스킬을 가지고 있어. 특히 강제 친화는 성가셔. 소지자를 친구처럼 착각하게 만드는 스킬인 것 같아. 조심해.』

"흐음……. 자네, 재미있는 스킬을 이것저것 가지고 있지 않나?"

"그, 글쎄? 무슨 소린지?"

"뭐, 됐어. 바로 제풀에 털어놓고 싶어질 거야."

디아스의 냉철한 목소리를 들은 소러스가 얼굴을 굳히고 몸서리를 쳤다.

"이 녀석은 어떻게 돼?"

"글쎄. 철저히 조사해서 극형에 처하거나 혹은 노예로 삼아 강제 노동을 시키려나. 하지만 노예로는 나쁠 것 같군. 성가신 스킬이 있는 듯하니 풀어두는 건 위험하겠지? 아마 극형이 될 것 같군. 처형 방법이 안락사인지 고문사인지는 모르지만."

고문사도 있는 건가. 새삼 위험한 세계라는 생각이 든다. 하지만 이 녀석을 풀어둘 수 없다는 데는 찬성이다. 노예로 어딘가에 팔려간다 해도 어떻게든 풀려날 것 같았다.

어느새 모험가들이 재갈을 물린 도적 모험가들이 으읍 으읍, 하고 뭔가 호소했지만 주위에서는 완벽하게 무시했다.

다만 한 가지 문제가 있다. 문제라고 해야 하나, 아쉬운 점이라고 해야 하나.

소러스의 유니크 스킬이다.

강제 친화는 상당히 강력한 스킬이다. 소러스처럼 많이 쓰면 언젠가 들통날지도 모르지만, 요소요소에서 사용하면 들킬 확률도 적을 것이다. 소러스의 경우에는 바로 죽일 상대라고 생각해

까부는 바람에 지나치게 사용했다.

하지만 스킬 테이커를 다시 사용하려면 아직 두 달 가까이 남았다. 아무리 그래도 그때까지 살려달라고 해봐야 받아들여지지 않겠지.

포기할 수밖에 없었다.

"응, 그러면 됐어."

"고맙네. 덕분에 살았어."

"그리고 부탁이 있어."

"뭔가?"

"이 두 사람을 묻어줘."

프란이 차원 수납에서 레스트와 이니냐의 시체를 꺼냈다.

그 모습을 보고 디아스와 엘자가 얼굴을 찌푸렸다.

"설마 공격받은 건 병아리의 횃대였나?"

"그럴 수가, 착한 애들이었는데."

그들에 대해서는 두 사람도 알고 있던 모양이다. 디아스는 확실히 매장하겠다고 보증해줬다.

프란은 이니냐의 얼굴에 묻은 피를 닦고 그 몸 위에 천을 덮었다.

그 눈에는 깊은 슬픔이 깃들어 있었다. 오랜만에 만난 동족의 죽음을 아직 완전히 받아들이지 못했을 것이다.

"모험가를 위한 공동묘지에 매장하지."

"부탁해."

"아아, 그리고 이 남자들의 소지품은 프란 군과 엘자 군에게 권리가 있는데, 어쩌겠나?"

"난 프란을 도왔을 뿐이니까 필요 없어. 프란이 마음대로 해."

'스승?'

『장비품은 우리도 필요 없을 거야. 매직 아이템이라면 흥미가 좀 있지만. 포션류라면 관심 있어.』

"포션은 있어?"

"조금. 이것들이 라이프 포션. 거의 저급이지만, 딱 하나 괜찮은 게 있어. 게다가 이건 상당히 희귀한 거야. 마이너스 작용 경감약이야."

"어떤 약이야?"

"너무 희귀해서 나도 처음 봤는데, 스킬 등의 마이너스 효과나 대가를 경감해주는 약이라고 하더군."

『호오! 이거 나한테도 효과 있으려나?』

더욱이 디아스조차 처음 봤다면 상당히 귀중한 약일 것이다.

"무기물에도 쓸 수 있어? 예를 들어 연속으로 사용할 수 없는 매직 아이템에 뿌려서 연속으로 쓸 수 있어?"

"재미있는 생각을 했군……. 으음, 쓸 수 있을 거야. 마법약이니."

좋았어, 이 마법약은 확보해두자. 스킬 테이커의 재사용을 앞당길 수 있을지도 모른다.

"그럼 그 비싼 라이프 포션이랑 마법약만 받을게. 나머지는 필요 없어."

"그렇겠지. 그럼 이쪽에서 처분해서 자네들에게 지불할 보장금에 올려두지."

엘자가 보장금을 받지 않겠다고 했다. 소러스와 도적은 몰라도 모험가 길드 술집에 있던 녀석들을 잡은 건 엘자인데.

'어떡해?'

『으음. 준다니까 받아두자. 엘자한테는 밥을 산다고 해. 아무리 그래도 받기만 하는 건 무서워.』

그렇게 비싼 물건은 없었지만 말이다.

"알았어, 받을게. 대신 엘자한테는 밥 살게."

"그 말은 같이 식사한다는 소리야?"

"응."

"꺄악! 진짜? 어엄청 기뻐!"

정답이었던 모양이다. 거구를 배배 꼬며 기쁨의 비명을 질렀다. 뭐, 식사 자체가 아니라 프란과 함께 한다는 부분이 기쁜 거겠지만.

『나머지는 길드에 맡기면 될 거야.』

"응."

『강제 친화는 조금 흥미가 있었는데 말이야.』

"웃."

내가 중얼거리자 프란이 심각한 얼굴로 신음했다.

『왜 그래?』

'강제 친화, 안 빼앗아도 돼.'

『어째서? 있으면 여러모로 편리해.』

'하지만 됐어. 허언의 이치를 뺏을 때도 무서우니까 잘 안 쓴다고 했어. 하지만 지금은 꽤 쓰고 있어.'

『으…….』

'거짓말을 간파하는 능력뿐이고, 나를 지키기 위해서 빼앗은 것도 알아. 나는 아직 약하니까 어쩔 수 없어.'

『프란…….』

'강제 친화도 만일의 경우에만 쓴다고 해도 분명 다양한 상황에 쓰게 될 거야.'

『그건…….』

프란의 말에 나는 반론할 수 없었다. 실제로 허언의 이치를 상당히 편리하게 사용하고 있었다.

'하지만 사람의 마음에 들어가는 스킬은 무서워. 허언의 이치를 가지고 있었던…… 으음, 돼지 귀족이었나?'

『오귀스트 알산도야.』

완벽하게 이름을 잊어버렸군.

'오귀스트도 소러스도 마음이 비뚤어졌어. 분명 스킬 탓이야. 사람을 믿을 수 없게 되는 거야. 그래서 스승이 되도록 안 썼으면 좋겠어.'

프란에게 이렇게 배우는 게 몇 번째지? 나는 정말 한심하다. 보호자 행세를 하면서 반대로 충고를 듣고 겨우 눈이 뜨였다.

『그러네……. 프란의 말대로야.』

나는 강하지 않다. 편리한 게 있으면 분명 유혹에 넘어간다. 뭔가 변명을 하며 쓰게 되겠지. 사람의 마음을 조종하는 무서운 스킬을.

그렇다면 처음부터 가지지 않는 편이 낫나.

『좋았어! 강제 친화에 대해서는 잊어버리자!』

'응. 그게 좋아. 그런 건 필요 없어.'

그렇게 말할 수 있는 프란을 나는 진심으로 존경한다.

Side ????

"소러스가 잡혔다는 게 사실이야?"

"그래……. 모험가 길드에 끌려가고 부하도 잡혔어."

"이게 무슨 일이람……. 마약은?"

"당연히 압류됐지."

"그럴 수가! 직접 받기 위해 일부러 울무토까지 왔는데!"

"마약은 얼마나 남았지?"

"상당히 줄었어……. 바르보라에서 입수 못 한다고는 생각하지 않았으니까."

"토르마이오 상회가 망했으니 어쩔 수 없겠지. 제라이세와도 연락이 안 되고……."

"그 상회는 영주의 아들이 출자했으니까 무슨 일이 있어도 괜찮은 거 아니었어?"

"단순한 금제품 밀매 정도였다면 말이야! 뭐에 눈이 뒤집혔는지 반역죄를 일으켰어!"

"위험하네. 가진 마약으로는 절대 부족해."

"그 정도인가…… 왕도로 귀환을 서둘러도 늦나?"

"무리야! 며칠 분밖에 없어. 최악의 경우 폭주할지도 몰라."

"쳇……."

"이대로는 우리까지 **그분**의 역정을 사! 어떡해?"

"거기에 대해서 쓸 수 있을지도 모르는 정보가 하나 있어."

"무슨 소리야? 마약의 새로운 입수 루트라도 찾았어?"

"아니, 그게 아냐. 소러스를 붙잡은 모험가 말인데, 아직 어린 소녀라더군. 게다가 흑묘족이라고 해."

"뭐어? 말이 돼? 소러스는 던전 안에서라면 우리보다 강한데?"

"하지만 사실이야. 그 아가씨는 마검 소녀라는 이름으로 불리고 있다더군."

"마검 소녀?"

"그래. 흑묘족 계집애가 소러스를 붙잡을 만큼 강할 리가 없어. 그러면 그 마검에 비밀이 있겠지. 대단히 고위 마검일 거야."

"그러고 보니 마을 밖에서 세르디오가 반응한 계집애…… . 흑묘족이었지?"

"아마 그 아가씨일 거야. 생각해보면 세르디오가 반응할 정도의 마검이야."

"강력한 힘을 숨기고 있는 건 틀림없다는 뜻이네…… ."

"그 마검만 있으면 그분도 용서해주시지 않을까?"

"그러네…… . 아니, 오히려 마검을 입수하는 쪽을 기뻐하실지도 몰라."

"그렇지? 이렇게 되면 이판사판으로 그 마검을 빼앗을 수밖에 없어. 소러스에 세르디오와 다룸도 쓰지."

"세르디오까지 투입해? 자칫하면 우리 행동이 드러나지 않을까?"

"실패하면 어차피 우리는 궁지에 몰려. 그렇다면 여기서는 필승을 기해야지."

"……알았어. 세르디오와 다룸에 대한 조정은 내가 할게. 소러스 쪽은 맡겨도 되겠지?"

"그래. 만약을 위해 '검'을 가져 와서 다행이야."

제3장 새로운 의뢰와 새로운 목적

울무토의 던전에 처음 들어간 다음 날.

"프란! 잠깐만."

"응?"

미궁을 향해 걷던 프란을 불러 세우는 목소리가 있었다. 뭐, 보지 않아도 누군지 알겠지만.

"프란, 안녕!"

엘자다. 근육 갑옷으로 감싼 거구를 흔들며 안짱다리로 달려왔다. 으음, 박력 만점이로군.

울시도 동감인지 꼬리를 다리 사이에 끼우고 엎드려 있었다. 처음부터 전의 상실이다.

멀쩡한 건 프란뿐이로군. 대단하다, 프란.

"엘자, 무슨 일이야?"

"실은 프란을 만나고 싶어 하는 사람이 있어. 그 사람에게 의뢰받아서 프란에게 부탁하러 왔어."

"만나고 싶어 하는 사람? 나를?"

"그래! 모험가에게 얘기를 듣고 흥미를 가졌대! 소문의 마검 소녀를 꼭 만나보고 싶대! 어때?"

엘자의 말을 들어보면 그 사람은 모험가가 아닌 듯했다. 그리고 엘자에게 부탁을 할 수 있으니 권력자인가? 아니면 귀족이라든가?

"어떤 사람이야?"

"으음, 나쁜 사람은 아니야. 옛날에는 모험가를 했던 사람이니까 거북하지도 않고. 이 마을 수인의 총괄 같은 사람이니까 알아 둬도 손해는 아닐 거야."

역시 권력자인가. 게다가 이름만 귀족이 아니라 큰 영향력을 가진 듯했다. 사이가 좋아지면 여러모로 도움이 될 법한 인맥이었다.

다만 사이가 좋아진다고 할 수도 없는 게 우리다. 경우에 따라서는 건방지다고 여겨 미움을 살 가능성도 있다. 그리고 그 사람은 수인이지? 흑묘족인 프란을 만나고 싶어 하는 점이 수상쩍은데.

'하지만 엘자의 소개야.'

프란의 말에도 일리가 있다.

『확실히 엘자가 이상한 녀석을 프란에게 소개할 리는 없다고 생각하기는 해.』

'응.'

『그건 그렇고 프란은 기간도 짧은데 엘자를 믿는구나.』

'그래?'

엘자는 프란이 고개를 갸웃거리는 것을 보고 불안을 느끼고 있다고 생각한 모양이다.

"이해해. 불안하지?"

뭐, 여러 가지 의미로 그렇지.

"괜찮아! 나도 같이 갈게! 혹시 그 사람이 프란에게 괜한 짓을 하려 하면 내가 책임지고 해치울 거야!"

뭘?

'끼잉⋯⋯.'

아, 울시가 눈물을 글썽이잖아. 자, 안 무서워.

다만 이렇게까지 말하니 만남 정도는 가져도 상관없을 것이다. 최악의 경우 디아스에게 중재를 부탁하게 될지도 모르고.

"⋯⋯알았어. 만날게."

"고마웡! 그럼 안내할게."

"응."

"지름길로 가도 될깡? 프란과 울시라면 따라올 수 있을 거야."

그렇게 말하고 엘사가 뛰었다.

아무래도 지붕 위를 달려 목적지까지 시간을 단축할 셈인가 보다. 이 미로 같은 마을이라면 그것도 괜찮을 법했다. 혼이 나지 않을까 걱정이기는 하지만.

아니, 엘자와 얼굴을 마주 보고 불평을 터뜨릴 녀석은 없나. 뭐, 시간이 단축된다면 상관없다.

다만, 엘자가 경쾌하게 뛰어오르는 광경은 위화감을 일으켰다. 게다가 지붕 위를 뛰어다니다가 언제 지붕을 뚫을지 걱정돼 견딜 수 없었다. 아아, 지금 좀 이상한 소리가 나지 않았어?! 그보다 창문으로 엘자를 본 어린아이가 울음을 터뜨렸어!

위험해, 어느새 엘자에게서 눈을 못 떼겠어!

"이쪽이양!"

"응."

프란, 잘도 평온한 얼굴로 있는구나!

10분 후, 우리는 커다란 저택 앞에 도착해 있었다.

귀족의 저택이라고 해도 납득할 만큼 호화로웠다. 입구에는 상당히 강해 보이는 수인 문지기 두 명이 서 있었다.

"여기야?"

"응. 오렐 옹의 거처야. 안녕."

"엘자 님! 오랜만입니다. 들어가십시오."

엘자가 가볍게 손을 들며 인사하자 문지기들이 차렷 자세를 취하며 큰 소리를 냈다.

모험가들뿐만 아니라 여기서도 이런 대접인가.

질이 나쁘게도 엘자를 보는 시선에는 존경의 마음이 다분히 실려 있었다.

"실례할게. 아, 여기 있는 애는 내 일행이니까 신경 쓰지 망."

"넷."

프란과 울시까지 그냥 통과인가. 엘자의 영향력이 어마어마했다.

엘자는 프란을 데리고 대문에서 저택을 향해 깔린 포석을 나아갔다.

"여기 주인인 오렐 옹의 의뢰를 여러 개 해결했더니, 날 마음에 들어 해서 지금은 출입이 자유로워."

"엄청 넓어."

"웡."

"원래 랭크 B 모험가이고 교역에도 성공했어. 그리고 국왕님을 지근거리에서 섬긴 적도 있대."

그림에 그린 듯이 성공한 사람이란 건가. 그렇다면 프란과 더 안 어울릴 것 같은데. 만약 위험한 분위기로 흘러갈 것 같으면 눈

밖에 나기 전에 적당한 이유를 대고 물러나자.

뭐, 호출받은 시점에서 눈 밖에 나지는 않겠지만 말이다.

그런 그렇고 정원도 넓군. 저택에는 아직 도착하지 않았다.

정원에는 색색의 꽃이 흐드러지게 피고 분수나 조각상이 배치되어 아주 아름다운 광경이 펼쳐져 있었다. 저택의 주인은 상당히 풍류가 있는 사람인 듯했다.

엘자가 꽃의 이름을 가르쳐줬다. 저건 향수에 쓸 수 있다든가 어느 것의 정유가 보습 능력이 좋다든가, 프란은 전혀 흥미가 없는 정보지만 말이다.

엘자는 정원을 빠져나가 저택의 입구에 도착하자 노크도 없이 문을 열고 안으로 들어갔다. 정말 여기를 훤히 알고 있는 느낌이었다.

"할아버지! 왔어요!"

"엘자 님. 잘 오셨습니다."

"어머, 사라. 오랜만이야. 전에 준 보습 크림은 어땠어?"

"피부에 잘 맞아서 아주 잘 쓰고 있습니다."

"그럼 다행이야."

맞이하러 나온 메이드에게 친근하게 말을 거는 엘자.

"사라, 오렐 옹은 어디 계셔?"

"지금은 테라스에서 쉬고 계십니다."

"고마워. 프란, 이쪽이야."

"응."

메이드의 안내를 거절한 엘자는 망설임 없는 발걸음으로 프란을 데리고 나아갔다.

저택 안도 호화로웠다. 미술적 가치가 높을 것 같은 회화가 장식돼 있고, 비싸 보이는 항아리에는 아름다운 꽃이 꽂혀 있었다.

엘자가 향한 곳은 2층 안쪽에 있는 테라스였다.

이곳도 넓었다. 게다가 이 저택 자체가 평지보다 높은 땅 위에 있는 덕분에 울무토를 한눈에 볼 수 있었다. 이 조망에는 어지간한 프란과 울시도 감동한 것 같았다.

"오—."

"워후—."

잔달음 쳐 난간까지 달려가 눈을 빛내며 테라스에서 마을을 바라봤다.

저택의 주인일 백발의 노인을 거들떠보지도 않고.

"하하하하. 마음에 들었나?"

다행이다, 도량이 넓은 사람인 듯했다. 완전히 무시당했는데 프란과 울시를 흐뭇한 것을 보는 얼굴로 응시하고 있었다.

"응! 대단해."

"웡."

프란과 울시의 감동도 이해 못 하는 건 아니었다. 하늘에서 내려다보는 것과 테라스에서 바라보는 건 분위기가 또 달랐다. 풍경에 깊은 맛이 있다고 해야 할까, 보다 사람의 숨결을 느낄 수 있을 것 같았다.

"그거 다행이군. 나는 백견족의 위제트 오렐. 아가씨의 이름을 들려주지 않겠나?"

"응. 흑묘족의 프란. 이쪽은 울시."

"웡!"

"오늘은 내 초대를 받아줘서 고맙다. 자, 앉아."

뭐랄까, 엘자와는 또 다른 박력이 있군. 그거다. 마피아의 두목 같은? 그런 느낌의 박력이다. 목소리에도 위압감이 있었다.

아마 상당히 고령으로 보이는데 등도 꼿꼿하고 걷는 모습도 정정했다.

"할아버지는 말이지, 놀랍게도 일흔이 넘었어. 어떻게 하면 그렇게 건강한지 가르쳐주면 좋겠어~."

"간단해. 늘 목적을 가지고 그걸 위해 노력하는 거야. 그러면 늙을 틈이 없어져."

그렇게 말하고 허무하게 미소 짓는 오렐. 머, 멋지다. 같은 남자로서 조금 동경했다고. 이렇게 나이를 먹고 싶다. 그리고 상상했던 귀찮은 상대가 아니라서 다행이다.

"이게 맛있어. 꼭 먹어봐라. 내가 좋아하는 거야."

"응."

오렐이 메이드가 준비한 차와 과자를 권했다.

노인의 말대로 상당히 맛있을 것이다. 프란은 쿠키를 오독오독 씹어 먹으며 즉시 차를 한 잔 더 요청했다.

"이 차도 크롬 대륙산 찻잎이야. 나이 들고 배운 취미지. 이 저택 안에 있는 것 중 유일하게 신경 쓰는 거야."

유일? 아름다운 정원이나 저택의 미술품에는 관심이 없는 건가?

"그림이랑 꽃은?"

"정원은 정원사에게 맡기고 있을 뿐이라서 말이야. 내 취향대로 관리하게 하면 순식간에 정글이 되겠지. 그림도 소유한 미술관에서 적당히 사들였을 뿐이야. 권력을 쥐면 외면도 신경 써야 하거든. 하찮은 일에도 말이야."

자조적으로 웃는 오렐.

전에 모험가를 했으니 사실은 더 검소한 생활을 하고 싶은 것일지도 모른다.

"나를 왜 불렀어?"

"하하하. 성격이 급하구나. 딱히 특별한 이유는 없어. 다만 최근 소문이 자자한 마검 소녀가 수인이라고 들어서 만나두자고 생각했지."

"아까도 말했지만 할아버지는 이 마을에 머무르는 수인의 유력자 같은 존재여서 프란이 신경 쓰였나 봐."

"유력자라니, 과장이야. 다만 떠나 있던 시기도 있지만 이 울무토에서 50년 이상 모험가를 해 와서 발은 좀 넓지."

진짜 그것뿐인가? 특별히 꿍꿍이도 없이? 여기서는 허언의 이치를 써보자. 프란에게 얼마 전에 허언의 이치를 지나치게 쓴다는 말을 들었지만 여기서는 어쩔 수 없……겠지?

"무시무시하게 강한 수인 소녀라는 얘기를 들어서 흥미가 샘솟더군."

"어때, 할아버지? 프란은 귀엽지?! 게다가 엄청 강해!"

"네가 마음에 들어 할 법한 소녀이기는 하군. 뭐, 나한테 겁먹지 않는 어린애도 오랜만이야. 마음에 들어."

마음에 들었다는 말은 진짜다.

"아무래도 소문의 내용은 진짜이겠군. 엘자의 보증도 있고."

소문은 어떤 얘기지? 궁금하게 생각하고 있는데 오렐이 웃으며 소문의 내용을 가르쳐줬다. 오렐이 말하길, 랭크 D지만 무시무시한 전투력을 자랑한다. 적대자에게 가차 없다. 엘자의 마음에 들었다. 강력한 마검을 수족처럼 다루는 실력의 검사다. 그 힘은 랭크 B 모험가에도 필적한다.

각지에서 했던 활약이 상인이나 모험가의 입소문을 탄 모양이다.

의외로 사실이 많아서 놀랐다. 그러나 프란은 어딘가 의심스러운 표정이었다.

"나는 흑묘족이야. 그런데도 믿는 거야?"

프란은 흑묘족을 무시하는 자를 용서하지 않는다. 그러나 그렇기 때문에 자신들의 종족이 수인 사이에서 얼마나 낮게 보이는지도 알고 있었다. 그 경향을 괴로워할 만큼 알고 있기 때문에 보다 가혹하고 격렬한 반응을 보이는 것이다. 얕보이지 않도록.

그러나 오렐은 그 말을 코웃음 쳤다.

"뭐? 흑묘족이라고 반드시 약할 리도 없잖아? 실제로 나는 젊을 때 무시무시하게 강한 흑묘족을 만난 적이 있다. 여기 던전에서."

그렇게 말하는 오렐은 어딘가 추억을 떠올리는 얼굴이었다.

"어? 나 그 이야기 처음 들어."

"말한 적 없으니까."

"그 사람은 지금 뭐하고 있어?"

프란이 드물게 강한 어조로 물었다. 뭐, 자기 외에 강한 흑묘족이 있다는 얘기는 처음 들었으니 말이다.

이니냐도 흑묘족 중에서는 강한 축이었을지도 모르지만, 프란에 비하면 강자라고는 말할 수 없었다.

하지만 전 랭크 B 모험가인 오렐이 무시무시하게 강하다고 한다면 정말 강했을 것이다.

프란이 흥미를 가지지 않을 리가 없었다.

"……지금은 뭐하고 있을까……. 나도 몰라."

"그럼 어떤 사람이었어?"

"글쎄, 53년이나 지난 얘기야. 이미 잊어버렸어."

거짓말이군. 하지만 어째서 얼버무렸지? 던전에서 죽은 건가? 실제로 오렐의 표정은 어두웠다. 그다지 자세히 얘기하고 싶지는 않을지도 몰랐다.

"그렇구나……."

"뭐, 수인이 상대라면 얼굴이 약간이나마 알려져 있으니 곤란한 일이 있으면 뭐든 말해. 할 수 있는 일은 해주지."

프란을 위해 뭔가를 해준다는 말은 사실 같았다. 다만 과거에 있었던 흑묘족에 대해서는 파고들지 말자. 얘기하고 싶지 않은 일을 파고들면 기껏 우호적인 상대를 화나게 만들지도 모른다.

"아아, 그러고 보니 이니냐 아가씨의 장례는 내가 맡았어. 오늘 아침에 장지에 묻었지."

상당히 빠르군. 장례식도 없는 건가? 아니, 모험가의 장례는 그런 건가?

하지만 베테랑 모험가인 엘자도 빠르다고 느낀 모양이다.

"어? 벌써 이장을 끝냈어? 프란 역시 마지막으로 인사하고 싶었을 텐데."

"응? 이미 전송했으니까 괜찮아."

"정말 괜찮아?"

"아아, 엘자는 이 나라 출신이었지. 그럼 모르는 것도 무리는 아닌가."

오렐이 엘자에게 설명했다. 수인에게는 죽은 직후 혼이 빠져나가 하늘로 올라가는 순간에 전송하며 애도하는 것이 가장 중요하다고 한다. 혼이 빠진 뒤의 육체는 그렇게 중요시하지 않고 장례식도 간소하다나. 장례식은 사자에 대한 경의를 표하는 것이 아니라 친지와 지인이 고인의 죽음을 인식하고 받아들이기 위한 것이라는 의식이 강하다고 한다.

"수인이 신대 무렵부터 전투 종족으로서 전장에서 죽는 경우가 많았던 흔적일 거야. 전장에서 죽으면 장례식을 할 여유가 없으니 죽은 직후에 동료에게 전송받으면 충분하다는 생각인 거지. 그 후 자신의 시체가 어떻게 되든 신경 쓰지 않을 뿐만 아니라 동료가 흡성 대신으로라도 써준다면 소망을 이룬다는 거야."

어떤 의미에서 합리적이라고 할까, 전투에 종사하는 사람이 많은 수인다운 사고방식일 것이다.

프란도 이니냐의 시체를 앞에 두고 그 죽음을 애도함으로써 배웅은 이미 끝났다고 생각하고 있는 듯했다.

"그리고 실은 아가씨에게 의뢰를 하나 하고 싶은데, 괜찮겠나?"

"어떤 의뢰?"

프란이 되묻자, 오렐은 뭔가를 꺼내 테라스 테이블 위에 놓았다.

펜던트 같군.

"배달 의뢰야. 장소는 바로 근처야. 엘자라면 오늘 안에 마치겠지."

"그럼 엘자한테 부탁하는 게 어때?"

"아니, 난 아가씨한테 부탁하고 싶어. 어때?"

오렐이 프란을 지긋이 응시했다.

"알았어."

프란은 오렐에게 즉시 고개를 세로로 흔들었다. 내게 의논도 없이 즉답하는 건 드문 일이다.

오렐의 의도를 파악할 수 없는 건 조금 불안하지만 프란이 받아들여도 된다고 생각한다면 나도 불만은 없다.

"그런가. 고맙군."

"응."

오렐은 안심한 얼굴로 미소 지었다. 무슨 일이 있어도 프란에게 의뢰하고 싶었던 모양이다.

"그럼 의뢰를 말하지. 이걸 어떤 사람에게 전해줘."

역시 이 펜던트 자체가 의뢰에 관련된 물건인가. 미리 준비했다고밖에 생각할 수 없었다. 즉 프란이 마음에 들면 바로 배달을 의뢰할 셈이었겠지.

프란이 펜던트를 손에 들었다. 검은 돌이 박힌 수수한 펜던트였다. 로켓처럼 뒷면이 열리는 듯했다. 의뢰품을 멋대로 열지는 않겠지만 말이다.

다만 마력도 전혀 느껴지지 않고, 어떻게 봐도 평범한 싸구려 펜던트였다. 모험가에게 의뢰해 배달할 정도의 물건으로 보이지는 않았다.

그러나 이어서 오렐의 입에서 나온 것은 터무니없는 말이었다.

"그렇지. 이걸 동쪽 던전 마스터에게 전해줘."

『뭐어?』

"던전 마스터한테?"

이런! 나도 모르게 오렐에게 되물을 뻔했다.

그도 그렇게, 던전 마스터라고 했잖아?

그러나 되물은 프란에게 오렐은 당연한 표정으로 고개를 끄덕였다.

"그래. 잘 들어, 반드시 아가씨 자신이 건네줘."

"어떻게?"

"그걸 생각하는 것도 의뢰에 포함된 거야."

애초에 던전 마스터에게 이런 물건을 건네서 어쩌려는 거지?

디아스와 계약을 맺었다고 했다. 즉 그만큼 지성이 있다는 뜻이겠지. 가기 전에 디아스에게 얘기를 듣는 편이 좋을지도 모른다.

"뭐, 일단 던전의 최심부로 가보는 건 어때? 아가씨라면 불가능하지 않을 텐데?"

그렇게 말했겠다. 도발하는 의도는 없겠지만 프란은 완전히 넘어가고 말았다. 의욕 가득한 얼굴로 고개를 끄덕였다.

"응! 물론이지!"

그런데 이 의뢰로 무슨 일이 일어날지 예상도 전혀 안 가는군.

이 뒤에 어떻게 할까⋯⋯. 오렐의 저택을 나와 엘자와 함께 모험가 길드로 가는 도중에 프란이 어째선지 사과했다. 귀가 축 내려가고 정말 미안해 보이는 얼굴을 하고 있었다.

'미안.'

『응? 뭐가?』

'멋대로 의뢰를 받았어.'

아아, 그 얘긴가.

『조금 부주의했다고는 생각하지만 네가 받고 싶었으면 상관없어.』

　'고마워.'

『그런데 그 영감이 그렇게 마음에 들었어?』

　성격도 좋고 너그러워서 얘기도 하기 쉽다. 확실히 프란이 마음에 들어 할 법한 상대지만, 그렇다 해도 의뢰를 쉽게 받기는 했다.

　이니냐의 죽음으로 침울했던 프란의 기분이 약간은 좋아진 것 같으니 나로서는 기쁘지만, 조금 걱정됐다.

　하지만 프란도 기분만으로 판단하지는 않은 듯했다.

　'그 할아버지, 진화했어.'

『어? 진짜야?』

　'백견족이 진화한 종족. 백랑이었어.'

『하지만 백견족이라고 밝히지 않았어?』

　스스로 백견족의 위제트 오렐이라고 말했을 터다.

　'진화해도 백견족은 백견족이야. 백견족의 백랑이 되는 것뿐.'

『아아, 그런 식이구나. 그럼 프란이 진화해도 흑묘족인 건 변함없는 거야?』

　'응. 흑묘족의 뭐가 되는 거야.'

『그런데 그 영감이 진화한 걸 용케 알았네?』

　'수인끼리라면 왠지 알 수 있어.'

『호오, 그런 거야?』

　'응. 그런 거야.'

　그 부분은 야성의 감? 혹은 종족 특성인가.

　'진화하기 위해 얘기를 들을 거야. 그 대신 우선 의뢰를 받았어.'

『그랬구나.』

"응."

제대로 생각하고 의뢰를 받은 모양이다.

"어머나? 무슨 말 했니?"

"아무것도 아냐."

"그래?"

엘자 특유의 단축 이동으로 길드로 향하며 던전 마스터에 대해 물어봤다.

가끔 지붕 위에서 빨래를 너는 사람과 맞닥뜨려 엄청나게 놀라게 만들며 엘자가 여러 가지를 가르쳐줬다.

"의뢰에 대해서는 일단 길드 마스터한테 보고하는 게 좋아. 길드를 통한 정식 의뢰가 되면 프란의 랭크업에 도움이 될 거야."

그리고 던전 마스터를 만나는 건 우리의 상상 이상으로 어려운 일인 듯했다. 놀랍게도 엘자조차 던전 마스터와 만난 적이 없다고 한다.

"그래?"

"최심부에 간다고 거기에 틀어박혀 있는 던전 마스터를 만날 수 있는 것도 아니야. 확실히 만나주는 건 길드 마스터 정도가 아닐까?"

이봐. 이 의뢰, 진짜 달성할 수 있는 거야?

"음."

『뭐, 이미 받았으니까 의뢰를 어떻게 달성할지 생각하자.』

오렐이 굳이 프란에게 부탁한 진의도 여전히 모르지만, 실패했을 때 받을 벌칙이나 위약금도 없으니 최악의 경우에는 의뢰를 달성 못 해도 상관없을 것이다. 그렇다고 실패할 생각은 없지만 말이다.

길드에 도착한 우리는 즉시 디아스를 만나러 갔다.

보통은 이렇게 간단히 길드 마스터를 만날 수 없겠지만, 우리에게는 엘자가 있다.

엘자가 길드 마스터에게 볼일이 있다고 말하면 누구도 막지 못했다.

집무실에 들어가니 보기 드물게 서류 업무를 보고 있었다. 우리가 울무토에 오고 아직 짧은 기간밖에 지나지 않았지만, 디아스가 착실하게 일을 하는 모습은 상상도 할 수 없었다. 밖에 나가 있는 이미지밖에 없었다.

그건 엘자도 마찬가지였는지 가볍게 놀라고 있었다.

"어머낭? 웬일로 있네?"

"아무리 나여도 늘 돌아다니지는 않으니 말이야. 뭔가 볼일이라도 있나?"

"응, 프란이."

"호오?"

디아스의 시선을 받은 프란은 오렐에게 받은 의뢰에 대해 얘기했다.

오렐에게 호출받은 것부터 얘기하기 시작해 맛있는 차를 대접받은 부분을 가장 열정적으로 설명했다. 그리고 마지막으로 의뢰를 받은 부분은 얼렁뚱땅.

"그렇군, 오렐을 만났구먼……."

"알아?"

"뭐 그렇지. 좁은 마을이니. 그런데 그가 의뢰를 했군."

"할아버지의 의도를 모르겠어. 길드 마스터는 알겠어?"

"흐음…… 오렐도……."

디아스가 잠시 생각에 잠겼다.

"응?"

"아니, 아무것도 아냐. 이 의뢰는 수리하지. 다만 주의할 게 몇 가지 있어. 우선 당연하지만 던전 마스터에게 위해를 가하는 건 금지야. 어기면 가볍게 사형이니 말이야."

"알아."

하도 많이 들어서 확실히 이해하고 있다. 섣부른 짓을 하면 던전 마스터에 의해 울무토가 괴멸할지도 모르니 우리가 공격할 생각은 없었다.

"그리고 던전 마스터를 만날 수 있을지 없을지는 알 수 없어."

엘자도 만난 적이 없다고 했으니 어쩔 수 없겠지.

"그것도 알아."

"그럼 됐네."

"응."

"뭐, 그녀는 상당히 까다로워. 설령 만난다 해도 화나게 하지 않기를 바라네."

"그녀?"

던전 마스터는 여자인가?

"이런. 그것도 스스로 확인하는 게 좋아. 내가 가볍게 입을 놀려도 될 일이 아니니 말이야."

"알았어."

그 후, 우리는 동쪽 던전 마스터의 정보를 조사했지만 유익한 것은 거의 얻지 못했다. 의도적으로 숨겼는지 여성이다, 대화를 할 수 있다는 점 외에는 아무것도 알 수 없었던 것이다.

뭔가 힌트가 있을지도 모른다며 조사한 서쪽 던전 마스터에 관해서도 마찬가지였다. 애초에 서쪽 던전은 동쪽 던전의 부속물 취급을 받아서 보스는 있어도 마스터는 없다고 한다. 아니, 동쪽의 마스터가 서쪽의 마스터이기도 하다는 편이 정확할지도 모른다.

애초에 최심부에 도달할 수 있는 자가 적은 데다, 심지어 마스터를 만날 수 있었던 자는 거의 없다고 한다.

『일단 가볼 수밖에 없나.』

"응."

어차피 동쪽 던전의 아래층을 목표할 셈이었다.

『프란, 갈 수 있겠어?』

"응."

울무토에 도착한 지 닷새.

우리는 동쪽 던전의 14층에 있었다. 지금은 이 부근 층에서 마수를 사냥하며 함정에 관련된 스킬의 실력을 갈고닦았다.

오렐에게 받은 의뢰도 달성해야 하지만, 서두르다 부상을 입으면 죽도 밥도 안 된다. 안달하지 않고 천천히 공략하고 있는 이유다.

지금 프란은 함정과 격투 중이었다. 이미 던전의 아래층까지 와 있기 때문에 이 부근의 함정은 그 난해함도 지저분함도 위층과는 차원이 달랐다.

예를 들어 가짜 와이어가 무수히 있는 줄 알았지만 사실 아무

짓도 안 하면 발동하지 않는다거나, 날아온 화살이 다른 함정을 기동시키고 그 함정이 또 다른 함정을 기동시키기도 했다.

종류도 맹독 계열이나 전이 계열의 위험도 높은 함정이 늘어 났다.

또한 전이 봉인이나 기척 감지 봉인 등의 특수 공간도 모습을 드러나기 시작했다. 뭐, 봉인 무효를 가지고 있는 내게는 의미가 없지만 말이다.

길드 마스터가 던전 마스터와 교섭을 했다고는 하나 여기는 역시 던전. 단순한 수련장이 아닌 듯했다.

"……다 됐어."

『오? 어디 봐.』

이 던전은 아래층으로 가면 함정의 양이 엄청나지는 경향도 있고, 마수는 찰지 계열, 감지 계열, 함정 계열의 스킬을 가진 게 많았다. 전투력은 그렇게 높지 않지만 함정이나 어둠을 이용해 지저분한 싸움을 걸었다.

하지만 그 마석을 잔뜩 흡수한 덕분에 내 스킬 레벨은 상당히 올라갔다. 전방위 감지 4, 전존재 감지 4, 함정 해제 역시 4다.

게다가 연습용 함정 역시 부족하지 않았다. 덕분에 프란의 함정 해제 실력은 던전에 들어왔을 무렵에 비하면 비약적으로 향상 됐다.

그리고 전에 바르보라에서 구입한 마석에서 입수한 새 마술인 빙설 마술과 용철 마술이 함정 해제에 상당히 도움됐다.

뭐, 입수한 또 다른 마술인 월광 마술은 쓸데가 전혀 없었지만. 야간에 스테이터스가 상승하는 문 페이즈와 일정 시간 암시(暗視)

능력을 얻는 나이트 비전. 솔직히 미묘하다. 한동안은 쓰지 말까. 레벨을 올려서 반사 계열 마술을 얼른 얻고 싶다.

다만 다른 두 개는 마음껏 사용 중이다.

빙설 마술로 함정 내부를 얼려서 굳히면 함정의 발동을 방해할 수 있었고, 폭파 계열 함정이라면 그것만으로 저지할 수 있었다.

용철 마술은 더욱 응용할 수 있었다. 그 이름대로 철을 녹여 함정 자체를 무효화하거나 속임 장치를 용접해 움직이지 못하게 할 수 있기 때문이다.

그렇다고 하나 역시 함정 메인 던전. 프란의 실력이 올랐다 해도 해제가 확실하다고는 아직 말하기 어려웠다.

지금도 프란이 소리를 짧게 냈다.

"아."

『쇼트 점프!』

"깨앵!"

지금까지 우리가 있던 곳에 초고속으로 쏘아진 물 탄환이 쏟아져 내렸다. 직격했다면 큰 부상을 입었겠지. 머리에 맞으면 목숨도 위태로운 위력이다. 게다가 물이라서 보기 힘들었다.

"미안."

『아직 완벽하지 않나.』

"응."

하지만 지금 함정은 해제하지 않으면 앞으로 갈 수 없는 타입이어서 어쩔 수 없었다.

지금 우리의 목표는 오렐에게 받은 의뢰 외에 네 개가 있다.

하나는 우리의 레벨 향상. 하나가 레벨업 퀘스트 달성. 하나는 각종 스킬의 습득. 그리고 마지막 하나가 사고 조작 계열 스킬을 막기 위한 스킬을 입수하는 것이다.

구체적으로는 강제 친화나 사고 유도처럼 이쪽의 사고나 정신에 미약하게 작용하는 지저분한 스킬을 막기 위한 스킬이다.

이 스킬들은 상태 이상 등과도 달리 아주 미약한 조작이나 간단한 유도다.

그래서 알아차리기 어렵고, 상대방이 제대로 사용하면 무척 성가셔진다.

울무토에 오고 나서 그런 종류의 스킬에 두 번이나 허를 찔린 우리는 그런 사고 조작 계열 스킬을 막기 위한 방법을 찾기로 했다.

재빨리 방어할 수 있는 마도구는 없을까 하는 생각도 했지만, 그렇게 우리 형편에 알맞게 팔고 있을 리도 없다. 엘자가 가르쳐 준 마도구점을 돌아봤지만 발견하지는 못했다. 게다가 고위 스킬을 완전히 막는 마도구는 특히 비싸서, 판다 해도 우리의 소지금으로는 도저히 구입할 수 없는 액수였다.

그렇다면 역시 스킬이다.

그럴듯한 스킬을 가진 마수의 정보는 없는지 모험가 길드 도서관에서 조사한 지 30분. 거기서 상상 이상으로 자세한 정보를 얻을 수 있었다.

던전 마스터와 계약을 맺어 출현 마수가 오랫동안 고정돼 있어서 그 마수들에 관한 정보가 축적되어 있다고 한다. 나타나는 층이나 약점뿐만 아니라 각종 소재의 이용 방법이나 감정을 가진 모험가가 조사한 마수의 소지 스킬 정보 등도 상세하게 정리돼 있었다.

그 결과, 이 던전의 심층부에 재미있는 스킬을 가진 마수가 있다는 사실을 알았다.

그 스킬의 이름은 사고 차단.

전투 기록도 몇 개 실려 있었고, 거기에는 디아스가 젊었을 때 그 마수와 싸운 기록이 남아 있었다.

그때, 사고 유도 스킬에 몇 차례 맞서서 실패했다고 적혀 있었다. 그 마수가 사고 차단을 높은 레벨로 가지고 있었기 때문에, 이 스킬이 있으면 사고 조작 계열 스킬을 막을 수 있다는 생각이 들었다.

그래서 지금 우리는 스킬 연습을 하면서도 사고 차단 스킬을 가진 마수가 살고 있는 던전 심층부——즉 18층 아래를 목표로 나아가고 있었다.

오렐의 의뢰도 있으니 일석이조다.

공략에 본격적으로 나서 던전에 돌입한 지 이틀.

이미 14층으로 내려가는 계단을 눈앞에 두고 있었다.

나쁘지 않은 페이스다. 아니, 다른 모험가와 비교하면 이상한 속도일 것이다.

모두 의지할 수 있는 편리한 스킬, 차원 수납 덕분이다.

다른 모험가와 달리 대량의 식량 등도 짊어지지 않아도 되고, 그 덕분에 짐이 탐색하는 데 방해가 되지도 않는다. 확보한 마수 소재 등도 마찬가지로 차원 수납에 넣었다. 그것만으로도 던전 탐색에는 아주 커다란 이점이 된다.

평범한 모험가라면 쓰러뜨린 마수를 그 자리에서 해체해 귀중한 소재나 납품 소재만을 최대한 가지고 돌아간다고 한다.

해체는 지루하게 시간이 걸리고, 소지품이 무거워지면 그만큼 나아가는 발걸음도 느려진다. 게다가 던전을 나아가면 나아갈수록 나오는 마수가 강해지는 데다 함정은 난이도가 상승해 설치된 숫자도 늘어난다. 결과적으로 던전을 나아가면 나아갈수록 공략 속도는 저하돼간다. 더욱이 마수의 소재에는 썩기 쉬운 것도 많고 적재량에도 한도가 있다.

던전 심층부의 공략을 목적으로 삼지 않는 한 매일 던전에 들어가는 모험가는 그렇게 많지 않은 듯했다.

또한 문제는 무게 등의 물리적인 것뿐만이 아니다. 언제 마수에게 공격받을지 모르는 어두운 동굴 안에서 맛없는 휴대 식량을 먹으며 기어 다니는 생활이다. 정신적으로 쇠약해지는 모험가도 많다. 의욕이 오래 가지 않는 것도 장기간 던전 탐색을 방해하는 벽이 되는 모양이었다.

그 점에서 프란과 울시는 지친 기색이 전혀 없었다. 어차피 식사도 맛있고 잠자리는 침대를 가져와서 푹신푹신하다. 다른 모험가와는 생활수준이 다른 것이다. 게다가 싸움 중독자의 재능이 꽃 피고 있는 프란과 울시는 마수가 강해지는 것을 기뻐하기까지 했다. 의욕이 저하되기는커녕 흥분이 계속 올라가 있는 상황이다.

지금도 붙어볼 만한 마수를 앞에 두고 눈을 빛내고 있다.

"이번에야말로 일격에 해치우겠어."

"크르!"

14층으로 내려와 첫 번째 방에 커다란 그림자 여럿이 서 있었다.

『하이 오우거인가.』

오우거의 상위종이다. 키는 4미터에 가깝고, 철검조차 튕겨내는 단단한 피부와 발달한 근육 갑옷을 갖췄다. 그 무시무시한 힘은 다루는 무기를 보고도 상상할 수 있었다. 거대한 쇠 곤봉이나 드럼통 크기의 쇠공에 자루를 단 거대 메이스를 가볍게 휘두르고 있었기 때문이다. 이 던전에서는 드물게 특수 능력이 없는 근육 타입의 마수이기도 했다.

한 층 위인 13층부터 나타났는데, 이 녀석이 상상 이상으로 억센 상대였다. 그야말로 내장이 비어져 나올 부상을 입어도 높은 재생력 덕분에 부활했다.

죽었다고 생각한 하이 오우거에게 반격받아 놀란 것이 꽤 분했는지 프란은 이 녀석들을 일격에 해치우는 데 집착했다.

『그럼 이 방에는 함정이 없겠네.』

또한 이 던전에 있는 마수 중에 유일하게 함정에 대응하지 못하는 게 이 녀석들이었다. 그래서 하이 오우거가 있는 방에는 함정이 전혀 설치돼 있지 않았다.

반드시 자폭하기 때문이겠지.

그만큼 파워가 있어서 랭크 D 모험가라도 애먹는 강력함을 자랑하지만 말이다.

하지만 정면에서 싸워서 아무렇지 않게 이길 수 있는 우리에게는 함정을 신경 쓰지 않고 싸울 수 있는 안전한 곳이었다.

프란이 검으로 쓰러뜨리는 데 집착하지 않고 마술을 썼다면 발견 직후 즉시 죽일 수 있었을 것이다.

『가자!』

"응."

"크르르르르!"

기습으로 단숨에 섬멸한다. 시간을 너무 끌면 다른 마수가 모이는 경우가 있기 때문이다.

울시가 오른쪽 가장자리에 있는 하이 오우거에게 단숨에 달려들어 이빨을 박으려 했다.

"크르르아!"

그리고 우리에게 화살이 쏟아졌다.

『우왓! 에어 실드!』

"크우웅?"

나는 즉시 마술로 막았고, 울시는 황급히 그림자로 들어갔다.

아무래도 이 방에는 함정이 있었던 모양이다. 하이 오우거를 보니 화살이 딱딱한 피부에 모두 튕겨나가 있었다.

그렇군. 하이 오우거에게는 전혀 문제가 없는 함정인가. 하지만 우리에게는 충분히 위협이 된다.

14층에 들어오니 던전이 더 치사해졌어!

『일단 이 녀석들을 정리하자!』

"응!"

순식간에 마술로 모두 정리하는 편이 빠르다고 생각했지만 없던 일로 했다. 그렇게 하면 검을 들고 의기를 높이고 있는 프란이 분명 토라질 테니 볼거리를 조금은 남겨야 한다.

『절반은 울시랑 내가 처리할게. 나머지 두 마리는 프란이 해치워!』

"응."

『인페르노 버스트!』

"크르르르!"

내가 쏜 화염 마술이 하이 오우거 한 마리를 꿰뚫어 그 몸을 순식간에 숯덩이로 만들었다. 더 나아가 그림자에서 뛰쳐나온 울시가 어둠의 창을 떨어뜨려 한 마리를 관통했다.

이로써 하이 오우거가 함정을 기동할 가능성은 반감됐다.

"크오오오오오!"

"느려! 하아압!"

프란은 하이 오우거의 곤봉을 훌쩍 피하고 공중 도약으로 단숨에 뛰어올랐다. 이미 공중 발도술 자세는 완성한 상태였다. 그리고 단숨에 뽑힌 내가 통나무처럼 두꺼운 하이 오우거의 목을 베었다.

어지간한 하이 오우거도 목이 절단되면 즉사하는 모양이다.

이어서 프란은 나머지 한 마리에게도 덤벼들었다.

이번 공격 방법은 지극히 간단한 것이었다.

아까처럼 공격을 피하고 다가가 나를 심장 근처에 있는 마석에 찌른 것이다. 고집을 부리지 않는다면 이게 가장 간단한 공격 방법이리라.

『이제 하이 오우거가 있어도 안전권이 아니게 됐나…….』

"바라던 바야."

던전의 난이도가 올라가면 올라갈수록 불타오르는 모양이다. 프란은 의욕 가득한 표정을 짓고 있었다.

『이제부터 함정도 난이도도 더 올라갈 테니까 조심해.』

"응."

『울시도 지금 같은 일이 없도록 조심하고.』

"끄응……."

그 후, 다시 정신을 바짝 차리고 나아간 우리는 처음 보는 함정을 발견했다.

"여기에 이상한 선이 있어."

『용케 눈치챘네……. 나한테는 희미하게만 보여.』

"이것도 함정이야?"

영화 등에서 자주 보는 적외선 센서와 똑같았다. 육안으로도 보인다면 적외선이 아니겠지만……. 보기만 해서는 어떤 함정이 기동하는지 알 수 없었다.

"일단 기동시켜볼까?"

『그래……. 이다음을 위해서도 정보는 필요해.』

우리는 함정에서 최대한 멀리 떨어져 함정을 굳이 기동시켜보기로 했다.

내가 분신을 만들어 센서에 접촉시켰다.

『아무 일도 안 일어나는데?』

화살도 떨어지지 않고, 구멍도 뚫리지 않았다. 창이 날아오는 일도, 가스가 뿜어져 나오는 일도 없었다.

"무슨 소리가 들려."

『소리?』

쿠웅 쿠웅 쿠웅…….

확실히 프란이 말한 대로 던전 안에서 불길한 중저음이 울리고 있었다. 조금 낡은 엘리베이터에 타면 이런 소리가 날지도 모른다.

다만 무슨 일이 일어나고 있는지 알 수 없었다.

내가 주위를 경계하고 있는데 프란이 방에서 앞으로 이어져 있는 통로의 벽을 가리켰다.

"스승, 벽이 움직이고 있어."

『뭐?』

프란의 말대로였다. 통로 안쪽 벽이 슬라이드처럼 움직이고 있었다. 그대로 지켜보고 있자 일직선으로 뻗어 있던 통로가 오른쪽으로 꺾이는 구조로 변화했다.

그렇구나, 이런 함정도 있는 건가. 미궁의 구조를 변화시켜 헤매게 만드는 게 목적이겠지. 거대한 함정이다.

하지만 뭐, 육안으로도 보이니 조심하면 피할 수 있을 것이다.

그렇게 생각했지만——.

쿠웅 쿠웅 쿠웅.

다시 그 진동음이 울리기 시작했다.

"스승?"

『아니, 이미 분신은 사라졌어! 울시?』

"워웅 워웅!"

울시도 필사적으로 고개를 저으며 자신이 아니라고 어필했다. 하지만 지금도 벽이 움직이고 있었다.

그리고 이번에는 왼쪽 벽이 사라지고 새로운 통로가 나타났다. 그 저편에는 하이 오우거 한 마리가 서 있었다.

『그렇구나, 하이 오우거가 기동시킨 거야!』

즉 그런 함정일 것이다. 우리가 아무리 조심해도 던전 안을 돌아다니는 하이 오우거에 의해 각종 함정이 기동되는 것이다. 다른 모험가들이 작동시키는 패턴도 있을지도 모른다.

"크르르르어어어!"

저쪽도 이쪽을 알아봤나.

『일단 녀석을 처리하자!』

"응!"

『하여간에 성가신 던전이야!』

하지만 이 정도 성가심은 아직 시작에 불과했다.

15층 아래로 내려가자 함정을 일부러 기동시키는 더티한 마수의 수가 압도적으로 늘어났기 때문이다.

특히 미스트라는 안개 형태의 마수가 성가셨다. 안개처럼 실체가 희미한 마수인데, 확산해 있을 때는 기척도 없고 물리 공격도 먹히지 않았다. 하지만 안개 몸을 한 곳으로 모으면 함정을 기동시킬 정도의 물리력을 발휘했다.

알고 보니 미스트가 함정을 작동시킨 경우가 몇 번이나 있었다.

18층에 도착할 때까지 함정이 기동된 횟수는 서른 번 이상. 어지간한 프란도 피곤한 빛을 숨기지 못했다.

도중에 미스트에 대한 대처법을 떠올릴 때까지는 정말 힘들었다. 진짜다.

대처하는 것만이라면 간단했다. 새로운 통로나 방에 돌입하기 전에 광범위 마술로 전체를 공격하면 되기 때문이다. 아무리 잘 숨어 있어도 도망칠 곳이 없을 만큼 넓은 범위에 마술을 쏘면 간단히 섬멸할 수 있었다. 미스트의 전투력은 낮아서 마술을 두세 방 써주면 청소 완료다.

경우에 따라서는 함정도 사전에 기동시킬 수 있어서 일석이조였다.

다만 이렇게 되면 수행이 전혀 되지 않는다. 뭐, 이제 목적인 마수가 사는 층에 들어왔으니 슬슬 안전을 우선하며 가자고 생각했다. 더티 위스프라는 검은빛의 구(球) 같은 마물이다.

그렇다. 사고 조작을 막는 그 스킬을 가진 마수는 18, 19층에서 목격 정보가 가장 많았다.

하지만 목격 건수는 다른 마수에 비하면 극단적으로 적었다. 생식 수가 적은 데다 은밀 성능이 높아서 그럴 것이다.

실제로 18층을 돌아다녀도 아직껏 만나지 못했다.

경험치와 마석만 쌓여갔다. 현재 프란의 레벨은 43에 이르렀고, 나도 랭크업 직전이다.

특히 프란의 레벨이 한계치에 이르렀을 때 무슨 일이 일어날까 싶어서 요즘 경험치 획득이 가장 중요해졌다.

『없는 건 어쩔 수 없어. 일단 앞으로 가자.』

"응."

그렇게 던전을 계속 탐색한 지 수십 분. 나는 어떤 중대한 사실을 깨달았다.

『지금 알았는데…….』

"응?"

『대 미스트용 포화 공격으로 더티 위스프도 해치웠을지도 몰라.』

"아."

『미안. 내가 눈치챘어야 했어.』

아마 마술에 마석과 함께 소멸된 것 같았다. 그야 보일 리가 없다.

『할 수 없지. 마술 청소 전법을 관두고 착실하게 찾자.』

"알았어."

그렇게 되자 바로 나아가는 속도가 떨어졌다. 미스트 외의 성가신 마수와도 전투를 치를 필요가 생겼기 때문이다.

"크르!"

『왜 그래, 울시?』

"크르르!"

울시가 갑자기 울음소리를 내나 싶더니 벽을 향해 어둠 마술을 날렸다. 칠흑의 창이 벽을 때렸다.

그 자리를 잘 보니 확실히 위화감이 있었다.

"삐기이이!"

『우왓, 기분 나빠!』

모습을 드러난 건 보라색과 오렌지색을 띤 칙칙한 애벌레였다.

벽에 달라붙은 상태로 입에서 검은 액체를 토하며 꿈틀대고 있었다. 울시의 마술에 뚫린 배의 구멍에서는 냄새 나는 액체가 새어나오고 있었다.

『그보다 이렇게 접근할 때까지 몰랐어? 프란?』

"나도 몰랐어."

"크르!"

미믹 베놈 크라울러인가.

의태와 기척 차단, 소음 행동으로 오로지 숨어서 기다리는 타입의 마수인 모양이다. 스킬에 왕독아, 독 마술, 독 분사가 갖춰져 있어서 온몸이 독투성이였다.

울시는 냄새로 알 수 있었던 듯했다. 역시 늑대다.

이 녀석은 던전에 들어오기 전에 한 정보 수집에서 가장 조심하라고 했던 마수다. 놀랍게도 직접적인 피해자는 하이 오우거 이상으로 많다나.

그야 그럴 것이다. 고성능 은밀 능력에 일격필살 독 능력이 있다.

중급 모험가라도 탐색에 뛰어난 사람이 아니면 대처하기 어려울 것이다.

그러나 이 녀석의 소재는 상당히 유용한지 미믹 베놈 크라울러의 소재 납품 계열만 해도 의뢰가 네 개나 나와 있었다. 껍질, 독주머니, 독니, 고기다.

내 입장에서 이 녀석의 고기를 먹는 건 솔직히 상상할 수 없지만, 고급 식재료로 인기라고 한다. 독을 제거하는 데 실패하면 엄청난 사태가 일어나지만 말이다. 복어 같은 건가 보다.

마석치는 그렇게 높지 않지만 기척 차단과 독 마술 숙련도도 올릴 수 있으니 이거 애벌레 사냥을 해야겠는데!

"열심히 해, 울시!"

"웡?"

울시의 코만 믿는다!

두 시간 후.

애벌레 킬러로 변한 울시를 뒤따라 우리는 순조롭게 18층을 나아가고 있었다.

이미 열 마리 가까운 애벌레를 해치워서 기분이 날아갈 것 같았다.

하지만 더 기분 좋아질 것을 발견했다.

『보물 상자다!』

"응."

오늘 처음 발견한 보물 상자다.

울무토 던전은 비교적 보물 상자가 많기로 유명하다고 한다. 던전 마스터와 계약을 맺고 있어서 모험가에게 이득을 줘도 문제없다는 거겠지.

상층부에는 포션류가 많고 하층부에는 마도구가 많다고 한다.

실제로 우리도 포션 몇 개를 입수했다.

『18층 보물 상자니 기대할 수 있겠어.』

다만 바로 열지는 않는다. 함정이 잔뜩 설치돼 있기 때문이다.

이번에는 아마 산(酸) 계열 함정일 것이다. 기동하면 산이 파티를 공격하는 사양이다. 게다가 그뿐만이 아니라 보물 상자 자체가 녹아서 안에 든 보물이 쓸모없어지는 패턴이다.

치사한 장치다.

"해제할게."

『맡길게. 조심해.』

"괜찮아!"

오늘 최고 난이도의 함정 해제를 앞두고 프란은 잔뜩 흥분한 채 작업에 착수했다.

프란은 신음 소리를 내며 보물 상자 주위를 관찰했고, 때때로 벽이나 바닥을 톡톡 두드려 반사되는 소리를 듣기도 했다. 그 후, 해제 도구와 마술을 사용하며 냉정하게 함정을 무효화해갔다. 이 집중력을 잘 못하는 일을 할 때도 발휘할 수 있으면 대단할 텐데. 구체적으로는 공부나 조사할 때 발휘해줬으면 한다.

"됐다!"

『오, 빠른데.』

"열심히 했어!"

프란이 그대로 설레는 얼굴로 보물 상자를 열었다. 그러자 안에는 재미있는 것이 들어 있었다.

아무래도 격투가용 무기인 모양이다. 팔에 장착하는 발톱 타입의 무기다.

손등에서 위팔까지 덮는 검은 금속제 판을 가죽 벨트로 팔에 고정하는 구조였다. 그리고 손등에는 동물 발톱처럼 살짝 휘어진 길이 20센티미터 정도의 예리한 갈고리 세 개가 뻗어 나와 있었다.

이름 : 포박의 발톱

공격력 : 230 보유 마력 : 100 내구도 : 700

마력 전도율 D+

스킬 : 마비격

마력을 흘려 발톱을 들였다 낼 수 있어서 평소에는 방해가 되지 않는 것도 점수가 높다. 더 나아가 상대를 마비시키는 스킬도 갖춰져 있으니 실용성도 높을 것이다.

하지만 프란은 다른 생각을 한 모양이다.

"스승, 이거 울시가 쓸 수 있어?"

『뭐? 아, 듣고 보니 장비할 수 있나……?』

장비자에 맞춰서 크기가 늘고 주는 사이즈 조정 기능이 부가돼 있는 것 같고, 손목의 가동에 맞춰 딱지 부분이 젖혀지는 구조로도 만들어져 있었다.

울시의 앞다리에 장착이 가능할 거 같다.

『프란, 울시한테 장비해줘.』

"응. 울시, 다리 내봐."

"웡!"

"그럼, 우선 오른 다리."

"웡."

냉큼 내민 울시의 오른쪽 앞다리에 쇠로 만든 토시로도 보이는 포박의 발톱을 장착하는 프란.

아무래도 장착감에 문제는 없는 모양이다. 크기 조정 기능이 발동해 울시의 다리에 딱 맞게 조절됐다.

양다리에 새 장비를 장착한 울시는 뽐내듯이 우뚝 서 있었다. 미풍이 일어날 정도의 기세로 꼬리를 흔들어서 기뻐하고 있다는 것을 알 수 있었다.

『잘 어울린다, 울시.』

"멋있어."

"웡웡!"

『이상한 느낌은 안 들어? 걷기 힘들다든가 쇠장식이 닿는다든가 말이야.』

"워웅? 웡웡!"

아무래도 문제없는 모양이다.

마력을 흘려 괜히 발톱을 꺼냈다 집어넣으며 놀고 있었다.

이 발톱의 공격력은 그렇게 높지 않지만, 울시의 맨다리? 보다는 나을 것이다. 그리고 히트&어웨이 전법도 가능한 울시라면 상대의 움직임을 둔하게 만들 수 있는 마비와 상성이 좋다. 이거 뜻밖의 횡재로군.

그 후, 울시는 기운이 넘쳤다.

막 입수한 장난감──이 아니라 무기를 쓰고 싶어서 좀이 쑤시 겠지.

마수를 적극적으로 발견해서는 신바람을 내며 달려들었다.

애벌레 킬러에서 마수 살육 늑대로 랭크업한 울시는 무시무시 한 기세로 던전을 나아갔다.

하이 오우거전 외에는 내가 나설 일이 전혀 없을 정도였다.

그리고 어느새 19층으로 내려가는 계단까지 도달했다. 거 참, 여기는 울시를 위한 던전일지도 모르겠어.

"스승, 어떡해?"

『여기까지 왔으니 다음 층으로 가자. 더티 위스프는 19층에서 도 나타난다고 했고 애벌레도 필요한 숫자를 사냥했으니까 굳이 18층을 돌 이유도 없어.』

"응. 알았어."

그리고 계단을 내려가기 시작했는데…….

"웡?"

『왜 그래, 울시?』

"웡웡!"

울시가 계단 도중에 아래쪽을 향해 이유 없이 짖기 시작했다.

아무것도 없는 돌바닥을 향해 짖는 것처럼 보였다. 하지만 감 지 계열 스킬을 전개하니 그곳에 뭔가 있다는 것을 알 수 있었다.

"크릉!"

울시가 칠흑의 창을 바닥으로 날렸다. 어라? 아까도 이런 전개 를 봤는데?

"아아아아!"

울시의 공격에 충격을 받았는지 날카로운 고함소리와 함께 뭔가가 바닥에서 배어 나오듯이 나타났다.

볼링공 크기의 새까만 빛 덩어리가 둥실거리며 떠 있는 듯한 모습. 그 윤곽은 흔들거리며 일정하지 않아서 똑바로 응시하지 않으면 모습을 놓칠 것 같았다.

조사한 특징과 완전히 일치했다.

『더티 위스프다!』

그렇다, 이것이 우리가 찾던 더티 위스프였다.

감정해보니 생명력이나 완력은 고블린 이하였고 마력과 민첩성은 위협도 D 클래스였다.

스킬도 풍부했다. 바람 마술, 기척 차단, 사고 차단, 정신 이상 내성, 마력 흡수, 어둠 마술, 어둠 내성 등 강력한 스킬이 즐비했다.

어둠 마술로 계단 그림자 속에 숨어 있었던 듯했다. 같은 어둠 마술 사용자인 울시라서 알아차릴 수 있었을 것이다.

하마터면 기습당할 뻔했다.

울시가 없었다고 생각하면 오싹하군. 아마 무사히 넘어가지 못했겠지.

『울시, 잘했어! 나중에 상 줄게.』

"웡? 웡웡!"

『아주 매운맛 카레를 꺼내주마!』

"워워웡!"

"웃. 나도 열심히 할게."

울시가 받을 상에 자극받았는지 프란이 기합을 넣고 나를 들었다.

『반드시 마석을 얻자!』

"응!"

녀석이 가진 스킬, 사고 차단. 이게 우리가 원하는 스킬이다. 반드시 손에 넣어주마.

『울시, 전이로 도망치지 못하게 주의해.』

"윙!"

"하아압!"

폭이 좁은 계단인 것도 아랑곳하지 않고 프란이 더티 위스프에게 달려들었다.

"아아아아!"

"웃."

하지만 그 공격은 그 몸을 빠져나갔다.

어둠 마술인가? 아무래도 순식간에 실체를 지워 물리 공격을 피하는 듯했다.

"파이어 애로!"

"아아!"

『쳇! 빠르군.』

움직임도 그렇지만 마술의 발동이 빠르다. 프란이 쏜 불 마술도 다크 실드와 비슷한 방패에 막혔다.

『파이어 애로.』

"파이어 애로."

『파이어 애로.』

이번에는 방패로 막을 수 없는 숫자의 마술을 날린다!

30개가 넘는 불의 화살이 더티 위스프를 향해 끊임없이 쏟아졌다.

이거라면 못 막아! 그렇게 생각했지만…….

"아—!"

『사라졌어……! 아니, 전이인가!』

그 모습이 사라졌나 했더니 3미터 정도 떨어진 곳에 더티 위스프가 나타났다.

단거리밖에 이동할 수 없는 것 같지만 성가시군.

쓰러뜨리기만 해도 된다면 범위 마술을 연타하면 되지만…….

가장 중요한 것은 마석이다. 위력 높은 마술로 마석을 파괴할 수는 없었다.

랭크가 높고 레벨이 높은 상대라면 마석도 크고 단단해서 그렇게 걱정하지 않아도 된다. 하지만 이 녀석은 성가실 뿐이지 힘이 그 정도는 아니라서 마석의 강도는 기대할 수도 없을 것 같았다.

그렇다면——.

『도망칠 수 없는 속도로 베어버리겠어!』

"응."

우선은 견제다.

"크릉!"

『파이어 애로.』

"아아—."

우리가 쏜 공격을 피하기 위해 더티 위스프가 그림자 전이를 실행했다. 하지만 이것으로 됐다.

더티 위스프는 영창 단축 스킬도 가지고 있지 않으니 아무리 마술 발동이 빠르다 해도 전이를 연속으로 쓰지는 못할 터다. 그렇다면 전이 직후의 한순간을 노리면 된다.

프란은 감지 스킬을 전개해 전이 장소를 예측했다.

이 던전에서 엄청나게 고생한 성과인지, 우리는 더티 위스프의 전이 장소를 정확히 감지할 수 있었다.

프란이 전이 지점을 향해 도약했다.

"하압!"

그리고 프란의 오른손이 번뜩이자 불 속성을 띤 내가 더티 위스프를 갈랐다. 마석에서 마력이 흘러들어 왔다.

"아아아아아아!"

귀를 찢는 절규를 지르며 소멸하는 검은 구체. 그렇군, 소재가 남지 않고 마석만 있는 점도 목격담이 적은 이유일지도 모른다.

『좋았어, 사고 차단을 손에 넣었다!』

"응!"

『스킬 레벨을 올리기 위해서도 이 기세로 위스프를 사냥하자!』

"워웡!"

더티 위스프와의 첫 만남으로부터 세 시간 후.

『프란, 울시, 저녁 다 됐다.』

"응!"

"웡!"

우리는 19층 한구석에서 야영을 하고 있었다.

함정이 없는 작은 방 한구석에 침대를 놓고 나와 울시가 편 5중 결계로 지키고 있다. 나는 잠이 필요 없어서 불침번을 설 수 있고 프란과 울시도 기척에 민감하다. 처음 보는 은밀성 높은 마수나 수준이 아주 높은 모험가가 공격하지 않는 한 문제는 없을 것이다.

"우물우물우물!"

"우걱우걱우걱!"

프란은 침대에 앉아 카레를 먹어치우고 있었다. 튀김, 치즈 in 햄버그, 돈가스라는, 통통이라면 정말 좋아하는 트리오 토핑이 곁들여져 있었다.

울시는 프란의 발밑에서 내가 약속한 아주 매운맛 카레를 먹고 있었다. 입 주위가 끈적끈적하다. 나중에 정화해야겠군.

프란은 다리를 파닥거리고 콧노래를 부르며 때때로 발밑에 있는 울시의 등을 맨발로 슥슥 쓰다듬었다.

오늘은 더티 위스프를 무사히 쓰러뜨려 사고 차단을 입수했다. 프란의 레벨도 44로 올랐으니 탐색은 순조로웠다고 할 수 있겠지. 내일은 드디어 20층에 도달할 것이다. 프란의 레벨도 45, 즉 카운터 스톱에 이를 가능성이 높았다.

하지만 그 전에 프란에게 해둘 말이 있다.

기분 좋은 프란에게 찬물을 끼얹는 얘기여서 미안하지만⋯⋯.

『프란, 잠깐 얘기 좀 들어볼래?』

"응?"

『이제 곧 레벨 45잖아.』

"응."

『내가 감정하는 한 프란의 레벨은 45가 상한이야.』

그렇다, 레벨에 대한 얘기다. 앞으로 레벨이 하나 오르면 흑묘족의 상한인 45에 도달한다. 카운터 스톱. 이른바 레벨 카운터 스톱이다.

"알아."

『다만, 저기…….』

나는 내 추측을 프란에게 말할 셈이었다.

하기 어려운 말이지만, 여차할 때 낙담하지 않도록 여기서 먼저 말해야 한다.

나는 마음을 독하게 먹고 말을 꺼냈다.

『45레벨에 도달해도 진화할 가능성은 낮을 거 같아.』

아무리 흑묘족이 약하다 해도 모두가 전혀 싸우지 못할 리는 없을 것이다. 과거에 Lv45에 도달한 흑묘족이 전혀 없다고는 생각하기 어렵다.

그렇다면 흑묘족이 진화하는 데는 레벨 카운터 스톱 외에 뭔가 조건이 필요한 게 아닐까. 그게 내 생각이었다.

충격을 받았나 했지만 프란은 의외로 냉정했다.

아무래도 프란도 같은 생각을 하고 있었던 모양이다.

"응."

특별히 동요를 보이지 않고 고개를 끄벅였다.

"그 밖에도 진화에 조건이 필요한 종족은 있어. 예를 들면, 여우 계열 수인이 유명해."

프란이 수인 중에서 특히 유명한 여우 수인 얘기를 가르쳐줬다.

은호족(銀狐族)이라는 종족은 특별한 자만 배울 수 있는 고유 스킬 '여우불'을 가진 개체만이 고 레벨로 진화할 수 있다고 한다.

그렇구나, 흑묘족도 뭔가 특수한 스킬이 진화의 방아쇠가 된다는 생각도 할 수 있겠어.

"자세히는 모르지만 백랑도 평범한 진화가 아니라고 들은 적이 있어."

『그래?』

"그러니까 할아버지한테 얘기를 들으면 뭔가 힌트를 얻을지도 몰라."

『그래서 오렐 영감의 의뢰를 받은 거구나.』

"응."

진화를 목표로 하는 프란이 그 생각을 하지 않을 리가 없었나. 오히려 나보다 훨씬 깊이 생각하고 있었던 것 같았다.

『그럼 조건이 될 스킬을 찾자.』

"응!"

다행이다. 프란의 의욕은 떨어지지 않았다.

오히려 조건 중 하나로 짐작되는 레벨 카운터 스톱을 목전에 둬서 의욕이 가득한 듯했다.

"반드시 진화할 거야."

『그래! 그 기개야!』

Side 엘자

"크, 큰일 났습니다!"

"어머? 왜 그렇게 다급해?"

"아아, 엘자 씨!"

모험가 길드에 초조한 기색으로 뛰어 들어온 것은 병사장인 왓슨이었다.

국가를 섬기는 그들과 모험가인 우리.

입장은 다르지만 이 울무토에서는 협력 체제가 굳건하게 세워져 있다.

거친 모험가가 많은 울무토에서는 치안을 유지하기 위해서 양쪽의 협력이 꼭 필요하기 때문이다.

그리고 그 길드 마스터가 잘해주는 점도 있다. 거기서 좀 더 성실했다면 존경도 할 수 있을 텐데.

지금도 어딘가로 외출해 여기에는 없다. 내가 이야기를 들어야 하나.

"그래서 무슨 일이 있었어?"

"죄, 죄수가 도망쳤습니다!"

"죄수? 혹시 소러스?"

"네!"

소러스. 프란이 붙잡은 배신자 모험가.

길드 마스터가 신문한 결과, 여러 가지 사실이 판명됐다.

소러스는 아무래도 누군가의 지시를 받고 활동했던 모양이다. 흑막의 이름은 아직 알아내지 못했지만 그 목적은 판명됐다.

하나가 모험가 파티에 잠입해 정보를 수집하고 마검을 빼앗는 것.

그들은 단순히 돈이 목적이 아니라 마력을 띤 검을 소지한 파티를 노리고 있던 모양이다. 소러스 자신은 그 목적을 듣지 못했지만 흑막에게 명령받은 듯했다.

또 한 가지 이유가 미믹 베놈 크라울러의 독주머니와 팬더믹 리치의 독주머니 두 종류를 모으는 것. 이 두 종류는 던전에서도 희소한 데다 잘못 쓰러뜨리면 독주머니가 찢어져 소재로 쓸 수 없게 된다. 특히 팬더믹 리치는 1년에 몇 번 목격될 뿐이라서 환상의 마수라고 불리고 있었다. 그런고로 던전에 들어가면 입수할 수 있는 게 아니라서 모험가들에게 인맥을 만들어 정보를 모은 모양이다.

팬더믹 리치는 그 희소성 때문에 소재 전체를 합하면 100만 골드 이상이 나간다. 하지만 위협도가 D로 높은 데다 강력한 독소와 성가신 특수 능력 때문에 무사히 쓰러뜨리는 것 자체가 어렵다. 그래서 많은 모험가들은 스스로 해치우려 하지 않고 그 목격 정보를 파는 경우가 많았다. 나 역시 준비 없이는 도전하고 싶지 않은 상대다.

그렇기 때문에 정보 자체는 나름대로 모이는 듯했다. 그리고 목격 정보를 바탕으로 팬더믹 리치를 사냥해 소재를 입수하고 돌아가는 길에 모험가들을 전멸시켜 소재를 강탈하는 것이다.

혹은 팬더믹 리치를 사냥하기 위해서 필요한 특수한 포션을 가진 파티를 습격해 포션을 빼앗고 부하들에게 사냥을 시키는 경우도 있었다고 한다.

다만 팬더믹 리치의 소재는 모두 금지 약물의 재료가 되는 것뿐이기 때문에 입수한 뒤에도 모험가 길드 이외의 업자에게 마음대로 팔 수 없다.

던전 입구에서 등록한 길드 카드에는 파티로 쓰러뜨린 몬스터가 기록되기 때문에 팬더믹 리치를 쓰러뜨린 사실은 간단히 드러난다. 그리고 그 마수의 소재는 마음대로 가지고 나가는 게 허락되지 않으므로 던전 입구에서 맡겨야 한다. 물론 쓰러뜨렸지만 소재는 가지고 있지 않다고 변명할 수도 있지만, 그런 짓을 하면 병사들의 주목을 받을 것이다. 수수하게 눈길을 끌지 않고 활동하고 싶은 소러스 일행에게는 치명적이겠지.

거기서 소러스 일행이 생각한 방법이 파티를 전멸시켜 빼앗은 독주머니를 던전 안에서 수하에게 넘겨 내보내는 수법이다. 소러스는 전멸 뒤에 혼자 살아남은 척 가장하며 팬더믹 리치의 독주머니 이외의 소재를 제출했다고 한다. 독주머니가 어지간히 필요했나 보다.

일반적으로는 매번 살아남는 소러스가 수상하게 보이겠지만, 그 부분은 그의 강제 친화라는 스킬이 해결했다. 친한 상대라고 믿은 병사들은 의심하지 않았던 모양이다. 또한 병사는 계속 같은 부서에 있는 게 아니기 때문에 소러스가 살아남은 현장에 몇 번이나 있던 병사가 없었던 점도 그가 의심받지 않았던 이유일 것이다. 아니, 소러스가 병사들에게 의심받지 않도록 행동했겠다고 짐작이 갔다. 정말 어처구니없는 짓을 했다.

붙잡은 프란에게는 정말 감사하고 있지만 말이다.

"소러스가 도망쳤다는 소리야? 팔과 다리가 한쪽밖에 없는 상황이었잖아? 거든 사람이라도 있었어?"

"모, 모르겠습니다! 다만, 동쪽 대기소의 감옥이 부서지고 보초병사가 모두 죽었습니다……!"

"쳇! 수색은?"

"이, 이미 병사를 총동원하고 있습니다!"

"알았어! 나도 모험가들한테 알릴게!"

소러스에게 상금이라도 걸어서 모험가들의 의욕을 북돋는 수밖에 없다. 불평을 부리면 엉덩이를 걷어차서라도 협력하게 하면 된다.

"부탁드립니다!"

"마을 문 봉쇄는?"

"그쪽도 이미 했습니다!"

"그럼 모험가는 마을 탐색을 보낼게!"

"그, 그리고 프란이라는 소녀의 행방을 알고 계십니까?"

"프란은 왜?"

"수색 도중에 마을에서 빈사 상태에 빠진 모험가를 구출했는데, 상대가 그들에게 프란이라는 모험가 소녀의 행방을 물었다고 증언했습니다."

"상대는 소러스야?"

"그게, 모른다더군요……. 원래 아는 사이는 아니었던 것 같습니다. 다만, 그 모험가들을 습격한 상대는 사지가 멀쩡했다고 합니다."

"아 진짜! 어떻게 된 건지 모르겠잖아!"

길드 마스터는 이런 때 어딜 간 거야!

일단 감옥으로 가자. 뭔가 단서가 있을지도 몰라!

제4장 **어두운 길의 끝**

진화에 대해 대화를 나눈 다음 날. 우리는 마침내 20층의 가장 깊숙한 곳에 도달해 있었다.

"여기가 최심부야?"

『그래, 이 층을 나가면 보스 방이야.』

그렇다 하더라도 이 층이 가장 난관이지만 말이다.

별명은 '함정의 숲'. 그 이름대로 무시무시한 숫자의 함정이 설치된 가장 어려운 층이다.

『함정이 무수히 있대. 조심해.』

"기대돼."

『믿음직스러운 말이지만 지금까지 지나온 층과 똑같다고 생각하지 마.』

도서실에서 조사한 정보에 의하면, 어떤 함정을 해제한 것이 다른 함정의 기동으로 이어지기도 한다고 한다. 함정끼리 연동돼 있다는 뜻이겠지.

『함정 하나하나가 아니라 전체를 봐야 해.』

"알았어."

그리고 프란의 착실한 던전 공략이 시작됐다.

입구에서부터 함정투성이였다. 게다가 상당히 간단한 함정뿐이다.

하지만 자세히 보니 그 함정들을 해제하면 천장에 설치된 치명적인 함정이 발동하는 사실을 알 수 있었다.

이 치명적인 함정을 해제하고 바닥에 설치된 함정을 해제하면 된다고 생각했는데, 그것도 정답이 아니었다. 바닥에 세 개 있는 함정 중에서 두 개를 먼저 해제하고 그 뒤에 천장. 마지막으로 남은 함정을 해제하는 게 정답이었다. 이것도 며칠 동안 오로지 함정만 해제해서 함정을 감지하는 능력과 위기 감지 능력을 쭉 향상시켰기 때문에 알 수 있었다. 처음 봤다면 분명히 해제에 실패했겠지.

『입구부터 이건가…….』

"응!"

나는 이 함정을 보는 것만으로도 낙담했지만, 프란은 공략할 보람이 있는 함정을 앞에 두고 즐거운 표정으로 즉시 해제에 착수했다.

『울시, 주위를 경계해. 함정을 기동시키는 마수를 조심하고.』

"윙!"

사실은 범위 마술을 연달아 날려 함정과 마수를 먼저 해치우고 나아가는 편이 편한데 말이다.

"흐음…… 으윽…… 호오."

이렇게 집중하는 프란에게 '범위 마술을 연달아 날리자'고 말할 수는 없었다.

두 시간 후.

"끝났어."

『그러냐. 잘했어.』

오늘 처음 만난 연동 함정을 모두 해제하고 웃음을 띠는 프란.

"응!"

『하지만 시간이 너무 걸린 거 같아.』

"그래?"

『응. 이 거리를 가는데 시간이 엄청 걸렸어…….』

입구에서 20미터도 못 갔다.

프란도 그것을 알아차린 모양이다. 온 길을 돌아보고 경악스러운 표정을 띠고 있었다. 본인은 더 왔다고 생각했을 것이다.

"……너무 집중했어."

『맞아. 이대로는 오늘 안에 이 층을 못 돌파할지도 몰라.』

"응. 열심히 할게."

마술을 써서 수고를 덜자고는 말은 안 하는군.

그 후, 확실히 프란이 함정을 해제하는 속도가 올라갔다. 실패하는 확률도 상승했지만. 5분에 한 번은 함정을 기동시켰을 것이다. 때로는 구멍에 떨어질 뻔하고, 때로는 녹색 연기로부터 필사적으로 도망쳤으며, 때로는 사방에서 덮쳐오는 철창을 피했다.

잘도 무사하구나. 평범한 모험가라면 지금쯤 빈사 상태여도 이상하지 않을 것이다.

독을 무효화하고 회피할 수 있는 조독, 공간 도약이 가능한 시공 마술, 사전에 위험을 감지할 수 있는 위기 감지, 최후의 보루가 되는 장벽 스킬을 갖춘 프란이기 때문에 '실패했다'로 끝난 것이다.

"아, 실패."

"깨갱!"

가장 피해를 입고 있는 건 울시겠지. 회복 마술을 벌써 몇 번이나 썼는지 모르겠다.

그래도 기특하게 프란의 바로 옆에서 주위를 경계하는 울시는 나중에 직성이 풀릴 때까지 쓰다듬어주자.

"아."

"깨개앵!"

그로부터 또 몇 시간.

프란이 함정을 해제하는 손놀림도 흡사 전문가처럼 된 것을 보아 상당히 익숙해진 듯했다.

지금도 나름대로 복잡한 함정을 무난하게 해제한 차였다. 하지만 문제도 있었다.

"음……."

기지개를 쭉 켜며 굳은 몸을 푸는 프란. 그 눈에 아까와 같은 반짝이는 빛은 없었다.

아니, 프란은 함정 해제에 완전히 질렸다. 본인이 하고 싶다고 해서 계속하게 내버려 뒀지만, 역시 도중에 휴식을 넣었어야 했다.

생전에 레이싱 게임을 20시간 정도 계속해서 실력이 늘 무렵에는 질리는 바람에 플레이하지 않게 됐을 때가 떠올랐다.

"스승."

『왜?』

"……나머지는 마술로 날려버릴래."

『응. 그래도 되지 않을까?』

"응."

이 이상 시간을 들이면 오늘 내로 이 구역을 못 빠져나갈지도 모르기 때문이다. 프란이 그래도 된다면 나는 대환영이다.

『그럼 한다.』

"응."

나와 프란은 물러나 함정 지대에서 거리를 둔 후 넓은 범위에 마술을 날리기 시작했다.

충격과 진동으로 인해 각지에서 함정이 기동해 가스가 뿜어져 나오고, 그 가스가 인화해 대폭발을 일으켰다.

둘이 합쳐 마술을 스무 방 정도 날리자 통로에서 느껴지던 함정의 기척이 절반으로 줄어들었다.

가벼운 충격이나 열원을 감지해 발동하는 타입의 함정은 거의 발동했을 것이다.

남은 함정은 면이 아니라 점. 즉 화염 마술이나 흙 마술로 저격해 원거리에서 하나하나 기동시켜갔다. 여기에는 특정 타일을 밟거나 일정한 공간에 어느 정도 크기의 물체가 침입하면 기동하는 타입의 함정이 많았다.

『좋아, 앞으로 가자.』

"응."

이래도 함정은 조금 남았지만, 이것들은 마술로 기동시킬 수 없는 타입의 함정이다. 생명력을 감지해 발동하는 함정이 많을 것이다.

다만 그 숫자는 적었다.

『진지하게 가자.』

"알았어."

공중 도약과 공간 전이, 이 두 가지를 구사해 남은 함정을 무시하고 나아갔다.

때때로 뒤에서 함정이 기동하는 소리가 들렸지만, 그때 우리는 이미 앞으로 가 있었다.

불과 100미터 정도를 가는 데 반나절이나 걸렸다고는 생각할 수 없을 만큼 순조로웠다.

결국 남은 200미터 정도의 거리를 10분 만에 돌파했다.

이곳에서 오랫동안 발이 묶인 덕분에 프란이나 내 스킬은 수치가 대폭 올라가고 숙련도가 향상됐다. 그러니 시간 낭비라고는 생각하지 않지만…….

석연치 않은 건 어쩔 수 없겠지.

『자, 이 통로 앞이 던전 보스 방이야.』

"드디어 왔어."

함정의 숲을 돌파해 마지막 통로를 빠져나간 앞에는 높이가 10미터에 가까운 문이 모습을 보이고 있었다.

귀면 조각이 새겨진 거대한 철문이 오는 자를 위압적으로 맞이했다.

마력을 차단하는 효과가 있는지 문 저편의 정보를 얻기가 어려웠다.

"던전 마스터는 그 안쪽에 있어?"

『아마 그렇겠지? 정보가 없어서 추측밖에 할 수 없지만.』

"그래?"

『보스에 대해서는 정보가 너무 많아서 문 저편에 뭐가 있는지 예상도 안 가.』

우리가 들어와 있는 동쪽 던전은 고정 보스가 없는 던전이었다. 정확히는 도달한 파티에 따라 나타나는 보스가 다르다.

아무래도 열다섯 종류 정도 있는 보스 중에서 그 파티에 어울리는 상대가 뽑히는 듯했다.

약하면 위협도 E 정도. 도중에 나온 하이 오우거보다 약했다는 얘기도 있으면, 위협도 C에 상당해 던전 랭크를 뛰어넘는 보스가 나왔다는 얘기도 있었다.

던전을 연구하고 있다는 마술사의 연구 자료에 적혀 있었는데, 그 파티가 던전 안에서 어떤 행동을 했느냐에 따라 보스가 변화한다고 한다.

일단 과거에 나왔다는 보스 중에서도 특히 강한 마수 몇 종류에 대해서는 정보를 머릿속에 넣어 왔다.

위협도 C 클래스 마수는 세 종류가 확인됐다.

나도 예전에 싸운 거대 호랑이 마수, 타이런트 사벨 타이거.

각종 상태 이상을 초래하는 연기를 토하는 머리 여섯 달린 이무기 모그 히드라.

사령을 소환해 공격하는 스펙터 로드.

앞쪽 두 종류는 엘자가 싸웠고, 스펙터 로드는 랭크 C였을 때의 아만다가 쓰러뜨렸다고 한다.

다른 파티가 보스에 도전한 기록도 당연히 남아 있었지만, 위협도 C 마수는 나오지 않았다고 한다.

그 점을 봐도 강자에게는 강자를, 약자에게는 약자를 대전시킬 가능성이 높았다.

디아스는 얼굴만 보이면 통과돼서 전투는 하지 않았다나.

그럼 우리는 어떤 보스가 나올까? 약한 게 나오면 편하겠지만 얕보였다는 느낌이 좀 들 것이다. 너무 강한 녀석이 나오면 그건 그것대로 곤란하지만.

가장 좋은 건 위협도 D 상위 정도의 마수가 나오는 것이다.

수행이 되면서 돈도 벌 수 있다.

뭐, 너무 강한 녀석이 나오면 도망치면 된다. 이 던전의 큰 특징 중 하나가 보스 방에 들어온 뒤에도 문이 잠기지 않는다는 점이다.

보스에게 순식간에 죽지 않는 한 도망치는 선택지가 남는 것이다. 디아스와 던전 마스터가 나눈 계약 때문인 모양이다.

『비교적 안전하다고는 하나 보스는 보스야. 방심하지 마.』

"당연해."

프란에게는 말할 필요도 없나.

『그럼 가자.』

"응!"

"윙!"

프란이 기대에 가득 찬 표정으로 문을 밀어젖혔다.

문이 엄청나게 무거운지 프란이 전력을 다해도 천천히 열리기만 했다.

쿠구구궁━━.

그리고 무거운 문이 양쪽으로 열린 저편에 거대하고 검은 뭔가가 자리하고 있었다.

"구슬?"

『구슬이네.』

"윙?"

그것은 프란이 말했듯이 구슬이었다. 구라고 하기에는 조금 일 그러졌다.

뭐라고 하면 좋을까.

거대한 거북의 등딱지를 몇 개나 이어 합친 구슬? 검고 둥근 모양의 거대한 파인애플? 표면이 딱딱하고 울퉁불퉁한 직경 10미터 정도의 20면체?

의미불명의 존재지만 상당히 강하다. 찌릿찌릿하게 전해져오는 강한 존재감으로부터 그것만은 이해할 수 있었다.

이름 : 디제스터 볼버그

종족 : 마충

Lv : 45

생명 : 1023 마력 : 521 완력 : 535 민첩 : 412

스킬 : 공중 도약 5, 경화 8, 기척 감지 5, 재생 8, 충격 내성 8, 진동충 7, 정신 이상 내성 8, 상태 이상 내성 8, 돌진 9, 열원 감지 3, 마술 내성 7, 마력 감지 5, 마력 방출 7, 갑각 강화, 갑각 경량화, 갑각 경화, 재생 강화, 자동 마력 회복, 중량 증가

설명 : 이상 진화한 갑각을 몸에 두른 볼버그. 벌레형 마수지만 날개로 하늘을 날지는 않는다. 그 구형 몸을 이용한 돌진 공격이 주요 공격 수단. 그 일격은 성채의 벽을 부술 정도. 마력 방출을 이용한 급격한 방향 전환도 가능하다. 대미지를 주는 것 자체가 무척 어렵다. 위협도 C지만 전투력만으로 따지면 위협도 B에 가깝다.

마석 위치 : 몸의 중앙. 심장 부분.

위협도 C의 상위. 여지없이 강적이었다.

애초에 이 녀석에게 대미지를 제대로 입힐 수 있을까? 내성 계열 스킬이 이상하게 충실한 데다 단단하고 재생을 가졌다. 마술을 쓰지 못하는 게 약점이라고 할 수 있을지도 모르지만……. 이 거구로 펼치는 돌진 공격 앞에서 그 정도 약점은 없는 거나 마찬가지다.

일단 상황을 지켜보자고 할 때가 아냐!

『프란, 울시, 처음부터 전력으로 간다!』

우선 선제공격을 퍼붓는다!

우리는 방 중앙에 버티고 있는 볼버그에게 셋이 일제히 마술을 날렸다.

『인페르노 버스트!』

"토네이도 랜스!"

"크르릉!"

하지만 우리가 날린 마술을 상대가 가볍게 피했다.

놀랍게도 볼버그가 믿을 수 없는 가속을 보이며 순식간에 그 자리에서 굴러 마술을 피한 것이다.

보기만 해도 기분 나쁜 동작이었다. 기세를 싣는 기색도 없이 정지 상태에서 갑자기 고속으로 굴러 이동했다. 아마 마력 방출의 반동을 이용해 가속했을 것이다.

거대하고 무겁다=둔중하다는 이미지는 버려야 했다.

"온다."

『피해!』

마수가 피한 기세를 살려 그대로 크게 커브를 그리며 이쪽으로 돌진해왔다. 돌에 쫓기는 인디아나 존스 박사는 이런 기분이었을까. 굉음을 울리며 다가오는 거대한 검은 구슬은 박력이 무시무시했다.

프란이 바닥을 차고 피하려 하자 볼버그가 직각으로 꺾어 추격해왔다. 마력 방출을 이용한 이동인가. 이렇게까지 날카롭게 궤도를 바꾸는 게 가능했을 줄이야!

거기서 화염 마술의 반동을 이용해 더 물러나 직격을 피하기는 했지만, 스치기만 했는데도 프란은 멀리 날아갔다.

"크윽!"

『프란! 괜찮아?』

"응⋯⋯. 스쳤을 뿐이야."

『스치기만 했는데 이렇게 대미지를 받는 게 문제야!』

가속으로 인한 엄청난 공격력도 물론이거니와 진동충이 성가시다. 살짝 접촉하기만 해도 진동으로 침투 대미지를 준다.

접근전은 위험이 너무 클 것이다.

하지만 녀석은 마술 내성을 가지고 있다. 마술로 원거리 공격만 해서 쓰러뜨릴 수 있다는 생각이 들지 않았다.

『성가시게!』

"하지만 오랜만에 만난 강적이야."

『그래서?』

"또 한 번 강해질 기회야."

하여간에 이래서 전투광은! 너무 믿음직스럽잖아!

대담하게 웃는 프란에게 다시 검은 구슬이 달려들었다.

"하압!"

이번에는 마력 방출로 쫓아오지 못하도록 바로 앞까지 끌어당겨 피했다. 스치는 것도 위험하기 때문에 정말 아슬아슬한 거리였다.

그러나 그 정도 행동에 뒤를 빼앗길 만큼 간단한 상대가 아니었다.

이동에 쓰던 마력 방출을 이쪽을 향해 공격으로 쏜 것이다. 오히려 이게 본래 사용법이니 경계했어야 했다.

"으읍!"

저 거구를 급가속시킬 정도의 힘을 가진 공격이다. 그 위력은 우리가 즉시 친 장벽을 파괴하고 프란을 날려버릴 정도였다.

외상은 입지 않았지만 강한 충격을 받은 프란은 움직임이 둔해졌다.

거기로 볼버그가 달려들었다.

『젠장!』

"스승, 고마워."

즉시 단거리 전이로 피하지 않았다면 지금쯤 납작해졌을 것이다.

그리고 녀석의 공격은 끝나지 않았다. 놀랍게도 벽에 부딪친 반동을 이용해 튕겨나가듯이 이쪽으로 향한 것이다. 곤충형이지만 지능은 높은 모양이다.

"그럼 여기다!"

좌우로 피해도 방향을 튼다면 위다.

프란은 크게 도약해 그 위를 뛰어넘으려 했다.

이 거구라면 마력 방출을 써도 그렇게 크게는 뛰어오르지 못한다. 그렇게 생각했지만——.

"기이이이!"

"!"

우리의 예상을 간단히 뒤집고, 볼버그는 지면을 구르는 것과 거의 다르지 않는 속도로 공중에 있는 프란에게 따라붙었다.

마력 방출만이 아니라 공중 도약도 같이 썼을 것이다.

『하아압!』

나는 염동과 장벽을 써서 볼버그를 어떻게든 받아넘겼다. 하지만 다시 진동충을 맞은 프란은 위로 날아가 천장에 등을 강하게 부딪쳤다.

"커헉!"

그대로 낙하하는 프란은 입가에서 피를 흘리고 있었다. 아무래도 볼버그의 공격과 등을 부딪친 충격으로 내장이 손상된 모양이다.

『프란, 일단 거리를 벌리자!』

"응……."

나는 전이로 단숨에 볼버그에게서 떨어져 프란의 대미지를 치료했다. 직격하지 않았는데도 생명력이 반이나 줄었을 줄이야…….

『근접전만으로는 위험해. 마술도 섞자. 내성이 있어도 무효화되지는 않아. 방어력 이상의 위력이 있는 마술을 쏘는 거야.』

"알았어."

『마술로 견제해서 틈을 만들어 공격. 그게 최선이야.』

"응."

『우선 이거야! 인페르노 버스트!』

내가 쏜 불줄기 두 줄은 볼버그를 에워싸듯이 좌우로 갈라졌다.

이 공격 직후 프란이 인페르노 버스트를 볼버그를 향해 더 날렸다.

이로써 도망치든 도망치지 않든 화염에 몸을 드러내게 됐다.

"기기이!"

아니, 위가 있었나.

볼버그가 뛰어올라 자신을 태우려고 다가오는 화염 혓바닥을 그 거구로는 상상도 할 수 없는 가벼운 움직임으로 뛰어넘어 피했다.

하지만 그 움직임은 한 번 봤다. 이제 당황하지는 않았다.

『마력 방출은 연속으로 못 쓸 거야!』

공중 도약만으로 지금 같은 민첩한 움직임은 취할 수 없을 터다. 반드시 마력 방출을 같이 썼을 것이다. 그리고 저 정도 위력의 마력 방출을 연발할 수 있을 리가 없다.

즉 지금이라면 마력 방출을 사용한 회피 행동은 할 수 없다는 뜻이다!

『프란! 울시!』

"응!"

"아우우우!"

우리가 각자 날린 마술이 그 검은 거구를 포착해 직격했다.

"기이이!"

볼버그는 귀에 거슬리는 날카로운 소리를 지르며 10미터 이상 날아갔다.

그 겉껍질의 일부가 빨갛게 달아올라 검은 연기를 내뿜고 있었다.

이 싸움에서 처음으로 눈에 띄는 대미지를 줬다.

프란은 이 기회를 놓치지 않았다. 마술을 쏜 직후에 이미 달리기 시작해 바닥에 처박힌 검은 구슬에 공격을 준비했다.

"타아압!"

프란이 검기를 날려 빨갛게 달아오른 겉껍질에 추가 공격을 시도했다.

키이이이이――캉!

달아올랐다 해도 그 단단함은 이상했다. 내 도신과 볼버그의 겉껍질이 맞부딪쳐 날카로운 소리를 울렸다.

더 나아가 서로가 날린 진동 계열 공격이 부딪쳐――프란이 괴로운 얼굴로 물러났다. 내 도신에 두른 진동보다 볼버그가 쏜 진동 쪽의 위력이 큰 것 같았다. 진동에 진동을 부딪쳐 상쇄하기는커녕 이쪽의 진동만 완전히 사라진 모양이다.

그래도 볼버그의 겉껍질에 희미한 흠집을 내기는 했지만…….

『쳇. 벌써 재생하고 난리야.』

"응……."

어설픈 공격에는 표면을 깎을 뿐인 얕은 흠집밖에 나지 않아서 바로 재생하는 듯했다. 방어력만 말하자면 린포드 못지않을 것이다.

게다가 이쪽이 공격한 순간 카운터를 날리듯이 진동충을 사용했다. 아무래도 감지 계열 스킬로 이쪽의 움직임을 정확히 파악하고 있는 듯했다.

공격을 피하며 날리는 산발적인 공격으로는 디제스터 볼버그를 쓰러뜨릴 수 있을 것 같지 않았다. 오히려 대미지를 받는 꼴이다.

『어중간한 공격은 소용없나…….』

"저 녀석, 단단해."

『프란, 속성검을 다양하게 시험해서 가장 유효한 속성을 찾아 줘. 나도 여러 가지 술법을 써서 약점을 찾을게.』

"열심히 해볼게."

『한동안 인내의 시간이 이어지겠지만 노력해줘.』

"응! 이기기 위해서야."

『좋아, 간다!』

그리고 우리와 볼버그의 소모전이 개시됐다.

볼버그의 돌진을 필사적으로 피하며 어떻게든 타개책을 찾아 내려고 다양한 공격을 반복했다.

위력보다 다채로움을 우선하며 공격이 적중했을 때 볼버그의 반응을 계속 관찰했다.

어떤 것을 싫어하고, 어떤 때 어떤 움직임을 취하는가.

프란의 상처와 바꿔 여러 정보를 얻었다.

그리고 몇 번의 큰 실수와 셀 수 없는 자잘한 실수를 쌓아 우리 는 약간의 반응을 얻었다. 몇 번째인지 모를 회복 마술로 상처를 막은 프란이 아무리 고통받아도 약해지지 않는 투지를 끌어올려 볼버그와 맞섰다.

『이로써 승산이 생겼어.』

"다음에는 벨 거야."

『좋아! 지금까지 당하기만 했으니까 저 벌레 자식을 박살 내주 자고!』

"응!"

『우선 이걸 먹어라!』

내가 쏜 건 넓은 범위로 미약한 불을 뿌리는 불 마술, 버스트 프레임이다. 게다가 마력을 초과 주입해서 범위를 보다 넓혔다.

대미지를 기대하는 게 아니라 볼버그의 지각을 빼앗은 것이 목적이다.

화염으로 시각을. 폭음으로 청각을. 고열로 열원 감지를. 과잉 마력으로 마력 감지를. 제각기 둔하게 만든다.

이 화염 파도에 섞여 우리는 기척을 죽였다.

그 대신 볼버그에게 덤벼드는 것은 울시였다.

"크르르!"

울시의 공격력은 볼버그에게 결정타를 먹이지 못하지만 도발해 주의를 끌 수는 있다.

"크르르릉!"

울시가 날린 어둠 마술에 반응한 볼버그는 궤도를 바꿔 울시에게 향했다.

울시도 거대 늑대 모습이지만 볼버그에 비하면 작다. 당장이라도 짓밟힐 것 같았다.

하지만 민첩성이라면 울시는 프란 이상이고 그림자 건너기도 있다.

볼버그의 돌진을 무난히 피했다.

중간중간에 일부러 움직임을 멈추거나 어둠 마술을 날려서 볼버그의 주의를 끌어줬다.

볼버그가 분노를 느끼는지는 알 수 없지만, 그 눈이 완전히 울시에게 향한 것은 확실했다.

울시가 벌어준 시간을 이용해 우리도 준비를 완료했다.

이 던전에서 몇 백 번이나 반복한 덕분인지 나는 형태 변형을 상당히 잘 다루게 됐다. 특히 쓰는 일이 많은 도 형태는 이제 순식간에 변형할 수 있었다. 게다가 이대로 무리 없이 오랜 시간 동안 유지할 수 있을 것이다.

프란이 공기 칼집에 들어간 나를 허리에 댔다.

린포드에게도 큰 대미지를 준 필살기, 공기 발도술이다. 던전에서 실컷 연습했으니 지금부터 선보일 것은 완전판. 진정한 일격이다.

린포드와 싸웠을 때만큼 넓지 않기 때문에 그때의 공격을 완전히 재현하기는 어려울 것이다. 상공에서 낙하하며 얻는 운동 에너지는 바랄 수 없다. 이 뒤로 무슨 일이 있을지 알 수 없으니 모든 마력을 쏟아부을 수도 없다.

하지만 방법은 있을 것이다. 우리 역시 그저 하릴없이 도망치지는 않았다.

『울시! 이쪽이야!』

"웡!"

내 지시에 따라 울시가 볼버그를 이쪽으로 유도했다. 그리고 도망치는 울시를 지나치게 깊이 쫓은 볼버그가 우리의 바로 옆 벽에 박혔다.

이게 우리가 노리던 틈이다.

아무리 단단한 볼버그도 벽에 부딪치면 짧은 시간이나마 움직임을 멈추지 않을 수 없는 것이다. 반동을 이용해 튀어 오르는 데는 공중 도약을 이용하는 듯한데, 울시가 공중을 달려 도망침으로써 볼버그에게 공중 도약을 빠짐없이 쓰게 만들었다. 앞으로 몇 초는 사용하지 못할 것이다.

거기로 프란이 돌진했다.

공간에 팽팽하게 친 실의 반동을 이용해 달려나가 바람 마술과 화염 마술로 가속했다. 신속이라 해도 과언이 아닌 발놀림에서 쏘아진 것은 중량 가속, 진동아, 속성검 등으로 위력이 상승된 필살의 공기 발도술이었다.

공기 압축으로 만들어진 칼집 속에서 빠져나와 전례 없는 속도로 날아간 내 칼끝에는 모든 파괴력이 집중돼 있었다. 도신이 삐걱거린다.

"하아압!"

『잡았다!』

이 일격은 틀림없이 볼버그를 벤다.

아무리 단단한 껍질을 가져도 상관없다. 우리의 승리다.

그렇게 확신할 정도의 일격이었다.

하지만 우리는 상대를 너무 우습게 보고 있었던 모양이다. 단순히 공격력이 강하기만 한 단세포가 위협도 C에 랭크될 리가 없었던 것이다.

기이이이잉──.

놀랍게도 볼버그 녀석은 마력 방출을 이용해 참격과 같은 방향으로 팽이처럼 회전해 위력을 흘렸다.

겉껍질을 상당히 베었지만 안에 있는 본체까지 상처를 입히지는 못한 듯했다.

『젠자앙! 이래도 안 되는 건가!』

"역시 강해."

『이 상황에서도 웃을 수 있는 네가 대단하다.』

"응?"

자신이 날린 혼신의 일격을 적이 받아넘겼는데도 프란은 사납게 웃고 있었다.

『하지만 최저 목표는 달성했어.』

이 공격으로 쓰러뜨릴 수 있다면 가장 좋았겠지만, 결판을 내지 못했을 때에 대해서도 확실히 생각했다.

사실은 쓰러뜨릴 생각이었는데 말이지!

『역시 생각대로야.』

"응. 얼리면 재생 못 해."

우리는 지금 입힌 흠집을 관찰했다.

프란이 볼버그를 공격할 때 사용한 속성검은 자주 쓰는 화염이나 뇌명이 아니라 빙설 속성의 것이었다.

지금까지 나눈 공방으로 다양하게 약점을 찾아서 빙설 속성에 입은 상처는 재생이 아주 느리다는 사실을 알아냈다.

목표는 확실하군.

아까 날린 공기 발도술에 생긴 열상은 재생할 기미가 전혀 없었다. 빙설 속성검에 상처가 얼어붙었기 때문이겠지.

이제는 저 균열에 다시 한 번 공격을 가하면 된다. 이번에야말로 충격이 내부까지 도달할 것이다.

"다시 한 번!"

『그래, 이번에야말로 해치우자!』

"윙!"

아까는 볼버그가 마력 방출을 써서 회전하는 바람에 대미지가 경감되고 말았다. 그리고 저렇게나 고속을 회전하면 균열을 정확히 노리기도 어려울 것이다.

『우선 녀석에게 마력 방출을 쓰게 만들자. 그 직후에 공격하는 거야. 저 거구를 움직일 정도의 마력 방출은 연속으로 쓰지 못하겠지.』

"응. 울시, 또 부탁해."

"윙!"

우리는 녀석을 쓰러뜨리기 위해 다시 행동을 개시했다.

할 일은 똑같다. 울시는 녀석의 주의를 끌 듯이 공격을 반복했고, 우리는 가만히 기회를 기다렸다.

그리고 그 기회는 바로 찾아왔다.

볼버그가 다시 울시에게 유도돼 벽에 박힌 것이다. 게다가 그 직전에 마력 방출로 궤도를 바꿨다.

우리는 지체 없이 달려나갔다.

아까 우리가 입힌 상처는 깨끗하게 이쪽을 향하고 있었다.

마력 방출도 쓰지 못하고 약점도 드러났다. 절호의 기회를 그냥 날릴 수는 없었다.

『저기에 공격을 한 번 더 날리면 우리 승리야.』

"응!"

『가자!』

"하아압!"

프란이 다시 전속력으로 달려들었다.

229

『잡았다아아!』

하지만 우리는 볼버그의 저력을 잘못 보고 있었던 것 같다. 아까도 같은 생각을 했는데, 승리를 눈앞에 두고 너무 조급해졌기 때문일 것이다.

싸움은 이쪽이 우세. 이제 곧 이길 수 있다. 그렇게 생각했다.

아니, 그렇게 생각하게끔 했다. 설마 벌레에게 책략에서 질 줄이야. 굴욕이다!

퍼엉!

놀랍게도 프란의 참격이 닿기 직전에 볼버그의 상처가 안쪽에서부터 터져 날아갔다. 마력 방출로 인해 볼버그의 껍질이 흩어져 우리에게 날아왔다. 지근거리에서 쏘아진 초고속 산탄이다.

우리가 피하지 못하도록 지근거리까지 다가오는 것을 기다렸겠지. 녀석도 상당히 무리를 했는지 마력이 크게 줄어든 것을 알 수 있었다.

"으아앗!"

『젠자앙!』

압축된 마력의 흰 섬광과 부서져 산탄처럼 변한 볼버그의 껍질이 우리의 시야를 모조리 뒤덮었다.

설마 이렇게 짧은 간격으로 마력 방출 스킬을 사용할 수 있다고는 생각하지 못했다. 지금까지 벌이던 싸움에서는 그런 기색을 전혀 보이지 않았기 때문이다. 볼버그의 비장의 한 수일 것이다.

시공 마술로 프란과 내 시간을 가속시켜 시간차가 있는 상태에서도 파편이 상당한 속도로 날아왔다. 실제로는 얼마나 빠른 걸까. 한 발이라도 직격하면 큰 부상을 피할 수 없을 테다.

위험해, 장벽을 전력 전개해도 늦어! 내가 반사적으로 두른 장벽도 순식간에 날아갔다.

나는 염동 캐터펄트용으로 모았던 염동을 전방으로 단숨에 풀었다. 하지만 프란을 지키기 위해 넓게 발동시킨 염동은 힘이 그렇게 강하지 않았다. 산탄의 위력을 상당히 줄이기는 했지만 멈추지는 못했다.

프란은 이미 한계에 아슬아슬하게 스킬과 마술을 동시에 발동해 자신도 고속으로 돌격하고 있었다. 바로 피할 여유는 없을 것이다.

"크윽!"

『쇼트 점──.』

프란의 비명과 함께 나는 황급히 공간 도약을 발동하려 했다.

일단 거리를 둬서 도망쳐야 해!

'안 돼! 이대로 있어!'

하지만 프란이 내 마술을 막았다.

프란은 일부러 좌반신을 드러내 주로 쓰는 오른손을 보호했다. 얼굴과 심장을 동시에 덮듯이 왼팔을 구부렸다. 스킬 몇 개를 중단해 즉시 장벽을 친 듯했다. 그리고 날아가지 않도록 그 자리에 버티고 있었다.

하지만 장벽과 염동에 위력이 줄었다고는 하나 초고속으로 날아오는 파편 비다. 사람의 살을 관통할 정도의 위력은 남아 있었다.

그것을 증명하듯이 프란의 몸에는 작은 조각이 무수히 꽂혀 있었다.

열상 위로 추가 공격을 날리듯이 파편이 박혀 그 좌반신이 순식간에 너덜너덜하게 찢겼다. 어른이라도 격통으로 울부짖을 무수한 상처.

"크윽……."

그러나 프란은 짧은 비명을 질렀을 뿐 이를 악물고 참았다. 이가 뿌득거리는 소리가 내게도 들렸다. 그리고 볼버그의 비장의 수를 견딘 프란은 모든 고통을 토하듯이 피투성이 모습으로 외쳤다.

"하아아아아아압!"

화염 마술로 다시 가속한 프란이 나를 전력으로 찔렀다.

껍질을 잃고 무방비로 노출된 볼버그의 몸에 프란의 공격이 아무런 장애도 없이 빨려 들어갔다. 지금까지와 같은 단단한 껍질이 아니라 부드러운 살을 가른 감각이 있었다.

"기이이이이이이이이이!"

방의 공기를 찌릿찌릿하게 진동시킬 정도의 절규. 볼버그가 비명을 질렀다.

"……헉…… 큭."

볼버그의 몸 안에 반쯤 들어간 상태로 프란이 헐떡거리고 있었다.

『프란, 조금만 더 참아!』

"이것으로 결정타……!"

『그래!』

프란을 위해서도 여기서 해치워야 돼!

이미지는 있다.

나는 모든 마력을 도신에 두르며 속성검 · 바람과 진동아를 발동시켰다. 그리고 형태 변형을 전력으로 사용했다. 이미지는 예전에 알림이 사용했던 형태 변형이다. 날카롭고 얇은 실로 스켈레톤들의 마석을 꿰뚫어 흡수했던 그 모습이다.

도신에서 날카로운 털이 나오는 이미지로 자신의 몸을 변형시켜갔다. 100줄 이상의 강사로 변한 내 도신이 안쪽에서 볼버그를 갈기갈기 찢었다.

나는 조사(操絲) 스킬을 병용해 강사를 볼버그의 몸속으로 더 밀어 넣었다.

역시 알림처럼 자유자재로 움직이지는 않는군. 내부를 엉망으로 만들지는 못했다. 그래도 볼버그의 몸속에 강사를 보다 깊이 박는 데는 성공했다.

『마지막이야!』

"응!"

다시 한 번 프란이 마지막 힘을 쥐어짜 뇌명 속성검을 발동시켰다.

"기기…… 기이이이이이!"

프란의 속성검이 결정타가 된 모양이다. 볼버그는 단말마의 비명을 지르고 움직임을 천천히 멈췄다.

〈자기 진화 효과가 발동했습니다. 자기 진화 포인트 60 획득〉

오랜만에 듣는 알림! 하지만 지금은 프란이 먼저야!

나는 서둘러 프란을 바닥에 눕혔다.

『그레이터 힐! 그레이터 힐!』

"으으으……!"

깊숙이 패인 열상 안에서 살이 부풀어 오르고 남은 파편이 몸

밖으로 밀려 나왔다. 몸이 급속히 재생돼서 생기는 고통은 볼버그의 공격에 견딘 프란으로 하여금 비명을 지르게 만들 정도였다.

『프란, 괜찮아?!』

"스, 승……."

눈에 띄는 외상도 남아 있지 않으니 상처는 잘 치유된 듯했다.

『손가락이나 발은 문제없이 움직여?』

"응? 응. 움직여."

『그렇구나. 다행이야.』

후유증도 없는 듯했다.

"……이겼어?"

『그래. 이겼어.』

내가 그렇게 말하자 프란은 누운 채로 양손을 번쩍 치켜들었다. 그리고 기쁜 듯이 중얼거렸다.

"오랜만의 승리야."

『무슨 소리야?』

"강한 적에게 정면으로 싸워서 이긴 건 오랜만이야."

프란의 말에 나는 과거의 싸움을 돌이켜봤다.

악마전은 악마가 던전 마스터에게 발이 묶인 탓에 힘을 발휘하지 못하고 반쯤 자멸하는 형태로 쓰러진 행운의 승리였다.

아만다에게는 모의전에서 꼼짝도 못 하고 엉망이 됐다.

리치에게는 완전히 졌다. 알림이 없었다면 죽었을 것이다.

미드가르드오름은 해치우지 못했고, 프란은 직접 싸우지 않았다.

발더전에서는 내 폭주가 방해했다. 프란에게는 기분 좋은 승리가 아니었을 터다.

린포드에게는 아만다를 비롯한 사람들의 조력이 없었다면 졌을 것이다.

그렇게 생각하면 대도시를 혼자 없앨 수 있는 강적에게 우리만이 정면으로 싸워 이긴 건 레전더리 스켈레톤 이후로 처음일지도 모른다.

〈프란의 레벨이 45로 올랐습니다〉

"응!"

『오오! 드디어 왔나!』

이름 : 프란 나이 : 12세

종족 : 수인 · 흑묘족

직업 : 마도전사

상태 : 계약(검의 사용자)

Lv : 45/45

생명 : 551 마력 : 432 완력 : 286 민첩 : 275

스킬 : 은밀 4, 바람 마술 2, 궁정 작법 4, 기척 감지 5, 검기 7, 검술 7, 사기 내성 1, 순발 6, 불 마술 4, 요리 2, 언데드 킬러, 이블 킬러, 인섹트 킬러, 기력 조작, 고블린 킬러, 정신 안정, 데몬 킬러, 껍질 벗기기 능력, 불퇴전, 방향 감각, 마력 조작, 밤눈

고유 스킬 : 마력 수속

특수 스킬 : 흑묘의 가호

칭호 : 언데드 킬러, 일기당천, 이블 킬러, 인섹트 킬러, 해체왕, 회복술사,

고블린 킬러, 살육자, 스킬 컬렉터, 스킬 마니아, 던전 공략자, 초거물 사냥꾼, 데몬 킬러, 화술사, 풍술사, 요리왕

장비 : 흑묘 시리즈(이름 : 흑묘의 투의, 흑묘의 장갑, 흑묘의 경화, 흑묘의 천이륜, 흑묘의 외투, 흑묘의 허리띠) 힘의 팔찌+1, 대신의 팔찌

Lv 45. 드디어 프란의 종족 레벨이 상한에 도달했다.

『──.』

"윙……."

나와 울시는 숨을 삼키고 프란을 지켜봤다.

대체 무슨 일이 일어나는 걸까.

"──."

프란도 주먹을 쥐었다 펼치며 무슨 변화가 없는지 확인했지만…….

『아무 일도 없네.』

"응."

"워웅……."

특별한 변화는 일어나지 않았다. 프란이 진화할 기미도 없었다. 예상했던 대로라고는 하나 역시 실망스럽다.

『프란, 너무 실망하지 마.』

"괜찮아. 알고 있어."

『그래?』

"응. 그보다 스승도 랭크업했어?"

『아, 그렇지. 전투에 열중했으니 말이야. 어디 보자.』

내 스테이터스도 봐보자.

이름 : 스승

장비자 : 프란

종족 : 인텔리전스 웨폰

공격력 : 622 보유 마력 : 4150/4150 내구도 : 3950/3950

마력 전도율 : A+

자기 진화 〈랭크 12 마석치 6689/7800 메모리 112 포인트 62〉

스킬 : 감정 10, 감정 차단, 형태 변형, 고속 자기 수복, 염동, 염동 상승(소), 염화, 공격력 상승(소), 시공 마술 10, 스킬 공유, 장비자 스테이터스 상승(중), 장비자 회복 상승(소), 천안, 봉인 무효, 보유 마력 상승(소), 마수 지식, 마법사, 메모리 증가(중)

유니크 스킬 : 허언의 이치 5, 차원 마술 1

슈피리어 스킬 : 스킬 테이커 SP, 복수 분신 창조 SP

『자기 진화 포인트가 62나 모였어. 이로써 또 강화할 수 있겠군.』

그리고 은근히 기쁜 게 공격력이 600을 넘은 점일 것이다. 과거에 본 검 중에서도 600을 넘는 공격력을 가진 검은 적었다. 이로써 나도 스킬 없이도 충분히 명검이라 할 수 있는 영역에 들어섰다는 뜻이다. 후후후, 가르스 영감이 만든 검을 보고 주눅 들었던 때의 나와는 다르다고!

"축하해, 스승."

『고마워. 다음에야말로 프란이 진화하는 거야!』

그러기 위해서라도 프란이 진화하기 위한 힌트를 입수해야 한다. 오렐이 아는지는 모르지만 자신도 진화한 대선배다. 정보가 전혀 없지는 않을 것이다.

『좋아, 오렐한테 얘기를 듣기 위해서도 던전 마스터를 만나야 겠어.』

"응!"

나와 프란이 기염을 토하고 있는데 울시가 프란의 다리에 달라붙어 뭔가를 호소했다.

"워웡!"

『이런, 그러고 보니 울시도 레벨이 올랐나. 봐줘야지.』

이름 : 울시

종족 이름 : 다크니스 울프 · 마랑 · 마수

Lv : 30/50

생명 : 754 마력 : 865 완력 : 401 민첩 : 507

스킬 : 암흑 내성 8, 암흑 마술 4, 예민 후각 10, 은밀 7, 아투기 6, 아투술 6, 그림자 숨기 10, 그림자 건너기 6, 공중 도약 8, 공포 4, 경계 7, 기척 차단 6, 재생 5, 사독 마술 2, 사기 감지 1, 사기 내성 1, 순발 5, 소음 행동 6, 사령 마술 5, 생명 탐지 8, 정신 내성 6, 조투술 1, 독 마술 10, 반향정위 8, 포효 8, 야간 행동 10, 어둠 마술 10, 암시, 왕독아, 자동 생명 회복, 자동 마력 회복, 독 무효, 신체 변화, 마력 조작

유니크 스킬 : 포식 흡수

칭호 : 검의 권속, 신랑의 권속

장비 : 포박의 발톱

볼버그전에서도 레벨이 올라서 드디어 30대로 올랐나. 다만 프란에 비하면 레벨 상승이 느린 듯했다. 원래 강력한 마수였기 때

문일 것이다. 하지만 착실히 성장하고 있었다.

"울시, 강하네."

『게다가 조투술? 새로운 스킬을 배웠어.』

원래 앞다리로 상대를 후려치기는 했지만 발톱을 제대로 사용해 싸우기 시작한 건 포박의 발톱을 장비한 이후부터다. 그 성과겠지.

울시가 발밑에 떨어진 돌조각을 물어 솜씨 좋게 공중으로 던졌다. 몇 미터나 올라갔다 떨어지는 돌. 울시는 뒷다리로 서서 떨어지는 돌을 겨냥해 좌우 앞다리를 휘둘렀다.

"윙!"

그 순간 발등에서 발톱이 튀어나와 슈가각, 하고 공중을 갈랐다. 상당히 빨랐다. 그리고 깨끗하게 4등분된 돌을 보니 위력도 상당한 듯했다. 여기에 마비 효과가 부과돼 있으니 충분히 전력이 될 것이다.

"응. 울시 멋있어."

"윙!"

울시는 칭찬을 받고 만족스러워했다.

스테이터스도 상당히 올라서 이미 다른 랭크 C 마수와 비교해도 손색이 없는 데다 스킬은 볼버그 등과 비교해도 압도적으로 다채로웠다.

뒤쳐지는 스테이터스를 스킬로 충분히 커버할 수 있고 위협도 C 등급에 부끄럽지 않은 힘을 길러왔다.

부족한 건 전투 경험과 침착함인가. 그리고 야성?

나 역시 평소에 울시의 응석을 받아주고 있다는 자각은 있지만……. 의사소통이 가능해서 교육을 시키지 않아도 말을 듣고 애교를 잘 떠는 건 견주에게 꿈같은 일이다. 아무래도 귀여워하고 만다.

울시는 프란이 머리를 쓰다듬자 눈을 가늘게 뜨고 꼬리를 흔들었다. 배를 보이지 않은 것만으로도 다행인가……. 음, 역시 좀 더 엄하게 교육시킬까.

"스승. 이제 어떡할 거야?"

『이런, 그랬지.』

언제까지 여기서 노닥거릴 수도 없다. 우리의 목적은 보스가 아니라 던전 마스터를 만나는 것이기 때문이다.

나는 쓰러뜨린 디제스터 볼버그를 일단 수납하고 보스 방을 관찰했다.

여기가 최심부일 텐데 앞으로 가는 통로나 문은 보이지 않았다. 보스를 쓰러뜨리면 길이 나타난다고 생각했는데.

하지만 잠시 기다리자 방 중앙이 눈부시게 빛나며 빛기둥 같은 것이 나타났다.

"스승, 뭔가 나왔어."

『들은 대로인가.』

이건 귀환용 전송 장치다. 빛 안으로 들어가면 던전 입구로 전송된다고 한다.

보스전에서 기력을 소모한 돌파자에 대한 구제 장치일 것이다. 하지만 여기에 들어가면 강제적으로 귀환하게 된다.

『이 방을 좀 조사해볼까. 그 빛기둥은 손대지 마.』

"응."

"윙."

10분 후.

우리가 보스 방을 샅샅이 조사했지만 비밀의 방이나 비밀 통로 종류는 발견할 수 없었다.

일단 방의 벽 반대편에 미묘한 공간이 있는 것을 발견했지만, 그 앞으로 가는 방법을 알 수 없었다. 벽을 부수고 갈까?

하지만 던전 마스터가 개방한 던전 구획과 달리 이 앞은 출입이 금지된 숨겨진 공간이다. 섣불리 강압적인 짓을 하다 던전 마스터의 분노를 사면 의뢰를 달성하기는커녕 프란의 목숨이 위험해질 것이다.

『으음, 어떻게 할까…….』

"으음?"

아니, 잠깐만. 이쪽에서 못 간다면 저쪽이 오면 되잖아.

『프란, 오렐한테 받은 펜던트를 꺼내봐.』

"응? 이거?"

프란이 차원 수납을 부스럭부스럭 뒤져 펜던트를 꺼냈다.

『그리고 던전 마스터를 불러줘.』

"알았어. 던전 마스터 씨. 물건 가져왔어."

그렇게 말하고 펜던트를 머리 위로 치켜들었다. 우리는 보스를 쓰러뜨렸으니 던전 마스터가 감시하고 있을 가능성이 높겠지?

그렇다면 이렇게 부르면 효과가 있을지도 모른다. 안 된다면 다른 방법을 생각하자.

"물건 왔어―."

"윙윙!"

그렇게 부르기를 수차례.

〈너희들, 디아스나 오렐의 심부름꾼인가?〉

갑자기 방에 여성의 목소리가 울려 퍼졌다. 상당히 젊은 것 같은데, 이게 던전 마스터의 목소리인가?

"응. 오렐이야."

〈그런가…… . 좋다. 잠시 기다려라.〉

목소리가 난 직후, 방의 벽에 갑자기 프란이 겨우 지나갈 크기의 구멍이 나타났다. 들여다보니 앞으로 길이 이어져 있었다.

우리가 조사한 수수께끼 공간으로 이어진 듯했다.

〈거기로 들어오면 된다.〉

통로에 함정 종류는 없는 것 같았다. 다만 갈 곳이 마수 방이거나 뭔가 함정일 가능성도 전혀 없지는 않았다. 우리는 신중하게 통로에 발을 들였다.

나는 언제든지 대응할 수 있도록 염동과 전이 마술 준비를 해 두자.

하지만 우리의 우려를 씻듯이 통로는 그저 길이 길게 이어져 있을 뿐 마수조차 나타나지 않았다.

어스름한 통로 끝에 희미한 빛이 새어 나오고 있었다.

그리고 출구에 이른 우리가 본 것은 마치 어딘가의 귀족 저택이라고 생각할 만한, 호화로운 각종 가구가 배치된 넓은 방의 모습이었다.

그 방 중앙에 한 여성이 서 있었다.

얇은 천이 여러 겹 겹쳐진 품 넉넉한 흰옷으로 몸을 감싸고 무릎까지 내려오는 긴 검은 머리를 등 뒤로 묶은 아름다운 여성이었다.

나이는 30대 정도일까. 들어갈 데는 들어가고 나올 데는 나온 몸매에 고혹적으로도 보이는 요염한 표정. 그럼에도 불구하고 꼿꼿한 등줄기와 흘러나오는 전사의 분위기. 여성의 안에 아름다움과 강력함이 함께 존재하고 있었다.

강하다. 보자마자 바로 알았다.

그 상한은 짐작도 가지 않지만, 적어도 우리보다 강했다. 아만다와 비교해도 손색이 없지 않을까. 그만한 무력의 기세를 감지할 수 있었다.

살기나 투기, 악의 종류는 느낄 수 없었기 때문에 자세를 잡지 않고 넘어갔지만, 아무런 마음의 준비도 없이 맞닥뜨렸다면 나는 틀림없이 전투태세를 취했을 것이다. 던전 안이어서 정신이 다소 흥분했던 것도 있지만 말이다.

사실 즉시 감정도 했지만 감정 차단을 가지고 있는 듯했다. 이름과 던전 마스터라는 것과 스킬의 일부밖에 알 수 없었다.

그리고 내 눈길을 끈 것이 또 하나.

그 머리에 솟은 검은 고양이 귀와 흔들흔들 움직이는 검은 꼬리. 내게는 익숙한 부분이었다. 프란의 고양이 귀, 고양이 꼬리와 똑같았기 때문이다.

『흑묘족……?』

"잘 왔다. 흑묘족 동포여."

여성이 그렇게 말한 순간이었다.

"응!"

프란이 재빨리 왼쪽 무릎을 꿇고 왼 주먹을 바닥에 댔다. 오른손은 뒤로 돌려 허리에 붙였다.

"처음 뵙겠습니다. 흑묘족의 프란입니다."

궁정 작법이 완벽하게 발휘된 듯했다. 지금까지 본 적도 없을 만큼 유려한 동작으로 프란이 여성에게 고개를 숙였다. 신하의 예와는 다른, 연장자에게 존경을 표하는 인사인 듯했다. 수인식 인사인가.

프란이 스스로 최대한의 예를 표하는 모습은 처음 봤다.

"음. 내 이름은 루미나. 흑묘족의 전사이자 이 던전의 마스터다."

역시 흑묘족이었나. 그런데 프란이 갑자기 정중하게 인사한 건 이유가 뭐지?

하지만 다음 순간 그 의문은 풀렸다.

"흑호 루미나 님?"

"후하하하. 그 말대로다. 다시 소개하지. 내 이름은 루미나. 흑묘족의 흑호 루미나다."

프란이 경의를 표하는 이유를 알았다. 프란이 바라는 목표가 거기에 있었던 것이다.

"잘 왔다. 나는 그대를 환영한다."

진화를 마친 흑묘족 선배가 프란의 앞에 서 있었다.

오렐에게 얘기를 들을 때가 아니다.

대답이 저기에 굴러다니고 있던 것이다.

『그건 그렇고 잘도 알았네?』

'뭐가?'

『아니, 흑묘족에서 진화한 사람은 없잖아? 근데 처음 보고 흑호라는 걸 알았잖아. 이유가 뭐야?』

'동족끼리니 당연해. 보면 알아.'

그러고 보니 얼마 전에도 말했다. 수인이라면 보는 것만으로 상대가 진화했는지 알 수 있다고. 같은 흑묘족 사이라면 더 정확히 알 수 있겠지.

"여기 앉아라."

"네."

루미나라고 밝힌 던전 마스터는 직접 의자를 끌어와 프란에게 권했다. 위압감이 상당하지만 나쁜 상대는 아닌 것 같았다.

프란은 루미나가 말한 대로 일어나 의자에 앉았다.

그건 그렇고 프란이 나 외에 다른 사람의 말에 이렇게 순순히 따르는 것도 처음 봤다. 하지만 오랫동안 동경하던 슈퍼스타나 대영웅 같은 존재를 만난 것과 다름없으니 어쩔 수 없다.

루미나를 바라보는 눈에는 초롱초롱한 빛마저 떠올라 있었다. 그리고 귀와 꼬리는 진정하지 못하고 움직이고 있었다.

"그 늑대는……. 뭐, 그 근처에라도 엎드려 있어라."

"웡."

루미나의 말을 들은 울시는 얌전히 융단 위에 엎드렸다.

복종하지는 않았지만 격이 높다고 이해한 듯했다. 적대하지 않는 동안에는 말을 순순히 듣기로 한 모양이다. 역시 갯과. 격이 높은 상대를 간파하는 후각은 예리했다.

"자, 오렐의 심부름은 뭐지?"

"이거."

"호오…… 그렇구먼."

루미나는 프란이 내민 펜던트를 손에 들고 뒤집어보며 고개를 연신 끄덕였다.

"진짜 같군."

루미나가 그렇게 말하고 펜던트 중앙을 만지작거리자 펜던트 뚜껑이 달칵, 하고 열렸다. 안에는 작은 종잇조각이 들어 있었다. 펜던트보다 안에 든 종이가 중요한 모양이다.

루미나는 작게 접힌 종이를 펼치고 심각한 얼굴로 바라봤다.

아무래도 편지인 듯했다.

"흐음 흐음…… 뭐라!"

"음!"

"크릉!"

편지를 읽은 루미나에게서 순간 무시무시한 살기가 뿜어져 나왔다. 그 살기 때문에 프란은 의자에서 재빨리 물러났고 울시가 원래 모습으로 돌아가 으르렁거렸다.

"이런, 미안하군. 잠깐 불쾌한 일이 떠올라서 말이야."

하지만 당사자인 루미나는 산뜻한 얼굴로 웃고 있었다. 살기도 바로 거둬들였으니 이쪽을 어떻게 하려 했던 건 아닌 모양이다.

휴우, 진짜 초조했다고. 프란은 이마의 땀을 가볍게 닦고 고개를 꾸벅이고는 의자에 앉았다.

"오렐 꼬맹이에게는 알았다고 전해줘라."

그렇게 말하고 펜던트를 프란에게 돌려주는 루미나.

"그건 이제 됐다. 오렐에게 돌려주면 돼."

역시 펜던트 자체는 아무래도 상관없었나 보다.

"알았어."

그건 그렇고 오렐을 꼬맹이라고 했지? 일흔 살이 넘은 오렐에 비해 루미나는 30대 정도로 보이는데. 대체 몇 살이지?

"루미나 님은 젊어?"

"하하하. 나를 마주 보고 나이를 묻다니, 배짱이 꽤 좋구나! 던 전 마스터가 되고 처음 있는 일이다."

그렇게 말했지만 루미나에게 화가 난 기색은 보이지 않았다. 오히려 손녀를 보는 듯한 다정함이 엿보이는 눈으로 프란을 바라 보고 있었다. 역시 같은 흑묘족이어서 너그럽게 대하는 듯했다.

프란도 평소와 달리 이름 뒤에 님을 붙여 불렀다. 이니냐 때도 그랬지만, 프란에게 동족은 그만큼 특별한 존재일 것이다.

"던전 마스터가 되고는 나이를 세는 걸 그만뒀지만 뭐, 500살 은 넘었겠군."

던전 마스터는 나이를 먹지 않는다고 한다. 루미나가 말하기 를, 던전 코어가 파괴되거나 직접 살해되지 않는 한 마스터는 늙 지 않는다나.

"마력을 쓰면 외모도 바꿀 수 있지. 뭐, 나는 던전 마스터가 된 당시의 모습 그대로지만 말이야."

그렇게 말하고 웃는 루미나.

하지만 그녀가 상당히 오랜 시간을 살아온 것은 확실한 모양이 다. 게다가 진화했다.

그렇다. 흑묘족이면서 진화한 것이다.

"루미나 님."

"왜 그러지?"

프란이 자세를 바로 하고 루미나를 응시했다.

루미나에게도 그 진지함이 전해졌는지 프란을 가만히 마주 응시했다.

"흑묘족은…… 진화할 수 있어?"

갑자기 핵심을 찌르는 질문이다. 하지만 이거야말로 프란이 가장 묻고 싶은 질문이었으리라.

루미나라는 선배가 눈앞에 있어도 확실한 해답을 얻을 때까지는 불안해 견딜 수 없는 것이다.

"…………."

마치 조각상이라도 된 듯이 프란은 숨을 죽이고 가만히 루미나의 대답을 기다렸다.

전혀 움직이지 않고 테이블 위에 놓은 주먹을 꼭 쥔 채 눈을 크게 뜨고 루미나를 똑바로 쳐다봤다.

"…………."

"음, 물론이다."

"……그래."

숨을 쉬는 것조차 잊고 루미나의 말을 기다렸던 프란의 입에서 밀려 나오듯이 작은 소리가 나왔다.

그 말은 만감이 담긴 "그래"였다.

단순한 기쁨만이 아니었다.

온갖 고통스러운 일이나 괴로웠던 기억. 앞날에 대한 희망과 자신의 길이 틀리지 않았다는 것에 대한 안도.

토하듯이 나온 그 한마디에는 프란의 모든 기억이 담겨 있었다.

"나는 진화하고 싶어."

"음."

"진화 방법을 알고 있다면 가르쳐주세요."

프란은 그렇게 말하고 고개를 깊이 숙였다. 양손과 이마를 테이블에 대고 루미나의 말을 가만히 기다렸다. 여기가 바닥이었다면 주저 없이 납죽 엎드렸을 것이다.

루미나는 뭐라고 대답할까. 나도 모든 것을 잊고 루미나의 대답에 집중했다.

"나도……나도 가르쳐주고 싶다."

"그림!"

루미나의 대답을 듣고 프란은 얼굴을 튕겨 오르듯이 들며 몸을 일으켰다.

그 얼굴은 붉게 달아오르고 입은 반쯤 벌어져 있었다. 흥분했다는 것을 확실히 알 수 있었다.

하지만 루미나의 입에서 나온 것은 프란이 원하는 말이 아니었다.

"하지만…… 그럴 수는 없다. 내가 너에게 직접 모든 것을 전할 수는 없어……."

"……어째서?"

예상치 못한 그 말에 프란이 매달리는 듯한 표정으로 루미나를 응시했다.

"……미안하군."

그러나 루미나는 침통한 표정으로 사과를 할 뿐이었다.

"…………."

실이 끊어진 인형처럼 의자에 털썩 주저앉는 프란.

등받이가 없었다면 그대로 쓰러졌을지도 모른다.

프란의 눈에는 깊은 실망의 빛이 떠올라 있었다. 겨우 진화에 대한 대답을 얻을 수 있다고 생각한 순간 그 기대가 어긋났기 때문이다.

이 정도로 끝난 게 오히려 다행이라고 할 수 있을지도 모른다.

루미나는 단숨에 어두워진 프란의 표정을 보고 마찬가지로 어두운 표정을 짓고 있었다.

프란을 바라보는 그 눈에는 애처로운 빛이 떠 있는 것처럼도 보였다.

"정말 미안하다. 이 몸이 던전 마스터가 아니라면 얼마든지 얘기해줬을 것을."

"……무슨 뜻이야?"

"던전 마스터라는 존재는 혼돈의 여신님으로부터 여러 가호를 받고 있다. 던전을 조종하는 힘도 그렇고, 불로도 그렇다. 하지만 동시에 저주도 받고 있다."

루미나가 얘기하기로는, 던전 마스터에게는 던전에 대한 정보 등 몇 가지 사항에 관해서 타인에게 알릴 수 없는 제약이 붙어 있다고 한다.

말하는 것이 금지된 사항에 대해서는 말뿐만 아니라 글씨로도 쓸 수 없다고 한다.

하지만 흑묘족의 진화에 대해서 어째서 얘기할 수 없는 거지? 던전과 아무런 관련도 없는 것 같은데…….

"흑묘족의 진화에 대해서 혼돈의 여신이 뭔가 했어?"

"그렇다. 신의 의중에 의해 500년 전부터 흑묘족의 진화에는 무거운 족쇄가 채워져 있다."

그렇구나, 던전보다는 던전을 지배하는 혼돈의 여신에 관한 사항을 얘기할 수 없다는 뜻인가.

"따라서 내가 마지막 흑호다."

"……하나 묻고 싶어."

"좋다. 내가 대답할 수 있는 것이라면 뭐든 대답하지. 대답할 수 있는 것이라면 말이야."

루미나가 자조적인 표정으로 대답했다. 그녀도 동포의 희망에 부응할 수 없는 자신에게 실망을 느끼고 있을 것이다.

"흑묘족은 이제 진화할 수 없어?"

"그건 아니다. 어렵지만 말이야."

그 대답에 프란은 안도한 듯했다. 무리가 아니라는 것을 알면 희망을 가질 수 있다.

"그렇구나. 그럼 신은 어째서 그런 짓을 했어?"

"……미안하다, 그건 밝힐 수 없다. 스스로 조사해보거라."

"그럼 옛날의 흑묘족은 어떻게 진화했어?"

"……큭! 그것도 말할 수 없다! 미안하다!"

루미나는 이를 악물고 고개를 숙였다. 그 얼굴은 정말 미안해 보였다.

잠시 말이 없는 프란과 루미나.

하지만 루미나가 갑자기 입을 열었다.

"만약…… 만약에 하는 얘기인데."

"응?"

"나를 죽이면 진화할 수 있다면 어떻게 할 거지?"

루미나가 터무니없는 말을 입에 담았다.

"루미나 님을──죽여?"

"만약에 하는 얘기다. 어떻게 할 거지?"

프란이 수상쩍다는 기색으로 되묻자 루미나가 태도를 바꿔 웃으며 다시 물었다.

농담 삼아 물어봤다. 그런 느낌이었다.

"안 죽일래."

하지만 프란이 고민하는 모습조차 없이 즉시 대답했다.

설령 농담이라 해도 죽인다고는 말할 수 없다. 말 속에 그런 뜻이 담긴 듯한 목소리였다.

"진화할 수 있는데도?"

"됐어. 그럼 됐어."

진화는 확실히 프란의 목표지만, 그건 흑묘족이라는 종족의 긍지를 되찾기 위해서이기도 했다. 선배의 목숨을 빼앗아가면서까지 진화를 하고 싶다고 말할 리가 없었다.

고개를 붕붕 흔드는 프란.

그리고 디아스가 던전 마스터를 죽이지 말라고 못을 박기도 했다. 뭐, 우리가 죽일 수 있는 상대로 보이지는 않지만 말이다.

만약 죽일 수 있다고 해도 길드에서 반역자 신세가 될 것이다. 그런 의미에서도 우리는 루미나를 죽일 수 없었다.

"그런가…… 그렇겠지. 그렇게 말하겠지. 정말 아주 닮았군."

"응?"

"아니, 혼잣말이다. 이상한 질문을 해서 미안하군. 하지만 내가 말할 수 있는 건 여기까지다……."

지금의 질문은 대체 뭐였을까. 혹시 루미나를 진짜 죽이면 진화할 수 있는 건가? 아니, 설마 그럴 리가. 그러면 그 말 자체를 할 리가 없을 터다. 하지만 의미 없는 질문을 할까? 지금 던진 질문에 진화의 힌트가 있는 건가?

동포인 흑묘족의 목숨을 빼앗는 것이 진화의 조건인가? 아니면 던전 마스터? 아니다, 전에 우리는 고블린 던전 마스터를 쓰러뜨렸다. 던전 마스터를 쓰러뜨리는 건 아닌가.

으음, 모르겠군.

"자, 차를 마셔라."

"응……."

낙심한 프란을 위로하기 위해선지 루미나가 손수 차를 따라줬다. 그리고 흑묘족 마을 얘기나 자신이 젊었을 때 얘기를 해줬다. 진화에 관한 것이 아니면 얘기할 수 있나 보다.

루미나가 아직 던전 마스터가 되기 전. 500년 전 얘기인데, 그 무렵 흑묘족은 당연히 진화할 수 있고 다른 종족과도 대등하게 교제했다고 한다.

"그럼 흑묘족은 무시당하지 않았어?"

"음. 오히려 무위를 떨쳐서 다른 종족이 의지했다."

"진짜?"

"사실이다. 특히 왕족은 압도적인 힘으로 각 종족의 장에게 두려움을 받았지."

왕족? 다른 수인족의 톱을 장이라고 했으니 그보다 상위라는 뜻인가?

"흑묘족 왕족?"

"음…… 이 이상은 얘기할 수 없는 것 같다."

"아쉬워."

혼돈의 여신과 맺은 계약의 범위를 전혀 모르겠군. 얘기를 더 들어보니 진화에 관한 사항, 그리고 신이 흑묘족의 진화에 족쇄를 채운 이유 등에 대해서는 얘기할 수 없는 듯했다. 왕족에 대한 얘기가 왜 안 되는지는 불확실한데, 왕족이 무슨 짓을 저질렀기 때문인가?

그 외에도 의문이 있다. 그것은 500년 동안 흑묘족에 대한 정보가 어째서 이렇게까지 잊혀졌냐는 것이다.

몇 백 년이나 사는 엘프도 있으니 지구보다 옛날이야기가 남아 있기도 좋을 텐데 진화했다는 사실조차 잊혀졌다. 이것도 신의 짓일까. 엘프에게 얘기를 들어봐야겠군.

그 후, 결국 진화의 조건은 알 수 없었지만 두 사람 모두 오랜만에 만난 동족이다. 얘기가 활발하게 이어져 마지막에는 서로 웃음을 띠고 있었다.

"그럼…… 그대에게 하나 부탁하고 싶은 것이 있다. 괜찮은가?"

"응. 뭐든 말해."

"하하하. 뭐, 어려운 일은 아니야. 디아스에게 전언을 부탁하고 싶다."

"디아스? 오렐이 아니라?"

"그래. 디아스다. 약정을 완수하라는 한마디를 전해주겠나?"

"알았어."

"반대로 그대가 뭔가 바라는 건 없나? 가능한 일이라면 뭐든지 하지."

"소원?"

"그렇다."

루미나에게 그 말을 듣고 프란이 가만히 생각에 잠겼다. 이런 저런 생각을 떠올렸다 지우고 있을 것이다.

'스승?'

『프란이 하고 싶은 대로 하면 돼. 뭐든 좋다고 했으니 떠오른 생각을 말해보면 돼.』

"알았어."

"정했나?"

"응."

루미나의 물음에 프란이 고개를 꾸벅였다. 그리고 투지가 담긴 눈으로 조용히 말했다.

"나랑 싸워."

"호오."

"흑호의 힘을 보여줘."

강한 상대와의 모의전이라니, 프란다운 소원이었다.

그리고 자신이 목표하는 종착점에 있는 루미나의 그 힘을 피부로 느껴보고 싶은 거겠지.

그런 프란에게 루미나는 진심으로 즐거운 듯이 웃었다.

"좋다. 내 힘을 보여주지! 잠시 기다려라. 준비를 하고 오지."

"응."

"그때까지는 이 녀석이 상대하지. 뭐든 시키면 돼."

루미나의 말과 함께 나타난 것은 집사 같은 옷을 입은 인형이었다. 데생에 쓰는 나무 인형과 똑같았다.

그 인형은 인간과 다르지 않은 부드러운 동작으로 인사하고 프란의 컵에 홍차를 따랐다.

"고마워."

프란의 말에도 인형은 조용히 고개를 끄덕였다. 더 나아가 인형은 방구석에 있던 선반에서 쿠키와 초콜릿을 꺼내왔다. 그리고 먹으라는 듯이 프란의 앞에 덜어 놓았다.

말은 할 수 없는 듯하지만 루미나의 사역마 같은 존재일 것이다.

"응. 맛있어."

프란이 차와 디저트를 즐긴 지 10분.

"기다리게 했군. 준비가 끝났다."

"응?"

루미나가 돌아왔다. 하지만 프란은 고개를 갸웃거렸다.

준비가 끝났다고 했지만 루미나의 모습은 아무것도 달라지지 않았기 때문이다.

흰 얇은 옷에 곳곳을 장식하는 장식품 몇 개. 갑옷 같은 것조차 몸에 입지 않아서 귀족의 실내복 같은 느낌의 차림이었다. 유일한 변화는 허리에 찬 한 자루의 검일 것이다.

다만 그 검도 특별히 마력은 느껴지지 않았다. 예리하기는 하겠지만 마검은 아닌 듯했다.

"이쪽으로 따라와라."

그렇게 말하고 루미나는 척척 걷기 시작했다.

황급히 뒤를 따라간 우리가 본 것은 직경이 10미터 정도는 될 법한 돔 형태의 방이었다.

"싸우기에 알맞은 방이 없어서 말이야. 방금 만들어서 살풍경하지만 맞붙는 데는 문제없지 않을까?"

준비는 루미나의 장비가 아니라 방을 마련했다는 의미였던 모양이다. 역시 던전 마스터. 스케일이 크다.

'스승은 보고 있어.'

『알아. 이건 네 싸움이니까.』

프란이 계속 원했던, 진화를 이룬 선배와의 모의전이다.

멋없는 짓은 하지 않는다.

"그럼 해볼까?"

"장비는?"

방어구를 몸에 걸치지 않은 루미나에게 프란이 물었다.

그 속에서 걱정의 빛을 읽었나 보다. 루미나가 재미있다는 듯이 히죽 웃었다.

"호오? 내게 일격을 먹일 자신이 있는 건가?"

"물론."

"하하하. 그 의기다! 걱정하지 않아도 된다. 이 옷은 마력으로 강화하고 있다. 웬만한 금속 갑옷보다 훨씬 튼튼해. 그리고 대신의 팔찌도 장비하고 있으니 걱정하지 말고 본 실력으로 와라."

"알았어."

프란이 의욕 가득한 표정으로 고개를 꾸벅였다. 루미나는 그것을 보고 호전적인 웃음을 띠었다.

이 두 사람, 종족 외에도 서로 닮았을지도 모른다.

"그럼——간다."

"응!"

그리고 싸움이 시작됐다.

루미나는 검사인 모양이다. 프란과 아무렇지 않게 맞부딪친 점을 봐도 레벨이 높은 건 확실하겠지.

감정 차단 때문에 확인할 수 있는 스킬은 기척 감지 등의 감각 계열 스킬뿐이지만, 마력 조작 스킬을 가지고 있는 것을 보면 마술도 사용하는 듯했다.

처음에는 서로의 기량을 확인하듯이 조용히 시작했다. 하지만 차츰 그 검놀림이 날카롭고 격렬하게 변화해갔다.

"좋다! 그 나이에 실력이 이 정도라니!"

"응!"

"자자! 어떠냐!"

"하압!"

"어설프군! 지금 건 한 걸음 더 들어왔어야지!"

역시 루미나 쪽이 한 수 위다. 프란이 거의 전력을 내는데 비해 루미나에게는 프란의 실수를 지적하거나 지도하듯이 질책할 여유가 남아 있었다.

"이게 다가 아닐 텐데! 더 실력을 내봐!"

"응. 파이어 재블린!"

프란이 불꽃 창을 던지는 동시에 칼로 내리쳤다. 마술도 해금인가.

하지만 루미나는 화염 마법에 넘어가지 않고 그 이단 공격을 쉽게 피했다.

"어설퍼! 그 정도로는 교란되지도 않아!"

"응!"

그때부터는 마술을 동반한 격투가 벌어졌다. 루미나는 역시 마술을 쓸 수 있었는지 불과 바람 마술을 요소요소에서 사용했다.

"불 마술은 이렇게 쓰는 거다! 파이어 애로!"

"웃?"

"봐라! 마술에 정신을 너무 빼앗겼어!"

게다가 능숙했다. 자신의 등 뒤에 생성한 마술을 몸으로 가려 쏘거나 바람 마술을 사용해 프란의 외투를 벗겨 움직임을 방해하는 등 공방 중에 적절하게 섞었다.

또한 마술 제어도 놀라웠다. 예를 들어 파이어 애로. 동시에 생성하는 숫자는 우리가 많지만, 나는 모든 불화살을 다른 궤도로 날릴 만큼 세밀한 제어는 하지 못한다. 적어도 격렬한 전투 중에는 무리였다.

30분 이상 싸웠을까. 프란의 숨도 거칠어지기 시작했다. 상대하는 루미나의 표정은 만족스러워 보였다.

"허억…… 허억……."

"진화하지 않고 이 정도 힘을 손에 넣었을 줄이야……. 진화에 이르면 확실히 이름을 남길 전사가 되겠군."

그렇게 말하고 웃었다.

하지만 갑자기 얼굴을 굳혔다.

"그러면 슬슬 끝내도록 하지. 마지막으로 네가 목표하는 종착역이 가진 힘의 일부분을 보여주마. 뭐, 죽이지는 않아."

"바라던 바야."

프란이 기대와 두려움이 섞인 표정을 띠며 나를 들어 중단세를 취했다.

그 모습을 확인한 루미나가 어째선지 검을 허리에 다시 찼다.

"루미나?"

"죽이면 안 되니 말이야."

프란의 의문에 그렇게 대답하고 루미나는 기백 담긴 표정으로 중얼거렸다.

"──각성."

그 직후, 루미나의 모습이 변화했다. 극적이지는 않지만 확실히 달라졌다.

뒤로 묶여 있던 부드러운 긴 머리가 풀려 머리카락 한 가닥마다 심이 생긴 듯이 크게 펼쳐졌다. 또한 긴 꼬리와 귀는 하늘을 찌를 듯이 곧추서 있었다. 자세히 보니 귀와 꼬리는 호랑이와 똑같은 줄무늬로 변해 있었다. 다만 색깔이 검정과 흑회색이어서 그런지 자세히 보지 않으면 줄무늬라고 눈치채지 못할 것이다.

루미나의 몸에서 새어 나오는 막대한 마력이 물리적인 압력을 동반해 대기를 진동시켰고, 내 도신이 부르르 떨렸다.

새어 나오기만 했는데 이 압력. 이만큼 진한 마력은 린포드 이후로 처음 본다.

『이게…… 진화인가?』

"대단해……."

나와 프란이 새어 나오는 마력을 휘감은 그 모습에 넋을 잃고 있는데 루미나가 천천히 주먹을 들었다.

그것만으로도 내 위기 감지가 비명을 지르듯이 경고를 울렸다. 프란도 지금 루미나가 얼마나 위험한지 알고 있을 것이다. 그 동작을 놓치지 않도록 일거수일투족을 주목했다.

"간다."

"……!"

"신뢰(迅雷)."

우리가 루미나에게 그렇게 집중하고 있었기 때문일까. 그 중얼거림이 똑똑히 들렸다.

그리고 루미나의 모습이 사라졌다.

하지만 그것에 놀랄 새도 없이 다음 순간에 섬광과 함께 무시무시한 충격이 프란을 덮쳤다.

"큭!"

수평으로 15미터 정도 날아가 바닥에 세차게 튕기며 미끄러져 방의 벽에 격돌했다.

쿠우우우우웅!

합쳐서 30미터 가까이는 날아갔을 것이다. 단단한 벽을 파괴하고 온몸이 박힐 정도의 기세다.

저, 전혀 안 보였어!

무슨 일을 당했는지는 안다. 접근해 후려쳤다.

그렇다, 루미나가 한 건 정말 그것뿐이었다. 다만 그 속도가 예사롭지 않았다.

정신을 차리고 보니 프란이 있던 곳에 루미나가 서 있고, 대신 우리는 수평으로 날아간 상황이었다.

"큭……."

벽의 잔해를 밀어젖히며 고통으로 얼굴을 일그러뜨린 프란이 천천히 상반신을 일으켰다.

타격을 허용한 건 가슴 부근인 것 같다. 그 부분에 탄 흔적이 남고 연기가 피어오르고 있었다.

미약하게 느낀 전류에 맞춰 생각하면 뇌명 속성을 띠었다고 짐작된다. 신뢰라는 이름을 봐도 그건 확실하겠지.

루미나가 주먹을 쓴 이유도 알 수 있었다. 만약 검을 썼다면 프란의 상반신과 하반신은 알아차릴 틈도 없이 나뉘었을 것이다. 그 정도 속도였다.

『프란! 괜찮아?』

"커헉…… 힐……."

어떻게든 의식은 있는 것 같지만, 입에서는 피를 토하고 상당한 대미지를 입었다. 아마 가슴뼈가 부러져 폐가 손상됐을 것이다.

죽이지 않는다고 선언은 했지만……. 큰 부상을 입히지 않는다고는 안 했나.

지금까지 펼친 모의전을 보고 프란이라면 죽지 않는다고 확신한 다음 펼친 공격이었을 것이다.

"괜찮나! 오랜만에 즐거워서 힘이 좀 들어가고 말았다!"

……조금 실수한 모양이다.

"살짝 날릴 생각이었는데 말이야."

황급히 달려온 루미나가 프란에게 포션을 뿌렸다. 이미 진화 상태는 아닌 듯 원래 모습으로 돌아가 있었다.

그건 그렇고 마지막 공격, 신뢰는 뭐였지? 너무나도 순식간에 지나가서 스킬인지 아닌지도 알 수 없었다.

다만 짐작 가는 말은 있다. 특정 종족이 갖는 스킬. 고유 스킬이다. 목표하는 종착역을 보여준다고 한 루미나의 말을 생각해봐도 흑호의 고유 스킬이지 않을까.

너무나도 무시무시해서 전혀 보이지 않았지만……. 일단 루미나가 프란보다 수준이 훨씬 높다는 것은 이해할 수 있었다.

"어떤가?"

"응. 이제 괜찮아."

격통의 여운이 남은 탓인지 얼굴을 약간 찌푸리고 있었지만 대미지 자체는 사라져 있었다.

프란은 루미나가 내민 손을 잡고 일어섰다.

"미안하군."

"응? 왜 사과해?"

"조금 지나쳤어."

"내가 바란 거야. 그리고 흑호가 대단하다는 걸 알아서 오히려 기뻐."

프란이 무서워하기는커녕 존경의 눈빛을 보내자, 루미나는 겸연쩍다는 듯이 웃었다. 그 뺨은 알기 쉽게 붉었다. 아무래도 부끄러운 듯했다.

"그, 그런가."

"응."

"피곤하지? 조금 쉬어라. 차와 과자도 다시 준비해주지."

"고마워."

그 후, 잠시 쉬어 대미지도 완전히 사라진 프란. 지금은 루미나와 모의전에 대한 반성회를 열며 구운 과자를 먹고 있었다.

그리고 반성회가 끝날 무렵 루미나가 아쉬운 얼굴로 입을 열었다.

"아쉽지만 너를 언제까지고 붙잡아둘 수도 없군."

"응……."

프란도 아쉬운 거겠지. 쓸쓸하게 고개를 끄덕였다.

하지만 진화를 목표하려면 여기에서 나가 정보를 얻어야 한다. 특히 오렐이다. 일부러 프란에게 편지를 전해주게 했으니…….

이건 우연인가? 편지를 전하라고 시킨 것을 봐도 오렐과 루미나는 아는 사이일 터다. 오렐 자신도 진화했으니 당연히 루미나가 진화한 것을 모를 리가 없다. 거기에 흑묘족인 프란을 보낸다? 아무리 그래도 너무 과하다는 생각이 든다.

아마 프란과 루미나를 만나게 하기 위한 의뢰가 아닐까?

이 가설이 맞다면 그는 뭔가를 알고 있을 가능성도 있었다. 진화에 대해서는 몰라도 도움은 기대할 수 있을지도 모른다.

최대한 빨리 얘기를 듣고 싶었다.

"보스 방의 전송진이 아직 살아 있으니 들어가면 입구로 갈 수 있을 거다."

"……또 만날 수 있어?"

"하하하. 여기 오면 돼. 언제든지 환영하지. 보스의 출현 설정은 바꿔두지. 방에 도착하면 자동적으로 여기 통로가 열릴 거야."

"응. 알았어."

루미나가 쓸쓸한 표정을 짓는 프란의 머리를 난폭하게 북북 쓰다듬었다. 프란은 싫어하는 몸짓을 보이지 않고, 오히려 기분 좋은 듯이 눈을 가늘게 뜨고 귀를 실룩거리고 있었다.

두 사람은 그렇게 잠시 동안 이별을 아쉬워했지만, 언제까지 그러고 있을 수는 없었다.

프란이 루미나에게서 살며시 몸을 떼었다.

『벌써 가도 괜찮겠어?』

'응.'

내 물음에 프란은 다부지게 고개를 끄덕였다.

"루미나, 안녕."

나로서는 오랜만에 만난 동족과 같이 있게 해주고 싶었지만, 프란은 스스로 루미나에게 작별을 고하고 전송 장치가 있던 보스 방으로 걷기 시작했다.

"또 보자."

"응......."

프란은 몇 번이나 뒤를 돌아보며 통로로 돌아가 전송진에 올라 탔다.

전송 특유의 부유감이 우리를 둘러쌌다. 프란의 모습이 보스 방에서 사라진 순간, 루미나가 외쳤다.

"길은 있다! 좁지만 포기하지 않으면 반드시 도착할 거야!"

루미나의 격려를 들으며 빛에 둘러싸인 우리는 순식간에 지상 으로 돌아왔다.

며칠 전에 지나갔던 던전 입구다. 확실히 본 기억이 있었다.

『그럼 일단 오렐한테 의뢰 완료 보고를 하러 가자.』

"갈래!"

내 말에 프란이 힘차게 고개를 끄덕였다.

보폭을 넓게 벌리며 힘차게 걷기 시작한 프란의 모습은 쓸쓸함 을 떨치려는 것처럼 보였다.

『뭔가 진화 얘기를 들을 수 있으면 좋겠는데.』

"응."

우리는 성채를 나와 오렐의 집으로 향하려 했지만 프란이 성채 입구에서 발걸음을 멈췄다. 아니, 다가온 병사와 모험가에게 둘러싸여 멈출 수밖에 없었다.

아무래도 던전에 들어가려 했던 모험가가 우리가 전송진으로 돌아온 모습을 목격하고 밖에 있던 다른 모험가들에게 프란의 귀환을 알린 모양이다.

"오오! 무사했군!"

"전이 장치를 이용했다는 건 아가씨, 보스를 쓰러뜨린 거야?"

"저번에 도적 포박도 그렇고 역시 대단하군!"

오오, 왠지 굉장히 호의적이다. 아무래도 보스를 쓰러뜨리고 전이 장치로 돌아오는 일은 이 마을 모험가에게는 일종의 스테이터스가 되는 모양이다. 게다가 난이도가 높은 동쪽 던전을 공략하면 그것은 울무토에서도 최상위 실력자라는 뜻이 된다.

게다가 프란은 심지어 솔로다. 울시가 있다고는 하나 어린아이가 혼자서 공략을 마친 건 경악할 만한 사태이다.

열 명 이상의 모험가들에게서 온갖 질문이 날아들었다. 그리고 프란이 대답해주자 모두가 눈을 반짝거리며 감탄의 소리를 냈다. 나이도 훨씬 많고 거친 어른들이 마치 동경하는 사람을 보는 듯한 눈빛으로 프란을 보고 있었다. 엄청나게 익살스러운 모습이지만 프란이 인정받는 것은 솔직히 기뻤다.

"하이 오우거 무리를 혼자서?"

"그 함정을 해제한 건가!"

"보스는 어떤 녀석이었지?"

그렇게 질문 공세를 만난 프란을 구한 건 기쁨 가득한 얼굴로 달려온 근육맨이었다.

"자자. 질문은 거기까지 해."

"엘자."

"오랜만이야~. 엄청 걱정했엉."

"응. 수행했어."

"그건 알고 있었지만~. 걱정되는 건 어쩔 수 없단 말이야!"

엘자는 몸을 꼬며 촉촉한 눈으로 프란을 응시했다.

진심으로 걱정해줬겠지. 전혀 귀엽지도 섹시하지도 않지만, 고마운 일이다.

"그리고 여기는 보스가 강하잖아? 상대의 능력에 맞춰 보스가 나타나고. 약점을 파고드는 보스도 있으니까 위협도 이상으로 고전하는 경우도 많아. 프란이라면 위협도 C 이상의 보스가 나와도 이상하지 않단 말이야."

"응. 나왔어."

"그러니? 상처는? 다치지는 않았어?"

"이제 괜찮아."

"이제라는 말은 역시 다쳤었구나! 아앙! 내가 옆에 있었으면 다치지 않게 했을 텐데!"

"그러면 수행이 안 돼."

"그래도. 하지만 그런 금욕적인 면도 귀여워! 그건 그렇고 사역마와 단둘이 위협도 C 마수를 쓰러뜨리다니. 역시 강하네~."

그건 그렇고 엘자는 왜 여기 있는 거지? 우연인가?

"엘자 누님, 할 얘기가 있다고 하지 않았어?"

"아, 맞다!"

이거 우연이 아니었던 모양이다. 병사에게 프란이 나오면 알려달라고 부탁한 듯했다. 그 병사가 잡담을 시작한 엘자에게 질렸다는 투로 말을 걸었다.

"미안해. 오랜만에 프란을 만나서 흥분했어!"

관둬! 혀 내밀지 마!

엘자는 나쁜 녀석이 아니다. 오히려 착한 녀석인 건 알지만 그것과 이건 별개다.

"얘기?"

"그래! 길드 마스터가 불렀어. 그 밖에도 전해야 할 일이 몇 개 있어. 하지만 여기서 할 얘기도 아니니 우선 길드로 돌아가자."

"하지만 오렐한테 보고를 해야 해."

『아니, 던전 마스터가 길드 마스터에게 전언도 부탁했으니 길드에 먼저 가도 상관없지 않을까?』

"음, 그럼 길드에 먼저 갈게."

"어머, 그래? 할아버지한테 먼저 가도 되는데."

"괜찮아."

그리하여 우리는 엘자가 이끄는 대로 길드로 향했다.

다만 지붕 위를 뛰어 행동한 저번과 달리 어째선지 땅 위를 평범하게 걸었다.

"엘자, 위로 안 가?"

"실은 길드 마스터가 소동을 절대 일으키지 말라, 조금 늦어도 눈에 띄지 말고 돌아오라고 신신당부했어."

"왜?"

"으음. 여러 이유가 있는 것 같아. 이유 중 하나는 짐작이 가지만 나머지는 몰라. 그래도 드물게 진지한 표정이었으니까 이유는 있을 거야."

"엘자가 아는 이유는?"

"그것도 길드에서 설명할게. 일단 방심하지 말고 따라와."

"알았어."

그 디아스가 진지하게 명령했으니 정말 중요한 이유가 있겠지.

프란도 납득했는지 주위에 대한 경계를 게을리 하지 않고 엘자의 뒤를 따라갔다.

그렇게 엘자와 함께 길드로 향하는 도중에 나는 어느 중대한 사실이 떠올랐다.

『길드 마스터를 만난다면 사고 차단의 레벨을 올려두는 편이 좋으려나?』

'응. 좋을 거 같아. 아직 레벨 1이니까.'

이제 이상한 짓은 하지 않겠지만 만약을 위해서다. 왠지 믿을 수가 없으니.

『다만 문제도 있어. 갑자기 사고 차단을 고 레벨로 입수했으니 길드 마스터가 어떻게 생각할까.』

아무리 수행했다고는 하나 이렇게 단기간에 길드 마스터의 독심을 막을 수 있는 스킬을 입수했다면 불필요한 억측을 사지 않을까?

'이미 인텔리전스 웨폰이란 걸 들켰어. 이제 와서 새삼스레.'

『그런가?』

'응. 스승의 신비한 힘으로 입수했다고 하면 돼. 스승은 그 정도로 대단해.'

나 자신의 인식 부족인가 보다. 신검이라는 아예 격이 다른 존재를 알고 있어서 내가 그 정도로 드문 존재라는 것을 자각하지 못했다. 내 정체가 드러나면 사람들이 노릴지도 모른다고 생각하기는 했지만…… 신검 미만 마검 이상? 인텔리전스 웨폰은 그 정도로 전설적인 존재이기는 한 모양이다.

다시 말해 그거다. '인텔리전스 웨폰이라서 그래'라는 어떤 의미에서 최강의 변명을 쓸 수 있다는 뜻이다. 약간의 부자연스러움이나 불가사의함은 그것으로 넘어갈 수 있는 모양이다.

『진짜야?』

'응. 그야 인텔리전스 웨폰이잖아.'

『그렇군. 듣고 보니 납득이 가. 무서울 정도의 설득력이야.』

뭐, 괜찮다면 올리자.

자기 진화 포인트를 18 소비해 사고 차단을 10으로 올렸다.

〈사고 차단이 Lv Max에 도달했습니다. 사고 완전 차단으로 진화합니다〉

오오! 스킬이 진화했군. 사고 완전 차단이라. 이로써 독심이든 사고 유도든 와보시지. 게다가 자신의 의사로 차단율을 어느 정도 조절할 수 있어서 일부러 생각을 읽히는 행동도 가능할 듯했다. 상대가 독심을 가지고 있는 게 전제지만 말이다.

'다른 스킬은 어떡할 거야?'

『으음, 남은 포인트는 신중히 쓰고 싶으니 나중에 하자.』

자기 진화 포인트에는 한도가 있다. 신중히 써야 한다.

'알았어.'

『뭐, 어디에 쓸지 생각해봐.』

'알았어.'

아마 검성술 등을 올리고 싶다고 하겠지만, 달리 올리고 싶은 스킬이 있다면 그것을 우선해도 된다. 스킬을 쓰는 건 프란이기 때문이다.

아니, 나도 쓰기는 하지만 나는 프란의 검. 프란의 희망이 최우선이다. 그리고 프란의 발상력은 내 예상을 초월한다. 린포드전에서 그것을 알았다. 무슨 말을 할지 기대된다.

하지만 길드가 얼마 남지 않은 곳에서 엘자의 발걸음이 멈췄다.

"정말! 방해되네."

『왠지 갑자기 통행인이 늘었어.』

게다가 단순히 걷는 게 아니라 앞쪽에 사람 장막이 생겼다.

그 장막 탓에 사람의 흐름이 나빠져 사람이 더 모이는 악순환이다.

『뭔가 사건이라도 있었나?』

"엘자, 무슨 일이야?"

"타국의 고위 귀족이 마을에 도착한 모양이야. 무투 대회도 얼마 안 남아서 관전하러 온 거지. 이제부터 귀족이나 모험가가 더 오니까 사람으로 넘쳐날 거야. 울무토가 1년에 한 번 북적이는 시기야."

그렇구나. 즉 귀족이 길을 지나가기 위해 일반인이 가로지르지 못하도록 막고 있다는 건가. 옛날 일본의 다이묘가 행차할 때 길에 엎드리는 것만큼은 아니지만, 고위 귀족이 지나갈 때 서민은 통행이 금지되는 모양이다.

"할 수 없네……. 여기만은 위로 가자."

"그래도 돼?"

"잠깐이니 괜찮겠지? 기다리면 시간이 얼마나 걸릴지 몰라."

"알았어."

눈에 띄지 말라고 했는데 괜찮나?

하지만 엘자는 이미 위로 뛰어올라갔다. 프란도 그 뒤를 쫓아 지붕으로 뛰어올랐다. 그 프란의 등에서 아래의 인파를 내려다봤다.

『저게 귀족 마차인가.』

이쪽 세계로 전생하고 본 것 중에서 가장 호화로운 마차가 길을 가고 있었다.

지붕에 달린 금빛 사자상은 당장이라도 움직일 듯이 정교한 구조로 이루어져 있었다. 검게 윤기가 나는 중후한 목재를 바탕으로 한 차체에는 금이나 은으로 화려하게 만든 장식이 달려 있었다. 게다가 천박하지 않고 오히려 기품마저 느껴졌다. 마차를 끄는 말도 아주 크고 관중의 목소리에 동요하는 기색도 보이지 않았다. 고도의 훈련을 쌓은 좋은 말인가 보다. 얼핏 보기에도 하급 귀족의 마차가 아니라는 것을 알 수 있었다.

다만, 어째서 호위가 없지? 저만한 마차라면 호위를 수십 명 끌고 다녀도 이상하지 않다. 아니, 끌고 다니지 않으면 이상하다.

게다가 마차는 한 대뿐이었다. 종자나 동행인이 탄 마차 행렬의 모습도 보이지 않았고, 호위의 모습은 마차의 좌우를 경계하듯이 배치된 두 명밖에 확인할 수 없었다. 마부를 포함해도 세 명뿐이었다.

아무리 마을 안이라고는 하나 너무 부주의한 거 아닐까?

하지만 마부와 호위 두 사람을 보고 바로 착각했다는 것을 알았다.

『강하군.』

발놀림이나 경계 방식을 보기만 해도 엄청나게 강하다는 것을 직감할 수 있었다.

『감정 감지를 가지고 있다 해도 여기서 하면 안 들키지 않을까?』

프란이 순식간에 지붕 사이를 건너가고 있어서 감정할 수 있는 건 호위 한 사람뿐이었지만……

『어엉?』

'스승, 왜 그래?'

『아니, 저 마차의 호위 말인데, 엄청 강해.』

그 힘은 내 상상을 아득히 뛰어넘었다.

이름 : 고드다르파 나이 : 44세

종족 : 수인·백서족(白犀族)·흑철서

직업 : 단부투사(斷斧鬪士)

Lv : 72/99

생명 : 1256 마력 : 422 완력 : 654 민첩 : 267

스킬 : 위압 8, 괴력 8, 권투기 5, 권투술 5, 기척 감지 3, 고속 재생 4, 강력(剛力) 10, 곤봉기 6, 곤봉술 6, 채굴 8, 재생 10, 상태 이상 내성 7, 순발 3, 정신 이상 내성 7, 속성검 8, 대지 내성 4, 돌진 7, 부기 10, 부술 10, 부성기 6, 부성술 7, 마력 감지 3, 기력 제어, 고블린 킬러, 통각 둔화, 드래곤 킬러, 피부 강화

고유 스킬 : 각성, 충파(衝波)

칭호 : 수호자, 태산 같은 자, 던전 공략자, 드래곤 킬러, 랭크 A 모험가

장비 : 지룡각의 큰 도끼, 지룡 비늘의 전신 갑옷, 염점정(炎粘精)의 외투, 대역의 팔찌, 독 감지의 반지

놀랍게도 랭크 A 모험가였다. 게다가 진화를 마친 수인이다. 아만다 수준의 존재였다. 다른 두 명도 이 만큼 강할까? 그렇다면 그야 호위도 필요 없을 것이다. 오히려 과잉 전력이다. 세 명이서 울무토를 함락시킬 수 있을지도 모른다.

이미 땅으로 내려간 프란에게 호위를 감정한 결과를 가르쳐주자 흥분한 기색으로 고개를 돌렸다.

'대단해! 코뿔소는 강해서 유명한 종족이야. 하지만 수가 적어.'

『아하. 그렇구나.』

확실히 고뿔소 수인은 처음 봤는데, 드문 종족이라면 당연한 것일지도 몰랐다. 얼핏 보기에는 덩치 큰 인간으로밖에 보이지 않지만 말이다.

신경 쓰이는 스킬은 괴력과 기력 제어다. 그리고 고유 스킬인 각성과 충파까지 네 개려나.

개별적으로 감정할 틈은 없었지만 괴력은 강력의, 기력 제어는 기력 조작의 상위 스킬로 보였다. 고유 스킬도 신경 쓰인다. 각성은 진화한 수인족이 얻는 특수한 스킬이다. 이것은 루미나에게 들어서 존재는 알고 있었다.

알 수 없는 건 충파다. 이쪽은 힌트도 뭐 하나 없어서 상상도 전혀 할 수 없었다.

길드에서 조사해보면 알 수 있을까? 아니면 오렐에게 물어볼까. 경험이 풍부한 수인이니 알고 있을지도 모른다. 그뿐만이 아

니라 저 수인 개인의 정보도 알 가능성이 있었다.

'응. 물어볼게!'

프란도 흥미가 있는 듯했다.

그건 그렇고 이런 짧은 기간에 진화한 수인들과 연달아 만날 줄이야…….

『진화하기 위한 단서를 뭔가 얻을 수 있으면 좋겠는데.』

Side ????

"그럼 상황은 어떻지?"

"당신인가. 이 검 대단해! 힘이 솟아나는군! 이 상쾌한 기분은 뭐지?!"

"그거 다행이군. 팔과 다리 쪽도 문제없나?"

"그래! 그 계집애한테 잘린 팔과 다리가 또 생길 줄은 몰랐어. 그런 고 랭크 포션을 써도 괜찮겠어?"

"당신은 아직 일해줘야 하거든."

"좋아! 뭐든 말해줘! 지금이라면 뭐든 할 수 있을 것 같은 기분이 들어!"

"우선 하나 묻고 싶은데, 마약 원료는 바로 입수할 수 없는 건가?"

"아, 글쎄. 미믹 베놈 크라울러의 독주머니는 돈만 주면 어떻게든 될 거야. 하지만 팬더믹 리치의 독주머니는 무리야."

"무슨 수를 써도 그런가?"

"그래. 확보한 양은 길드에 압류됐고, 자력으로 사냥하려 해도 목격 증언이 일단 없어."

"쳇. 그런가. 그러면 세르디오는 이제 무리겠군."

"그 계집애만 없었다면…… 젠장! 아아아아아아아! 젠자앙!"

"이봐, 갑자기 소리 지르지 마."

"히히히히, 미안 미안. 왠지 갑자기 소리를 지르고 싶어져서. 왜 그런 거지?"

"검과 약의 영향인가……."

"무슨 소리야?"

"아니, 아무것도 아냐. 그보다 네가 하나 빼앗아 왔으면 하는 게 있어."

"빼앗아? 누구한테?"

"네가 말한 그 계집애한테. 프란이라고 했던가? 그 계집애가 가진 마검을 즉시 손에 넣고 싶군."

"호오? 그 검 말이야? 나도 좀 마음에 들었어. 꽤 강한 마검 같더라고."

"계집 쪽은 마음대로 해. 죽인 뒤에 마검을 가져오면 돼."

"알았어. 크흐흐흐흐. 기대되는군. 내게 지독한 짓을 저질렀으니 꼭 똑같이 되갚아줘야지!"

"노는 건 좋은데, 계집애를 죽이기 전에 붙잡히는 실수는 하지 마. 여기서 네가 실패하면 우리도 그분께 어떤 처벌을 받을지……."

"알고 있어. 나 역시 그분은 무서워. 남의 일이 아냐. 오히려 큰 실수를 저지른 만큼 내 쪽이 위험하니 일은 제대로 처리할 거야. 다만 일을 즐기는 것보다 좋은 건 없잖아?"

"이쪽에서는 세르디오와 다룸을 보내지. 마음대로 써."

"뭐? 괜찮겠어? 특히 세르디오는 여기서 잃기엔 아깝지 않아?"

"할 수 없어. 여기서 마약을 입수하지 못한 이상 어차피 죽어. 그러면 마지막으로 유효하게 활용할 뿐이야. 다소 다루기 어렵지만 마약을 써서 네게 복종하도록 길들여두지. 명령은 들을 거야."

"마약에 그런 사용법도 있는 건가! 단순히 인간을 망가뜨리고 멍청하게 만드는 약이 아니었군."

"그건 한 번에 먹은 경우만 그래. 양도 조절하면 다양하게 쓸 수 있지."

"아, 혹시 내 기분이 아까부터 이상할 만큼 상쾌한 건 마약을 썼기 때문이야?"

"……그렇다면 어쩔 거지?"

"어쩌기는! 다만 마약이 이렇게 행복해지는 약이었나 하고 놀랐을 뿐이야! 좀 더 전에 써볼 걸 그랬어! 아하하하하하!"

"그거 다행이군. 검을 쓰려면 아무래도 마약을 소량 섭취할 필요가 있어서 어쩔 수 없었어."

"그렇군, 그랬어. 그런 거라면 어쩔 수 없지! 이렇게 엄청난 힘을 얻는 데 아무런 대가도 없을 리가 없을 테니 말이야! 히하하하하하! 힘이 넘치고 있는데 모르겠어?"

"지금부터 너무 떠들지 마. 넌 쫓기고 있다고."

"미안 미안. 그래서 어디서 습격할 거지?"

"그거 말인데, 지금은 호위가 붙어 있어. 그건 이쪽에서 어떻게든 떼어낼 테니까 그 뒤에 덮쳐."

"알았어. 계집애 쪽은 맡겨줘! 반드시! 죽여서! 너덜너덜하게 만들어줄 테니까!"

"마검도 잊지 마. 소러스."

"히히히히히! 알고 있어어!"

제5장 꺾인 마음

우리가 엘자에게 이끌려 길드로 돌아오자, 디아스가 왠지 피곤한 얼굴로 맞이했다.

"여, 어서 오게."

"응. 뭔가 할 얘기가 있다고 들었어."

"그래. 조금 길어질 테니까 앉아주겠나?"

"알았어."

디아스의 우울한 표정을 보건대 뭔가 트러블이 발생했을 것이다. 게다가 그게 프란과 관련된 듯했다.

『프란, 먼저 전언을 전하는 편이 좋지 않겠어?』

'응.'

프란은 소파에 앉으며 디아스에게 입을 열었다.

"디아스. 루미나가 보내는 전언이야. 약정을 완수해라."

"어머나? 누가 보내는 전언이야? 루미나?"

엘자는 루미나의 이름을 몰랐나 보다. 갑자기 나온 이름에 고개를 갸웃거렸다.

하지만 되묻는 엘자에게 디아스는 고개를 저었다.

"이런, 엘자 군. 그건 비밀이야."

아무래도 루미나에 대해서는 엘자에게도 비밀인 듯했다. 여기서 전하지 말 걸 그랬나?

검지를 입술에 대고 쉿, 하고 소리를 내는 디아스에게 엘자가 한숨을 토했다.

"휴우. 비밀이란 말이지? 네에 네에, 알았어요."

"미안하구먼."

"우후. 좋은 여자는 남자의 비밀을 포용하는 법이야."

여러모로 짐작이야 가겠지만 엘자는 순순히 물러났다. 가벼운 느낌으로 윙크를 날려도 자신과 길드마스터의 지위 차이를 제대로 구분하고 있다는 뜻이겠지. 자신은 알 자격이 없는 비밀이 있다고 이해하고 있는 것이다.

여기서는 얘기를 얼른 진행하자.

"그리고 의뢰를 몇 개 달성했어."

"그런가. 그럼 먼저 의뢰 달성 상황을 확인하기로 할까. 어느 정도 달성했지?"

"이거랑, 이거랑──."

프란이 달성한 의뢰서를 하나씩 꺼냈다.

아홉 개 있던 토벌 의뢰는 모두 완료했다. 남은 건 납품 의뢰인데, 아쉽지만 목표인 열세 개 달성에는 이르지 못했다.

"길드 카드를 보여주겠나?"

"응. 여기."

"흐음 흐음. 굉장한 성과로군. 토벌 의뢰는 확실히 전부 완료했나."

"대단해, 프란! 역시~."

길드 카드를 보면 토벌한 마수의 종류와 숫자를 전부 알 수 있다. 그 기록을 보며 디아스와 엘자가 놀라고 있었다.

아무래도 보통 모험가라면 던전에서 불필요한 싸움은 피하고 적을 피하며 나아가는 법이라고 한다. 우리의 경우에는 만난 마수를 모두 섬멸했으니 그 토벌 숫자는 평균을 크게 넘었을 것이다.

"D급 파티로도 이 정도 성과는 어려워."

"이만큼 사냥하면 소재도 상당히 채취하지 않았을까? 납품 계열 의뢰는 어떤가? 해체는 끝났나?"

"응. 이미 끝났어."

그것도 빼놓지 않았다. 프란이 자는 동안에 내가 해체를 마쳤기 때문이다.

"그럼 거기에 꺼내주겠나?"

디아스가 가리킨 앞에는 엘자가 이미 시트를 깔아놓은 상태였다. 슬라임 등에서 추출한 물을 튕겨내는 소재로 만들어진 모양이다.

비닐 시트와 똑같았다. 색깔도 전형적인 슬라임과 같은 파란색이어서 더더욱 비닐 시트 느낌이 강하게 나는 거겠지.

"여기다 하면 돼?"

"그러기 위해 준비한 거야. 아아, 하지만 일단 납품용 소재만 꺼내주지 않겠나?"

"알았어."

프란이 그 시트 위에 소재를 하나씩 놓았다.

인간의 팔뚝만한 하이 오우거의 뿔. 요란하게 빨간색과 보라색을 띤 미믹 베놈 크라울러의 독주머니. 그 밖에도 던전의 마수에게서 벗겨낸 소재가 많았다.

특히 미믹 베놈 크라울러의 독주머니는 조심히 다뤄야 한다. 약간의 독에 디아스와 엘자가 죽지는 않겠지만, 집무실에서 독을 뿌리면 여러모로 골치 아파진다. 아니, 당연히 혼날 것이다.

"상태도 좋고 품질도 높군. 전부 납품해도 상관없겠나?"

"상관없어."

"그럼 토벌과 합치면 의뢰 열일곱 개로군. 아니, 보스 토벌도 평가에 합치면, 의뢰를 앞으로 다섯 개만 처리하면 랭크업시킬 수 있어."

"조금 남았네. 힘내, 프란!"

다만 그게 꽤나 귀찮았다. 남은 의뢰 때문에 납품해야 하는 것은 더티 위스프 등 만날 확률이 낮은 마수의 소재뿐이었다. 이 녀석들의 소재를 모으려면 시간이 꽤나 걸릴 것이다.

어차피 원래 수가 적은 데다 은밀성이 지나치게 높아서 발견할 때까지 만고생을 해야 한다. 우리를 공격하기 위해 가까이 온 녀석을 발견하는 것과 이쪽에서 특정 마수를 찾는 것은 난이도가 달랐다.

자칫하면 저번 이상의 날수가 걸릴 가능성도 있다.

뭐, 오렐을 만나러 가고 그 뒤에 어떻게 할지 생각하자. 무투 대회도 있으니 의뢰를 처리하는 건 대회 뒤가 될지도 모른다.

프란이 그렇게 말하자 디아스가 뭔가 생각에 잠긴 얼굴이 됐다.

"흐음…… 가능하면 빨리 랭크를 올려줬으면 하는데."

거기에 엘자가 반론했다.

"하지만 이제 됐지 않아? 프란의 활약은 꽤 퍼졌어. 일부러 시비 거는 멍청이는 없을 것 같은데?"

"지금은 그렇지만 앞으로 울무토에 올 모험가는 모르지 않겠나?"

"뭐, 그건 그렇지."

"그러니까 의뢰를 빨리 달성해주지 않겠나?"

"응."

딱히 상관은 없지만 문제가 하나 있다.

"무투 대회 접수를 하고 갈게."

그렇다, 무투 대회는 추천장이 없는 경우에는 직접 신청해야
한다. 그 접수가 모레부터 시작된다. 모험가 길드나 회장이 될 무
투장, 그리고 각지에 설치되는 접수대 등에서 신청할 수 있는 모
양이다.

본인이 신분증을 가지고 직접 가지 않으면 접수할 수 없다고 들
었기 때문에 누군가에게 대리 접수를 부탁할 수도 없었다. 남은
의뢰를 달성하는 데 시간이 얼마나 걸릴지 알 수 없는 이상 신청
을 마치고 던전에 들어가고 싶었다.

"아니, 그건 신경 안 써도 돼. 신청은 이쪽에서 해두지."

"하지만 본인이 아니면 안 된다고 했어."

"실은 길드의 추천장이 남아 있어. 랭크 C 모험가라면 추천하
기에 더할 나위 없지. 안심해주게."

괜찮나? 길드의 추천장은 상당히 중요하지 않나? 길드의 대표
라는 뜻이니 힘 외에 예의 등도 필요하지 않을까?

"됐네 됐어. 랭크업하는 건 길드에서 부탁한 일이니까 그 정도
는 해줘야지. 그러니까 아무 걱정 말고 던전에 들어가게."

왠지 수상하지 않나? 어떻게 생각해도 대우가 지나치게 좋다.

아무리 클림트나 아만다의 인맥이 있다고 해도 고작 랭크 D 모
험가의 편의를 너무 봐주는 기분이 들었다.

그리고 아무래도 프란을 던전으로 보내고 싶은 것 같았다. 게
다가 어쩐지 프란이 오랫동안 틀어박혀 있기를 바라는 혐의가 있

었다.

엘자도 디아스의 태도에서 뭔가를 느낀 모양이다. 턱에 손을 대고 고개를 갸웃거리고 있었다.

"디아스. 뭔가 이상해."

"하하하. 어디가 이상한가? 난 평소와 똑같은데?"

"역시 이상해."

"나도 프란 말에 찬성이야. 뭐라고 해야 할까? 묘하게 초조해하는 것 같은 느낌이 들어. 혹시 또 뭔가 꾸미고 있는 건 아니지?"

"섭섭하군, 엘자 군. 기분 탓이야."

디아스가 표정을 전혀 바꾸지 않고 웃으며 단언했다.

"프란에게 장난칠 생각 아냐?"

"그런 기야?"

"아닐세, 아니야."

역시 수상하다. 하지만 여기서 논쟁해도 입을 열 것 같지는 않았다. 어떻게 할까 고민하고 있는데 엘자가 디아스에게 얼굴을 쑥 내밀고 중얼거렸다.

"역시 뭔가 숨기고 있어."

"하, 하하하. 단정짓는군."

"여자의 감이야!"

엘자가 가진 여자의 감을 어디까지 신용할 수 있는지는 둘째 치고, 오랫동안 디아스와 어울린 데다 직감 스킬까지 가지고 있는 엘자가 단언했으니 아마 사실일 것이다.

여기서는 비장의 카드를 써볼까.

『프란, 그게 나설 차례야.』

"응!"

프란이 클림트에게 받은 소개장을 여봐란 듯이 들었다. 딱히 이것 자체에 특별한 효과가 있지는 않지만…….

"디아스. 사실을 말해."

"하, 하하. 무슨 소리지?"

진짜 클림트가 무섭나 보다. 소개장을 본 것만으로 급격하게 시선이 방황했다.

"뭔가 숨기고 있는 건 알아."

"아니, 기분 탓 아닌가?"

목소리가 떨리고 있었다. 완전히 유죄다. 이건 더 캐물을 필요가 있겠군.

"클림트와 아만다한테 디아스가 장난쳤다고 말할 거야."

"죄송합니다!"

멋진 점핑 큰절이었다. 역시 랭크 A 모험가. 커다란 집무 책상을 뛰어넘어 엄청난 기세로 머리를 조아렸다.

"정말 죄송합니다!"

"앗, 갑자기 왜 그래, 길드 마스터! 그 종이는 뭐지?"

엘자가 기가 막힌 얼굴로 프란과 디아스를 쳐다봤다.

그야 그렇겠지. 프란이 무슨 종이를 꺼내자마자 길드 마스터가 점프해 절을 하며 머리를 융단에 꾹꾹 눌러 무조건 사과하고 있으니. 어린애를 상대로 머리를 조아리는 영감을 보니 너무 한심해서 눈물이 나는군.

"엘자, 이 길드에 전서응은 있어?"

"있어."

"응. 우선 클림트한테——."

"죄송합니다죄송합니다죄송합니다! 그것만은 봐주세요!"

뭐, 어린애에게 장난을 치려한 일이 퍼지면 사회적으로 말살당할 테니 말이다. 아만다에게 알려지면 물리적으로도 목숨이 위험하고.

"그럼 전부 얘기해."

"알았어. 휴우, 프란 군을 위해 이리저리 생각을 했는데 너무하는군."

그건 얘기를 듣고 나서 판단하겠어.

"됐으니까 얘기해."

프란이 뒷말을 재촉하자, 디아스가 체념한 모습으로 말을 꺼냈다.

"지금 울무토에 많은 귀족이 모이고 있는 건 아나?"

"응."

실제로 길드에 오는 도중에도 만났다.

"그중에 어떤 인물이 있는데."

"어떤 인물?"

"수왕이야."

"와! 올해는 그런 거물이 오는구나."

엘자가 진심으로 놀란 모습으로 목소리를 높였다. 아무래도 유명인인 모양이다.

"거물?"

"어머, 프란은 수왕에 대해서 잘 모르는구나?"

"어딘가에서 들은 적이 있을지도 몰라."

나는 이름조차 모른다.

"수인이라면 자세히 아는 편이 좋아."

수왕은 그 이름대로 수인 나라의 왕을 말한다고 한다. 수왕은 수인족의 정점에 있어서 국민이 아니라도 수인이라면 수왕을 존경하기 때문에 그 영향력은 어떤 나라도 무시할 수 없다.

수인국은 다른 대륙에 있는 나라지만 크란젤 왕국과는 우호국이어서 울무토에서 열리는 무투 대회에는 친선 목적으로 몇 년에 한 번씩 온다고 한다.

"그게 하필이면 올해여서 말이야."

"왠지 오지 않았으면 하는 말투네?"

"뭐, 나한테도 이런저런 사정이 있어. 그리고 올해는 프란 군도 있고."

"응?"

무슨 뜻이지? 우리는 수왕 같은 상전은 만난 적도 없는데. 애초에 이름조차 몰랐다고.

하지만 디아스는 프란의 당혹감을 개의치 않고 말을 이었다.

"흑묘족과 청묘족의 관계는 군이 설명하지 않아도 프란 군 쪽이 잘 알겠지?"

"청묘족은 적이야."

"뭐, 전원이 악인이라고는 할 수 없겠지만……. 그건 지금은 됐어. 중요한 건 청묘족이 흑묘족을 노예로 붙잡게 된 경위야. 애초에 아주 먼 옛날에 처음 흑묘족을 노예로 삼은 건 청묘족이지만, 사실 당시의 수왕이 뒤에서 조종했다는 소문이 있어. 현 수왕가는 적묘족의 족장 일족에 해당하는 가문인데, 청묘족은 그 부하였다더군."

"호오, 그건 몰랐어."

"응."

"뭐, 어두운 역사이니 수인국에서도 적극적으로 얘기하는 게 금기시되고 있다더군."

프란도 몰랐나 보다. 진지한 얼굴로 디아스의 얘기를 듣고 있었다.

"물론 흑묘족이 처음에 노예화된 건 옛날이야기고 그때의 수왕은 이미 죽었어. 하지만 청묘족은 지금도 수왕과 이어져 있다는 얘기가 있어."

즉, 청묘족 노예 상인들이 흑묘족을 붙잡아 노예로 삼은 건 수왕의 뜻일 가능성이 있다는 소리인가.

생각해보면 그 가능성은 확실히 있다. 지구에도 입장이 약한 사람들을 노예 계급이나 하층 계급으로 떨어뜨려 대다수 사람들의 눈을 위가 아니라 아래로 향하게 만들어 불만을 잠재우는 정책이 실시된 역사가 있다. 보다 비참한 존재를 만들어 그것을 시민들에게 보임으로써 자신들은 아직 괜찮다고 착각하게 만드는 것이다. 전투력이 낮고 진화할 수 없다고 알려진 흑묘족은 제물이 되기에는 알맞은 종족이었던 게 틀림없다.

"특히 당대의 수왕은 평판이 아주 안 좋아. 아무튼 쿠데타에 가까운 방법으로 전왕을 쓰러뜨리고 왕위에 오른 인물이야."

"아아, 그건 나도 들은 적 있어. 부모를 죽인 찬탈자. 금색 사자 수인이래."

"그런 인물이 흑묘족에게 호의적인 태도를 취할 리가 없어. 오히려 탄압이 보다 강해질 가능성 역시 있지."

그건 우리에게도 넘어갈 수 없는 정보다. 경우에 따라서는 다른 수인 모두를 경계해야 한다.

'수왕…….'

『아까 마차에 혹시 수왕이 타고 있던 건가?』

엄청나게 강한 수인이 호위로 붙어 있던 호화로운 마차가 떠올랐다. 수왕은 사자라고 하는데, 마차 지붕에는 사자상이 달려 있었다. 그 가능성은 높을 것이다.

권력만이 아니라 전투력적인 의미에서도 성가셨다. 적이 되는 게 확실하지는 않지만, 그들과 싸워서 이길 수 있을 것 같지는 않았다. 수왕 자신도 진화한 종족인 것 같고…….

'그렇다면…… 암살할까?'

『아냐. 아직 적이라고는 할 수 없잖아! 위험한 소리 하지 마.』

위험하다. 프란의 안에서 수왕의 인상이 최악이다. 만약 만날 일이 있다면 조심하자. 갑자기 달려들지는 않겠지만…….

다치게 하기만 해도 극형. 죽이기라도 하면 우리만의 문제가 아니게 될 것이다. 프란이 원인으로 전쟁을 일으킬 수는 없다. 여차하면 내가 막아야 한다.

"만약 프란 군의 얘기가 그쪽 인물의 귀에 들어가면? 흥미를 가질지도 몰라. 그 결과, 무슨 일이 일어날지……. 나쁜 상상이 얼마든지 떠오르지 않나?"

"그래서 던전에 틀어박히게 해 최대한 수왕과 만나지 않도록 하려고 했던 거야?"

"그래. 그리고 무투 대회까지 랭크 C로 오르면 길드의 지명 의뢰로 프란 군을 지킬 수 있으니 말이야."

"지명 의뢰?"

그건 나도 들은 적이 없다. 엘자가 자세히 설명해줬는데, 요약하자면 길드에서 개인을 지명해 맡기는 의뢰라고 한다. 물론 모험가 측에는 거절할 권리가 있다.

이것이 어째서 프란을 지키게 되느냐면, 길드의 지명 의뢰란 아주 중요한 안건이어서 이것을 받은 모험가에게는 길드에서 전면적인 지원을 약속한다고 한다. 또한 이 지명 의뢰를 받은 모험가를 방해하는 건 모험가 길드에 싸움을 거는 짓이다.

세계에 퍼진 대조직이자 지금은 사람들의 생활에 뺄 수 없는 존재가 된 모험가 길드에 정면으로 싸움을 거는 배짱을 가진 국가는 그리 없다. 따라서 프란이 지명 의뢰를 받으면 수왕이 권력을 방패삼아 무리한 짓을 할 가능성이 줄어드는 모양이었다.

"하지만 지명 의뢰는 급히 낼 수 있는 게 아니잖아."

"괜찮아. 던전에 대한 의뢰로 하면. 어차피 나만 교섭할 수 있잖나. 던전 마스터가 원하는 물건을 찾는다든가, 이유는 얼마든지 있어. 지명 의뢰 하나나 두 개는 어떻게든 돼."

"그래서 랭크 C로 올리고 싶은 거였네. 지명 의뢰는 C 이상의 모험가가 아니면 받을 수 없으니까."

"그런 거지."

그럼 정말로 프란을 위해 여러모로 생각해줬다는 건가. 왠지 수상해서 전혀 믿을 수 없었어. 허언의 이치가 없었다면 지금도 의심하고 있었겠지.

"그럼 처음부터 전부 가르쳐주면 됐잖아."

"그야 프란에게 사실을 밝히면 반대로 수왕에게 흥미를 가질 것 같았거든."

뭐, 부정은 할 수 없군. 실제로 조금 흥미를 가지고 있다.

"혹시 할 얘기는 수왕에 대한 거였어?"

"뭐, 에둘러 전하려고는 했지. 무례를 저지르면 곤란하니까 가까이 가지 말라고."

돌아오는 길에 조용히 오라고 한 것도 수왕에게 발견되지 않도록 하라는 디아스의 배려였던 거겠지.

"그런 이유로 프란 군은 빨리 랭크를 올려줬으면 해."

"알았어."

지금 얘기를 들으면 승낙하지 않을 수 없다. 우리의 몸을 지키기 위해서도 필요한 일이다.

"되도록 무투 대회까지 말이야. 자네가 출장하면 눈에 띄지 않을 리가 없을 테니."

"응."

어떤 사람이 출전할지 알 수 없지만, 이왕 나가는 거 우승을 목표하고 있다. 당연히 최약 종족이라고 불리는 흑묘족 소녀가 무투 대회에서 활약하면 수왕의 눈길을 끌게 될 것이다. 그때까지 대책은 세워두고 싶었다.

"추천장은 남아 있으니 말이야."

"추천은 필요 없어."

"어라? 어째서지? 추천장이라면 본선부터 출장할 수 있네."

"예선에 나가고 싶어."

"프란. 예선은 완전히 랜덤으로 배정되는 거라서 엄청 강한 사람과 만날지도 몰라."

"상관없어."

의욕 가득한 얼굴로 고개를 크게 끄덕이는 프란. 프란에게 무투 대회는 다양한 녀석과 싸울 수 있는 이벤트다. 예선이라고는 하나 누군가와 전투할 수 있는 기회를 놓칠 리가 없었다.

"아, 알았어. 예선부터 출장할 수 있도록 조치하지. 출전권을 어떻게든 준비할 테니."

"프란, 싸움을 좋아하는 애였구나~. 아앙, 그런 프란도 귀여워~."

아무래도 예선부터 출장시켜줄 모양이다.

그런 그렇고 의문이 남았다. 프란이 수왕을 만나는 게 위험하다는 건 이해했다. 그래서 만나지 못하도록 던전에 보내서 최악을 상정해 랭크를 올리도록 조치했다.

"왜 이렇게까지 해줘?"

그거다. 모험가를 지킨다 해도 지나친 거 아닌가?

"여러 사정이 있어. 뭐, 어떤 인물과의 약정이라고 해두지."

약정이라. 그 말로 알았다. 루미나와 뭔가 교섭이 성립됐을 것이다. 흑묘족을 있는 힘을 다해 보호하라든가 말이다. 엘자가 있는 탓에 이름은 꺼내지 못하는 것 같지만.

"다음에 만나면 감사 인사를 하게."

"응. 알았어."

"어머낭? 무슨 비밀 얘기야? 사이가 좋아서 부럽네."

뭐, 또 던전에 가니 그때 인사를 하면 되려나.

『오렐한테도 인사를 해야지. 루미나를 만날 계기를 제공했으니까.』

'응.'

이 뒤에 오렐의 집에 가니까 그에게는 그때 감사 인사를 하면 될 것이다.

다만 오렐의 집으로 가기 전에 의뢰 납품용이 아닌 소재를 팔기로 했다.

상당히 여러 가지를 입수했기 때문이다.

"그 밖에도 소재를 팔고 싶어. 여기 놓으면 돼?"

"아, 그건 좀 곤란하군. 사정실에서 하면 안 될까?"

"응."

"엘자 군, 안내를 부탁해."

"맡겨줘!"

역시 여기서 꺼내기는 그런가.

"그리고 얘기해야 할 게 아직 남았으니까 사정이 끝나면 돌아오지 않겠나?"

어라? 얘기는 수왕에 대한 충고만이 아니었던 건가?

"먼저 들으면 안 돼?"

"아니…… 나중에 하지. 다만 모험가 길드에서 절대 나가지 말고 여기로 돌아오게."

"알았어."

프란이 엘자를 보니 그도 복잡해 보이는 얼굴로 고개를 끄덕였다. 아무래도 좋은 얘기는 아닌 모양이다. 신경이 좀 쓰이지만, 여기서는 들은 대로 먼저 소재를 매각하자.

"그럼 이쪽이야."

"응."

엘자와 함께 해체실로 이동했다.

다만 볼버그는 아직 해체하지 않았는데 팔 수 있을까. 전에 해체료를 지불하면 해체해준다고 들은 적이 있으니 괜찮다고 생각은 하는데…….

엘자에게 물어보니 크기와 수고에 따라 해체료가 다르다고 한다.

"하지만 4만 골드 이하는 받지 않을 거야. 전에 백검 님이 랭크 B의 하위 용을 가져왔을 때 4, 5만 골드 정도였을 테니까. 아니? 백검 포룬드 님."

"응. 바르보라에서 만났어."

"어머낭. 부러워! 그 사람 멋있지. 동경하고 있어. 프란도 그렇게 생각하지 않니?"

"응. 엄청 강해. 언젠가 그렇게 강해지고 싶어."

"하여간에! 그게 아니라! 그 사람 멋있지 않아? 내 취향이야아."

엘자가 몸을 꼬며 사랑하는 소녀의 표정으로 중얼거렸다. 왠지 조금 익숙해진 탓인지 진짜 소녀처럼 보이기 시작했다.

"응?"

"그의 늠름한 팔에 안겨 사랑을 듣고 싶어."

뭐, 조금 남자답기는 하지만 약간 그늘 있는 느낌의 미남이었지. 처음으로 미남에게 동정했다. 미남에게는 미남의 고생이 있는 법이군.

프란은 정말 이해하지 못한 듯하지만 말이다.

『일단 고개를 끄덕여둬.』

"응."

"어머, 프란도 알겠어?"

"응."

"그렇지? 그 사람은 멋있지?"

"응."

"우리 취향이 맞나 봐."

"응."

프란은 엘자의 말에 적당히 고개를 끄덕이며 마수 소재를 차례차례 꺼내갔다.

거구의 여장 남자가 빨개진 얼굴로 몸부림치는 옆에서 무표정하게 부지런히 소재를 늘어놓는 소녀. 감정 담당인 길드 직원이 뭐라 말할 수 없는 얼굴로 두 사람을 보고 있었다.

"볼버그도 여기서 꺼내?"

"허, 네? 아, 아아. 괜찮습니다."

"응."

프란이 해체도 하지 않은 디제스터 볼버그를 해체실에 꺼냈다. 몸속이 뇌명 마술에 타서 나는 탄내와 체액 등에서 나는 이상한 냄새가 방에 퍼지기 시작했다. 상처에서도 흥건한 액체가 떨어져 기분 나쁜 모습을 보이고 있었다. 게다가 상당히 거대해서 대형 마수를 해체하기 위해 넓게 지어진 사정실을 절반이나 채웠다.

해체에 익숙한 길드 직원조차 얼굴을 찌푸리고 있었다. 동물 계열과 달리 곤충 계열 마수는 상당히 기괴하니 어쩔 수 없을 것이다. 그리고 곤충 계열에서 이렇게 큰 마수도 드문 듯했다.

그래도 감정과 사정을 위해 다가가는 직원은 역시 대단했다.

다만, 그런 용기 있는 직원과는 정반대 반응을 보이는 자가 있었다.

"꺄악!"

"엘자?"

"꺄아악!"

굵직한 비명이 해체실에 울려 퍼졌다.

"왜 그래?"

"버, 벌레!"

"응. 볼버그야."

"히, 히익!"

엘자가 새파란 얼굴로 볼버그를 보고 있었다. 양손을 가슴 앞에서 꼭 쥐고 다리는 안으로 모아 새끼 사슴처럼 부들부들 떨고 있었다.

곤충이 싫은 듯했다. 볼버그는 특히 크니 곤충을 싫어하는 사람에게는 힘들 것이다. 엘자의 얼굴에는 혐오를 넘어 공포마저 떠 있었다.

소녀냐! 아니, 마음은 소녀인 건가.

"응? 엘자?"

"아아아아——."

프란은 싫어하는 생물도 없어서 볼버그를 무서워하는 엘자의 심리를 조금도 이해하지 못하는 모양이다. 곤혹스러워하는 엘자를 바라보고 있었다.

그사이에도 엘자의 비명이 울리고 있는데, 그 이상으로 공포의 표정을 띠고 있는 것이 길드 직원이었다. 새파란 얼굴로 엘자에게 달라붙어 진정시키려는 듯이 말을 걸기 시작했다.

"에, 엘자 씨! 진정해요! 저건 벌레가 아니에요!"

"버, 벌레야!"

"벌레 같이 생겼을 뿐이에요!"

"그치만, 그치만 역시 벌레야아!"

"저, 저렇게 큰 벌레가 있을 리 없잖아요!"

"큰 벌레……? 히이익!"

"위험해!"

"으그그그극——."

"아아! 위험해! 이, 이봐! 그 마수를 어딘가로 치워줘! 이대로는!"

『프란! 볼버그를 집어넣어! 왠지 위험한 것 같아!』

"응!"

사정은 전혀 모르지만, 엘자에게 발산되는 투기가 높아져서 뭔가 위험한 일이 일어나고 있다는 사실은 이해할 수 있었다.

프란도 느꼈을 것이다. 순식간에 볼버그를 수납했다.

"봐요, 엘자 씨! 이제 아무것도 없어요!"

"버, 벌레는……?"

"넣었어."

"그, 그래…….''

엘자에게서 일어나던 투기가 사라지고 엘자가 그 자리에 털썩 주저앉았다. 그 모습을 보고 길드 직원은 겨우 어깨 힘을 뺐다.

"고, 고맙다!"

"엘자는 왜 그래?"

"아아, 엘자 씨는 곤충 계열 생물 전반을 무서워해서 말이야. 공포가 지나치면 날뛰어."

그러고 보니 엘자에게는 폭주라는 스킬이 있었는데, 설마 정말 분별없이 날뛰는 스킬이었을 줄이야…….

"게다가 무의식인데 스킬을 완벽하게 구사하거든."

상상 이상으로 성가신 스킬이었다.

"던전에서는 괜찮아?"

"어떤 의미에서는 괜찮지 않을까."

폭주 상태라도 스킬을 구사하기 때문에 전투에서 지는 일은 없는 모양이다. 하지만 동료를 휘말리게 하거나 소재까지 소멸시키는 일이 있다나.

작은 벌레라면 참을 수 있나 보지만, 벌레 무리에 둘러싸이거나 갑자기 얼굴에 유충이 날아들 때는 전조도 없이 날뛰어서 파티를 짤 수 있는 상대도 적다고 한다.

"전에 길드 접수대 앞에서 날뛰었을 때는 스무 명 정도가 의무실에 갔으려나?"

"그건 위험해."

"정말 위험해. 돌발적인 폭주와 미용에 집착만 안 하면 더 유명해졌어도 이상하지 않을 텐데 말이야."

길드 직원이 지친 얼굴로 탄식했다.

"엘자, 괜찮아?"

"프란…… 미안해. 벌레만은 무슨 수를 써도 안 돼!"

이유를 들어보고 싶지만, 떠올리기만 해도 날뛸 가능성이 있을 것 같았다. 여기서는 넘어가는 게 가장 피해가 적을 듯했다.

"엘자는 밖에 나가 있어."

"그렇게! 끝나면 불러! 차 마시고 있을 테니까!"

그리하여 겨우 조용해진 해체실에서 소재 매수가 실시됐다.

볼버그는 해체에 수고가 들어서 해체 대금이 3만 골드나 됐다. 소재 매수 대금이 56만이니 해체 대금을 제하고 53만 골드를 벌었다.

원래는 더 비싸지만, 마석도 없고 가장 비싼 겉껍질이 흠집투성이여서 전액의 반 정도 가치로 줄었다고 한다. 그래도 랭크 D 마수인 하이 오우거의 가죽 매수액이 한 마리 평균 4만 골드인데 비하면 열 배 이상이다.

울무토에 오는 도중에 입수한 소재 등도 합치자 80만 골드를 벌 수 있었다. 여기에 의뢰 달성 요금이 추가되니 수령액은 더 늘어날 것이다.

떼돈이라고 받아들여야 하는지, 아니면 죽을 뻔했는데 이 정도라고 느껴야 하는지는 미묘했다.

뭐, 나쁘지는 않나?

"프란, 끝났어?"

대금을 받고 술집으로 향하자 엘자가 한 노인과 함께 아까 한 말대로 차를 마시고 있었다. 길드 술집인데 정말 차를 마시고 있었다. 세련된 티 포트에 꽃무늬 찻잔. 곁들인 것은 잼이 듬뿍 발린 스콘이었다. 완전 카페네.

"끝났어."

"프란도 마실래?"

"마실게."

프란이 거절할 리가 없었다.

"홍차와 흑차, 울무차가 있는데 어느 거로 할래?"

"그렇게나 많아?"

길드 술집 치고는 드문 일이군. 술 종류는 풍부해도 차는 싸구려 홍차가 곁다리로 팔리는 게 보통인데. 그것 역시 술을 희석시키는 데 쓰는 게 대부분일 것이다.

"응. 스콘에 어울리는 게 홍차. 쿠키라면 흑차. 파이라면 울무차를 추천해."

"……그럼 전부 할게."

"어머낭? 그렇게 먹을 수 있겠어?"

"문제없어."

"그럼 마스터, 부탁해."

"네."

마스터도 가르송 타입의 의상으로 몸을 감싼 미중년이었다. 거친 사람이 모이는 길드 술집의 마스터로는 도저히 보이지 않았다. 세련된 바나 찻집의 점장이라면 이상하지 않지만. 프란도 같은 것을 느꼈는지 고개를 갸웃거리고 있었다.

"여기는 모험가가 오는 술집이야?"

"맞아."

"하하하, 자주 듣는 말이에요."

프란의 의문에 마스터가 쓴웃음을 지었다. 정말 자주 듣는 질문일 것이다.

"틀림없이 길드 술집이에요. 뭐, 엘자 씨가 부탁해 차나 과자류를 조금 많이 놓고 있기는 하지만요."

"우후후. 마스터의 차는 일품이야! 그래서 마스터에게 폐를 끼치는 애들에게 조금 엄한 벌을 줬더니 다들 차의 장점을 알아준 것 같아. 지금은 술과 똑같이 인기 있어. 그렇지? 마스터?"

"뭐, 길드 마스터와 엘자 씨 두 사람이 술을 싫어한다는 소문이 뿌리 깊으니까요. 엘자 씨와 길드 마스터가 있을 때는 차를 주문하는 모험가가 많습니다."

길드의 우두머리 두 사람이 술을 싫어한다는 말을 들으면 경원하는 자도 있으려나. 그렇다 치더라도 디아스뿐만이 아니라 엘자도 권력을 꽤나 활용하고 있는 것 같은데? 아니, 활용이라기보다는 공포와 경의로 주위를 따르게 하고 있는 느낌이지만.

"그러면 이쪽은 차과자 모둠입니다. 처음에 내놓을 차는 홍차입니다."

"응."

프란은 나온 스콘을 양손에 들고 순식간에 먹어치웠다. 어느새 크림과 잼을 듬뿍 바른 상태였다.

엘자는 그 먹는 모습을 흐뭇하게 바라보며 자신은 기품 있게 티타임을 즐겼다. 쫑긋 세운 새끼손가락이 여성스럽기 그지없군.

맞은편에 앉은 흰머리 영감도 손자를 보는 눈으로 싱글대며 프란을 보고 있었다. 장비를 보아하니 모험가인 것 같군.

"홋홋홋. 잘 먹는구나."

"누구야?"

"이런, 이거 실례했군. 난 라둘. 보잘 것 없는 랭크 C 모험가란다."

"울무토에서 가장 나이 많은 모험가야."

흰머리에 흰 수염을 기른 마술사이니 분명 강하지 않을까. 그

거다. 부족한 체력을 경험과 지혜로 커버하는 타입이 틀림없다. 그런 것치고는 랭크가 낮은 것도 같지만.

"실력은 있지만 계속 궁정 마술사를 해서 랭크가 실력보다 낮아. 랭크 B의 힘은 틀림없이 있어."

"랭크 A라고 하지 않는 게 슬프구먼."

"그 등급은 격이 다르니까."

"뭐, 나도 그들과 경쟁한다고는 생각 안 하네. 소용도 없고. 그건 그렇고 흑묘족 모험가로구먼."

어째선지 그리운 것을 보는 듯한 먼눈으로 프란을 바라보는 라듈.

"거의 50년 만이로군."

"어머나, 프란 외에도 흑묘족 모험가는 얼마든지 있잖아? 특히 이 마을에는 신입이 많으니까."

"단순히 흑묘족이라서가 아닐세. 게다가 젊은 데다 실력까지 뛰어나게 되면 거의 없다고 해도 좋겠지."

"뭐, 확실히 그럴지도 몰라. 그런데 50년 만이라는 건 옛날에도 프란 같은 애가 있었다는 뜻이네?"

"음. 아가씨와 똑같았어. 그 무뚝뚝한 말투도 그렇고 검은 머리도 그랬지. 이미 이름도 생각 안 나지만 그 날카로운 눈빛만은 선명하게 떠올라."

기억의 서랍을 더욱 열었기 때문인지 라듈은 턱수염을 훑으며 눈을 감았다.

"아마 나이는 열다섯이라고 했지. 혼자 다녔을 거야. 그런데도 흑묘족을 무시하는 녀석에게는 가차 없었어. 청묘족 모험가를

때려눕히고 꼬리를 자르는 과격한 보복을 아무렇지 않게 하기도
했지."

"정말 프란과 똑같네."

그 얘기를 듣고 프란과 똑같다며 고개를 끄덕이는 것을 보니 엘
자도 프란에 대해서 잘 알고 있구나.

"그래그래, 아마 흑묘라는 별명으로 불렸을 게야. 흑묘에게 시
비를 걸면 모험가 생명이 끝난다는 소문이 퍼졌지."

"그 사람은 지금은 뭐해?"

프란이 기대로 가득 찬 눈으로 라듈을 보았다. 그러나 라듈은
힘없이 고개를 저었다.

"글쎄다. 어느 날 갑자기 모습을 감췄어. 죽은 건지, 아니면 평
범하게 마을을 나간 건지. 나는 모르겠군."

"그래……."

그렇게 강했다면 반드시 진화를 목표했을 터다. 50년 전 사람
이라면 아직 살아 있을 가능성도 높다. 꼭 얘기를 듣고 싶었는데
아쉽다.

그리고 갑자기 모습을 감췄다는 것도 신경 쓰인다.

"나는 흑묘와 그렇게까지 친하지 않았어. 하지만 내가 당시 파
티를 맺었던 오렐이라면 확실히 기억하고 있을 게야. 그에 대해
아니?"

"응!"

이 뒤에 만나러 갈 예정이니 마침 잘됐군.

"어째서 오렐 할아버지라면 기억하고 있다는 거야? 라듈 할아
버지와 마찬가지로 벌써 잊어버렸을지도 모르잖아?"

"같은 수인이라서 흑묘와 친하게 얘기하는 모습을 몇 번인가 본 적이 있네. 그리고 혼자 던전을 돌 때 흑묘가 구해줘서 흑묘에게는 절대로 시비를 걸지 말라고 주의도 줬었고. 뭐, 그만한 외모야. 당시에 혈기왕성했던 우리라면 틀림없이 작업했을 걸세."

"어머낭? 그 흑묘는 귀여웠어?"

"그래. 여기서만 하는 얘긴데, 오렐 녀석은 분명 흑묘한테 반했을 게야."

"꺄악! 그런데 할아버지는 로리콤이야?"

"그대한테는 그런 말을 듣고 싶지 않을 게야. 그때는 오렐도 10대였어. 당시는 랭크 D에 가장 빨리 도달한 오렐은 천재다 뭐다 찬양받았으니까."

그렇겠지. 라듈에게도 오렐에게도, 디아스에게도 역시 젊은 시절은 있었을 것이다. 왠지 상상이 가지 않는군. 뭐, 이로써 오렐을 만날 이유가 늘었다. 얼른 만나러 가자.

30분 후.

엘자와 헤어저 길드 마스터의 집무실로 돌아갔다.

"꽤 늦었군……. 입가에 부스러기가 붙어 있어."

"응. 맛있었어."

"아아, 그런가……."

무르군, 디아스! 그 정도 불평이 프란에게 통할 리가 없잖아!

디아스의 말을 태연하게 흘려 넘기고 프란이 얘기를 진행시켰다.

"그래서 할 얘기는 뭐야?"

"실은……."

디아스가 순간 머뭇거렸다. 기다리게 해서 기분이 나쁜가 했더니, 아무래도 그건 아닌 듯했다.

역시 뭔가 나쁜 소식인가 보다.

"실은?"

"소러스가 탈옥했네."

"! 그거 진짜야?"

"그래, 진짜야."

"……그래."

주먹을 꼭 쥐고 프란이 중얼거렸다. 격렬하지는 않지만, 그만큼 깊은 분노를 느끼게 하는 목소리였다.

프란의 안에서 소러스가 반드시 죽일 리스트의 윗자리에 올라갔을 것이다.

"자네가 기껏 잡아줬는데 미안하군."

디아스가 미안하다는 듯이 고개를 숙이며 자세한 사정을 가르쳐줬다.

놀랍게도 위병에게 넘긴 소러스가 감옥에 있던 경비병을 몰살시키고 도망쳤다고 한다.

디아스는 사과했지만 모험가 길드의 책임이 아니지 않을까? 범죄자를 붙잡아두는 건 마을의 경비병이 할 일일 것이다.

디아스의 얘기를 다 들은 프란이 고개를 갸웃거리며 의문을 입에 담았다.

"다쳤는데 탈옥했어?"

그건 나도 마음에 걸렸다. 소러스는 확실히 거기 있는 병사들보다 강했지만, 팔다리가 없는 상태로 탈옥이 가능할까? 게다가 경비병을 모조리 죽이고.

"조력자가 있을 가능성이 있어."

『그렇군.』

확실히 그 상태로는 조력자라도 없으면 탈옥은 무리일 것이다.

"게다가 프란 군을 찾고 있을 가능성이 있어서 말이야."

디아스가 탈옥 소동 뒤에 일어난 모험가 습격 소동에 대해서도 자세히 가르쳐줬다.

던전으로 향하던 모험가가 누군가에게 공격받았는데, 상대가 프란이 있는 곳을 물었다고 한다.

소러스인 줄 알았는데 범인이 사지가 멀쩡했다는 정보도 있어서 소러스의 동료가 아닐까 짐작한다고 했다.

프란에게 복수할 셈인가?

『귀찮게 됐네…….』

"공격해 오면 반격할게. 찾는 수고가 줄었어."

"그렇게 해주면 확실히 고맙겠지만……. 소동이 커지면 수왕의 눈길을 끌지도 몰라."

『그건 곤란해!』

그 마차가 수왕의 것이라고 하면 호위는 괴물이었다. 솔직히 적대한 시점에서 아웃될 것이다.

"그리고 프란 군의 힘은 알지만 상대의 숫자나 실력을 몰라. 소러스 일당을 붙잡을 때까지는 엘자 군과 같이 행동했으면 하는데, 어떤가?"

호위를 붙이라는 건가…….

우리를 둘러싼 갖가지 사정과 신변의 위험을 저울에 달아 호위를 붙이는 편이 낫다고 판단한 모양이다.

　확실히 상대의 전력이 불확실한 점을 생각하면 강한 호위는 고맙다.

　그러나 하나 문제가 있었다.

　『에, 엘자라……. 다른 사람 없어?』

　"나로서도 고심 끝에 내린 결단인데, 엘자 군 이상으로 신뢰할 수 있고 실력도 확실한 인재는 없네."

　큭…….확실히 엘자라면 믿을 수 있다.

　그러나 그것과 온종일 같이 있어야 한다는 건…….

　『프, 프란은 어때?』

　나는 한 가닥 희망을 안고 프란에게 물었다. 이럼으로써 프란이 싫어하면 거부할 수 있을지도 모른다고 생각한 것이다.

　"응……. 엘자라면 좋아."

　뭐, 그렇겠지~. 프란은 엘자에게 불쾌한 마음을 품기는커녕 마음에 들어 하니까.

　『그, 그렇구나……. 그렇겠지.』

　"응."

　"그럼 한동안은 엘자 군과 같이 행동하는 것으로 해도 되겠지?"

　『아…… 그렇지! 엘자의 사정은 어때?』

　어쩌면 엘자 쪽에서 거절할지도 모르잖아!

　하지만 디아스의 입에서 나온 것은 내 희망을 산산이 박살내는 말이었다.

　"그건 걱정하지 말게, 스승 군. 엘자 군은 아주 의욕 넘치니까."

『그렇구나…….』

"응. 포기하게."

그러지 마, 디아스! 부드러운 눈으로 날 보지 마!

"스승, 왜 그래?"

『……아니, 아무것도 아냐. 엘자와 같이 오렐한테 갈까?』

"응."

"그럼 모쪼록 조심하게."

"알고 있어."

"정말 알고 있는 건가?"

디아스의 진지한 물음에 프란도 진지한 표정으로 고개를 끄덕였다.

"응! 소러스는 용서 안 해."

"아니, 그게 아니라! 수왕 말이야!"

『아, 그쪽은 내가 조심할게.』

지금 프란의 머릿속에는 소러스를 죽이는 게 50%, 진화에 관한 생각이 20%, 무투 대회가 10%, 수왕에 대한 생각이 10%. 그 외 전부가 10%다.

흑묘족을 노예로 삼았을 가능성이 있는 수왕에 대해서도 잊지는 않았겠지만, 역시 이니냐를 직접 죽인 소러스에 대한 증오 쪽이 이기고 있었다. 아무래도 그쪽으로 쏠린 의식이 커지는 건 어쩔 수 없었다.

"정말이겠지? 프란 군에게 만에 하나 무슨 일이 있으면 내가 루미나 님에게 죽을지도 모른단 말이야!"

『혹시 약정 말하는 거야?』

"그래. 이 도시 안에서 흑묘족을 뒤에서 보호한다는 약속을 했어. 거기다 직접 만난 데다 전언까지 부탁받은 프란 군은 루미나 님의 마음에 들었겠지? 그런 프란 군이 수왕에게 험한 꼴이라도 당했다가는……. 생각하기만 해도 위가 아프군."

수왕과 직접 대면하는 게 프란에게 위험한 이상 나 역시 그쪽에 신경을 써야겠다.

『맡겨둬.』

"응. 맡겨줘."

"정말 부탁하네."

빌듯이 손을 모으고 있는 디아스의 말을 등으로 들으며 프란은 집무실을 나왔다.

『그럼 일단 엘자와 합류하자.』

"응."

"제발 부탁하네~! 그리고 엘자 군에게 잘 부탁한다고 전해주게~."

디아스, 시끄러워.

길드에서 볼일을 마친 우리는 엘자와 함께 오렐의 저택으로 향하기 전에 어느 곳을 들렀다. 가르스 영감의 지인이가도 한 드워프의 대장간이다.

"그럼 나는 여기서 망보고 있을게."

"응. 알았어."

엘자를 가게 앞에 두고 우리는 안으로 들어갔다.

저렇게 여봐란 듯이 엘자가 보초를 서고 있으면 소러스 일당도 쉽사리 공격하지 못할 것이다. 가게에는 영업 방해가 되겠지만…….

"오, 가르스의 지인 아가씨 아닌가. 무슨 일이지?"

"장비 수복을 부탁하고 싶어."

지금까지는 흑묘 시리즈의 자기 수복 기능으로 어떻게든 해왔지만, 볼버그전에서는 역시 손상을 지나치게 입어서 파손된 곳이 아직 고쳐지지 않았다. 그리고 이 방어구를 받은 이후로 관리도 한 적이 없었다.

무투 대회도 있으니 그 전에 장비를 만전의 상태로 해두고 싶다고 생각했다.

"그래! 이 울무토 제일의 대장장이, 젤드한테 맡겨라! 그건 그렇고 요란하게 당했군."

젤드는 흑묘 시리즈를 잠시 관찰한 후 마법진과 마정석을 준비하기 시작했다.

그 뒤로는 빠르다. 리페어 술법으로 순식간에 수복하기 때문이다. 10만 골드나 들지만 안전은 대신할 수 없다.

"이로써 완료야. 다음으로 검을 보여줘."

"응?"

"아니, 자동 수복이 부가된 방어구가 이렇게 너덜너덜해졌어. 검 역시 대미지가 상당히 있겠지."

평범하게 생각하면 그런가. 내 경우에는 자기 수복도 재생도 있어서 문제없지만 말이다.

하지만 프란은 등에 차고 있던 나를 뽑아 젤드에게 건넸다.

"그럼 부탁해."

『이, 이봐. 프란! 난 괜찮다고.』

'하지만 전문가에게 보이는 게 제일 좋아.'

프란은 내 상태를 확인하기가 어려우니까 젤드의 말을 듣고 불안을 느낀 모양이다.

『뭐, 상관은 없나.』

프란이 말한 대로 전문가에게 보이는 건 나쁜 일이 아닐 것이다. 자신은 모르는 흠집 따위가 있을지도 모르기 때문이다.

"흐음, 신기한 금속이로군. 어디 보자."

젤드가 나를 다양한 각도에서 관찰하더니 대 위에 놓고 작은 망치로 톡톡 두드리기 시작했다.

도신에 같은 간격으로 울리는 망치 진동. 하지만 싫지는 않았다. 장인이 나를 위해 진지하게 봐주고 있으니 말이다. 오히려 기분이 좋을 정도다.

다음으로는 물이 든 상자에 나를 찔러 넣고 가볍게 움직였다. 마지막으로는 깨끗한 천으로 슥슥 닦기 시작했다.

와, 이게 기분 좋군. 나도 모르게 목소리가 나올 뻔했지만 참았다. 젤드에게 내가 말할 수 있다는 사실이 들통나기 때문에, 그런 건 사소한 이유다. 내용물은 서른 넘은 아저씨가 근육이 울끈불끈한 아저씨에게 만져져 신음소리를 낸다면 죽고 싶어지지 않겠어?

기분 좋다고 해도 성적인 의미는 전혀 없이 마사지 같은 의미로 기분 좋은 것이니 딱히 상관없다는 생각도 들지만, 왠지 오기를 부리는 자신이 있었다.

하지만 내가 이를 악물고 참는 분위기가 프란에게 전해진 모양이다.

'스승, 왜 그래?'

『아, 아니. 아무것도 아냐.』

‘하지만…… 왠지 이상해.’

걱정스러워 보이는 프란을 안심시키기 위해서 이유를 말해줬다.

『──이래서야.』

‘그렇구나.’

으음, 시시한 이유로 걱정시키고 말았다.

그건 그렇고 기분 좋다. 평소에도 프란이 오물을 털어내기 위해 닦아주지만 이렇게까지 기분 좋은 적은 없었다. 아마 단야 스킬이 영향을 주고 있을 것이다. 프란과 젤드의 차이라면 그 정도밖에 보이지 않았다. 아마추어와 대장장이의 차이겠지.

“자, 끝났다. 흠집이나 뒤틀림은 없어서 닦기만 했어.”

검을 닦는 솜씨가 굉장했다. 이쪽 세계에 와서 오랜만에 신선한 기분을 느꼈다. 시설 좋은 목욕탕에 반나절 있다가 마지막으로 마사지를 받고 돌아온 다음 날 아침 같은 느낌? 아무튼 상쾌한 기분이다.

원래 상태도 100퍼센트였지만 지금은 120퍼센트의 절정이다. 기분 문제이긴 하지만 말이다.

그리고 마력의 흐름이나 스킬의 발동이 조금 좋아진 기분이 든다. 아마 기분 탓이겠지만, 그렇게 생각할 만큼 상쾌했다.

“응. 대장장이는 대단해.”

“크하하하, 갑자기 뭐냐.”

프란도 번쩍번쩍해진 내 도신을 보고 감탄의 소리를 높였다.

그건 그렇고 역시 미묘하게 상태가 좋은 기분이 든다. 앞으로는 더 자주 관리를 받자. 결코 기분이 좋기 때문이 아니다. 아니, 조금은 있지만 내 상태가 좋아진다는 건 그것만으로도 프란의 힘이 될 수 있다는 뜻이 되니 말이다. 저, 정말이다.

"수고했어."

"어머나, 깨끗하게 고쳤네! 귀여워."

"?"

귀엽다는 말을 들어도 프란은 고개를 갸웃거렸다. 어째서 그런 소리를 듣는지 의미를 알 수 없는 듯했다.

"휴우. 기껏 소재가 좋은데……."

스킬에 미용이 있으니 엘자는 자신뿐만이 아니라 타인의 미에도 민감한 거겠지. 프란을 보고 아쉽다는 듯이 고개를 젓고 있었다.

"그럼 다음은 오렐 할아버지네로 갈까?"

"응."

이곳저곳에 들르느라 겨우 보고하러 갈 수 있겠군. 도중에 군 것질을 하며 언덕 위에 있는 저택으로 향했다.

『역시 던전이 두 개나 있는 마을이야. 노점에서 아무렇지 않게 마수 고기를 취급하고 있어.』

바르보라에서조차 마수 고기는 고급품이었는데, 여기에서는 평범한 돼지고기 꼬치구이 감각으로 마수 고기 꼬치구이가 팔리고 있었다. 그것도 종류가 여럿이었다.

"응. 맛있어."

"윙."

엘자가 가르쳐줬는데, 초보자용인 서쪽 던전에는 식용에 적합한 마수가 많다고 한다. 이것도 던전 마스터와의 교섭 결과라나. 던전 마스터와 우호 관계를 구축하는 이점은 단순히 안전을 확보하는 것만이 아니었던 모양이다.

"열 개 줘."

"그래! 매번 고맙다!"

"다섯 마리."

"그렇게 먹을 수 있니? 아니, 엘자 씨도 같이 있나. 그럼 이래서는 모자랄지도 모르겠는데?"

"괜찮아."

돼지나 소 계열 마수 고기뿐만 아니라 어류나 파충류, 곤충 계열 마수 고기를 파는 포장마차까지 있었는데, 프란은 그것을 전혀 고민하지 않았다. 입안에 가득 넣은 음식이 없어지면 가장 가까운 포장마차에서 요리를 사서 다시 우물거리며 거리를 나아갔다.

이 마을의 요리는 어느 것이나 맛있다고 이해했는지 이제 재료나 맛을 묻는 일도 없었다. 다만 프란이 먹고 있는 요리의 재료가 곤충인지 아닌지는 바로 알 수 있었다.

『프란, 곤충은 먹지 마.』

'어째서? 맛있는데?'

『······엘자가 쓸모없어져.』

그도 그럴 게, 그때만 엘자가 확연하게 거리를 뒀다. 곤충을 먹는 모습을 보는 것도 싫은가 보다.

뭐, 이해 못 하는 것도 아니다. 거대한 딱정벌레의 다리 같은 것의 튀김을 양손으로 들고 우둑우둑 먹으며 걷는 건 아무리 그래도 좀 그렇다. 벌레가 아무렇지 않은 나조차도 조금 오싹했다. 엘자가 창백한 얼굴로 엉뚱한 곳을 보는 것도 어쩔 수 없겠지.

다소 시간을 지체하며 상업 지구를 빠져나가자 오렐의 저택이 눈앞에 있었다. 낯익은 대문이 시야에 뛰어 들어왔다. 다만, 그대로 순순히 저택이 들어갈 수 있을 것 같지는 않았다.

"사람이 가득해."

"웡."

우리의 시야 끝. 오렐의 저택 대문 앞에는 많은 사람이 모여 있었다.

문 바로 앞을 몇 명이 둘러싸고, 그 주변에 십 수 명의 남자들이 모여 앉아 있었다.

모험가풍 차림을 하고 있는데, 대체 뭘 하고 있는 거지?

어떤 집단인지는 모르지만 규율도 없이 늘어져 있는 모습은 편의점 앞에서 생산성 없는 대화를 끝없이 반복하는 젊은이들과 똑같았다.

대문을 둘러싸고 있는 그룹의 중심에는 조금 좋은 옷차림의 소녀와 남성이 서 있었다. 그들이 이 집단의 리더인가? 남자는 둘째 치고 소녀 쪽은 열일곱, 여덟 살로 보이는데.

소녀는 아무것도 하지 않고 팔짱을 낀 채 그 자리에 서 있었다. 뭔가를 기다리고 있는 건가?

뒤에서 소녀를 보고 알았는데, 수인이었다. 게다가 고양이 계열. 자세히 보니 다른 남자들도 모두 수인이었다.

'웃.'

그것을 본 프란이 확연히 알 수 있는 수준으로 얼굴을 찌푸렸다.

『왜 그래, 프란?』

'전원 청묘족이야.'

『어, 진짜야? 전원이?』

'응.'

그러면 확실히 프란도 이런 표정을 지을 것이다.

아무튼 청묘족이라면 노예 상인을 생업으로 삼아서 흑묘족의 불구대천의 천적 같은 상대다.

『일단 경계할까.』

'웡!'

갑자기 이런 곳에서 공격한다고 생각하지는 않지만, 주의하는 게 제일이다.

가장 곤란해질 일이 없는 건 오렐의 저택에 얼른 들어가는 거 겠지. 오렐은 수인의 유력자라니까 억지로 들어오는 짓은 하지 않을 터다.

『프란, 무슨 말을 들어도 무시하고 얼른 저택으로 들어가자.』

'……알았어.'

미묘한 틈이 불안했지만 프란은 일단 수긍했다. 최악의 경우 전이로 억지로 저택에 들어가자. 오렐이 마음에 들어 하니 엘자 가 사정을 설명해주면 불법침입자 취급은 받지 않을 것이다.

"대체 무슨 일이지? 이 마을에서 본 적이 없는 애들뿐인데."

"청묘족이야."

"어머나? 그래? 으음, 그럼 상관 말고 얼른 안으로 들어가자."

엘자도 흑묘족과 청묘족의 불화는 알고 있는 듯했다.

"내가 먼저 갈 테니까 뒤에 따라와."

"응."

"몰래 접근하자."

엘자를 선두에 세우고 우리는 문으로 다가갔다.

두 사람 모두 은밀과 기척 차단을 써서 극한까지 존재를 지웠다. 청묘족 남자들은 그렇게 강하지 않은지 이쪽을 눈치채지도 못했다.

눈앞을 통과한다면 몰라도 조금 떨어진 곳을 몰래 지나가면 문제없을 것 같았다.

문제는 안으로 들어갈 때였다. 아무래도 문지기와 대화해야 한다. 그러면 문지기 앞에 있는 소녀와 사람들에게도 보이게 된다. 무슨 말을 들어도 무시하고 저택으로 들어가는 게 좋을 것이다. 프란이 상대를 무시할 수 있다면 말이다.

"안녕."

"어? 아, 엘자 님, 프란 님. 어느새……."

"할아버지에게 볼일이 있어. 지나갈게."

"네! 어서 지나가십시오."

저번과 마찬가지로 엘자가 있으면 무사 통과였다.

좋았어, 남은 건 문을 지나가는 것뿐이다.

"응. 그럼 들어갈게."

"들어가십시오."

문지기들이 열어준 문으로 들어가려 하는 프란과 엘자였지만, 그 모습을 보고 청묘족 소녀와 남성이 거칠게 소리쳤다.

"잠깐 기다려!"

"그래! 어떻게 된 거야!"

"응?"

아까까지는 심각한 얼굴로 뭔가를 기다리는 기색이었던 소녀와 남성이 무서운 얼굴로 문지기와 프란에게 다가섰다.

"일부러 인사하러 온 우리를 기다리게 하고 그 계집애들은 들여보낼 생각이야?"

"우리가 얼마나 기다린 줄 알아!"

"아까도 설명했지만, 주인님은 약속이 없는 분과는 만나지 않으십니다. 그래도 당신들이 어떻게든 만나고 싶다고 해서 안에 알렸습니다."

"우리는 크롬 대륙에서 이름을 떨친 용병단 '푸른 긍지'라고!"

이름으로 보건대 청묘족만으로 구성된 용병단인 모양이다. 절대 관련되고 싶지 않은 상대다.

"들은 적이 없군요."

"아니⋯⋯. 이래서 촌뜨기는!"

크롬 대륙은 분명 옆 대륙이었지? 전에 본 지도를 떠올렸다. 지금 있는 질버드 대륙의 서쪽에 있었을 터다.

그렇게 멀리서 활동하는 용병단이 어째서 이런 곳에 있을까. 아니, 무투 대회에 출장할 생각인가. 우승하면 유명해지니까.

의연한 태도로 대응하는 문지기들에게 소녀가 협박으로도 들리는 말을 던졌다.

"나는 단장 대리야. 나를 기다리게 한다는 건 단장을 기다리게 한다는 건데 괜찮을까 몰라?"

놀랍게도 정말로 이 소녀가 대표격이었던 모양이다.

어쩌면 크롬 대륙에 가면 누구나 두려워하는 용병단일지도 모른다. 그렇다면 소녀의 뻐기는 태도도 이해가 간다.

"상관없습니다. 애초에 그런 용병단은 들은 적도 없어요."

문지기가 간단히 부정하자 소녀와 용병들의 얼굴에 노기가 떠올랐다.

이마에 솟아올라 부들부들 떨리는 핏줄이 그 분노가 얼마나 깊은지를 나타나고 있는 듯했다.

그런데 우리는 엄청나게 유명해! 하고 잘난 듯이 선언했지만 상대가 전혀 모른다고 화를 내다니, 꼴사나운 짓에도 정도가 있다. 꼴불견이라고밖에 표현할 방법이 없었다.

"우리한테 이렇게 무례를 저지르고 흑묘족 따위를 우선하다니, 제정신이야?"

약속 없이 들이닥쳐 문 앞에서 마구 떠들다가 상대의 지인에게 폭언을 퍼붓는 쪽이 무례하다고 생각하는데, 이 청묘족 소녀에게는 그렇지 않은 모양이다. 어디까지나 자신들 쪽이 위고 인사하러 와줬다고 생각하고 있는 거겠지.

프란뿐만 아니라 엘자에게서도 불쾌한 오라가 감돌기 시작한 것을 알 수 있었다.

"이분은 주인님의 중요한 손님입니다."

"뭐어? 그 흑묘족 계집애가?"

"우리보다 그 흑묘족이 중요하다는 거야?"

"다시 한 번 말씀드리겠습니다. 상관없습니다. 종족은 사소한 일입니다."

"반대로 말씀드리자면, 그분은 주인님의 중요한 손님. 그분을 폄하하는 것은 주인님을 폄하한다는 뜻입니다."

"하지만 흑묘족이라고!"

으음, 역시 청묘족은 싫다. 만나는 녀석마다 흑묘족을 깔보는 녀석뿐이었다. 게다가 그게 당연하다고 생각했다. 흑묘족은 자신들보다 천하고 하찮으니까 가만히 노예나 하라는 느낌이다.

『프란, 가자.』

'………….'

아, 위험하다. 기분 나쁜 수준이 아니었다. 겉으로는 드러나지 않지만 완전히 전투태세였다.

앞으로 욕설을 두세 번 들으면 터질 것이다.

『울시, 프란을 밀어!』

"웡."

"윽……."

내가 염동으로 잡아끌며 울시가 프란의 등을 꾹꾹 밀었다. 그대로 문으로 밀어 넣으려고 했지만, 프란은 소녀와 용병들을 여전히 노려보고 있었다. 소녀와 용병들도 마주 노려봤다.

『프란, 가자!』

"웡웡!"

우리의 팔사적인 설득이 먹혔는지 프란은 마지못해 고개를 끄덕였다. 여기서 전투를 벌일 수는 없다고 일단은 이해한 거겠지.

하지만 프란이 흑묘족을 얕보인 채 얌전히 넘어갈 리가 없었다.

문을 지나기 직전 청묘족을 돌아봤다. 그리고 왕위를 전력으로 발동시켰다.

"힉……!"

"큭……!"

소녀는 창백해진 얼굴로 엉덩방아를 털썩 찧었고, 남자는 몇 걸음 물러났다. 부하인 청묘족들도 순식간에 일어나 프란을 노려봤다. 하지만 그 얼굴에는 숨길 수 없는 두려움의 빛이 있었다.

그 자리에 있는 청묘족 전원이 프란의 위압감에 휩쓸린 것이다.

일단 용병답게 프란의 힘을 조금은 감지할 수 있는 듯하군. 그리고 압도적인 실력 차를 느꼈을 것이다.

"뭐, 뭐가——."

"흥."

갈라진 목소리로 헐떡이듯이 중얼거리는 소녀를 내려다보며 프란이 의기양양한 얼굴로 코웃음 쳤다. 그러나 소녀는 너무 기가 죽어 우습게 보인 것도 알아차리지 못한 듯했다. 그런 청묘족들을 곁눈질하며 프란은 침착한 발걸음으로 문 안으로 모습을 감췄다.

『이겨서 우쭐한 얼굴 하기는……..』

"흐흥."

『칭찬 아니야.』

"응?"

"하여간에, 나쁜 애라니까~."

말은 그렇게 하면서 엘자도 웃는 얼굴이었다. 청묘족의 추태를 보고 가슴이 후련해졌을 것이다.

그럼 저택 안으로 들어왔으니 이로써 빠져나왔다고 생각했는데——.

"기, 기다려!"

소녀는 생각보다 튼튼한 모양이다. 재빨리 다시 일어나 프란에게 매달렸다.

"기다려! 여기부터 앞은 들어갈 수 없다!"

"시끄러워! 비켜! 호되게 당하고 싶어?"

"다들! 저 계집애를 놓치지 마!"

소녀가 위세 좋은 말을 내뱉자 부하들도 부활하기 시작했다. 명색뿐이라고 생각했는데 약간의 통솔력은 있었나 보다.

"흐, 흑묘족한테 얕보이다니, 최대 굴욕이야!"

"그래!"

"저 계집애를 죽여버려!"

아무래도 프란에게 겁먹은 자신들을 용서할 수 없는 모양이다. 뻔뻔하게 덤벼들어서 없었던 일로 하려는 것인가 보다.

아직도 남아 있는 두려움과 프란에 대한 분노로 시야가 좁아진 듯했다.

마을의 유력자인 오렐의 저택에 힘으로 들어가려는 짓은 평소라면 하지 않을 것이다. 그러나 그 판단조차 할 수 없게 된 듯했다.

청묘족 용병들은 궁지에 몰린 듯한 표정으로 무기를 뽑았다.

이건 위험한 거 아닌가? 문지기가 나름대로 강하다고는 하나 이 숫자의 공격을 받고 버틸 수 있을 정도로 강하지는 않았다. 이대로는 프란 때문에 칼부림 사태가 벌어진다.

그러자 청묘족의 폭거를 보다 못한 엘자가 움직였다.

"프란, 여기는 내게 맡겨."

프란의 어깨를 툭 두드리고 청묘족들의 앞을 가로막았다. 자연스레 자신을 벽으로 삼아 양쪽의 시야에서 서로를 감춘 듯했다. 조금이라도 진정시키려는 거겠지.

"너희들. 거기까지 해. 체면도 중요하지만 범죄자가 되고 싶은 거야?"

엘자는 딱히 위엄 스킬은 사용하지 않았다. 오히려 상대를 진정시키기 위해 부드러운 음색으로 말을 걸었다.

하지만 청묘족들은 겁먹은 표정으로 뒤로 물러났다. 왕위 스킬을 쓴 프란을 대할 때와는 다르게 두려워했다. 압도적인 강자에 대한 공포가 아니라 미지의 존재에 대한 두려움에서 오는 불안이었다.

처음 보는 생물을 앞에 두고 아직도 경악에 지배돼 있던 소녀가 말을 쥐어짜냈다.

"이, 이 괴물은…… 뭐야…….."

"괴, 물?"

"나, 남자 주제에 여자 같은 말투로 얘기하고 난리야!"

"가, 가까이 가지 마!"

아아, 이 녀석들 사람을 화나게 하는 데 천재네.

"힉!"

엘자가 무시무시한 노기를 몸에 두르고 청묘족들을 노려봤다. 악담을 잔뜩 듣고 폭발한 모양이다.

"이 자식드을……. 각오는 됐겠지?"

말투가 남자로 돌아왔어! 무서워!

"이, 악물어!"

결국 큰 소동이 벌어졌지만, 이쪽은 엘자에게 맡겨두면 괜찮을 것이다.

1 대 20이지만 엘자가 이 정도 녀석들에게 질 리는 없었다.

아까 다른 대륙이라면 유명할지도 모른다고 생각했는데, 그것도 아닌 것 같다.

이 녀석들이 유명하다니, 얼마나 수준이 낮은 거냐. 뭐, 비겁한 수단을 쓰거나 너무 약해서 유명하다면 이해가 간다.

아니, 그래서 이쪽 대륙으로 온 건가. 자신들에 대해 아무도 모르는 대륙으로 건너와 대단한 용병단을 자칭하며 다시 시작할 셈이었을지도 모른다. 평범한 중학생이 고등학교에 올라갈 때 갑자기 머리를 염색해 캐릭터를 바꾸는 행동 같은 거겠지.

고교 데뷔가 아니라 대륙 데뷔? 그렇게 생각하자 갑자기 가엽게 여겨지기 시작했다.

기껏 신천지에서 기합 넣어 실컷 짖고 있는데 엘자와 적대하다니…….

『명복을 빕니다.』

'스승, 왜 그래?'

『아니, 아무것도 아냐. 우리는 오렐한테 가자.』

"……응."

『녀석들에게 벌주는 건 엘자한테 맡겨.』

"……알았어."

그렇게 말하면서도 프란은 아직 납득할 수 없나 보다. 그 시선은 문 밖으로 향해 있었다.

『울시!』

"웡웡!"

"웃."

내가 달래고 울시가 프란의 등을 머리로 꾹꾹 밀었다. 어떻게든 프란의 발을 저택 안으로 향하게 했다.

"으라차!"

"히이이익!"

"꺄아아악!"

그리고 청묘족의 비명을 등으로 받으며 우리는 오렐에게 향했다.

몇 분 후.

"여. 어서 와라."

"응."

정원을 빠져나가 저택에 도착한 우리는 메이드의 안내를 받아 식당에 들어갔다.

이른바 귀족 저택 등에서 상상하는 긴 테이블 끝에 오렐이 앉아 있었다.

"이런 곳이라서 미안하군. 아침부터 높으신 분 대응에 바빠서 아무것도 못 먹었거든."

"상관없어."

"아가씨도 같이 먹겠나? 어제 우리 집 전속 요리사가 바르보라에서 돌아왔거든. 재미있는 걸 먹게 해준다고 하더군."

오렐 영감의 전속 요리사라. 분명 실력 대단한 요리사겠지. 이런 제안을 프란이 거절할 리가 없었다.

"꼭 먹을게."

바로 대답하며 이미 오렐 옆 의자에 앉아 있었다.

"사라, 아가씨 몫도 추가하게."

"알겠습니다."

그런데 벌써 저녁도 가까운데 지금부터 오늘 첫 끼를 먹다니. 무투 대회 시기에는 온갖 인물이 마을에 오니 권력자인 오렐에게는 가장 바쁜 시기일지도 모르겠다.

"밖에 이상한 게 있었어."

"아아, 어디서 온 용병단이라더군."

"유명해?"

"전혀 못 들어봤어. 나는 크롬 대륙에도 연고가 있지만 전혀 몰라. 어차피 이름을 알리기 위해 얘기를 부풀렸겠지."

역시 자칭 유명 용병단이었던 모양이다.

"자주 있는 패거리야. 나는 어느 나라에서 이런 마수를 사냥한 적이 있다든가, 나는 어느 귀족의 총애를 받았다든가, 그런 녀석뿐이야."

누구나 마을의 유력자를 만나면 인상을 남기려고 필사적이 되겠지.

"사실인지 거짓인지는 실력을 보면 단숨에 아는데 말이야. 저 정도 실력으로 짖어대도 말이지."

"청묘족 용병들은 잔챙이뿐이었어."

"크하하하. 그렇지. 저게 진짜 유명하다면 한 명쯤 강한 녀석이 있든가, 아주 악독하든가 둘 중 하나일 거야."

"응."

"그리고 인사하러 온 태도도 마음에 안 들어. 게다가 단장이 아니라 대리가 왔단 말이지. 자기네가 귀족이냐고. 열 받으니까 내버려 둬야지. 조만간 포기하고 사라질 거야."

뭐, 지금쯤 엘자한테 벌을 받고 있을 테니 녀석들은 이제 됐다.

오렐의 말대로 우리가 돌아갈 무렵에는 사라져 있을 것이다.

『먼저 의뢰 달성 보고를 하자.』

"오렐, 이거."

프란이 펜던트를 테이블 위에 놓았다.

"흐음…… 안은…….."

오렐은 펜던트의 안을 열어 편지가 없는 것을 확인했다.

"진화에 대한 얘기를 듣고 싶어."

"그렇다면 펜던트를 루미나 님에게 제대로 건넨 거냐?"

"응."

프란이 고개를 끄덕이자, 오렐은 그 무서운 얼굴에 환한 웃음을 띠며 고개를 마주 끄덕였다.

"좋아, 보수를 지불해야겠군."

"필요 없어. 나랑 루미나를 만나게 해준 거잖아?"

"들켰나?"

역시 그랬나. 의뢰라는 형태로 프란을 루미나와 만날 수 있도록 유도해준 거겠지.

하지만 그 이유를 모르겠다.

"말해두겠는데, 선의만으로 한 건 아냐. 장래성 있는 흑묘족을 루미나 님에게 소개해 비위를 맞추는 건 이 마을에 사는 자에게도 좋은 일이니까. 보수는 꼭 받게나."

"진화 얘기를 들려준다면 필요 없어."

"보수 대신 건넬 수 있는 정보를 가지고 있지 않다네."

"그래?"

"그랬으면 루미나 님을 만나게 했겠냐. 알았으면 처음부터 가르쳐줬지. 나도 흑묘족의 진화에 대해서는 오랫동안 독자적으로 조사하고 있어. 하지만 결과는 좋지가 않아. 레벨 외에 뭔가가 필요한 건 알겠는데, 그게 다야."

유력자이자 전 랭크 B 모험가인 오렐이 오랫동안 조사해도 전혀 모르는 건가…….

그런에 어째서 그렇게까지 해주는 거지? 루미나와 협력 관계에 있기 때문인가? 아니면 전에 이 마을에 있었다는 흑묘족 모험가가 관계있는 건가?

"그럼 옛날에 있었다는 흑묘족 얘기를 듣고 싶어."

프란이 물은 직후 오렐의 흰 눈썹이 모였다.

"……누구한테 들었지?"

"라듈."

"그 수다쟁이 자식!"

오렐은 대단히 불쾌한 표정이었다.

"안 돼? 엄청 강했다고 들었어."

"휴우…… 꼭 듣고 싶나?"

"응."

"그런가…….."

프란이 빤히 바라보자 오렐은 체념한 듯이 고개를 저었다.

손녀뻘 나이의 소녀가 원하면 거절할 수 없을 것이다. 혹은 그 흑묘족 소녀와 프란을 겹쳐 보고 있는 것일지도 모른다.

"벌써 53년이나 된 옛날얘기지——."

오렐이 조용히 얘기하기 시작했다.

자신이 젊을 때 한 흑묘족 소녀를 만났다는 것. 그녀가 목숨을 구해준 것. 그것에 인연이 돼 사이가 좋아진 것. 그 후, 그 소녀가 진화하기 위한 방법을 같이 찾게 된 것.

처음에는 얼굴을 찡그렸던 오렐도 얘기하는 동안에 점차 그리운 표정으로 바뀌었다.

"당시에는 지금 이상으로 흑묘족에 대한 편견이 컸어. 그래도 진화하려고 발버둥 쳤지."

"그 사람은 진화 못 했어?"

"그래. 루미나 님에게도 자주 갔는데 말이야."

"그래도 안 됐어?"

"아마도."

아마? 불분명한 말이로군. 프란도 고개를 갸웃거리고 있었다.

"그 후, 이런저런 일이 있어서 마을을 떠나서 연락이 두절됐어."

"이런저런 일?"

"뭐, 이런저런 일이야. 이제 없는 녀석에 대한 얘기는 됐잖아. 디아스 녀석도 사이가 좋았어. 그 녀석한테 얘기를 들어보는 건 어때? 그보다 프란 아가씨의 진화에 대해 얘기하지."

스킬을 사용하지 않아도 알 수 있었다. 분명 얼버무렸다. 하지만 이유가 뭘까.

어쩌면 던전에서 목숨을 잃은 건 아닐까? 선배의 죽음을 알면 프란도 슬퍼할 테고 오렐에게도 괴로운 기억일 것이다. 그렇다면 얘기하고 싶어 하지 않는 것도 이해가 간다.

디아스에게 얘기를 들으면 자세히 알 수 있을지도 모르고, 오렐 영감의 기분을 상하게 하고 싶지도 않다. 이건 그냥 넘어가자.

"루미나 님에게 얘기를 들었다면 알 텐데, 옛날에는 더 쉽게 진화할 수 있었을 거야."

"역시 그래?"

"그래. 루미나 님은 자세한 얘기를 할 수 없는 듯하지만, 그래도 말의 구석구석에서 추측은 할 수 있어. 아무래도 다른 수인족과 똑같이 진화했던 모양이야. 하지만 갑자기 진화할 수 없게 됐어. 왜 그렇지?"

왜 그러냐고 물어도 말이야⋯⋯. 그걸 알면 고생 안 하지.

하지만 오렐은 그 이유가 짐작이 가는 모양이다.

"나는 '신벌'의 가능성이 높다고 생각해."

고개를 갸웃거리는 프란에게 자신의 추측을 말했다.

"신벌? 신이 주는 벌?"

"그래. 역사상 신에게 거역한 자나 큰 죄를 저지른 자에게 내려진 적이 있어. 골디시아 대륙의 신벌이 유명하지."

그건 나도 들은 적이 있다. 용인(龍人)의 왕 트리스메기스트스가 사신의 힘을 이용한 마수를 만들었지만 폭주시켜서 대륙을 멸망시켰다는 얘기다. 영원히 그 마수와 싸우는 벌이 트리스메기스트스에게 내려졌다고 한다.

"아무리 흑묘족이 진화할 수 없게 된 게 아주 옛날얘기라고는 하나 이렇게나 정보가 없는 건 이상하잖아? 실은 골디시아 사건과도 비슷한 현상이 있었던 모양이야. 마수 제조법 등의 기억이 모두 신에 의해 사라졌단 거지."

역시 신. 전 세계 사람들의 기억을 주무를 수도 있는 건가.

"수인의 진화 방법은 경우에 따라서는 종족 내에 숨겨진 것도 있지만, 그래도 문헌에도 거의 남아 있지 않은 건 말도 안 돼. 엘프한테 얘기를 물어도 아는 건 고사하고 흑묘족이 진화했다는 것을 기억하는 녀석이 없어."

확실히 그건 부자연스럽다. 설령 몇 백 년 전 얘기라 하더라도 진화했다는 전승이 남아 있어도 이상하지 않다. 오히려 전혀 남아 있지 않은 쪽이 부자연스러웠다.

정말 신의 뜻이 움직여 사람들에게서 기억을 지웠다고 해도 믿을 수 있을 것 같았다.

하지만 지금 한 말에는 무시할 수 없는 부분이 있었다.

"문헌이 거의 남아 있지 않아?"

그렇다, 오렐은 확실히 그렇게 말했다. 그렇다면 조금은 남아 있나?

"실은 딱 하나 관련된 문헌을 발견했다네."

"그건 어떤 거야?"

테이블에 손을 대고 몸을 내민 프란을 오렐이 쓴웃음을 지으며 달랬다.

"그래봐야 흑묘족에 직접 관련된 건 아니야. 좀 진정해."

아무래도 진화 방법이 적힌 문헌은 아닌 모양이다.

"아가씨는 십시족(十始族)을 아나?"

"십시족? 몰라."

"먼 옛날 수충의 신에게서 태어난 최초의 수인족이라고 불리는 종족이야. 각자 신수의 힘을 품고 있었다더군."

"신수? 멋있어."

신수의 힘이라. 그건 확실히 강할 것 같다.

"그래서 말인데, 이 십시족은 현재 아홉 개의 씨족이 알려져 있어. 금화사(金火獅), 백설랑(白雪狼), 황진서(黃塵鼠), 자풍상(紫風象), 등철호(橙鐵狐), 적토마(赤土馬), 청수귀(靑水龜), 벽명사(碧命蛇), 앵화

우(櫻花牛)야. 하지만 어째선지 마지막 열 번째 씨족을 알 수 없단 말이지. 오랫동안 수인족 최대의 의문으로 불려왔는데……."

"그게 흑묘족?"

"그럴지도 몰라. 내가 입수한 문헌에는 지금 말한 아홉 개 씨족에 흑천호(黑天虎)의 이름이 있었어. 그리고 루미나 님은 흑호야."

"흑천호와 흑호는 같은 거야?"

프란의 질문에 오렐은 고개를 저었다.

"아니, 달라. 비슷하지만 완전히 같지는 않아."

"?"

"예를 들면 나는 백견족의 진화종인 백랑이야. 이건 알지?"

"응."

"하지만 우리 백견족이 진화할 때 일정한 조건을 채우면 백랑이 아니라 백설랑으로 진화하는 경우가 있어. 뭐, 나는 백랑밖에 못 됐지만 말이야."

오렐이 말하기로는 십시족 중 하나인 백설랑의 자손이 백견족이라나. 그렇기 때문에 진화할 때 특별한 조건을 채운 개체가 격세 유전처럼 백설랑의 힘을 계승하는 경우가 있다고 한다.

그 흐름으로 가면 특수한 조건을 채운 흑묘족이 흑천호가 되고, 채우지 못하면 루미나처럼 흑호가 된다는 뜻이겠지.

현재 십시족이라면 자손들을 가리키고, 백견족도 십시족으로서 수인 안에서도 경의를 받고 있다고 한다.

"그런데 같은 십시족의 자손일 가능성이 높은 흑묘족이 이렇게까지 아예 잊힌 건 정말 이상하다고 생각하지 않나?"

"응."

온갖 수인족이 열 번째 씨족에 대해 조사하고 있고, 그중에는 자신들이야말로 그 씨족이라고 주장하는 자들도 있는 모양이다. 대부분이 미심쩍기는 하지만.

오렐도 루미나의 존재를 몰랐다면 흑천호라는 존재를 지어낸 얘기라고 코웃음 쳤을 것이다. 그러나 지금은 흑묘족이야말로 흑천호의 자손이라고 반쯤 확신하고 있는 듯했다.

즉, 옛날에는 흑묘족이 십시족에 들어 있었지만 신벌로 인해 그 기억이나 기록이 사라졌다? 서적이나 문헌조차도? 그렇다면 오렐이 발견했다는 문헌이 어째서 남아 있는지가 의문이다. 여기서 생각해도 모르겠군.

"내가 조사한 건 이것뿐이다……."

오렐이 진심으로 분한 기색으로 고개를 숙였다.

아니, 신이 정보를 지웠을 가능성이 있는 가운데 이만큼 조사한 건 솔직히 대단하다고 생각한다. 하지만 프란에게는 안 좋은 얘기다. 프란의 표정이 확연히 흐렸다.

"신벌……. 그럼 흑묘족은 신에게 혼날 나쁜 짓을 한 거야?"

단순히 수행을 쌓으면 진화할 수 있는 상황이 아니게 됐기 때문이다.

"아마, 그렇겠지."

"그래……. 그럼 우리는 계속 진화할 수 없는 채로 살아야 돼?"

"아니, 그건 아니야!"

프란이 불안하게 중얼거린 말에 오렐이 끼어들었다.

"신벌에는 반드시 구제가 있어. 트리스메기스토스 역시 마수를 쓰러뜨리면 저주에서 해방된다는 얘기야. 그렇다면 흑묘족 역시 반드시 저주를 풀 방법이 있을 거다."

그건 결코 프란을 위로하기 위한 허튼소리가 아니었다. 진화하기 위한 방법은 정말 있다고 믿고 있는 눈이었다. 역시 그에게 흑묘족은 특별한 존재인 모양이다. 자신의 종족도 아닌데 상당히 열중하고 있다는 것을 알 수 있었다.

"뭐, 그 방법에 대해서는 아무것도 모르지만 말이야……. 도움이 못 돼 미안하군."

"아니야. 참고가 됐어. 고마워."

"그런가? 그렇게 말해주니 고맙군."

프란의 말에 오렐이 자조적으로 웃었다. 다만, 고맙다는 말도 정말일 것이다. 어딘가 어깨의 짐을 내려놓은 듯한 허탈감 같은 감정도 느낄 수 있었다. 거기에 있는 건 마을의 수인족을 통솔하는 강인한 대두목이 아니라 고뇌를 품은 한 사람의 노인이었다.

"…………."

식당에 침묵이 내려앉았다. 서로 농담을 할 기분이 아닐 것이다.

미묘한 분위기인 채로 식당의 공기가 점점 무거워져갔다. 그런 어두운 분위기를 바꾼 건 수레를 밀고 식당으로 들어온 메이드 사라의 목소리였다.

"주인님, 오래 기다리셨습니다."

"오, 드디어 왔군."

오렐이 확연히 안심한 기색으로 미소 지었다. 사라의 옆에 있는 풍채 좋은 남성은 전속 요리사인 모양이다.

"오래 기다리게 해서 죄송합니다."

"냄새 좋군, 아스트."

"바르보라에서 사들인 최신 레시피입니다."

아스트라고 불린 요리사는 그렇게 말하고 수레에 실린 냄비의 뚜껑을 열어 안을 섞기 시작했다.

수프인가? 그 냄새를 맡고 오렐이 흥미로운 듯이 냄비를 주시했다. 프란의 눈빛을 보니 상당히 좋은 냄새인 것은 틀림없었다.

"호오. 그거 기대되는군."

"하지만 아직 연습 중이라서요."

"이봐, 그런 걸 내놓는 건가?"

"주인님의 미각은 상당히 날카로우니 말입니다. 꼭 그 힘을 빌리고 싶습니다. 바르보라에서 먹은 완성품은 과거에 먹은 적이 없을 만큼 맛있었습니다."

완성품의 맛을 떠올리고 있는지 아스트가 감정에 취한 얼굴로 중얼거렸다. 어지간히 맛있었나 보다.

"자네가 그렇게까지 말하니 기대되는군."

"이 시식품도 충분히 맛있지만, 뭔가가 부족합니다. 그러니 꼭 조언해주시면 감사하겠습니다."

"하하하. 그래서 맛있는 밥을 먹을 수 있게 된다면 얼마든지 조언해주지."

"하지만 손님이 계신 것을 알았다면 보통 요리를 준비했을 텐데 말입니다. 지금부터 뭔가 만드는 편이 낫지 않겠습니까?"

"아가씨, 어떻게 할 거지?"

"응. 괜찮아."

"그러면 아가씨도 꼭 감상을 부탁드립니다."

"맡겨줘."

"웡웡!"

울시가 먹을 기회를 놓치면 큰일이라는 양 자신의 존재를 어필했다. 야, 침 흘리지 마. 융단을 변상하라고 하면 어쩔 셈이야!

"울시 몫도 부탁해."

"멍멍이가 먹기에는 맛이 꽤 진한데, 괜찮겠습니까?"

"울시는 마수니까 괜찮아."

"웡!"

"종마였군요. 사람을 잘 따라서 전혀 몰랐습니다. 알겠습니다. 그러면 멍멍이 몫도 준비해드리죠."

그리고 아스트는 흰 곡물 낱알들이 담긴 접시에 냄비 안의 갈색 액체를 건져 뿌렸다. 걸쭉한 액체 안에는 감자 등의 채소가 들어 있었다.

어딘가에서 본 적이 있었다. 아니, 내가 바르보라에서 퍼뜨린 것이었다.

"카레?"

"오오, 아가씨는 아시는군요? 그렇습니다. 올해 요리 콘테스트에서 선보인 최신 요리, 카레입니다!"

그렇군. 냄새를 맡는 것만으로 프란이 들뜬 이유를 잘 알았다.

"그리고 보니 프란 아가씨는 바르보라에 있었다고 했던가?"

"응."

"그러면 먹은 적이 있으십니까?"

"응."

"오오! 그거 믿음직스럽군요!"

먹은 적이 있다고 할까, 거의 매일 먹고 있다. 그래도 프란과 울시가 카레를 보는 눈은 반짝반짝 빛나고 있었다. 나 이외 사람이 만든 카레에 흥미가 있는 거겠지. 나도 레시피가 어떻게 퍼졌는지 흥미가 있다.

"그러면 드시죠."

"이상하게 생긴 음식이로군. 향은 좋은데."

"우물우물."

"우걱우걱."

오렐이 코를 벌름거리며 먹는 것을 약간 망설이고 있는 옆에서 프란과 울시는 이미 카레를 입에 밀어 넣고 있었다.

"오오, 잘 드시는군요."

그것을 본 오렐이 이끌리듯이 카레를 떠서 입으로 가져갔다.

"흐음…… 오오, 신기한 맛이로군! 하지만 또 먹고 싶어."

오렐도 카레가 마음에 들었나 보다. 처음에는 천천히 입에 넣었는데, 점점 속도가 빨라지기 시작했다.

"더 줘."

"웡."

그 후, 오렐이 다 먹을 때까지 프란과 울시는 세 그릇이나 더 먹었다.

『맛있어?』

'그럭저럭?'

아무래도 불만이 있는 모양이다. 그렇게 먹어놓고서.

'응. 맛있기는 맛있어. 하지만 스승의 카레에는 아득히 못 미쳐.'

그렇다고 한다.

"이거 맛있군. 이름이 뭐라고 했지?"

"카레입니다. 지금 바르보라에는 카레가 유행하고 있습니다. 카레빵이나 카레 파스타 등의 다양한 레시피가 고안돼 몇 십 개나 되는 가게에서 카레가 제공되고 있지요."

"이만한 맛이라면 그렇겠지. 이게 미완성인가?"

"네, 제가 바르보라에서 먹은 완성품에는 미치지 못합니다."

"그 정도인가."

"그 사건 탓에 콘테스트는 중지됐습니다만, 실질적인 우승 레시피라고 사람들이 이야기하고 있습니다."

"응! 당연해."

그 말에 프란이 기쁜 듯이 고개를 끄덕였다. 우승은 하지 못했지만 인정받아서 나로서도 기뻤다. 게다가 레시피는 순조롭게 퍼지고 있는 모양이다. 카레 파스타? 바로 재미있는 오리지널 요리가 개발됐군.

"아가씨, 기뻐 보이는데 왜 그러지?"

"스승이 만들었어."

"스승? 누구지?"

"오오, 혹시 소문의 카레 스승입니까?"

잠깐 기다려, 아스트. 지금 뭐라고 했지? 카레 스승? 그거 혹시 날 말하는 건가?

"아가씨의 요리 스승이 카레를 만들었다는 건가?"

"요리뿐만이 아니야. 전부 스승이야."

"검이나 마법도 그런가?"

"응. 스승은 뭐든 할 수 있어."

"호오. 그 녀석은 대단한 사람이로군. 하지만 아가씨는 혼자서

이 마을에 들어왔지?"

"응. 스승은 신출귀몰해."

"뭐, 아가씨는 실력만으로 말하면 이미 한 사람 몫을 충분히 하지. 독립해도 이상하지는 않나."

"네? 그러면 정말로 카레 스승의 제자분입니까?"

아스트가 놀란 기색으로 물었다. 역시 잘못 들은 게 아니었군. 뭐냐, 그 얼빠진 별명은!

『이봐, 프란. 카레 스승은 날 말하는 건지 물어봐줘.』

이것만은 반드시 알고 넘어가야 한다.

"아스트, 카레 스승은 누구야?"

"아니, 아가씨 스승 아닌가?"

"아니요, 확실히 카레를 개발한 사람의 이름을 알 수 없어서 스승이라고 불린 점 때문에 누군가가 카레 스승이라고 부르기 시작했다나요. 저는 우연히 카레 스승의 이름을 부르기 시작한 모험가들과 알게 돼서 레시피를 그 인연으로 입수할 수 있었습니다."

"모험가?"

"네, 주홍 소녀라는 파티인데, 아십니까?"

역시 녀석들이었나. 바르보라의 요리 콘테스트에서 판매원으로 고용한 삼인조다. 프란이 카레를 만든 건 스승이라고 가르쳐 줬으니, 거기에서 착안해 이름이 붙었을 것이다. 특히 자칭 무표정 캐릭터인 리디아가 수상한데, 어쩌려나.

"그래서 어떻습니까? 이 카레는?"

"응. 보통이야."

"그렇습니까……. 아니, 이만한 요리를 갑자기 완벽하게 할 리도 없겠죠. 하지만 다음에는 더 맛있게 만들겠습니다!"

"응. 힘내. 시식은 언제든지 할게."

"오오, 감사합니다!"

프란이 먹고 싶은 것뿐이니까 딱히 감사 안 해도 돼.

카레의 등장으로 분위기가 달아오른 식사 후, 프란은 정보 몇 개를 오렐에게 들었다. 디아스가 한 얘기와 마찬가지로 수왕의 위험성에 대해서였다. 오렐도 수왕에게는 경계심을 품고 있는 모양이다.

디아스는 둘째 치고 같은 수인인 오렐까지 경계하다니……. 수왕은 정말 주의하지 않으면 위험할지도 모르겠다.

"여러 가지로 고마워."

"그래. 또 와라."

"응."

오렐의 저택에서 밖으로 나오니 모여 있던 청묘족의 모습은 이미 보이지 않았다. 포기하고 돌아갔을 것이다. 문지기와 엘자가 평온하게 담소를 나누고 있었다.

"어머, 프란. 볼일은 이제 끝났어?"

"엘자, 괜찮았어?"

"걱정해주는 거야? 고마워! 하지만 멀쩡해. 내가 그 정도 애들에게 어떻게 될 리가 없잖아."

뭐, 그럴 것이다. 엘자에게도 문지기에게도 상처 하나 없는 것을 보아 압승인 듯했다.

"좀 엄하게 벌을 줬으니까 한동안 얌전히 지내지 않을까?"

오히려 청묘족을 동정할 뻔했다. 녀석들의 자업자득이기는 하지만 말이다.

'스승, 이 뒤로 어떡해?'

『역시 다시 한 번 디아스한테 얘기를 듣고 싶어. 53년 전 울무토에 있었다는 흑묘족 소녀에 대해서 알고 싶어.』

"응."

우리는 다시 모험가 길드로 향하기로 했다. 디아스는 외출하는 경우가 많다고 하니 아직 있으면 좋겠는데.

"그럼 길드 마스터가 있는지 잠깐 확인하고 올게!"

"아──."

길드가 보이기 시작한 곳에서 엘자가 그렇게 말하고 달려나갔다. 딱히 그렇게까지 해주지 않아도 되는데, 프란이 말을 걸기 전에 달려가고 말았다. 디아스를 빨리 만나는 게 좋으니 약속 잡기는 맡기자.

하지만 모험가 길드의 입구 앞에서 나는 말로 표현할 수 없는 희미한 위화감을 느꼈다. 뭐라고 말하면 좋을지 알 수 없지만 묘하게 싱숭생숭하다.

『……뭐지?』

'왜 그래, 스승?'

『으음……. 어?』

위화감의 정체를 찾으려고 주위를 둘러봤다. 그리고 발견했다.

『저 문, 뭐지?』

"문? 응? 어라, 뭐지?"

"웡?"

그곳에 있던 것은 문이었다. 응접실의 입구에라도 달려 있을 법한 중후한 나무 쌍바라지 문이었다. 그것에 어째선지 길 한가운데 떡하니 자리 잡고 있었다.

끼익.

우리가 어떻게 반응해야 좋을지 알 수 없어서 그 자리에서 문을 응시하고 있자 문이 안쪽에서 밀려 열렸다.

그 순간이었다.

불과 몇 센티미터 열린 문 저쪽에서 강렬한 기세가 새어 나왔다. 그 기세를 감지한 우리는 일제히 전투태세에 들어갔다. 아니, 들어갈 수밖에 없었다.

『웃!』

"응!"

"크르!"

그 정도 압박이 느닷없이 우리를 덮쳤다. 살기도 투지도 느껴지지 않았다. 다만 압도적인 강자의 기척. 이것을 피부로 느끼고 자세를 갖추지 않기란 불가능했다.

프란의 귀와 꼬리는 거꾸로 서 있었다. 털이 곤두선다는 말은 그야말로 이 상황을 가리키는 거겠지.

자세를 취한 우리의 앞에서 문이 천천히 열렸다. 힐끗 본 문 저편에는 뭔가 가구 같은 물건이 보였다. 역시 단순히 이상한 문이 아닌 듯했다.

"자, 어서 나가십시오, 리그 님."

"그러지."

그 문에서 누군가가 나왔다. 한 사람은 체격 작은 마술사풍 남자였다. 그 남자가 문을 밀어젖히고 뒤따라 나오는 남성에게 길을 양보했다.

아마 종자일 것이다. 그 뒤로 문을 지나 나타난 것은 황금색으로 빛나는 사자 갈기 같은 머리카락이 돋은 풍채 좋은 거한이었다. 엘자보다 두꺼운 근육으로 2미터 가까운 거구가 뒤덮였는데도 그 움직임에서는 고양잇과 같은 유연함도 느껴졌다. 침착한 행동거지와 그 안쪽에서 넘쳐흐르는 패기. 그야말로 사자. 왕자라고 부르기에 어울리는 박력을 갖추고 있었다.

나는 그 인물에게 즉시 감정을 발동했다. 이건 이미 버릇 같은 것이다.

이름 : 리그디스 나라심하 나이 : 38세

종족 : 수인 · 적묘족 · 금화사

직업 : 창왕

Lv : 71/99

생명 : 1965 마력 : 1081 완력 : 1084 민첩 : 749

스킬 : 발바닥 감각 8, 위압 10, 은밀 3, 괴력 6, 화염 마술 7, 의태 3, 광화(狂化) 8, 기척 감지 8, 경기공 7, 고문 2, 강력 10, 조아기(爪牙技) 7, 조아술 8, 재생 8, 지휘 3, 사기 고양 6, 상태 이상 내성 7, 유연 6, 순발 10, 순보 5, 정신 이상 내성 5, 속성검 10, 공갈 3, 연기공(軟氣功) 8, 패기 8, 불마술 10, 포효 8, 마술 내성 5, 마력 감지 4, 마력 장벽 8, 화염 무효, 기력 제어, 심안, 창기 강화, 창술 강화, 속성검 강화, 체모 강화, 체모 경화, 데몬 킬러, 드래곤 슬레이어, 불퇴전, 평형감각, 포식, 마력 조작, 밤눈

유니크 스킬 : 화염 흡수, 창왕기, 창왕술, 창신의 축복

엑스트라 스킬 : 수충신의 총애

고유 스킬 : 각성, 금염 절화(金炎絶火), 창신화

칭호 : 왕 살인자, 부모 살인자, 찬탈자, 수왕, 수충신이 사랑하는 아이, 창왕, 던전 공략자, 데몬 킬러, 드래곤 슬레이어, 화술사, 랭크 S 모험가

장비 : 화룡아의 중창(重槍), 화룡 비늘의 전신 갑옷, 마독왕사의 투의, 금화사의 외투, 대신의 팔찌, 이성의 반지, 수왕의 증표

『……!』

이봐이봐이봐이봐! 뭐야 이 괴물은! 생명, 완력, 마력이 천을 넘어? 아만다나 디아스마저 귀여워 보이잖아! 얼핏 보기에는 전사인데 마술사로서도 능력이 무시무시했다.

게다가 본 적도 없는 스킬이 잔뜩 있는 데다 엑스트라 스킬과 고유 스킬도 여럿 가지고 있었다. 하지만 가장 눈길을 끈 것은 칭호란의 수왕과 랭크 S 모험가다.

그렇다, 이게 수왕. 수인의 정점이 선 왕.

압도적이었다. 수왕이라는 이름에 어울리는 왕자의 관록을 가지고 있었다.

『큭…… 뭔가 약점은 없나……!』

스킬 등을 더 자세히 보려고 했지만 그 전에 누군가가 가로막았다. 수왕의 뒤에서 나온 남자였다. 거한이라고 해도 좋을 수왕과 비교해도 위로도 옆으로도 더 컸다.

"아가씨, 왜 그러지?"

올려다봐야 하는 거구. 스톤 골렘과 힘겨루기를 해도 이길 수 있을 만큼 터질 듯한 근육. 그 모습은 낯이 익었다. 오후에 본 호화로운 마차를 호위하던 인물이다. 분명 고드다르파라는 이름이

었는데.

순간 감정한 것을 들켰다고 생각했지만 그런 기색은 아니었다.

아무래도 그 자리에서 우두커니 서 있는 프란을 이상하게 생각했을 뿐인 듯했다.

이대로는 수왕의 주목을 끌지도 모른다. 자연스레 물러나야 한다. 그렇게 생각하고 프란에게 말을 걸었지만 대답이 전혀 없었다.

『프란, 가자! 지금이라면 아직 도망칠 수 있어.』

'…………'

『프란? 괜찮아?』

'…………'

프란은 새파란 얼굴로 떨고 있었다.

'강해…… 이길 수 없어…….'

이렇게까지 겁에 질린 프란은 처음 봤다. 진화중인 오렐이나 루미나를 앞에 둬도 자세를 공손히 할 뿐이었는데, 완전히 공포로 위축됐다. 아니, 이 녀석의 종족은 금화사. 오렐이 말한 십시족이다. 아무래도 생각했던 것 이상으로 압도적인 존재였나 보다.

애초에 전투태세도 아닌데 이 압력이니 살기라도 받으면 그것만으로 심장이 약한 사람은 죽을지도 모른다.

프란은 강해졌기 때문에 상대와의 절망적인 힘의 차이를 똑똑히 인식한 것이다. 수인이라면 상대의 종족을 감각적으로 알 수 있다고 했고, 십시족에 게다가 레벨이 높은 상대를 앞에 두면 이렇게 돼도 이상하지는 않을 것이다.

"어엉? 이봐 계집, 너 흑묘족이냐?"

위험하다, 수왕도 알아차렸다. 수왕은 평가하는 듯한 눈으로 프란을 쳐다보고 있었다.

"흑묘족 모험가라니 별일이군."

"그렇네요. 나름대로 실력은 있는 듯합니다."

수왕의 중얼거림에 반응한 고드다르파도 다시 프란에게 시선을 보냈다. 그리고 프란의 실력을 순식간에 간파하고 감탄했다. 하지만 수왕은 고개를 갸웃거리고 프란을 더욱 관찰하기 시작했다.

"어디가 그렇지?"

"리그 님의 기준에서 생각하지 마십시오."

"그런 건가? 뭐 됐다. 꽤 강해 보이는 검도 들고 있는 것 같으니 흥미가 생겼다. 조금 귀여워해줄까."

젠장! 완전히 흥미를 보였어! 게다가 그다지 좋지 않은 의미로!

수왕의 투지가 높아져가는 것을 알 수 있었다. 눈이 사냥감을 찾은 사자처럼 형형하게 빛나고 있었다.

하지만 프란은 여전히 경직돼 있었다. 그뿐만이 아니라 수왕의 기세를 느끼고 마음이 꺾인 상태였다.

'……안 돼…… 죽을 거야.'

'……끼잉…….'

그림자에 숨어 있는 울시도 비슷한 상태였다.

움직이지도 못하고 몸을 부들부들 떠는 프란.

틀렸다. 여기서는 차원 도약으로 도망치자. 나중에 귀찮은 일이 일어날지도 모르니까 최후의 수단이었는데……. 지금은 프란의 신변의 안전이 최우선이야! 그렇게 결심한 직후였다.

"리그 님, 그럴 시간은 없습니다."

"웃, 로이스."

문을 연 다른 종자였다. 대범한 인상의 고드다르파와 달리 신경질적인 표정의 미남이었다. 로이스라는 이름인 모양이다. 로이스가 문에 손을 대자 문은 녹아내리듯이 사라졌다.

문 자체가 어떤 능력인 걸까. 아니면 차원 수납과 비슷한 스킬로 마도구를 넣은 걸까. 나는 로이스도 감정해보기로 했다. 아까 수왕을 감정한 것은 들키지 않았다고 생각한다. 그렇다면 이 녀석들은 감정 감지 능력을 가지고 있지 않을 가능성이 높았다.

적대할 가능성이 있는 상대다. 그렇다면 이 기회를 놓치고 싶지는 않았다.

만약 들키면 전이로 도망쳐 그대로 마을에서 달아나면 된다. 무투 대회를 기대하던 프란에게는 미안하지만 말이다.

이름 : 로이스 나이 : 46세

종족 : 수인 · 회토족 · 백은토

직업 : 전술사(轉術士)

Lv : 74/99

생명 : 401 마력 : 1199 완력 : 151 민첩 : 419

스킬 : 발바닥 감각 4, 굴파기 4, 음원 감지 6, 은밀 2, 회복 마술 8, 월광 마술 4, 기적 감지 7, 기적 차단 4, 시공 마술 4, 축각기 5, 축각술 7, 순발 7, 정화 마술 3, 상태 이상 내성 4, 진동 감지 3, 정신 이상 내성 7, 장기(杖技) 5, 장술 6, 대지 마술 3, 도약 4, 흙 마술 10, 보조 마술 5, 마술 내성 8, 마력 감지 4, 마력 제어, 오크 킬러, 고블린 킬러, 자동 마력 회복, 청각 강화

고유 스킬 : 각성, 차원문, 초승달 무늬

칭호 : 오크 킬러, 고블린 킬러, 수호자, 던전 공략자, 토술사, 랭크 A 모험가

장비 : 은월석의 긴 지팡이, 초승달 토끼의 로브, 토정(土精)의 외투, 대역의 팔찌, 흡마(吸魔)의 반지

이쪽도 괴물이냐!

마력이 천을 넘는다. 게다가 당연하다는 듯이 진화했다.

실력이 뛰어난 마술사인데 근접 전투에서도 강했다. 토끼 수인인 듯한데, 그 귀여운 이미지가 멋지게 배신당했다. 종족의 특성일 높은 각력을 살린 축각술은 상상 이상으로 아플 것 같았다.

그럼에도 불구하고 시공 마술 등의 희귀 마술을 여러 개 소유하고 있었다.

랭크 A 칭호는 폼이 아니군! 울무토 입구에서 시비를 걸어온 랭크 A 세르디오와는 크게 달랐다.

저 문은 차원문이라는 고유 스킬이 수상해 보인다.

괴물이 세 명. 제각기 프란을 아득히 능가하는 힘을 가지고 있었다. 게다가 우호적이라고는 하기 어려웠다.

이래서는 긴장하지 말라고 하는 게 무리였다.

하지만 로이스는 이쪽의 긴장을 알아차리지 못했는지 지극히 냉정한 말투로 수왕에게 말을 걸고 있었다.

"길드 마스터와의 약속 시간에 늦을 테니 서둘러야 합니다."

"쳇. 그랬지. 할 수 없지. 계집, 목숨을 건졌구나!"

"리그 님, 그래서는 양아치 같습니다."

"왕후귀족이야 어차피 권력을 가진 마피아 같은 놈들이잖아."

"그건 아니라고 말씀드리고 싶군요."

"아! 시끄러워 시끄러! 아무튼 이만 가자!"

아무래도 이 자리는 산 모양이다.

리그디스는 프란에게 흥미를 잃었는지 종자와 잡담하며 길드 안으로 사라져갔다.

그 순간, 프란이 무릎을 꿇었다.

양손과 양 무릎을 땅에 대고 거친 호흡을 몰아쉬는 프란.

"헉헉헉……."

위험하다, 이대로는 과호흡이 될지도 모른다.

『프란! 진정해! 더 천천히 숨을 쉬어! 심호흡해!』

"흐으으읍…… 흐으으읍……!"

억지로 심호흡을 반복하는 프란의 얼굴에서는 대량의 식은땀이 흘러 떨어졌다. 잔떨림은 가라앉지 않았고, 호흡에 섞여 구역질하는 소리도 들렸다.

보기만 해도 안쓰러울 만큼 초췌했다.

『프란, 괜찮아?』

"우엑…… 응……."

괜찮지 않은 것 같군.

하지만 고개를 끄덕였다. 아무래도 염화에 반응할 정도의 여유는 돌아온 모양이다.

『얼른 이 자리를 떠나자. 숙소로 돌아가 쉬고 아침 일찍 던전으로 돌아가는 거야. 디아스한테 얘기를 듣는 건 나중에 해도 되잖아?』

"응……."

나는 프란의 등을 문질러주며 우선 숙소 옆으로 전이했다. 다른 사람이 목격하면 눈길을 끌겠지만, 지금은 조금이라도 빨리 숙소로 돌아가서 프란을 쉬게 하고 싶었다.

『걸을 수 있어?』

"괜찮아……."

그렇게 말하고 걷기 시작하는 프란의 발걸음은 격전을 치른 뒤처럼 불안했다. 그만큼 기력을 소모했다는 뜻이겠지.

비틀대며 똑바로 걷지 못하는 프란을 염동으로 지탱하며 방으로 유도해줬다.

『다음에 수왕을 만나기 전에 랭크 C로 올려놓자.』

수왕을 우습게 봤다. 그 정도 괴물이었을 줄이야……. 아마 디아스와의 회담에 임할 무렵이라 약간 기합을 넣고 있었을 것이다. 조직의 수장끼리 갖는 회담이다. 정치적인 싸움이라고 해도 좋다. 그렇기 때문에 호전적인 기세를 띠고 있었던 게 틀림없다.

우리는, 프란은 그 기합에 휩쓸렸다.

반대로 말하면 수왕은 우리에게 직접 발한 것도 아닌 희미하게 새어 나오는 위압감만으로 그만한 공포를 우리에게 줬다는 뜻이 된다.

괴물이라는 호칭이 귀여울 만큼 격이 다른 힘.

그 녀석과 싸워서는 안 된다. 그럴 바에야 드래곤에게 달려드는 편이 훨씬 낫다.

수왕과 싸우지 않고 넘어갈 수 있다면 랭크든 뭐든 올려야 할 것이다.

수왕과의 갑작스러운 만남으로부터 한 시간.

프란은 겨우 침착함을 되찾았다.

『프란, 오늘은 이만 쉴까?』

"괜찮아."

수왕에게 거리를 둠으로써 조금은 여유가 돌아온 듯했다.

『그래? 무리하지는 마.』

아직도 안색은 나쁘지만 거기에 두려움의 빛은 없었다.

『밥이라도 먹을까? 아니면 욕탕에 들어갈래? 이제 자도 괜찮다고 생각하는데.』

"응. 욕탕에 갔다 올래."

프란은 목욕을 좋아하니까 기분전환에 알맞을 것이다.

그리고 돌아올 때까지 아무리 빨라도 30분은 걸릴 터다. 평소라면 스킬 연습을 하며 기다리지만, 오늘은 그동안 하고 싶은 일이 있었다.

『수왕이 묵고 있는 곳을 알아내고 싶어.』

숙소를 안다면 그곳을 피하는 것도 가능하기 때문이다.

우선 모험가 길드에 가서 있는지를 확인한다. 길드에 있으면 숙소에 돌아가는 것을 기다리고, 이미 돌아갔다면 울시의 코와 내 기척 감지로 수왕 일행이 있는 곳을 찾으면 된다.

『울시, 가자.』

"워웅……."

『괜찮아, 싸우러 가는 게 아니야.』

"……끄응……."

울시도 수왕에게 겁을 먹었다. 하지만 가능하면 숙소만큼은 파악해두고 싶었다.

『녀석들한테 접근할 필요는 없어. 떨어진 곳에서 기척을 찾을 뿐이야.』

　"……웡."

　이 녀석, 내키지 않는 느낌이로군. 그만큼 무서웠다는 거겠지…….

　여기서는 포상 작전이다. 사실은 개에게 버릇을 들일 때 상으로 유도하면 안 되는 모양이다. 그것이 있을 때만 말을 듣게 된다고 한다. 하지만 이번에는 어쩔 수 없다.

　『돌아오면 엄청 매운 카레를 만들어줄게. 프란도 먹고 싶어 하지 않을 만큼 지옥불맛이야.』

　"……크릉!"

　좋아, 의욕 스위치가 들어온 것 같다. 울시가 눈을 빛내며 일어섰다.

　『가자.』

　"웡!"

　그대로 서둘러 모험가 길드 근처까지 돌아오니 수왕의 기척이 아직 길드 안에 있었다.

　멀리서도 공격적인 기척을 느낄 수 있었다. 아까 만났을 때는 위압을 이렇게까지 느끼지 못했는데……. 교섭 상대인 디아스에 대한 위협이겠지. 젊어 보여도 영감이니, 심장이 멈추지 않으면 좋겠는데.

　문제는 이 회담이 길어질 때다. 가능하면 프란이 목욕탕에서 나올 때까지 방으로 돌아가고 싶다. 앞으로 20분 정도밖에 시간이 남아 있지 않았다.

　하지만 걱정할 필요는 없었던 모양이다. 바로 기척이 움직이기 시작했다. 길드의 출구로 향하고 있는 것을 알 수 있었다. 조금 떨어진 곳에 있는 민가의 지붕 위에서 길드의 입구를 주시하고 있자 길드 안에서 나온 수왕 일행을 확인할 수 있다.

역시 돌아갈 때도 로하스의 차원문을 이용하는 듯했다.

여기부터는 울시의 코로 뒤를 쫓을 생각이었는데……

『필요 없었네.』

"윙."

차원문이 사라진 뒤에도 우리는 수왕의 기척을 감지할 수 있었다. 수왕 일행이 묵고 있던 곳은 바로 앞에 있는 숙소였기 때문이다.

생각해보면 이 주변은 울무토의 일등지이니 수왕 수준의 손님이 숙박할 만한 고급 숙소는 이 부근밖에 없을 것이다. 디아스를 위협하기 위해 방출했다고 짐작되는 강렬한 존재감은 바로 사라졌지만, 이미 그 장소는 기억했다.

문제는 그 숙소가 길드에서 가까워서 앞으로 길드에 올 때는 경계할 필요가 있다는 것이다.

『울시, 한동안 수왕의 냄새에 주의해줘.』

"윙."

나도 수왕의 기척에 주의해서 만나지 않도록 조심해야겠군.

『일단 돌아가자.』

"워후!"

전이로 방으로 돌아왔다. 그러자 방에는 이미 프란이 돌아와 있었다. 조금 늦은 모양이다.

하지만 그 모습이 이상했다.

프란은 램프도 마술등도 켜지 않고 침대 위에 무릎을 안고 쪼

그려 앉아 있었다.

『다녀왔어……. 프란?』

"웡."

우리가 말을 걸어도 얼굴을 무릎에 묻고 미동도 하지 않았다.

『불도 안 켜고 뭐해?』

"응……!"

『우왓!』

말을 건 직후, 프란이 우리에게 돌진해 왔다. 그리고 나와 울시를 같이 껴안으며 울시의 털에 얼굴을 묻고 비볐다.

『왜 그래, 프란?』

"웡?"

"스승…… 울시…….."

목소리가 떨리고 있었다.

『갑자기 왜 그래?』

"아무것도 아냐……."

그렇게 말하면서도 그 얼굴에는 강한 불안의 빛이 있었다. 게다가 눈가가 빨갛다. 혹시 운 건가……?

"웡웡?"

"응. 간지러워."

울시가 얼굴을 날름날름 핥자 겨우 그 얼굴에 웃음이 떠올랐다.

그렇겠지. 얼핏 괜찮아 보여도 그런 괴물에게 위압을 받은 뒤다. 꺾인 마음은 그렇게 간단히 원래대로 돌아오지 않는다. 나를 걱정시키지 않도록 아무렇지 않은 척 행동한 거겠지.

그런데 욕탕에서 돌아와 보니 우리의 모습이 없었다. 분명 상상할 수 없을 정도의 불안이 프란을 덮쳤을 것이다. 저 기가 센 프란이 울상이 될 만큼.

『멍청이야, 난……』

나는 맹렬하게 반성했다. 내가 울린 거나 마찬가지다. 녀석들이 있는 곳을 알아내는 것은 언제든지 할 수 있었다. 그저 위험을 느낀 탓에 초조해한 것이다. 녀석들의 동향을 조금이라도 빨리 파악하고 싶어졌다. 하지만 오늘은 프란을 방치해서는 안 됐다.

『미안해.』

나는 염동을 써서 프란을 마주 안았다.

이런 때는 사람의 팔이 있으면 좋겠다고 생각한다.

분신 창조를 쓸까도 생각했지만, 그것도 조금 아니라는 느낌이 들었다. 역시 그건 분신이기 때문이다. 내 몸은 이 검이고 염동이 팔이다. 그렇게 생각하면 역시 염동으로 쓰다듬어주는 게 나다운 생각도 든다.

『뭔가 하고 싶은 거 있어?』

"……오늘은 같이 잘래."

『나랑?』

"응."

예상 밖의 말이었다. 완전히 카레나 팬케이크를 조를 거라고 생각했는데.

『아니, 난 검인데? 딱딱하다고.』

"괜찮아."

프란의 뜻은 확고한 모양이다. 곧은 눈으로 나를 응시하며 고개를 꾸벅였다.

『프란이 괜찮다면 상관없어.』

"울시도 같이 자."

"윙?"

그리하여 그날 밤 나는 프란의 안는 베개로 변했다.

이렇게 베개가 딱딱하면 분명 자기 어려울 거 같은데……. 칼집이 있다고는 하나 검이잖아?

하지만 프란은 양손과 양다리로 나를 부둥켜안고 놓아주지 않았다. 나는 오른쪽으로는 프란에게, 왼쪽으로는 울시의 모피에 낀 상태였다.

내 자루가 프란의 머리에 닿아 있는데 아프지 않는 건가.

어지간히 피곤했는지 프란은 자기 불편한 자세로도 바로 고른 숨소리를 내기 시작했다. 평소에도 잠은 빨리 드는 편이지만 오늘은 특히 빠르군.

"쿨— 쿨—……."

그건 그렇고 한가하군. 평소라면 스킬을 연습할 텐데 이 상태로는 그것도 할 수 없다. 프란을 깨울지도 모른다.

할 수 없다. 가끔은 아무것도 안 하고 프란의 자는 얼굴이라도 보며 보낼까.

『잘 자, 프란.』

"……쿨—……."

제6장 맞서는 마음

수왕 일행과의 갑작스러운 만남으로부터 하룻밤이 지났다.

아주 나약해졌던 프란도 하룻밤이 지나자 어떻게든 회복한 듯했다. 아직 조금 약한 느낌도 들지만 어제 같은 불안한 표정은 전혀 보이지 않았다.

나는 침대에 앉아 식사를 하고 있는 프란에게 오늘의 예정을 들려줬다.

『오늘은 동쪽 던전에 들어갈 거야. 그리고 최대한 빨리 랭크를 올릴 거고.』

"응. 찬성이야."

"윙."

둘 다 수왕의 위협을 직접 봐서 내 말에 의욕을 냈다.

호위들만이라면 어떻게든 될지도 모른다. 모든 스킬을 써서 전력을 내면 이기지는 못해도 그런대로 싸울 수는 있을 터다. 도망치는 거라면 그렇게 어렵지는 않을 것이다. 뭐, 저쪽이 혼자라면 말이다.

하지만 수왕에 대해서는 싸움의 구상마저 전혀 떠오르지 않았다.

압도적인 스테이터스에 수많은 의문의 스킬. 그리고 상위자로서 붙은 관록. 싸우는 장면을 상상하려고 해도 프란이 바로 죽거나 내가 산산조각 나는 장면밖에 상상할 수 없었다.

그런 상대가 언제 적이 될지도 알 수 없는 상황이다. 솔직히 용서해줬으면 좋겠다.

『수행이나 연습은 오늘은 미뤄둬. 단숨에 의뢰를 달성하자.』

"응."

목표는 오늘 중에 의뢰 달성이다. 그게 무리라 해도 내일에는 반드시 랭크를 올릴 것이다.

던전의 함정이나 마수에 대해서는 이미 머리에 들어 있으니까 전력으로 서두르면 아래층까지는 바로 도달할 수 있겠지.

『그럼 갈까. 울시는 주위를 경계해.』

"웡!"

『프란도 되도록 눈에 띄지 않도록 하고.』

"응. 알아."

기척을 지우고 살그머니 이동하며 동쪽 던전으로 향했다. 오늘은 군것질도 하지 않았다.

그 보람이 있었는지 던전 입구까지는 문제없이 도착할 수 있었다.

『좋아, 아무도 줄을 서 있지 않군.』

어제보다 이른 시간에 온 게 다행인지 접수대에는 아무도 줄서 있지 않았다. 이대로 얼른 접수를 마치고 던전에 들어가자. 남은 일은 오로지 아래층을 향해 내려가 랭크업 조건을 달성하는 것이다.

하지만 접수를 하기 직전, 우리를 불러 세우는 목소리가 있었다.

"프란! 안녕!"

엘자였다.

"정말, 어제는 갑자기 사라져서 걱정했어."

이런. 수왕 사건이 있었던 탓에 완전히 잊고 있었어!

"기다려도 전혀 안 오고. 숙소가 어디인지도 전혀 몰라서 계속 찾았어."

완전히 바람맞힌 형태다. 화가 많이 난 느낌은 아닌데…….

"엘자, 미안해."

음, 여기서는 솔직하게 사과해야 한다.

"무슨 일 있었어? 급병? 배탈이라도 났니?"

"길드 입구에서 수왕을 만났어."

"뭐어? 우연히 만난 거야? 호, 혹시 무슨 짓 당했어?"

프란의 말에 엘자의 얼굴이 진지하게 변했다. 그리고 프란에게 달려와 몸을 굽히고 양손으로 이상이 없는지를 확인하기 시작했다.

우락부락한 남자가 미소녀의 몸을 주물주물 만지고 있지만 말릴 마음은 들지 않았다.

내면이 여성인 엘자에게서는 추잡한 기척이 전혀 나지 않아서 진심으로 프란을 걱정해주고 있다는 것을 알 수 있었기 때문이다.

이게 디아스였다면 바로 죽여버렸겠지만 말이다.

"괜찮아."

"하지만 무슨 일이 있었던 거지?"

"괜찮아. 그저 내가 약했을 뿐이야."

그렇게 말하고 프란이 입술을 깨물었다.

어젯밤 일이 떠올라 공포가 아니라 원통함이 솟아난 거겠지.

좋은 경향이다. 공포는 몸을 속박할 뿐이지만 원통함은 등을 떠밀어준다. 적어도 다음에는 수왕의 앞에 서기만 해도 마음이 꺾이는 일은 없을 테다.

"프란. 정말 괜찮아?"

"응."

엘자도 결정적인 사건이 일어난 게 아니라는 것을 이해한 모양이다.

아무래도 엘자에게도 짚이는 데가 있는 듯했다.

"뭐, 그건 반칙이야……. 실은 나도 길드 마스터와 같이 수왕과 회담했어."

"엘자도?"

"응, 솔직히 짓눌려서 눈도 똑바로 볼 수 없었어. 좋은 남자였는데, 아까워!"

그쪽이냐? 아니, 생각해보면 너스레를 떨 수 있는 게 대단하다. 수왕은 길드 안에서는 위압감을 전부 내보냈을 것이기 때문이다. 그 수왕과 상대해서 도망치지 않고 버틴 것만 해도 존경할 만한 가치가 있었다.

"그것과 언쟁해서 이쪽에 유리한 조건으로 회담을 마친 길드 마스터도 보통이 아냐. 오랜만에 그 사람을 존경했어."

디아스는 엘자 이상으로 대단했던 모양이다. 그 얘기를 듣고 나도 디아스를 조금 존경했다. 프란은 눈을 빛내고 있었다.

"디아스, 대단해."

"저래 봬도 일단 길드 마스터니까."

디아스도 엘자에게 그런 말을 듣고 싶지는 않을 것이다.

"그래도 프란이 괜찮아 보여서 다행이야."

"미안해."

"괜찮아. 무서웠지? 길드 마스터가 잔뜩 놀라게 한 뒤였으니까. 오히려 하룻밤에 회복한 네가 대단해."

"고마워."

"저기, 이제부터 던전에 갈 거야? 나도——."

"엘자 씨!"

호위로 당연히 같이 던전에 갈 셈이었겠지만 병사 한 사람이 초조한 얼굴로 엘자에게 달려왔다. 긴급 용건이 있는 듯했다.

"왜 그래?"

"그게, 모험가와 귀족이 옥신각신하고 있어서……. 게다가 한쪽이 랭크 A 모험가입니다."

"쳇. 하필이면 이런 때……!"

랭크 A 모험가? 혹시 그 세르디오라는 뻔한 꽃미남을 말하는 건가. 그 상태라면 가는 곳마다 분쟁을 일으킬 것이다.

"그래서 저희만으로는 얘기가 안 되니까 엘자 씨를 데려오라고 합니다."

"나를 지명했어? 하지만 프란의 호위도 해야 하는데……. 길드 마스터는 어쩌고 있어?"

"수왕 폐하의 상대에서 벗어날 수 없다고 합니다."

"아아, 정말! 진짜 짜증나네!"

엘자가 아프로 머리를 쥐어뜯었다. 그야말로 몸이 두 개라면 좋겠다는 상태일 것이다.

거기에 프란이 말을 걸었다.

"엘자, 가. 나는 괜찮아."

"하지만 소러스가 아직 안 잡혔어. 혼자는 위험해."

엘자는 소러스뿐만 아니라 수왕과의 대면으로 대미지를 입었을 프란의 내면에 대해서도 걱정해주고 있을 것이다.

"혼자가 아니야."

"윙윙!"

엘자의 말에 울시가 자신을 잊지 말라고 짖어 주장했다.

"어머, 미안해. 울시가 있었지."

"윙!"

"그러니까 괜찮아."

힘차게 고개를 끄덕이는 프란을 보고 정말 괜찮다고 이해한 듯했다.

"그러네. 프란은 강하니까."

"응!"

"그럼 그 말대로 나는 갈게."

엘자는 그렇게 말하고 병사와 함께 떠나려고 했지만 갑자기 발걸음을 멈추고 고개를 돌렸다.

"아, 맞다. 하나 조심해. 어제 봤던 그 용병단. 어쩌면 수왕과 관련이 있을지도 몰라."

"청묘족의?"

"응. 전에는 수인국에서 활동했대. 게다가 떠날 때 수인국이 뒤를 봐주고 있다는 협박도 했어. 거짓말일 가능성이 높다고 생각하지만 일단 조심해."

수왕뿐만이 아니라 청묘족들도 조심해야겠군.

"알았어. 고마워."

"우후. 프란, 또 봐앙. 쪽!"

마지막에는 익숙한 손키스를 날리고 엘자는 사라져갔다. 나도 엘자에게 점점 익숙해지고 말았는지 이제 움찔하지도 않았다. 어라, 중독됐나?

"스승, 왜 그래?"

『괘, 괜찮아. 그보다 얼른 던전에 들어가자.』

엘자가 눈에 띄는 탓에 상당히 주목받고 있기 때문이다.

그리고 우리는 접수를 마치고 던전에 돌입했다. 그러나 던전의 분위기가 어제와는 완전히 달랐다.

던전 안에 있는 마수의 숫자가 급감한 것이다. 게다가 나타나도 아주 약한 마수뿐이었다.

대체 어떻게 된 거지. 루미나가 뭔가를 한 건 확실한데, 이런 짓을 하는 의미를 모르겠다.

"마수, 약해."

『그만큼 공략이 편해지기는 했어.』

다만 문제도 있었다. 이제부터 우리가 의뢰를 달성하기 위해 사냥해야 하는 마수의 출현율도 낮아져서 발견하기 곤란해질 가능성이 있기 때문이다.

남은 의뢰는 평소에도 발견하기 어려운 마수의 희귀한 소재를 구하는 것뿐이었다. 모으는 데 한바탕 고생할 것 같았다.

그리고 유감스럽게도 그 우려는 적중했다.

『소재가 전혀 안 모여!』

목표하는 마수가 전혀 없었던 것이다.

그래도 우리는 끈기 있게 마수를 찾아서 어떻게든 소재를 모으는 데 성공했다.

시간은 상당히 걸렸지만 울시의 코가 대활약했다.

『잘했어, 울시. 아주 매운맛 카레에 아주 매운맛 탄두리 치킨을 얹어주마!』

"웡웡!"

"나도!"

『프란도 열심히 했으니까, 물론 프란한테도 일반 탄두리 치킨을 준비해줄게.』

"야호."

"윙!"

이런 식으로 잡담을 나눌 수 있는 것도 마수가 줄어들었기 때문이다. 그렇게 고생한 장소와 똑같다고는 생각할 수 없을 만큼 조용했다.

『프란, 전에 자기 진화 포인트를 어디다 쓸지 생각해두라고 했는데, 정했어?』

"응."

사실은 어젯밤에 물어볼 생각이었지만 여러 가지 일이 있었으니까.

내가 예상하기에 가장 가능성이 높은 건 검성술과 검성기일 것이다. 사용률이 가장 높고 실력의 상승으로도 이어진다.

다음으로 기척 감지려나. 이제 곧 레벨 맥스이고 전투 중에 상대의 공격 감지 등에 쓸 수 있다는 것도 알았다. 그 밖에는 화염 마술이나 뇌명 마술, 속성검이 유력 후보겠지.

그렇게 생각했는데──.

『뭘 강화할래?』

"단야가 좋아."

『뭐어? 단야?』

예상이 완전히 빗나갔다. 그런데 왜 단야지? 너무 의외여서 큰 소리를 내고 말았다고.

"응."

『어째서? 지금까지 단야에 흥미 없었잖아? 무투 대회 직전인데 전투 계열 스킬을 안 올려도 되겠어?』

"괜찮아."

내 설득에도 프란은 완고했다.

"스승의 손질은 중요해."

『그래서 단야? 정말 고맙지만 프란이 레벨을 올리고 싶은 스킬을 골라도 돼.』

"단야가 좋아."

프란의 뜻은 확고한 듯했다.

정말로 단야 따위에 소중한 포인트를 쏟아 부어도 괜찮을까 싶지만, 솔직히 말하자면 엄청나게 기쁘다. 프란이 그렇게까지 나를 생각해줬다는 뜻이다.

『그럼 단야를 올린다?』

"전부."

『전부라니, 레벨 맥스까지 올리라는 거야?』

"응!"

그리하여 나는 단야에 자기 진화 포인트를 할당했다. 아무리 그래도 맥스로 만드는 건 그렇다고 생각하지만, 프란이 그렇고 싶다고 했으니 마음대로 하게 내버려 두자.

〈단야가 Lv Max에 도달했습니다. 단야 마술 : Lv 1이 스킬에 추가됩니다〉

이로써 내 손질도 스스로 할 수 있게 될지도 모르니 나쁘지는 않지만, 역시 납득이 가지 않는다. 전투에 관련된 스킬을 강화하는 편이 낫지 않았을까?

내가 구차하게 후회를 하고 있는데 프란이 느닷없이 나를 땅에 놓았다. 그리고 꺼낸 천으로 나를 닦기 시작했다.

"응!"

『아, 이봐. 프란, 뭐 하는 거야?』

"스승 손질."

『지금부터 하는 거야?』

"응."

이런 던전 안에서 시작하지 않아도 되는데! 그렇게 말하려고 했지만 나는 말을 할 수 없었다.

이루 말할 수 없는 행복감이 나를 감쌌기 때문이다.

역시 단야가 카운트 스톱된 것답기는 했다. 평소처럼 프란이 천으로 닦아주기만 했는데 젤드에게 손질받은 때와 똑같은 상쾌함이 나를 덮쳤다. 뭐랄까, 온몸을 마사지받는 것 같다.

『──아, 거기야 거기.』

"응."

『아아아아──.』

너무나도 기분 좋아서 던전 안이라는 사실을 잊고 30분이나 관리를 받고 말았다.

앞으로 프란에게 매일 관리를 받는다고 생각하면 기뻐진다. 나는 얼마나 행복한 걸일까. 딸에게 안마를 받는 아빠는 이런 기분일지도 모른다.

『이야, 활력이 살아났어. 고마워.』

"또 닦을게."

『그래. 부탁할게.』

"……워후."

내가 손질을 받는 동안 주위를 경계했던 울시의 어이없는 시선이 따갑다.

『……미안해.』

"윙."

『프란, 던전 안에서는 하지 마. 위험하잖아.』

"알았어."

그건 그렇고 기분 좋군. 몸도 가벼워졌고. 이 세계에서도 특히 위험한 곳인 던전 안에서 릴랙스하고 말았다.

다만 역시 이래서는 전력의 향상으로 이어지지 않는다.

『달리 레벨업시키고 싶은 스킬은 없어?』

"으음. 스승의 차원 마술?"

『어? 차원 마술?』

확실히 나도 흥미는 있다. 하지만 그 밖에도 유용해 보이는 스킬은 잔뜩 있고, 지금 상태에서 반드시 올려야 하는 이유도 떠오르지 않았다. 솔직히 프란의 입에서 차원 마술의 이름이 나올 줄은 몰랐다.

『검성술이나 검성기를 안 올려도 되겠어?』

"그보다 차원 마술이 마음에 걸려."

『왜지?』

"수왕의 호위가 썼던 문."

『생각한 건 마찬가지인가.』

로이스가 썼던 차원문이다. 이름으로 볼 때 차원 마술을 올리면 배울 수 있을 것 같은 느낌이 들었다.

"그 술법이 있으면 바로 루미나를 만날 수 있을지도 몰라."

그렇군. 확실히 차원문이 있으면 부담 없이 루미나를 만나러 갈 수 있을 가능성이 있었다.

롱 점프로는 안 된다.

공간 도약에는 같이 뛸 수 있는 질량이 한정되는 데다 사용자가 손대고 있는 물건밖에 같이 옮길 수 없다. 즉 내가 프란이나 울시를 만지지 않으면 같이 공간 도약을 할 수 없는 데다 크게 변했을 때의 울시는 너무 커서 같이 옮길 수 없었다. 게다가 같이 전이하는 질량이 많으면 많을수록 비거리는 줄어든다.

또한 던전의 벽은 전이를 방해하는 효력이라도 있는지, 던전의 층을 넘어 전이하는 일은 할 수 없었다. 하려고 마음먹으면 할 수 있을지도 모르지만, 몇 층을 이동하기만 해도 마력이 고갈될 것이다.

하지만 차원문이라면 문만 이어지면 질량 등은 상관없는 것처럼 보였다. 전투 때 사용할 틈은 없을지도 모르지만, 평소에 이동하는 데는 차원문 쪽이 우수하지 않을까? 노려볼 가치는 충분히 있었다.

『그럼 차원 마술을 레벨업시킬까.』

포인트 절약도 생각해 일단 레벨을 하나씩 올려봤다. 레벨 2, 3

에서는 그럴듯한 술법을 배울 수 없었다. 혹시 고유 스킬인 로이스의 차원문은 차원 마술과는 전혀 상관없는 건가? 조금씩 걱정이 되기 시작한 직후였다.

차원 마술을 레벨 4로 올렸을 때 마침내 염원하던 술법을 배웠다.

『디멘션 게이트. 이거로군.』

디멘션 게이트는 자신이 있는 장소와 기억에 있는 장소 사이에 문을 연결하는 술법이었다. 문을 빠져나갈 수 있는 크기의 것이라면 누구든지 이용이 가능했다. 마력을 최대한 실으면 대형 크기의 울시가 지나갈 정도의 문도 만들 수 있었다.

우리가 원했던 차원문에 가까운 술법이라고 할 수 있을 것이다. 이쪽은 단순히 구멍을 연결할 뿐이라서 전혀 같지는 않지만 말이다. 게다가 의외로 거리가 짧았다. 역시 던전 밖에서 루미나의 방으로 단숨에 전이할 수는 없을 것 같았다. 아쉽지만 루미나의 방으로 거리를 단축해 가는 건 포기하자.

『그럼 목적인 술법도 입수했는데, 어떡할래?』

차원 마술은 레벨을 하나씩 올리는데 자기 진화 포인트가 3씩 들어서 Lv 4로 올리는데 9가 필요했다. 남아 있는 자기 포인트는 21이다.

"……기력 제어?"

『흐음. 어째서지?』

"수왕이 가지고 있으니까. 진화에 관계있을지도 몰라."

그렇군. 금화사로 진화한 수왕의 스킬을 흉내 내보려는 건가. 아마 기력 조작을 레벨업시키면 습득할 수 있을 것이다. 녀석이

가지고 있고 우리가 가지지 못한 스킬 중에서 지금 바로 목표할 만한 것이 기력 제어다. 시험해보는 것도 나쁘지는 않나.

『그럼 한다?』

"응."

『오오! 왔다!』

예상대로 기력 조작에 5포인트를 넣어 진화시키자 기력 제어를 얻을 수 있었다.

『어때?』

"⋯⋯?"

프란은 고개를 갸웃거리고 있었다. 아쉽지만 진화의 열쇠는 아니었던 모양이다.

다만 이 스킬을 얻은 순간부터 내 안에서 뭔가가 확연하게 바뀌었다. 기력 제어로 인해 내부의 마력 순환이 원활해진 덕분인지 감지 계열 스킬의 감도가 보다 올라갔다.

그것뿐만이 아니다.

『지금이라면——.』

나는 형태 변형을 발동시켰다. 도신의 일부를 끈 모양으로 변형시켜 공중에 기하학 모양을 그려봤다. 그 후, 도신을 열 가닥으로 세분화해 실 모양으로 바꿔 조종해봤다.

"오오. 스승, 굉장해."

『마력을 몸속에서 다루는 능력이 월등히 좋아졌어. 이 스킬 좋은데?』

도신이 생각한 대로 모습을 바꾸고 생각한 대로 움직였다. 지금까지 이상으로 세밀한 변형이 가능했다. 게다가 마력의 낭비가 억

제돼 소비가 줄었다. 기력 제어. 수수하지만 유용한 스킬이었다.

『그럼 다음은──프란!』

"응!"

"크릉!"

우리는 얘기를 멈추고 그 자리에서 자세를 잡았다.

갑자기 끈적한 살기가 우리를 덮쳤기 때문이다.

던전에 나타나는 마수가 아니다. 압력이 전혀 달랐다.

사인 린포드. 흑호 루미나. 그리고 수왕. 우리가 만났던, 발치에도 못 미치는 압도적인 강자들. 이 살기에서 느껴지는 무시무시함은 그들에게 미치지 못했지만, 그것과는 또 다른 종류의 위기감을 느끼게 했다. 순수하게 이쪽을 죽이려 하는 날카로움이 아니라 어떻게 괴롭히다 죽일까 상상하는 자 특유의 피부를 잠식하는 듯한 음습함이 있었다.

"크흐흐흐흐……. 오랜만이야. 만나고 싶었어."

자세를 잡은 채로 살기의 출처를 노려보는 우리의 앞에 나타난 것은 세 사람의 인간이었다.

"소러스!"

"이히히히히! 정다압!"

탈옥했다는 소러스다.

프란의 놀란 얼굴을 보고 소러스가 크게 웃기 시작했다. 정신적으로도 어딘가 이상해진 듯했다. 그 새된 웃음소리에서는 광기의 편린을 느낄 수 있었다.

하지만 강했다. 우리에게 붙잡혔을 때와는 내쏘는 위압감이 달랐다. 단기간에 급격히 힘을 늘린 듯했다. 도핑이라도 한 건가?

그 소러스를 따르는 자가 두 명. 소러스의 뒤에 서 있는 인간이 있었다. 아니, 한 명은 진짜 인간인지 의문이지만 말이다.

그 녀석은 온몸이 꽉 채워진 듯이——아니, 꽉 채워진 결과 이렇게 됐나 싶을 만큼 이상하게 발달한 근육으로 뒤덮여 있었다.

보통 인간이 아무리 단련한다 해도 이렇게는 되지 않을 것이다. 엘자를 근육맨이라고 표현했는데, 이 녀석은 근육 몬스터다. 지나치게 비대화한 근육을 뒤덮은 그 모습은 이미 인간의 범주에서 벗어나 있었다.

바르보라에서 싸운 이블 휴먼과 비슷한 느낌도 들지만, 그것과는 별개였다. 사기가 전혀 느껴지지 않고 피부색도 검지 않았다. 그리고 머리의 근육까지 부풀어 올라서 얼굴도 구분이 가지 않았다. 이런 모습으로 용케 걸을 수 있구나. 관절마저 움직이기 어려워 보이는데.

"누구야?"

"안 가르쳐주지! 뭐, 내 협력자한테 빌린 부하야. 조금 볼품없어도 강해 보이지? 히하하하하하!"

잘려진 팔다리가 재생한 것을 봐도 그럴 거라고는 생각했는데, 역시 협력자가 있었나.

그리고 또 한 사람. 체격은 평범하다. 얼굴을 천 복면으로 가리고 있지만 감정을 가진 우리는 그 정체를 알 수 있었다.

"세르디오."

"어라? 들켰나?"

프란에게 지적당한 세르디오는 간단히 얼굴에 쓴 복면을 벗었다. 그 뒤에서는 울무토 밖에서 프란에게 시비를 걸었던 미남 귀족, 세르디오의 산뜻한 얼굴이 나타났다.

프란이 세르디오에게 보내는 시선은 이니냐를 죽인 소러스에게 보내는 시선과 또 달랐다. 증오보다는 분노. 나를 자신에게서 빼앗으려 했던 자에게 보내는 분노의 시선이었다.

"세르디오 님. 그렇게 쉽게 들키면 곤란한데요~?"

"어차피 여기서 죽일 거다. 상관없지 않나?"

"히히히. 그야 그랬죠!"

"네가 욕심을 부려 그 검을 넘기지 않았기 때문이야. 그 검은 나 같은 사람에게 쓰여야 하는데…… . 자기중심적인 생각으로 내 손을 번거롭게 하다니, 나쁜 애로군. 목숨으로 속죄해라."

세르디오의 이상함은 여전했다. 마치 이쪽이 나쁘다는 듯이 자신에게 유리한 얘기를 주절주절 떠들었다. 악의나 사념이 느껴지지 않는 것도 마찬가지다. 정말 프란이 악이고 자신이야말로 선이라고 믿어 의심치 않는 듯했다. 이렇게까지 가면 보통 악인보다도 질이 나쁘다.

하지만 이상한 건 소러스와 세르디오의 정신이나 정체 모를 근육 몬스터의 외모뿐만이 아니었다. 오히려 가장 이상한 부분은 거기가 아니었다.

『이봐, 저 녀석들 검이 꽂혀 있어…… .』

소러스 일행의 목 뒤. 세 명 모두 어째선지 가느다란 검이 꽂혀 있었다. 후두부의 중심에서부터 마치 등뼈 대신 검을 질러 넣은 듯이 이상한 모습이었다. 아마 등뼈를 따라 에스톡 모양의 검이 몸을 꿰뚫고 있을 터다.

손잡이에 고통스러운 표정을 띤 남자의 얼굴이 새겨진 기분 나쁜 에스톡이었다.

검에서는 불길한 마력을 감지할 수 있었다. 그 이상으로 강한 혐오를 느낄 수 있었다. 그거다, 지금도 느끼고 있는 세르디오에 대한 혐오감과 닮았다. 그것을 더 진하게 한 것이었다. 마검에서 피어오르는 이상한 마력 탓일까?

소러스 일행에게 출혈은 보이지 않는데……. 저 검이 이 녀석들이 이상한 원인인가?

하지만 에스톡에는 감정이 통하지 않았다. 상당히 고위 마검이라는 뜻이겠지.

"그 검은 뭐야?"

"검? 이 검 말이냐? 알고 싶냐? 이히히! 이 녀석이 찌르고 있으면 기분이 최고로 좋아져! 히하하하하하! 게다가 이 녀석 덕분에 힘이 넘쳐흐른다고오오오!"

"아아, 그래! 소러스의 말대로 이 검은 최고야! 아하하하!"

힘 외에도 뇌내 마약 같은 것까지 펑펑 샘솟고 있는 것 같았다. 도핑약이 아니라 행복해지는 약이라도 먹은 건가? 하지만 단기간에 소러스가 강해진 이유의 비밀은 등에 꽂힌 마검에 있는 듯했다.

세르디오도 이전과는 완전히 다른 존재감을 내뿜고 있었다. 이 힘이라면 랭크 A 모험가까지는 아니라도 랭크 B 정도 힘은 될 것이다. 즉, 그만한 강적이 우리 앞을 가로막고 있는 상황이었다.

"탈옥은 세르디오의 동료 덕분이야?"

"히힛! 뭐야, 이제 와서 그게 신경 쓰이는 거냐? 아아, 그래! 세르디오 일당 덕분이야! 그들이 감옥의 보초를 죽이고 밖으로 꺼내줬어!"

"다른 동료는?"

"알고 싶으면 있는 힘껏 알아내봐!"

"……그렇게 할게."

소러스의 들뜬 상태가 너무 심해서 대화하기만 해도 피곤해지는군.

"아, 그건 그렇고 드디어 널 죽여버릴 수 있겠어~! 그때는 지독한 짓을 잔뜩 당했으니 정성껏 괴롭혀줄게!"

"이것도 네 탐욕이 초래한 사태야. 적어도 후회하며 죽어라. 뭐, 네 마검은 내가 빈틈없이 유용하게 활용할 테니 걱정하지 말도록."

역시 세르디오는 내가 목적인가. 그런데 이런 때 하얀 이를 보이며 산뜻하게 웃어도 이상함이 두드러질 뿐이라서 혐오감밖에 들지 않는군.

"내 검이 목적이야?"

"뭐 그렇지. 물론 너에 대한 복수가 우선이지만, 협력자들이 그 검을 원해서 말이야. 널 죽이고 빼앗아오라더군! 그분에게 진상품으로 삼는다고."

"그분?"

누구지?

"아하하하! 그것도 안 가르쳐주우지!"

"어차피 여기서 죽을 거다. 그분에 대해 듣는다 해도 의미가 없을 텐데?"

세르디오도 그분이라고 했다. 즉 랭크 A 모험가에 자작인 세르디오가 경어를 쓰는 상대라는 뜻인가…….

"이히히히히! 무서운 얼굴 하고 있네! 이니냐가 죽은 걸 그렇게 용서할 수 없냐아?"

"……!"

프란에게서 억눌려 있던 살의가 단숨에 흘러넘쳤다. 위험하다, 소러스는 미친 것처럼 보여도 역시 영리하다.

『프란! 도발에 넘어가지 마!』

"넌 용서 안 해."

"아하하하하! 그건 내가 할 말이야~! 내가 맛본 고통을 백 배로 돌려주마!"

전에 프란에게 순식간에 당한 주제에 묘하게 자신만만한데, 지금의 소러스에게는 그 자신을 뒷받침할 만한 힘이 있었다. 그 스테이터스는 믿을 수 없을 만큼 변화해 있었다. 두 배로 늘어났다고 해도 좋을 정도였다. 스킬도 이상 재생, 통각 차단 등이 늘어났다. 이것도 저 마검의 능력인가?

더 눈길을 끈 부분이 상태였다. 소러스는 광신으로 변해 있었다. 본 적 없는 상태였다.

광신. 확실히 미쳤다는 느낌은 드는데……. 모르는 것투성이야! 검의 정체도! 변한 이유도! 광신이라는 상태 이상의 이유도!

"햐하하하! 너도 이니냐처럼 무참하게 죽여줄게!"

"죽여버리겠어!"

수수께끼의 파워업을 마친 지금의 소러스와 세르디오를 상대로 화난 채로 싸움을 시작하는 건 위험하다.

하지만 프란은 그대로 달려들었다.

역시 이니냐의 죽음을 업신여긴 것을 참을 수 없었을 것이다.

"히하하하! 가지고 놀다 죽여주마!"

"그 후 검을 회수하도록 하지!"

그 순간 소러스와 세르디오가 가진 마력이 폭발적으로 높아졌다. 그뿐만이 아니다. 두 사람에게서 느껴지는 위험도가 확연하게 올라갔다.

황급히 다시 감정했다. 그러자 상태가 변화해 있었다. 광신은 남아 있지만 잠재 능력 해방이 추가돼 있었다. 나는 허둥지둥 프란에게 경고를 날렸다.

『프란! 위험해! 이 녀석들 잠재 능력 해방 상태야!』

"!"

프란도 눈을 크게 뜨고 놀라고 있었다. 아무튼 잠재 능력 해방에는 죽을 뻔한 적도, 도움받은 적도 있다. 당연히 그 폭발적인 효과도 이해하고 있었다.

스킬을 확인해도 잠재 능력 해방 스킬은 없었다. 그런데 상태는 잠재 능력 해방이다. 능력도 껑충 뛰었다. 평상시도 강화돼 있던 스테이터스가 더 강화됐다. 그 수치는 수왕의 호위에는 미치지 못하지만 충분히 위협적이었다. 그래도 프란이 발걸음을 멈추는 일은 없었다.

『젠장! 프란, 전략적 후퇴 하자! 너무 위험해!』

도망치자고 하면 고집부릴지도 모른다고 생각해 전략적 후퇴라고 말해봤지만——.

"하아압!"

틀렸어! 머리로 피가 몰려 이미 소러스 일당밖에 안 보여!

379

"히히히히! 죽어라아!"

사실은 다시 붙잡아 모든 것을 알아내고 싶다. 하지만 지금의 소러스 일당을 상대로 손속에 사정을 둘 수 있을 리가 없었다. 오히려 내 마음속에서는 프란의 의사를 무시하고서라도 도망쳐야 하나 말아야 하나 생각하고 있었다.

"이쪽이 할 말이야! 네가 죽어."

아, 이런! 일단 한 번 붙을 수밖에 없겠어!

『스테이터스는 압도적으로 저쪽이 위야! 전에 붙었던 소러스는 잊어버려! 세르디오도 단순히 썩어빠진 귀족이 아냐!』

"응!"

『울시는 덩치를 부탁해!』

"크르르!"

내 지시에 따라 울시가 지금까지 말 한마디 하지 않은 근육남을 향해 달려들었다.

남자의 이름은 다룸. 아직 믿을 수 없지만, 종족은 인간이다. 육체가 이런 건 근육 이상 강화라는 스킬이 원인인 듯했다. 완력이 800을 넘는데 민첩은 100에도 못 미친다. 소러스와 마찬가지로 이상 재생, 통각 차단을 가지고 있지만 울시라면 대처할 수 있을 터다. 왜냐하면 이 녀석은 아무리 봐도 제대로 싸울 수 없었다.

부술이나 부기, 방패술, 방패기 스킬을 가지고 있는데도 불구하고 빈손이었기 때문이다. 격투 스킬은 레벨이 아주 낮으니 그 높은 스테이터스만 경계하면 어떻게든 될 상대였다.

"―."

울시가 유혹하듯이 통로를 달려가자 다룸은 그것을 쫓듯이 우리에게서 멀어졌다.

그런데 다룸은 말이 전혀 없군. 그것도 기분 나쁘지만 이 녀석은 울시에게 맡기고 우리는 소러스와 세르디오에게 집중하자.

그리고 좁은 통로에서 격렬한 전투가 시작됐다.

"하아압!"

"햐하하하!"

소러스와 세르디오의 장비품은 질이 상당히 우수했다. 검도 나와 제대로 맞부딪칠 수 있을 정도의 마력검이었다.

"자아 자아 자아! 힘 좀 써보시지!"

"웃!"

소러스의 전법은 거칠지만 이치에 아주 부합하는 것이었다.

무술 스킬로 프란에게 뒤지는 이상 온전한 칼싸움에서는 당해낼 수 없다. 그래서 자신이 프란을 압도하는 스테이터스를 살려 속도와 완력으로 밀어붙이는 전법을 취했다.

게다가 틈을 보고 반격했지만 견제 정도의 공격은 이상 재생으로 즉시 회복했다. 통각 차단도 갖추고 있는 탓에 이쪽의 공격으로 움직임을 전혀 멈출 수가 없었다.

"그쪽만 주의하면 되겠나?"

"큭!"

"햐하하! 나까지 베려는 거냐! 좋아!"

세르디오는 소러스와 정반대로 움직였다. 소러스를 방패로 삼듯이 돌아 들어가 틈을 보고 날카로운 일격을 날린 것이다. 심지어 소러스에게 맞는 것도 개의치 않고. 높은 재생력을 가진 데다 통각이 없기 때문에 취할 수 있는 전법일 것이다.

그것만 해도 성가신데 세르디오가 날리는 검의 궤도가 이상했다.

마치 날쌘 뱀처럼 불규칙한 움직임이었다. 그 도신에서는 딸랑딸랑, 하고 새된 금속음이 울렸다.

"호오, 마력검 체인 스네이크의 일격을 피했나. 하지만 스쳤다."

세르디오의 손에 들려 있는 것은 마력 연접검이었다. 마력에 의해 도신이 흩어져 채찍처럼 변화하는 특수한 무기인 듯했다.

『안티 도트! 힐!』

저 검, 스치기만 해도 상대에게 맹독을 주입할 수 있는 모양이다. 뭐 이렇게 성가셔!

"호오! 재생 스킬이라도 가지고 있는 건가? 게다가 독도 사라진 듯하군."

"히하하하! 그렇다면 보다 오래 괴롭힐 수 있겠군!"

소러스의 공격이 더 격렬해졌다. 아무래도 프란의 피를 보고 흥분한 모양이다.

하지만 그만큼 공격이 조잡해졌어! 혼자서 앞으로 나온 탓에 세르디오와도 거리가 약간 생겼다. 녀석의 엄호도 늦어지겠지.

그 틈을 프란이 놓칠 리가 없었다.

소러스의 참격을 흘리고 카운터로 찌르기를 반복했다. 목표는 머리다.

"핫!"

"햐하하하──커헉?"

그 공격은 핏발 선 눈으로 크게 웃는 소러스의 입천장을 뚫고 뒤통수로 관통했다. 그 김에 속성검으로 뇌 속을 구워줬다. 소러스의 눈에 있는 수분이 증발해 하얗고 탁한 게 보였다.

『이로써 한 명!』

"응."

다음은 세르디오를. 그렇게 생각하고 프란이 시선을 뗀 순간이
었다.

"큭!"

그 자리에서 힘껏 날아갔다.

"피했나아? 감이 좋구운."

『말도 안 돼! 뇌를 파괴했는데 재생했어!』

소러였다. 놀랍게도 아직도 움직여 프란에게 반격했다.

이게 이블 휴먼처럼 인간이기를 포기했다면 아직 아슬아슬하
게 납득할 수 있었다. 그러나 소러스의 종족은 여전히 인간이다.
그런데 머리가 내부에서 파괴됐는데도 아직 살아 있었다.

"이 정도로 죽을까 보냐! 크하하!"

머리를 관통하는 게 이 정도라면 어떻게 해야 죽일 수 있는 거야!

아마 이상 재생 스킬의 효과겠지. 마력을 많이 소비하는 데다
생명력마저 사라지는 대신 통상적인 재생 스킬보다 높은 재생력
을 가지고 있는 것이다. 더욱이 잠재 능력 각성 덕분에 스킬의 효
과가 올라갔다. 불사와 유사하다고도 할 수 있을 정도다.

순식간에 머리가 원래대로 재생된 소러스가 지금까지와 다르
지 않는 모습으로 공격을 날렸다.

"자자! 이 좁은 곳에 도망칠 데는 없다!"

확실히 좁은 공간이다. 하지만 그렇기 때문에 소러스와 세르디
오도 도망칠 곳은 없었다.

『큰 걸 날리자!』

"응!"

급소를 뭉개도 죽일 수 없다면 재생할 부분이 남지 않을 만큼 철저히 온몸을 부숴 소멸시키면 된다.

『죽어라!』

나는 프란마저 휘말릴 위치에서 화염 마술 플레어 익스플로드를 여러 번 기동시켰다. 고열과 파괴력을 동반한 폭염이 좁은 통로를 집어삼켰다. 본래는 넓은 범위를 공격하기 위한 마술이 좁은 공간에서 모여 날뛰며 그 위력을 몇 배나 늘렸다.

붉은 불꽃 소용돌이가 소러스와 세르디오를 휩쓰는 모습이 보였다.

동시에 나는 시공 마술 디멘션 시프트를 발동해 폭염을 피했다.

무영창으로 고위 마술을 여러 번 기동했기 때문에 마력의 소모가 굉장했다. 이건 보유 마력이 큰 나라서 할 수 있는 전법이었다.

『프란, 방심은 하지 마!』

"응!"

이것으로 녀석들을 해치울 셈이었지만 그렇게 불사신 같았다. 살아남을 가능성도 있다. 하지만 어느 정도 대미지를 입으면 재생하기까지 약간의 시간이 걸릴 것이다. 장벽 계열 스킬을 가지고 있지 않은 이상 막지는 못했을 터였다.

『그리고 최대 화력을 쏟아붓는 거야!』

"응!"

우리는 폭염에 섞여 일단 뒤로 물러났다 .동시에 프란이 나를 들고 중단세를 취했다. 공기 발도술의 준비다.

다음에는 프란의 참격과 내 마술을 날린다.

『──아니?』

그러나 그 계획은 크게 빗나가게 됐다. 폭염이 안쪽에서 사라지고 멀쩡한 소르스와 세르디오가 모습을 드러냈기 때문이다. 그 몸에는 오물 하나 묻어 있지 않았다.

"……재생했어?"

『아니야. 방어구에 탄 흔적조차 없는 건 이상해.』

어떤 방법으로 마술 자체를 막았다고밖에 생각할 수 없었다.

"크흐흐흐! 전에 내가 너 같은 괴물한테 어떻게 덤볐나 몰라!"

마술이 통하지 않는 걸까, 불이 통하지 않는 걸까.

"저 정도 화염 마술은 좀처럼 보기 힘들지. 조금 놀랐다!"

입으로는 그런 말을 하면서도 소르스와 세르디오에게 초조한 기색은 보이지 않았다. 자신들이 지금의 화염 마술에 다치는 일은 없다고 확신한 거겠지.

『뭘 했는지 확인할 필요가 있어.』

"응."

도망칠 곳이 없도록 통로를 완전히 메우는 밀도로 뇌명 마술, 바람 마술, 흙 마술을 동시에 썼다. 이것으로 녀석들이 멀쩡했던 구조를 확인한다!

"키하하하하하! 재능이 많군! 하지만 소용없다아!"

놀랍게도 소르스가 마술 탄막을 향해 스스로 돌진해 왔다. 그대로 가드하는 기색도 없이 마술과 정면으로 충돌했다.

"하하! 어설퍼!"

『마술을 완전히 무효화했어! 저 마검의 능력인가!』

마술이 소러스에게 맞기 직전에 흙의 탄환도, 번개 사슬도, 바람의 칼날도 모두 흔적도 없이 사라져 허공에 녹아들었다. 완전한 마술 무효화였다. 그때 소러스의 등에 꽂힌 마검이 빛나는 것이 보였다.

『마술 완전 방어……? 하지만 대가는 클 거다!』

아무래도 마술을 무효화하는 데는 녀석들의 마력을 상당히 필요로 하는 모양이다. 마치 대지에서 영양분을 빨아들이는 식물처럼 마검이 소러스에게서 대량의 마력을 흡수하는 것이 느껴졌다. 그래서 초반에는 쓰지 않았을 것이다. 그리고 잠재 능력 해방 상태이기 때문에 생명력도 서서히 줄어들고 있었다.

시간을 끌면 멋대로 자멸할 터다.

그것을 알기 때문에 두 사람은 단기 결전으로 단숨에 승부를 보려고 한 거겠지.

마력 탄막을 돌파한 소러스가 속도를 늦추지 않고 달려들었다.

"하하! 죽어라!"

"차앗!"

그러나 프란의 공기 발도술은 이미 준비가 완료돼 있었다. 소러스의 잇단 고속 찌르기를 몸을 비스듬히 돌리는 최소한의 동작으로 피했다. 사각에서 세르디오의 연접검이 뻗어왔지만 그것도 고개를 기울이기만 해서 회피했다.

그와 거의 동시에 프란이 날린 내 도신이 소러스의 목덜미를 덮쳤다.

우리의 목표는 녀석의 목을 자른 그 뒤였다.

지구에도 불사신 마물을 봉인한 일화는 동서고금 존재했다. 그

중에서 자주 취하는 수단은 팔다리를 잘라 떨어진 곳에 가둬 부활할 수 없도록 하는 것이었다.

소러스의 목을 잘라 몸과 분리한다. 그러면 재생할 수 없지 않을까? 그렇게 생각한 것이다. 뭐, 최악의 경우 머리가 돋아날지도 모르지만 일단은 시험해봐야 한다.

『그 목, 받아가마아아!』

"햐하하하!"

소러스가 왼팔을 머리와 나 사이에 끼워 넣는 모습이 보였다.

『이제 와서 소용없다!』

거의 완벽에 가까운 공기 발도술에 더해 소러스 자신이 고속으로 이쪽으로 향하고 있었다. 팔 하나 정도로는 방패조차 되지 않는다.

그럴 터였다.

"키히! 안 됐구운!"

『말도 안 돼!』

그러나 소러스의 팔과 함께 그 목을 떨어뜨릴 터였던 나의 도신은 어째선지 소러스의 팔 절반까지 베는데 그쳤다.

"아윽!"

그뿐만이 아니라 카운터로 휘두른 소러스의 검이 프란의 옆구리를 깊숙이 찔렀다.

프란이 즉시 뒤로 뛰었지만, 완전히 피하는 것은 무리였던 모양이다. 상처가 내장까지 이르렀는지 뿜어져 나오는 피의 양이 심상치 않았다.

『지금 회복을──뭐, 뭐야!』

회복 마술이 발동하지 않았다. 몇 번 시도해도 마술이 기동하지 않는다.

『프란! 재생을 써!』

'이미 하고 있어.'

프란은 그렇게 말했지만 상처가 막힐 기미는 전혀 보이지 않았다. 아니, 아주 조금씩 상처가 막히고 있었다. 아무래도 효과가 대폭 줄어들었을 뿐인 것 같았다. 하지만 이 진행 상태로는 완치하기까지 30분 이상은 걸릴 듯했다. 그래서는 늦는다고!

『녀석의 마검이야! 자신과 떨어진 곳에 있는 마술이나 스킬도 없앨 수 있는 거야!』

공기 발도술이 막힌 것도 그 탓인가! 저 마검은 마술뿐만 아니라 떨어진 장소에서 발동되는 스킬조차도 무효화하는 모양이다. 그 결과, 진동이나 속성검이 사라져 평범한 발도술이 된 것이다. 물론 그래도 위력은 상당했겠지만, 소러스의 강화된 육체를 자르기에는 부족했을 것이다.

황급히 전이하려고 했지만 그것도 사라졌다.

『젠장!』

전이를 사용할 수 없다면 뛰어서 거리를 벌릴 수밖에 없다. 그뿐 아니라 여차할 때 전이로 도망치는 수단이 봉쇄되고 말았다.

하지만 깊은 상처를 입은 프란이 지금의 소러스 일당과 추격전을 벌여 이길 수 있을 것 같지는 않았다.

최악의 상황에 몰렸다. 유일한 위안은 대신의 팔찌를 장비하고 있는 것이다. 최악의 경우 한 번은 부활할 수 있다.

그렇게 생각했지만——.

"크흐흐! 혹시 그 대신의 팔찌에 기대하고 있는 거냐? 소용없다! 마력을 없애는 효과 앞에서는 그것도 단순한 장비품밖에 안 돼!"

진짜냐! 젠장, 최후의 희망도 순식간에 깨졌어!

"하하하하! 아까 말했듯이 이대로 가지고 놀다 죽여주마아아!"

더 격렬하게 공격을 날리는 소러스와 세르디오.

"꿰뚫어라! 블리츠 혼!"

"큭!"

"꿰뚫어라 꿰뚫어라 꿰뚫어라아!"

세르디오가 새로운 마법 무기를 꺼냈다. '꿰뚫어라'라는 키워드로 바람의 창을 쏘는 무기인 듯했다. 위력은 별로 대단치 않지만 회복이 막힌 지금 보이지 않는 바람 공격은 아주 성가셨다.

"으랴아아압!"

"꿰뚫어라! 꿰뚫어라아! 후하하하하하!"

방어에 전념하는 덕분에 직격은 피하고 있지만 몸에 상처가 늘어갔다. 특히 세르디오의 바람 창에 찔린 상처가 많을 것이다. 게다가 옆구리에 난 상처에서는 피가 하염없이 흘러넘치고 있었다. 던전의 바닥이 프란이 흘린 선혈로 붉게 물들어 있었다.

출혈의 영향으로 프란의 움직임이 희미하게 둔해지기 시작한 가운데, 지금까지 우선적으로 막던 세르디오의 연접검이 드디어 이를 드러냈다. 세르디오 자신이 베일 각오로 단숨에 앞을 나와 소러스뿐만 아니라 자신조차 휩쓸릴 기세로 광범위하게 연접검을 휘두른 것이다.

그 결과, 프란의 왼쪽 어깨에 희미하게 연접검이 스쳤다.

이 상태에서도 불규칙한 궤도를 그리는 연접검을 피한 프란은 역시 대단하다. 하지만 이 무기는 스치는 것조차 허용해서는 안 됐다.

『안티 도트! 쳇! 역시 틀렸나!』

왼쪽 어깨에 입은 상처가 새까맣게 물들고 주위의 혈관도 조금씩 변색돼가는 것을 알 수 있었다.

"크흑……."

"햐하하하! 왜 그러냐! 움직임이 둔해졌어!"

10초가 지나자 독에 몸이 잠식돼 프란의 움직임이 눈에 띄게 나빠졌다. 때때로 프란의 몸을 격동이 덮치는지 움직임이 급격히 흐트러지는 경우도 있었다.

그래도 프란은 놀랄 만한 정신력으로 발을 멈추지 않았다.

『프란! 괜찮아?!』

'스승, 괜찮아. 진정해…….'

그, 그렇지. 내가 초조해서 어쩌자는 거야! 프란은 아직 전의가 꺾이지 않았다. 싸울 생각이다. 하지만 프란의 약한 목소리는 남은 시간이 적다는 것을 나타내기도 했다.

『어떻게든 거리를 벌릴 수 있겠어?』

'무리야. 그러니까 거리는 못 벌려.'

『뭐라고?』

'스승, 포인트를──에 쏟아서. 전부 올려도 돼.'

『아, 알았어.』

이렇게 되면 프란의 작전에 걸자. 여차하면 잠재 능력 해방을 쓰게 될지도 모른다. 재생이 봉쇄된 상태로 잠재 능력 해방을 어디까지 견딜 수 있을지는 모르지만, 최악의 경우 프란만이라도 도망치게 할 것이다.

그렇게 각오하며 나는 프란에게 들은 대로 자기 진화 포인트를 할당했다.

직후, 알림의 상냥하면서도 무기질적인 목소리가 복음처럼 머릿속에 울려 퍼졌다.

〈──가 Lv 10에 도달했습니다. ──가 스킬에 추가됩니다〉

〈조건을 전부 달성했습니다. 유니크 스킬 ──가 스킬에 추가됩니다〉

〈──를 획득했습니다. 장비자 프란이 칭호 ──를 획득합니다〉

뭔가 여러 가지 일이 일어났어!

『됐어! 게다가 예상 이상이야!』

"응......!"

"히히히! 아직 할 셈이냐? 하지만 네 공격으로는 우리를 못 죽인다고!"

소러스가 다 이겼다는 얼굴로 달려들었다. 바보처럼 주구장창 돌진이다.

하지만 이 돌진이 성가시다. 알고 있어도 막을 재주가 없었다. 아까도 결국은 이쪽이 깊은 상처를 입었다.

『온다!』

내가 프란을 초조하게 만들지 말자고 생각하면서도 아무래도 초조함에 사로잡힌 목소리가 나오고 만다.

하지만 내 한심한 목소리를 들어도 프란은 평소의 프란이었다.

'응. 괜찮아, 나는 이길 거야.'

『프란......』

프란의 냉정한 사념을 감지했기 때문인지 스스로도 놀랄 만큼 진정할 수 있었다.

그 덕분일까? 나를 꽉 쥐는 프란의 상태를 손에 잡힐 듯이 파악할 수 있었다. 육체적 한계가 가까운 것도, 그 반면 정신이 수면처럼 잔잔한 것도 모두 이해할 수 있었다.

마치 프란과 일체화한 것 같은 감각.

하지만 그게 기분 좋다. 프란이 마찬가지로 느끼고 있다는 것도 알 수 있어서 기뻤다.

서로가 품고 있는 불안을 서로의 존재를 느껴서 지운다. 그런 감각이었다.

프란의 왼쪽 눈이 거무칙칙하게 변색되기 시작했다. 독이 거기까지 퍼지기 시작한 것이다. 마치 우는 것처럼 눈꼬리에서 흐르는 피눈물이 뺨을 타고 내려갔다. 왼쪽 눈의 시력은 상당히 떨어졌을 것이다. 초점이 잡히지 않았다. 통증도 상당할 터다.

그러나 프란의 사고에 흐트러짐은 없었다.

'저 녀석을 베서 이니냐의 원수를 갚을 거야. 그러니까 힘을 빌려줄 수 있어?'

『……그렇지. 이기자!』

'응!'

"캬하하하!"

돌진해 오는 소러스를 앞에 두고 프란은 다시 나를 중단세로 들었다.

공기 발도술이 아니다. 소러스의 등에 꽂힌 마검에 의해 공기 압축이 무효화됐기 때문이다. 칼집도 없으니 발도술조차 아니다.

내 형태 변형은 사용이 가능하니 내부에서 마력을 돌리는 스킬에는 마력 소실의 효과가 낮다고 생각하지만, 그런 것은 위안밖에 되지 않았다. 공격에 쓸 수 있을 만한 스킬은 대부분 외부 방출 계열 스킬이기 때문이다.

소러스의 첫 공격을 몸을 비스듬히 하여 피했다.

그것은 아까와 완전히 똑같은 동작이었다.

소러스도 그것을 아는지 그 얼굴에는 프란에 대한 비웃음이 있었다.

"자아! 이제부터 어쩔래?"

소러스는 공격이 빗나갔는데도 웃고 있었다. 완전히 프란을 얕보고 있군.

그래도 프란의 행동에 변화는 없었다.

왼쪽 옆구리에서 대량의 피를 흘려서 자신의 목숨이 바람 앞의 등불인 상황인데도 평상시와 다름없는 모습으로 공격을 계속했다. 존경할 만큼 냉정하다.

'갈게.'

『그래. 가자.』

프란은 온몸의 탄력을 이용해 소러스의 목을 향해 나를 휘둘렀다.

그러나 소러스는 이미 팔로 목을 가드하고 있었다. 아까와 완전히 같은 광경이다.

"키히히히!"

승리를 확신한 소러스가 헤벌쭉 웃음을 띠었다.

직후, 그 히죽대는 표정 그대로 소러스의 목이 깊숙이 베였다.

사실은 베어 떨어뜨리고 싶었지만, 목 뒤에서 소러스에게 꽂힌 마검이 방해했다. 마검이 없다면 이로써 끝났을 텐데!

"컥…… 아, 니…….."

깨끗이 잘려나간 자신의 왼팔과 자신의 목에서 뿜어져 나오는 선혈을 믿을 수 없다는 표정으로 바라보는 소러스. 무슨 일이 일어났는지 모르는 거겠지.

"뭐냐, 그 푸른, 빛…….."

"하아압!"

하지만 프란의 공격은 끝나지 않았다.

놀랄 만큼 유려한 움직임으로 남은 오른손을 자르고 다리의 관절을 베어 자세를 무너뜨린 다음 심장을 꿰뚫었다. 이미 재생을 시작한 목을 다시 후려쳐 정수리를 세로로 쪼갰다. 마력과 스킬로 강화된 소러스의 몸이 재미있을 만큼 쉽게 베였다.

순식간에 15섬(閃). 그중 열두 번의 참격이 급소를 노린 공격이었다.

역시 급소의 상처를 재생하는 데는 보다 많은 부하가 걸리는 모양이다. 소러스의 생명력이 감소하는 속도가 단숨에 늘어났다. 멋대로 계속 발동하는 이상 재생 스킬이 소러스의 생명력을 좀먹어 몸을 억지로 재생시키고 있기 때문이다.

"어……? 어째서…….."

마지막까지 사태의 경위를 이해하지 못했을 것이다. 그 얼빠진 중얼거림이 소러스가 마지막으로 한 말이 됐다. 그대로 소러스의 눈동자는 빛을 잃고 몸이 천천히 쓰러졌다.

그러나 프란의 남은 오른쪽은 눈은 이미 소러스를 보고 있지 않았다. 프란이 응시하는 것은 세르디오였다.

단순한 참격에 죽은 동료를 보고 경악하고 있는 세르디오에게 프란이 조용히 다가갔다.

그 모습을 보고 제정신을 차렸을 것이다. 세르디오는 즉시 검을 휘둘렀다.

"무슨 짓을 했냐! 내게 거역하는 악당 노옴!"

"악당은 그쪽이야."

"나는 선택받은 인간이다! 나야말로 정의다! 그러니까 거기에 거역하는 너야말로 악이다!"

프란은 그 말에 아무 대꾸도 하지 않았다. 출혈과 독 때문에 말하기가 힘들어진 이유도 있지만, 그 이상으로 세르디오에게 흥미를 잃은 것이다. 정신이 비뚤어져서 절대로 용서할 수 없는 상대라는 것을 알았기 때문이다.

"이야아아압!"

소러스와 다르게 검성술 스킬을 터득했기 때문에 세르디오의 공격은 상당히 빨랐다.

마찬가지로 잠재 능력 해방 상태지만 원래 실력이 다르다. 세르디오 쪽이 소러스보다 버거울 것이다.

실제로 순간이라고는 하나 세르디오가 날린 참격은 상당히 날카로웠다. 그야말로 하이 오우거 정도라면 두 동강이 날지도 모른다. 프란조차 처음 봤을 때는 애를 먹은 상대다.

그만한 위력을 숨긴 참격이 연접검 특유의 변칙 궤도로 프란에게 다가왔다. 동시에 세르디오는 바람 창을 연속으로 날렸다.

어느 쪽을 피하려 하면 어느 쪽이 직격한다. 그런 공격이었다.

그러나 프란은 느긋해 보이기까지 하는 움직임으로 앞으로 나섰다.

일견 바람 창을 피하며 되는 대로 연접검을 나로 튕겨내려는 듯이 보일 것이다.

하지만 지금의 프란이 한 이 행동은 운에 맡긴 도박이 아니었다.

세르디오가 빈틈없는 필살 공격을 기대하며 날린 연격도 지금의 프란에게는 동요에 지배된 조잡한 공격밖에 되지 않았다. 프란은 소러스가 휘두른 연접검의 등에 내 자루 끄트머리를 부딪쳐 그 검놀림을 피했다. 고작 한 번 연접검의 힘의 흐름을 어지럽혔을 뿐이다. 하지만 연접검은 처음부터 프란을 피해 날아온 듯이 그 옆을 빠져나갔다.

이것은 공격이 완벽히 보이고 압도적인 실력 차가 나지 않으면 불가능한 대처법일 것이다.

혼신을 다해 날린 참격의 궤도가 갑자기 바뀌어 세르디오의 몸이 허우적댔다.

그렇게 되면 나머지는 프란의 먹이가 될 뿐이었다. 소러스를 쓰러뜨렸을 때와 마찬가지로 프란의 연속 공격이 세르디오에게 덤벼들었다.

"젠자아앙! 어째서 내가 이렇게! 이건 잘못됐어!"

동료가 쓰러진 모습을 봤던 세르디오는 어떻게든 팔이나 검으로 급소를 지키려고 발버둥 쳤다.

하지만 프란의 공격은 마치 방어를 빠져나가듯이 세르디오의 몸을 난도질해갔다.

여기에서도 역시 서로의 실력 차가 여실히 드러났다.

프란은 세르디오의 움직임을 완벽하게 간파하고 가드가 따라가지 못하는 곳을 공격했다. 머리를 막으면 몸을, 몸을 막으면 다리를, 다른 곳에 의식이 쏠리면 머리를. 초고속으로 실시되는 공방에서 완벽하게 승리했다.

그 공방 속에서 세르디오의 마력 무기를 프란이 파괴한 뒤에는 일방적이었다.

마력 무기 자체의 강도는 그렇게 대단치 않은 데다 프란이 노리고 같은 곳을 계속 공격해서 일어난 사태였다.

"이야압!"

프란이 마지막 힘을 쥐어짜듯이 짧은 기합 소리를 냈다.

소러스를 쓰러뜨렸을 때보다 더 빠르고 다채로운 검섬이 세르디오의 목숨을 찢어발겼다.

"어, 어째서냐아아!"

순식간에 스무 개 이상의 치명상을 입고 세르디오는 크게 날아갔다.

이미 재생에 필요한 생명력도 마력도 남아 있지 않을 것이다. 팔다리를 잃고, 막힐 기색 없는 상처에서는 엄청난 양의 피가 흘러나오고 있었다.

세르디오는 바닥에서 프란을 올려다보며 떨리는 입을 열었다.

"그런 뻔한 허세에……!"

허세? 무슨 소리지? 아니, 내가 왠지 빛났다. 푸른빛이 나와 프란을 감쌌다. 마력은 사라졌을 텐데…….

이건 전에 부유도에서도 같은 현상이 있었을 터다. 신비한 푸른빛이 나와 프란을 빛나게 하면 힘이 솟아오른다. 대체 뭐지? 생각해보니 바르보라에서 린포드에게 최후의 일격을 날릴 때, 그 한중간에도 이 빛이 우리를 비췄던 것 같다.

공통점이라면 강적과 싸우는 도중, 그리고 위기. 나머지는 나와 프란이 건곤일척의 큰 승부에 나서려 한 때일까?

뭐, 됐다. 나쁜 게 아니라는 것은 안다. 이건 나와 프란을 도와주는 것이다. 그렇다면 그것으로 충분하다.

"말도 안 돼……! 나는…… 선택받은…… 인, 간……."

이 녀석의 유언도 소러스 못지않게 한심하군.

"큭……."

세르디오의 죽음을 확인하고 팽팽히 늘어난 기력의 실이 끊어졌을 것이다. 프란의 몸이 기울어져 천천히 쓰러졌다.

『그레이터 힐! 안티 도트!』

좋아, 발동했어! 소러스와 세르디오가 죽음으로써 마검도 힘을 잃은 듯했다.

상처가 막혀서 의식은 아슬아슬하게 유지한 모양이다. 프란은 눈을 깜빡거리며 천장을 올려다보고 있었다.

『눈은 보여?』

"응."

해독도 후유증이 남기 전에 치유됐군.

"이겼어……."

『응, 세르디오를 해치운 마지막 연속 공격은 대단했어.』

마치 스킬로 강화된 듯이 날카로웠다. 하지만 프란은 속성검 따위는 전혀 사용하지 않았다. 사용한 건 단지 하나. 마력이 있든 없든 상관없이 기능이 단순한 검술 스킬뿐이었다.

처음에 소러스에게 공기 발도술을 막혔을 때, 나는 스킬이 사라져 위력이 부족한 것을 탄식했지만 프란은 자신의 기량 부족을 깨달은 모양이다.

스킬이 사라지든 소러스의 육체가 단단하든 자신의 기량만 부족하지 않다면 그대로 베어 쓰러뜨릴 수 있었다는 사실을 깨달았다고 한다.

이것은 쓰이는 쪽이었던 나는 이해할 수 없는 감각일 것이다. 프란이기에 알 수 있었던 것이다.

그리고 생각했다. 그렇다면 단순히 기량 자체가 레벨업하면 문제없겠다고.

그때 우리가 레벨업시킨 것은 검왕술ㆍ땅이었다.

물론 검술 스킬의 레벨을 올리는 것만으로는 그 진정한 힘을 구사할 수 없다. 착실하게 연습을 반복해 스킬을 다룰 수 있어야 할 것이다. 하지만 완벽하게 구사하지 않아도 기량이 살짝 올라가는 것은 확실했다. 프란은 거기에 도박을 걸었다.

그 도박의 승패는 결과가 나타내고 있었다.

아까 나온 알림을 다시 생각했다.

〈검왕술ㆍ땅이 Lv 10에 도달했습니다. 검술 강화가 스킬에 추가됩니다〉

〈조건을 모두 달성했습니다. 검왕술ㆍ땅이 유니크 스킬 검왕술로 진화합니다〉

〈검왕술을 획득했습니다. 장비자 프란이 칭호 검왕을 획득합니다〉

검왕술ㆍ땅을 끝까지 올림으로써 검술 강화 스킬을 얻은 데다 검왕술이라는 새로운 유니크 스킬까지 습득할 수 있었다.

  검왕술 : 모든 검을 다루는 것이 가능.

  음, 설명이 허술해! 하지만 이것이야말로 검술의 정점이라는
건 의심할 여지가 없을 것이다. 지금은 아직 입수했을 뿐이라서
자유자재로 다룬다고는 전혀 말할 수 없었다. 그래도 검성술을
가지고 있던 세르디오를 어린애 취급할 만큼 프란의 검 실력은
상승했다.
  자유자재로 다룰 수 있을 때는 얼마나 강해질까. 상상도 가지
않는다.
  게다가 칭호까지 얻었다.

  검왕 : 모든 조건을 충족해 검왕술을 입수한 자에게 주어지는 칭호.
  효과 : 모든 능력 20 상승. 검술 강화 스킬의 효과가 증가. 검에 대한 감정
  이 가능.

  전에 영웅이 얻은 칭호라고 했던 백전연마나 초거물 사냥꾼을
웃도는 칭호였다. 모든 능력이 20 상승하다니, 그것만으로도 레
벨이 4, 5 오른 것과 마찬가지다.
  그러니 소러스를 손쉽게 해치울 수 있었던 건 이 칭호 덕분일
것이다. 그렇지 않아도 검왕술을 얻어서 프란의 실력이 올랐는
데, 검술 강화와 칭호의 이중 강화가 추가된 것이다.
  소러스를 쓰러뜨린 연속 공격은 제각기 검성기에 필적하는 예

리함을 지니고 있었다.

다만 여기서 승리의 여운에 젖어 있을 수도 없었다.

"울시한테 가세하러 갈래."

『아아, 그렇지!』

울시는 우리가 동시에 공격을 받지 않도록 다룸을 상당히 멀리 끌고 간 듯했다.

백 미터 이상 떨어졌을 것이다.

『울시가 상당히 위기잖아!』

"얼른 도울래!"

『다룸의 마검도 마력을 없애는 효과가 있는 거 같아.』

울시의 전법은 어둠 마술을 이용한 히트&어웨이다. 마검의 능력에 마술이 봉쇄되면 상당히 힘들 것이다. 실제로 근육 몬스터와 맞서 싸우는 울시는 만신창이였다.

재생 능력도 봉인돼 서서히 몰렸을 것이다.

통로 곳곳마다 붉은 물보라가 튀어 있었는데, 그건 전부 울시의 피였다. 반대로 다룸에게는 변변한 상처가 전혀 없었다.

그래도 결정적인 패배에 이르지 않은 것은 시종일관 회피와 견제를 했기 때문이다.

그건 나와 프란을 믿기 때문에 취한 행동이었다.

우리가 소러스에게 반드시 승리한다고 확신하고 있기 때문에 자신의 역할은 다룸을 유인해 우리를 방해하지 못하게 하는 것이라고 생각한 것이다.

"크르르르르!"

잘했어! 평소에는 야성의 단편도 느껴지지 않지만 할 때는 하는 늑대다.

그런데 저 근육. 소러스처럼 발도술만으로 쓰러뜨릴 수 있는지는 불확실했다.

『프란, 우리까지 다가가는 건 위험이 커. 여기서 해치우자.』

그리고 피를 너무 흘린 탓에 프란이 정상적인 상태가 아니었다. 나를 쥐는 손의 힘이 약한 것도 알 수 있었다.

"여기서?"

『그래, 이 거리라면 마술도 스킬도 쓸 수 있을 테니까. 내가 할게.』

"응. 알았어!"

프란도 노림수를 이해한 모양이다.

나를 거꾸로 쥐고 크게 치켜들 듯이 자세를 잡았다.

『좋아, 간다?』

"응! 하아아아아압!"

활시위를 힘껏 잡아당기듯이 자신의 몸을 최대한 꺾은 프란이 바람 마술을 두른 나를 힘을 쥐어짜 던졌다.

이것만으로도 속력이 상당할 것이다. 하지만 프란이 던지는 거의 동시에 스스로도 바람 마술과 화염 마술을 사용해 가속하며 모으고 모은 염동을 폭발시켰다.

『이야호!』

전력으로 펼치는 염동 캐터펄트다.

설령 마검에 마력이 사라졌다 해도 나 자신이 얻은 가속력까지는 사라지지 않는다.

나는 전혀 감속하지 않은 채 다룸에게 돌진했다.

"크릉!"

"———."

녀석은 미약하게 반응했지만 울시가 그 다리를 물고 늘어져 움직임을 방해해줬다. 그 직후, 내가 다룸의 가슴팍에 깊숙이 꽂혔다.

『쳇! 엄청나게 단단하군!』

나로서는 이 일격으로 끝낼 셈이었다. 그만큼 자신 있는 공격이었던 것이다.

그러나 다룸의 방어력은 상상 이상이었다. 그 두꺼운 근육이 충격을 받아넘겨 위력을 분산시킨 듯했다.

"———."

나를 뽑으려고 다룸의 손이 다가왔다.

하지만 이 최대 기회를 놓칠 수야 없지!

『죽어라, 덩치!』

마검 때문에 염동 등은 전혀 쓸 수 없다. 하지만 그래도 방법은 있었다.

나는 형태 변형을 발동시켰다.

볼버그와의 전투에서 이미지는 습득했다. 내 도신은 순식간에 무수한 가시로 변해 다룸의 몸속에서 다룸을 꿰뚫었다.

"———……."

뇌나 심장뿐만이 아니다. 몸속에 있는 모든 중요 기관이 침으로 변한 내게 꿰뚫렸다. 밖에서 보면 사람인지도 수상한 근육 덩어리에서 무수한 침이 돋아난 이상한 광경일 것이다.

다룸이 내 자루를 쥐고 뽑으려 했지만, 침이 거꾸로 뒤집혀 뽑을 수 없었다.

『이대로 죽을 때까지 어울려주마.』

"──."

역시 말을 할 수 없는지, 다룸은 이 상황에 와서도 말없이 움직임이 차츰 약해져갔다.

"──."

움직임이 완전히 멈췄다.

『이겼군…….』

"응."

"웡웡!"

『울시도 잘했어.』

"장해."

"웡!'

내 마술로 상처가 나은 울시는 프란에게 쓰다듬을 받으며 만족해했다.

『이 검, 결국 감정이 통하지 않았어……. 이름이라도 알면 출처를 찾을 수 있을지도 모르는데.』

"멋없어."

『이 손잡이? 확실히 취향은 고약해.』

알 수 없는 건 검의 정체나 능력뿐만이 아니었다.

『그분이라고 했지?』

"높은 녀석이야?"

『응, 흑막이 있다는 뜻일 거야.』

소러스와 세르디오와 다룸은 죽었지만, 세르디오의 파티 멤버가 아직 남아 있을 터다. 녀석들이 관계없다고는 생각할 수 없었다. 붙잡으면 뭔가 정보를 얻을 수 있을 것이다. 증거로 세 사람의 시체를 수납하고 있는데 울시가 통로 안쪽으로 고개를 돌렸다.

『프란, 눈치챘어?』

"응."

우리에게서 전속력으로 멀어져가는 기척이 있었다. 마치 도망치듯이.

『녀석들의 동료일지도 몰라!』

"쫓을게!"

물론 전혀 관계없을 가능성도 있지만, 그건 뒤쫓고 판단해도 된다.

그렇게 생각해 프란과 울시에게 뒤를 쫓게 했는데──.

『빙고였군.』

"뭐, 뭐야 너! 갑자기 공격하고! 무슨 짓이야!"

"이제 와서 시치미 떼도 소용없어. 네 얼굴은 기억하고 있어."

『내가 말이지.』

프란은 완전히 잊은 듯하지만, 세르디오의 종자로 프란에게 시비를 건 척후 남자다.

프란의 발차기를 등에 맞고 균형을 잃어 바닥에 쓰러져 있었다.

이 지경에 이르러서도 시치미를 떼려 했지만 놓칠 리가 없다.

"나, 나는 이래봬도 귀족이야! 내게 이런 짓을 하고 용서받을 거라고 생각하나!"

"시끄러워."

"크흑!"

꽥꽥 아우성을 치던 남자였지만, 프란이 몇 번 쓰다듬어주자 바로 얌전해졌다.

소러스보다 근성이 없군. 다만 그런데도 이쪽의 질문에는 거의 대답하지 않았다. 검에 관해서나 소러스와의 관계를 아무리 물어도 입을 열지 않았다.

알 수 있었던 것이라 하면 저 근육남이 파티 멤버 중 하나인 갑옷 전사라는 사실뿐이었다. 원래 가지고 있던 근육 이상 비대라는 스킬이 검의 능력으로 폭주한 결과라고 한다.

하지만 그 외의 얘기에는 정말 침묵했다.

"점말…… 말할 수 업떠요……."

얼굴의 형태가 조금 바뀐 탓에 말하기 어려운 것 같지만, 정보를 불 수 없는 건 그게 원인이 아닌 듯했다. 남자가 말하려 하면 몸속에서 미약하게 마력이 움직였다.

근성이 없다고 생각했는데 아무래도 아닌 듯했다.

마술에 제약이 걸려 중요한 사실은 떠들 수 없게 된 모양이다. 던전 마스터가 혼돈의 여신에게 받은 제약과 비슷하겠지. 이쪽이 훨씬 간단한 거겠지만.

『틀렸네. 이건 우리로선 안 되겠어.』

'어떡해?'

『길드에 넘기자. 그리고 아직 또 한 명, 여마술사가 남아 있을 거야. 그쪽을 붙잡으면 뭔가 알 수 있을지도 몰라.』

'알았어.'

『일단 이 녀석을 끌고 가자.』

뒷일은 익숙하다.

얼른 붙잡아 잽싸게 울시의 등에 묶어 살며시 복면을 씌웠다.

『서두르자.』

탈출은 최하층에 있는 전이진을 사용하면 될 것이다. 걸어가면 바로 저기다.

다만 프란의 시선은 다른 곳을 향해 있었다.

『프란. 지금은 디아스한테 가는 게 먼저야.』

"……알아."

루미나를 만나러 가고 싶었을 것이다. 가엾지만 지금은 이 녀석의 호송이 우선이다. 여마술사가 어떤 방법으로 동료의 전멸을 알면 도망칠지도 모른다. 시간과의 승부다.

프란에게 미안하다고 생각하면서도 던전을 탈출한 우리는 모험가 길드로 서둘렀다.

그래도 나와 울시는 수왕을 만나지 않도록 세심하게 주의를 기울였다. 우리 스스로도 놀랄 만큼 어젯밤 만남이 트라우마가 된 듯했다.

그 보람도 있었는지, 이번에는 역시 수왕 일행을 만나지 않고 무사히 길드에 도착했다.

프란이 찾아오면 통과시키라고 사전에 말이 있었는지 디아스를 간단히 면회했다. 접수대에서 부탁하자 그대로 방으로 보냈으니 말이다.

"이런, 의뢰를 벌써 달성했나?"

"응."

"그리고…… 또 뭔가 문제가 발생한 모양이구먼. 휴우우."

프란의 안색을 읽는 고등 기술을 발휘한 디아스가 깊은 한숨을 내쉬었다.

『실은 던전에서——.』

나는 자세한 경위를 디아스에게 설명했다.

그리고 소러스 일당을 쓰러뜨리고 이 남자를 확보한 것을 말했다.

"호오? 즉 소러스의 동료라는 뜻인가?"

『응. 다만 귀족 같아서 솔직히 앞으로 어떻게 다뤄야 좋을지 모르겠어.』

"뭐, 그건 이쪽에서 어떻게든 하지. 넘겨주겠지?"

『그럴 수밖에 없겠지. 다만 소러스 때 같은 일이 없도록 부탁해.』

"그건 물론이야. 이번에는 정말 폐를 끼쳤어. 미안했네."

디아스가 진지한 표정으로 고개를 숙였다. 프란이 죽을 뻔했다는 얘기를 듣고 진심으로 사죄한 거겠지. 그게 전해졌는지 프란도 순순히 고개를 끄덕였다.

"딱히 상관없어."

"그렇게 말해주니 살았어."

『살았다고?』

"그래, 내 신변의 안전 말이야."

그렇군, 그쪽 얘기인가. 프란이 아만다와 클림트에게 말했을 때의 일을 생각했을 것이다. 어라, 그러면 의외로 개인적인 이유로 고개를 숙인 거잖아 이 녀석.

『이건 빚이야.』

"알고 있어. 내가 할 수 있는 일이라면 뭐든 하지. 일단 이번 건으로 프란 군이 귀족에게 원한을 살 만한 일은 절대 없을 거야.

모두 내 지시를 받아 한 것으로 할 테니."

그건 확실히 고맙다.

"그럼 바로 사람이 올 테니 그때까지 다른 보고를 들을까? 의뢰 쪽은 정말 모두 달성한 건가?"

"응."

프란은 고개를 꾸벅이고 스스로 방구석에 놓은 비닐 시트 같은 것을 펼쳐 소재를 늘어놓았다. 그 소재들을 디아스가 쓴웃음을 지으며 확인했다.

"던전에 이상이 발생해 마수가 적어졌다는 보고가 있었는데 잘도 찾아왔군."

"울시가 애썼어."

"그렇구먼, 그랬어. 다른 모험가들은 오히려 이상이 두려워 던전에 들어가는 것을 꺼리고 있는데, 역시 용기가 있어. 젊구먼~."

던전에 이상이 일어난 얘기를 하고 있는데도 디아스의 얼굴에 초조함이 보이지 않았다. 평소라면 비상사태 선언을 발령해도 이상하지 않을 사태라고 생각하는데. 디아스는 느긋하게 프란이 가져온 소재를 사정하고 있었다.

『디아스, 여기 있어도 돼?』

"무슨 소린가?"

『던전에 이상이 일어났다며. 루미나와 교섭할 수 있는 건 디아스뿐이라고 했는데, 일개 모험가한테 신경 써도 되겠어?』

"아하하. 그런 소린가. 이쪽에도 여러 사정이 있어. 하지만 괜찮아. 그렇게 심각한 일은 안 일어날 테니. 아마도."

아마도라는 부분에서 왠지 불안했지만, 디아스가 괜찮다고 한다면 정말 아무렇지 않을 것이다. 이유를 알고 있을지도 모른다.

"아아, 이참에 소러스 일당의 시체도 꺼내주겠나?"

『알았어. 거기다 꺼내면 돼?』

"상관없어."

나는 소러스, 세르디오, 다룸의 시체를 비닐 시트 위에 꺼냈다.

그것을 본 디아스가 눈을 동그랗게 떴다. 역시 이 근육 괴물의 모습은 디아스에게도 임팩트가 있었던 모양이다.

"그건 인간인가?"

『응, 이름은 다룸이야.』

"세르디오의 파티 멤버인⋯⋯. 어째서 이런 모습이 됐지? 게다가 이 검은? 세 명 모두 꽂혀 있는 것 같은데⋯⋯."

『자세히는 모르지만 이 녀석들이 이런 모습이 된 것도 그 검의 능력 때문인 것 같아. 꽂힌 상대를 강화하는 효과와 주위의 마력을 없애는 능력이 있는 것 같았어. 소러스도 세르디오도 현격하게 강해졌으니까.』

"흐음. 강화⋯⋯. 하지만 이 변모를 보면 정상적인 물건이 아닌 것 같군."

『나도 그렇게 생각해. 소러스는 성격이 확연히 변했으니 사람을 미치게 하는 효과도 있을지도 몰라.』

"우와, 강화하고 미치게 해? 최악이로군. 자칫하면 폭주한단 말이지. 그런 녀석들에게 어떻게 명령을 듣게 했을까?"

『그건 그쪽이 조사해줘.』

나한테 물어도 모른단 말이지.

아는 건 이 마검에서 발산되는 마력의 파장이 묘하게 기분 나빴다는 것이다. 프란은 특별히 불쾌한 감각은 없는 모양이다. 내가 같은 마검이어서 그런가? 지금 생각하니 울무토 밖에서 세르디오에게 느낀 혐오감. 그건 미남에 대한 증오 같은 게 아니라 이 마검의 마력을 느꼈기 때문이었을 것이다. 목에 꽂지 않아도 가지고 있었다고 생각한다.

"불쾌한 마력인가? 나도 특별히 혐오감은 느낄 수 없네만."

『역시 나만 그런가…….』

그렇게 디아스와 정보를 교환하고 있는데 방문을 노크하는 소리가 들렸다.

"엘자 군인가?"

"응, 맞아."

"들어오게."

"프란! 아까는 미안──어? 이건 뭐야?"

엘자에게 디아스에게 한 것과 같은 설명을 해주자 그 얼굴이 분노로 물들었다.

"그럴 수가…… 그 여자~! 태도가 이상해서 속셈이 있다고 생각했는데, 설마 프란과 나를 갈라놓는 게 목적이었다니……!"

놀랍게도 엘자를 내놓으라고 소동을 부린 건 세르디오의 파티 멤버였던 여마술사였다고 한다. 더욱이 얼굴을 가린 상태로 세르디오라고 밝힌 남자도 있었다고 한다. 하지만 세르디오는 그 시간에 프란을 공격하고 있었다.

엘자를 프란의 호위에서 떼어놓고 알리바이도 만들 수 있는 일석이조의 작전인 건가.

"엘자 군. 지금 당장 그녀들을 체포해. 길드 사람은 얼마든지 써도 좋아. 내 주위에서 쓸데없는 짓을 반복한 보답, 꼭 받게 해 줘야지."

"알았어! 맡겨줘!"

"나도 갈게."

"아니, 프란 군에게는 아직 할 얘기가 있어. 여기는 엘자 군에게 맡기고 남아주게."

"하지만……."

『프란, 여기는 디아스의 말에 따르자. 그리고 아직 정상적인 상태가 아니야. 지금은 쉬는 게 좋아.』

"……알았어."

이니냐의 원수는 갚았지만 소러스의 동료가 남아 있다면 스스로 매듭짓고 싶을 것이다. 그러나 나로서는 여기서 일단 쉬게 하고 싶었다.

"그럼 갔다 올게!"

"힘내."

"고마워! 프란한테 응원받았어! 이로써 기운 백배야!"

소란스레 방을 나가는 엘자를 쓴웃음 지으며 보내며 디아스가 손가에 놓인 수정을 조작했다.

"뭐, 악당 체포는 이쪽에 맡겨주게. 그리고 소재 쪽은 문제없어. 이로써 자네는 랭크 C 모험가야."

『드디어 됐어!』

"응."

"왱!"

이로써 수왕의 위협이 상당히 줄었다. 정말 고마웠다. 프란도 울시도 기뻐하는 것 같았다.

디아스가 엘자와 달리 딱 보기에도 문관풍 부하를 불러 뭔가를 지시했다. 아무래도 프란이 랭크 C에 오른 것과 지명 의뢰를 받은 것이 대대적으로 발표될 모양이다.

『지명 의뢰를 받았다고 발표해도 돼?』

"상관없네. 멍청한 권력자에 대한 견제니까. 성대하게 알려야지. 아무리 수왕이라도 모험가 길드를 적대하지 않을 거야. 그 자신이 모험가니까 무서움도 잘 알고 있겠지."

그럼 상관없다.

세르디오 일당 일도, 수왕 일도 전혀 해결 되지는 않았지만 일단 단락은 지어졌다. 적어도 우리가 공공연하게 움직이지 않아도 된다. 그렇다면 남은 문제는 하나뿐이다.

『디아스한테 물어보고 싶은 게 있어.』

"뭔가?"

『53년 전에 울무토에 있었던 흑묘족 소녀에 대해 듣고 싶어.』

"그렇군…… 오렐에게 들었나?"

"응."

"내 얘기도 그에 대한 거야. 가르쳐주려고 생각했지. 그건 그렇고……. 자네들, 혹시 수왕을 만났나?"

『어떻게 알았지?』

사고 완전 차단이 있다. 독심은 통하지 않을 터였다.

"후후. 나는 이게 업무 같은 거니 말이야. 사고 차단 계열 스킬을 가지고 있어도 안색을 읽는 것 정도는 할 수 있지."

『진짜야?』

아까도 생각했는데, 이미 스킬 뽑칠 정도로 감이 좋았다.

"수왕의 이름이 나왔을 때, 프란 군이 희미하게 반응했으니 말이야."

디아스에게는 상대의 허를 찌르는 타입의 스킬이 많다. 마술사 같으니 그런 일을 할 수 있어도 이상하지 않나.

"길드 앞에서 만났어."

"혹시 어젠가?"

"응."

『디아스를 만나러 오다가 우연히.』

"그거 재난이었군. 자네가 안 와서 엘자 군이 엄청나게 걱정했는데……. 그런 일이 있었나. 설마 싸우지는 않았겠지?"

"……응."

『그럴 상태가 아니였어.』

그것만으로 디아스도 어제 무슨 일이 있었는지 알아차린 모양이다.

"수왕은 교섭을 협박으로 착각하고 있는 녀석이니까. 길드 앞에서 위압감을 모조리 내뿜고 있었지? 하지만 그렇다면 수왕에게 싸움을 거는 짓은 하지 않으려나……. 이거 전부 가르쳐줘도 될지도 모르겠군."

『무슨 소리야?』

"서서 할 얘기도 아니니 앉을까."

"응. 알았어."

디아스가 손수 차를 타줬다. 그것을 마시며 우리는 그 말에 귀를 기울였다.

"53년 전. 나와 오렐은 아직 신출내기 모험가였어. 모험가 랭크도 D였지."

말은 이렇게 해도 꽤 대단한 거 아닌가? 그 무렵에는 디아스와 오렐도 아직 10대였을 터다. 그런데 이미 랭크 D라면 충분히 빠르다. 프란에게는 미치지 못하지만 말이야!

"당시에는 나름대로 우쭐해졌는데, 어느 날 우리의 자존심을 갈기갈기 찢은 인물이 나타났어."

"그게 흑묘족 소녀야?"

"그래. 키아라라는 이름의 열다섯 살 소녀였지. 딱히 흑묘족과 상관없이 어린 그녀에게 모험가들은 엄격한 눈길을 보냈어. 저런 어린애가 뭘 할 수 있겠냐면서. 우리도 그랬지."

예나 지금이나 모험가는 다르지 않군.

그 뒤의 행동은 듣지 않아도 상상이 간다. 공갈에 협박, 그리고 폭력일 것이다.

"다만 그녀는 실력으로 모든 것을 침묵시켰어. 조금 지나치기는 했지만 말이야. 무시하는 자를 가차 없이 때려눕히고, 혼자서 던전에 들어가 계속 성과를 냈어. 어느새 그녀는 흑묘라는 별명으로 불리며 모험가들의 입에 오르게 됐지."

그건 대단하다. 뭔가 마도구라도 가지고 있었던 걸까. 아니면 단순히 천재였을 뿐인가? 아무튼 프란이 닮았다고 하는 것도 조금은 알 것 같은 얘기였다.

"그때부터 여러 가지 일이 있어서 말이야. 그녀가 나와 오렐의 목숨을 구해줘서 가끔 파티를 짜게 됐어. 같이 있으면 지루하지 않은 소녀였지."

"그 애를 좋아했어?"

"아하하. 직구로군! 글쎄. 동경했던 건 확실하네만. 뭐, 그녀가 아름다웠던 건 확실해."

웃고 있지만 어딘가 쓸쓸해 보였다. 역시 아직 잊지 못했나 보다.

"그녀는 진화 방법을 찾고 있었어. 그때 이미 레벨이 상한에 도달해서 어떻게 하면 진화할 수 있을까 고민하고 있었지. 울무토에 오기 전에도 각지를 방랑하며 진화에 대한 힌트를 찾은 것 같더군. 그리고 던전에 들어가 루미나 님을 몇 번인가 만나는 동안에 진화에 대한 힌트를 붙잡은 것 같았어."

"같았어?"

"그래. 결국 그게 뭔지 가르쳐주기 전에 그녀는 모습을 감췄거든."

『진화하기 위해 모습을 감춘 건가?』

"아니, 아니야. 어차피 나와 오렐에게 진화하기 위한 힘을 빌려달라고 부탁한 직후의 일이였네."

그건 확실히 이상하다. 자신의 의사로 모습을 감췄다면 뭔가 이유를 설명해도 상관없을 것 같다.

"즉 뭔가 사건에 휘말린 결과일 거야. 우리는 필사적으로 키아라의 행방을 쫓았어. 단서도 찾았지. 그리고 증언 몇 개를 얻을 수 있었네."

"그건 뭐야?"

"우선 하나, 실종 직전에 키아라는 루미나 님과 큰 싸움을 벌인 모양이야. 자세한 건 모르지만 쓸데없는 짓 하지 말라고 키아라가 소리를 질렀다더군. 오렐한테 들은 얘기네만."

무슨 일이 있었지? 루미나의 모습을 보면 흑묘족에게 해가 되는 짓을 하지는 않을 것 같은데.

"뭐, 결론부터 말하자면 이 실종에 루미나 님은 관계없네. 내 독심으로 확인했으니 틀림없어."

키아라가 실종된 데에 놀라 슬퍼했던 건 확실했나 보다.

"다만, 아무래도 키아라가 진화의 조건을 깨달은 건 확실한 모양이야. 그리고 그것이 키아라의 실종에 크게 연관돼 있다고 생각하네."

『진화의 조건을 알아서 누군가가 노린 건가?』

"나도 그렇게 생각했어. 그리고 수상한 상대를 찾았지."

"누구?"

"당시의 수왕. 현 수왕의 아버지야. 실행범으로는 그 부하인 청묘족들. 물론 확증은 없지만 나는 상당히 수상하게 생각하고 있어."

키아라가 실종된 후, 그녀의 숙소에 청묘족이 몇 번에 걸쳐 찾아왔었다는 소문을 들은 디아스와 오렐은 그들에 대해 조사했다.

그리고 오렐이 수인들의 연줄을 더듬어 어느 정보를 입수했다. 그것은 옛 시대에 수왕은 금사자가 아니라 흑호였다는 얘기였다.

디아스와 오렐은 흑호가 신의 노여움을 사 진화에 제한이 걸린 후 그들을 쫓아버리고 금사자가 왕좌를 빼앗았다고 생각한 모양이다.

그렇기에 현 수왕가는 손에 넣은 왕좌를 다시 흑호에게 빼앗기는 것을 두려워하고 있었다. 과거의 서적이나 정보를 없애서 진화에 대한 힌트를 주지 않으려 하고, 청묘족을 부려 흑묘족을 박해해 힘을 약화시키려 한 것도 그 때문이다. 그래서 같은 수인족을 노예로 삼는 청묘족의 행동도 비난할 수 없었던 것이다. 왕가가 뒤를 봐주니까.

청묘족도 지금까지 윗사람이었던 흑묘족을 앞지를 기회였다. 또한 신에게 기억이 조작돼도 대죄를 범한 흑묘족에 대한 혐오나 모멸은 남아 있었던 모양이다. 청묘족들은 기꺼이 흑묘족을 붙잡은 듯했다.

"당시 마을에 있던 청묘족을 고문──신문해 알아낸 정보에 의하면, 수인국의 장로에게 키아라에 대해 보고했다더군. 그러자 수왕의 측근이던, 일족에서도 실력 뛰어난 전사가 어째선지 파견돼 키아라와 접촉을 꾀했다는 거야."

그렇다면 키아라는 수왕에게 죽었거나 납치됐다는 게 되나…….잠자코 있어준 게 정답이었다.

프란의 온몸에서 살기가 뿜어져 나오고 있었다. 소러스와 상대했을 때와 비교해도 손색이 없을지도 모른다. 눈앞에 있는 게 디아스여서 다행이다. 실력이 낮은 사람이 상대였다면 분명 겁을 먹었을 것이다.

"그건 사실이야?"

"아까도 말했지만 우리의 추측에 지나지 않아. 하지만 전 수왕이 관련돼 있는 건 틀림없다고 생각하네."

"그래."

어두운 눈으로 허공을 응시하는 프란. 만약 수왕을 만나기 전이었다면 당장 수왕에게 돌격했을지도 모른다.

하지만 지금의 우리는 알고 있다. 수왕에게 닥치는 대로 가봐야 죽기만 한다는 것을. 수왕만 해도 괴물인데, 그 주위에도 실력자뿐이다. 적어도 진화를 하지 않으면 승부가 되지 않는다.

프란은 격정을 가라앉히기 위해 피가 날 만큼 주먹을 움켜쥐었다. 하지만 견딜 수 없는 분노로 인해 그 온몸이 떨리고 있었다.

"그 상태라면 수왕에게 가는 짓은 하지 않겠지?"

"응……."

진심으로 분한 듯이 고개를 끄덕이는 프란. 사실은 지금 당장이라도 싸움을 걸어 모든 것을 추궁하고 싶을 것이다.

"알겠나? 우선은 진화를 해서 힘을 기르는 거야. 무모한 짓은 하지 않도록 하게."

"……응."

디아스는 루미나와의 관계도 가르쳐줬다.

키아라가 실종된 것을 걱정했던 그들은 언젠가 나타날 제2의 키아라──즉 진화를 목표하는 흑묘족을 위해 협정을 맺었다.

각자 던전 마스터, 길드 마스터, 국가와의 교섭역으로서 다른 두 사람에게 협력을 계속해온 것이다. 키아라의 원수를 찾는 것과 동시에 흑묘족을 보호하기 위해서. 그야 프란에게 호의적일 수밖에 없을 것이다.

"내일은 프란 군의 승격을 발표하겠네."

"응. 알았어."

『빨리하는군.』

"이런 건 빨리하는 게 좋아. 다만, 랭크업 자체는 이미 됐으니까 밑에서 수속을 하면 돼. 간단하니."

디아스가 말한 대로 랭크업 수속은 아주 간단했다.

건넨 길드 카드를 수정에 비출 뿐이었다. 1분도 걸리지 않았을 것이다. 고마움도 뭣도 없었다.

하지만 받은 길드 카드에는 확실히 랭크 C의 각인이 새겨져 있었다.

『드디어 랭크를 올렸어!』

"응."

숙소의 침대에 앉아서 프란은 길드 카드를 바라보고 있었다.

오랜만에 만면에 미소를 띤 프란을 볼 수 있었다. 요즘 여러모로 힘들었으니 말이다.

『축하로 오늘은 카레 무제한! 게다가 토핑은 마음대로 골래도 돼!』

"응! 튀김, 돈가스, 햄버그, 온천 달걀을 올린 곱곱빼기로 할게."

프란이 말한 대로 담자 많이 먹기 대회처럼 됐다. 뭐, 프란이라면 문제없이 해치울 수 있지만.

『마음껏 먹어.』

"응!"

『그리고 울시한테는 약속한 아주 매운 카레야.』

"웡웡!"

원래 있던 매운맛 카레에 아주 매운 양념을 더 들이부은 아주 매운 카레를 울시에게 내줬다. 부글부글 끓는 새빨간 카레는 핏빛 열탕 지옥 같았지만 울시는 침을 흘리며 카레를 쳐다봤다. 으음, 설령 몸이 있었다 해도 저건 필요 없다. 프란에게도 먹이지 않을 것이다.

"와구와구!"

새빨간 카레로 입 주위를 더럽히는 울시에게는 날고기를 게걸스럽게 먹는 마랑 같은 박력이 있었다.

그 옆에서 프란은 이미 카레 산을 반 이상 제패하고 있었다. 이 기세라면 순식간에 등정을 달성하고 즉시 다음 산에 오를 것이다. 지금 준비해야겠군.

"더 줘!"

"윙!"

오랜만에 만면에 미소를 띠며 식사를 계속하는 두 사람.

요즘 온갖 일이 있었으니 이로써 조금은 스트레스 해소가 되면 좋겠는데.

『앞으로 이대로 아무 일도 없이 무투 대회가 끝나주면 좋겠는데…….』

Side 수왕

"리그 님, 부르셨습니까"

"이봐, 로이스. 고드 일행은 뭐 하지? 한가해서 모의전 상대라도 시키려고 했는데."

"대상을 감시 중입니다."

"오? 그렇군. 어때? 움직임은 있나?"

"뭐, 있다고 하면 있습니다만……. 그렇게까지 특별한 것은 없습니다."

"예를 들면?"

"이 마을의 실력자. 오렐 공이라고 하셨나요?"

"그래. 위제트 오렐이야. 크크크. 나를 앞에 두고 눈을 부라렸단 말이지. 죽이는 보람이 있을 법한 영감이었어."

"죽이지 마십시오. 이 나라에서도 발이 넓은 유력자니까요. 이용 가치는 얼마든지 있습니다."

"예이예이. 그래서 오렐 영감이 왜?"

"감시 대상이 오렐 옹의 저택에 들르거나 모험가 길드에 얼굴을 비춘 것 같습니다."

"그것뿐인가? 수상한 움직임은?"

"없습니다."

"시시하군."

"하지만 고드 일행이 지켜보고 있으니 바로 뭔가 정보를 가지고 돌아올 겁니다."

"그 고양이 계집은 어떻게 나올 거라고 생각하지?"

"어떻게 나올 거냐고 물으셔도……."

"내 명령에 얌전히 따를 거라고 생각하나?"

"그 가능성은 한없이 낮다고 생각합니다."

"나는 왕인데?"

"하지만 여기는 외국이고 리그 님이 내린 흑묘족 노예에 관한 포고. 그래서 상당히 원망하고 있을 겁니다."

"크크크. 그렇겠지."

"어째서 기뻐 보이십니까?"

"아니, 이 몸에게 거역해준다면──."

"거역해준다면?"

"짓눌러버릴 이유가 생기잖아?"

"딱히 짓누르지 않아도 됩니다만? 살짝 위협해 말을 듣게 하면 되지 않습니까."

"안 돼! 그럼 재미없어!"

"결국 그겁니까. 적어도 죽이지 않도록 해주세요. 노예에게는 얼마든지 사용법이 있으니까요. 뭐, 오렐 옹과 비교하면 이용 가치가 미미하니 가능하면 말입니다만."

"그러면 조금은 가지고 놀아도 되겠지? 어떤 저항을 보여줄지 지금부터 기대되는군. 일부러 크란젤 왕국까지 왔으니 최대한 즐겨야겠지? 크크크…… 크하하하하하하하하!"

작가의 말

좋은 아침입니다. 타나카 유라고 합니다.

《전생했더니 검이었습니다 5권》을 보내드립니다.

이거 어떻게든 5월 발매에 맞췄군요~. 맞출 수 있어서 정말 다행입니다.

참고로 아침 인사에 특별한 의미는 없습니다. 매번 "안녕하세요"를 썼기 때문에 조금 바꿔보고 싶었을 뿐입니다. 밤에 읽으셔도 딱히 상관없습니다.

그러고 보니 어딘가에서 케모나(온몸이 푹신푹신한 동물 캐릭터를 좋아하는 사람)라고 적은 적이 있습니다만, 아무래도 저 따위가 케모나라고 하는 것은 주제넘었던 모양입니다.

과격파 케모나인 친구의 말에 따르면, 짐승 머리, 복수의 가슴, 온몸에 털이 무성한 것을 사랑하지 않으면 케모나라고 인정할 수 없다나요.

아니, 어디까지나 그 친구 기준으로 그렇다는 말씀입니다.

그 밖에도 모후나나 싯포리안 같은 여러 단체가 있어서 수인 계통도 깊이가 상당한 것 같습니다.

'뭐, 뭐야?! 내, 내가 케모나가 아니라고……? 그렇다면 나는 뭔데? 애초에 지금까지 틀렸다는 건 과거에 작품 안에서 잘못 썼을 가능성이 있잖아!'라고 생각해 황급히 인터넷으로 조사해보았습니다만…….

정의나 용어가 너무 많아서 더 이해할 수 없었습니다.

뭐, 일단 안 것은 짐승 귀와 짐승 꼬리만으로 충분한 저는 케모미미스트라고 밝혀야 한다는 사실이었습니다.

앞으로는 케모나가 아니라 케모미미스트의 십자가를 지고 살아가겠습니다.

자, 이번에는 두 작품을 발매하게 되어서 작업량이 평소의 두 배가 되었습니다. 한창 쓰는 동안에 몇 번이나 울 뻔했는지…….

마감에 늦지 않아서 정말 기쁩니다.

고생해서 완성한 타나카의 또 다른 작품《때늦은 테이머의 그 해질녘》을 꼭 읽어주세요. 이번에는 레이블을 이적, 재출간해서 전에 출판했던 타사 버전과는 내용이 약간 달라졌습니다.

일러스트도 멋지게 완성됐습니다.

뭐, 다른 작품 선전은 여기까지 하고, 전생검에 대해 잠시 말씀을 드리겠습니다.

여기서부터는 약간의 스포일러도 포함되어 있으니 주의하세요.

작가의 말부터 먼저 읽는 드문 분도 계시니 조심하십시오.

5권은 지금까지 쓴 책 중에 가장 쓰기 어려웠습니다.

3권처럼 수정해서가 아니라, 이미 있는 스토리를 근본적으로 고쳐서 먼 훗날을 위한 복선을 추가하는 작업이 많은 것이 가장 큰 이유입니다. 머리가 터지기 직전이었습니다.

인터넷 버전으로도 읽으신 독자님은 '아, 거기로 이어지는구나' 하고 아셨으리라고 생각합니다.

인터넷 버전에서는 그 밖에도 간단히 퇴장했던 소러스 군 일당도 출연이 늘어나 작가로서도 기쁘기 그지없습니다. '당신 재량으로 결정한 거잖아!'라는 태클은 걸지 말아주셨으면 합니다.

그건 그렇고 벌써 5권이군요. 여기까지 시리즈를 이어올 수 있었던 것도 여러분의 성원 덕분입니다. 늘 똑같지만 여기서 감사의 말씀을 드립니다.

출판사인 마이크로 매거진사와 편집자 I 씨. 이번에는 두 작품을 동시에 내느라 스케줄이 무척 빡빡한 가운데 여러 방면으로 도와주셔서 감사합니다.

여전히 최고라는 말밖에 드릴 말씀이 없는, 다수의 일러스트를 그려주시는 Llo 님. 정말 훌륭합니다.

또한 출판에 관계된 모든 분들과 독자 여러분. 그 힘이 있기 때문에 이 작품이 나올 수 있었습니다. 감사합니다.

만화화도 아주 순조롭고, 이번 한정판은 놀랍게도 드라마 CD도 부록으로 들어가서…… . 정말, 그것이 결정된 날에는 조금 좋은 밥을 먹었습니다.

저번 권 작가의 말에서 예언한 대로 《전생했더니 검이었습니다》의 세계는 점점 확대되고 있고, 앞으로도 넓어지도록 노력하고 있습니다.

그런 이 작품을 앞으로도 잘 부탁드립니다.

마지막까지 읽어주셔서 감사합니다.

TENSEI SITARA KEN DESITA Vol. 5
©2018 by Tanaka Yuu
First published in Japan in 2018 by Tanaka Yuu
Korean translation rights reserved by Somy Media, Inc.
Under the license from Micro Magazine Co., Ltd., Tokyo JAPAN

전생했더니 검이었습니다 5

2019년 3월 8일 1판 1쇄 인쇄
2019년 3월 15일 1판 1쇄 발행

저 자	타나카 유
일 러 스 트	Llo
옮 긴 이	신동민
발 행 인	유재옥
본 부 장	조병권
담당편집자	김민지
편 집 부	강혜린 김다솜 김민지 김혜주 이문영 이용훈 박은정 정영길 조찬희
라이츠담당	박선희 오유진
디 지 털	박지혜 최민성
발 행 처	㈜소미미디어
등 록	제2015-000008호
주 소	서울시 마포구 토정로222, 403호 (신수동, 한국출판콘텐츠센터)
판 매	㈜소미미디어
마 케 팅	한민지 한주원
물 류	허석용 최태욱
전 화	편집부 (070)4164-3962, 3963 기획실 (02)567-3388
	판매 및 마케팅 (070)4165-6888, Fax (02)322-7665

ISBN 979-11-6389-275-5 04830
ISBN 979-11-5710-608-0 (세트)